Nina Bilinszki

NO STARS TOO BRIGHT

Roman

KNAUR

Besuchen Sie uns im Internet:
www.knaur.de

Aus Verantwortung für die Umwelt hat sich die Verlagsgruppe Droemer Knaur zu einer nachhaltigen Buchproduktion verpflichtet. Der bewusste Umgang mit unseren Ressourcen, der Schutz unseres Klimas und der Natur gehören zu unseren obersten Unternehmenszielen. Gemeinsam mit unseren Partnern und Lieferanten setzen wir uns für eine klimaneutrale Buchproduktion ein, die den Erwerb von Klimazertifikaten zur Kompensation des CO_2-Ausstoßes einschließt. Weitere Informationen finden Sie unter: www.klimaneutralerverlag.de

Originalausgabe September 2022
Knaur Taschenbuch
© 2022 Knaur Verlag
Ein Imprint der Verlagsgruppe
Droemer Knaur GmbH & Co. KG, München
Alle Rechte vorbehalten. Das Werk darf – auch teilweise – nur mit Genehmigung des Verlags wiedergegeben werden.
Dieses Buch wurde vermittelt von der Literaturagentur erzähl:perspektive, München (www.erzaehlperspektive.de).
Redaktion: Michelle Stöger
Covergestaltung: ZERO Werbeagentur, München
Coverabbildung: Collage unter Verwendung von koTRA und KaiMook Studio 99 / Shutterstock.com
Illustrationen im Innenteil von Shutterstock.com:
Cosmic_Design, naratrip2, KaiMook Studio 99
Satz: Adobe InDesign im Verlag
Druck und Bindung: CPI books GmbH, Leck
ISBN 978-3-426-52860-0

2 4 5 3 1

*Für alle Abenteurer*innen
Sophies Geschichte ist für euch* 🖤

Kapitel 1

COOPER

Jetzt bin ich völlig allein.
Ich schluckte gegen die Beklemmung an, die meine Kehle emporkroch. Mit kleinen Widerhaken hatte sie sich in meiner Brust festgesetzt, und ich rieb über die Stelle, als könnte ich die Empfindung damit vertreiben. Doch natürlich funktionierte das nicht. Im Gegenteil. Mit jedem Schritt, den ich machte, wurde die Enge schlimmer. Schließlich blieb ich stehen.

Mr Daniel Collard
Rechtsanwalt und Notar

Mein Blick blieb einen Moment an dem kleinen Messingschild hängen, das sich mittig an der dunklen Holztür befand. Ich wollte nicht hier sein, wäre gerade an jedem anderen Ort lieber gewesen, doch das war eins der Dinge, vor denen ich nicht die Augen verschließen konnte. Vor denen ich nicht wegrennen und mich im Outback verstecken konnte.

Ich nahm einen tiefen Atemzug, versuchte die unerklärliche Angst in mir zu zügeln, dann klopfte ich an die Tür. Fast umgehend erklang ein gedämpftes »Herein«, und ich trat ein.

Das Büro war spärlich eingerichtet. Ein großer Schreibtisch, ein Computer mit zwei Bildschirmen und eine Sitzecke befanden sich darin. Rechts von mir eine Regalwand voller Bücher, die nach Gesetzestexten aussahen. Davon abgesehen war das Büro leer. Keine Bilder an den Wänden, keine persönlichen Gegenstände auf dem Schreibtisch, der für meinen Geschmack viel zu aufgeräumt aussah. Ich würde mich hier nicht wohlfühlen und wusste nicht, wie jemand jeden Tag bis zu zehn Stunden in dieser sterilen Umgebung verbringen konnte.

»Mr Lee, wie schön, dass Sie es einrichten konnten.« Mr Collard erhob sich von seinem Platz und reichte mir die Hand. Alles an ihm war *gestriegelt*. Er steckte in einem maßgeschneiderten dunkelblauen Anzug, von seinen dunkelblonden Haaren lag jedes einzelne perfekt an seinem Platz, und auf seiner Nase saß eine rahmenlose Brille, von der ich wetten würde, dass sie nie versehentlich verrutschte. Zudem konnte ich sein Alter überhaupt nicht einschätzen. Sein Gesicht war überwiegend faltenfrei, gleichzeitig haftete ihm etwas an, das mein Grandpa als *alte Seele* bezeichnet hätte.

Ich schluckte gegen die aufkommende Bitterkeit in meiner Kehle an. Grandpa. Der Grund, warum ich hier war.

»Freut mich«, sagte ich zu Mr Collard, obwohl nichts ferner von der Wahrheit lag, und nahm in dem Ledersessel Platz, bevor dieser mir angeboten werden konnte.

Auf Mr Collards Gesicht war keine Gefühlsregung zu erkennen, als er sich ebenfalls wieder setzte. »Wollen Sie etwas trinken? Wasser? Kaffee? Etwas Stärkeres?«

Meine Augenbrauen hoben sich. Hatte er mir gerade Alkohol angeboten? Gut, bei dem, weswegen wir hier waren, wäre es vielleicht nicht ungewöhnlich, trotzdem wollte ich einen klaren Kopf bewahren. »Kaffee, bitte.«

Er nahm den weißen Telefonhörer zur Hand und drückte eine Taste. »Leslie, bring uns bitte zwei Kaffee.« Dann legte er auf und wandte seine volle Aufmerksamkeit mir zu. »Mein Beileid zu Ihrem Verlust.« Es kam so ausdruckslos herüber, dass ich beinahe gelacht hätte. Für ihn war Grandpa bloß ein Auftrag. Ein Punkt auf seinem Tagesplan, den es abzuarbeiten galt. Er hatte keine Ahnung, was für ein Mensch er gewesen war, und ich bezweifelte, dass es ihn groß interessierte.

»Was haben Sie für mich?« Als der Anruf der Kanzlei gekommen war, hatte ich mich gerade beruflich im abgeschiedenen Norden Australiens befunden. Weil ich keinen Empfang gehabt hatte, hatten sie mir auf die Mailbox gesprochen, und so erfuhr ich, dass mein Großvater gestorben und ich zur Verlesung seines letzten Willens geladen war. Ich war nicht hier, damit wir um den heißen Brei herumreden konnten. Ich wollte wissen, was Grandpa mir hinterlassen hatte, und dann schnellstmöglich zurück in die Wildnis. Zu den Tieren, der endlosen Weite und Ruhe, die ich jetzt schon vermisste, dabei war ich seit kaum zwei Stunden in der Stadt.

Ehe Mr Collard etwas erwidern konnte, wurde die Tür geöffnet, und eine Frau mittleren Alters trat ein, bei der es sich nur um Leslie handeln konnte. Ihre hellbraunen Haare waren zu einem akkuraten Dutt frisiert, und sie hielt ein Kaffeetablett in den Händen, das sie zwischen uns auf dem Tisch abstellte. Ich dankte ihr mit einem Nicken und nahm eine der zwei Tassen, froh, dass ich nun etwas hatte, an dem ich mich festhalten konnte.

Nachdem Leslie wieder gegangen war, zog Mr Collard einen Umschlag aus einer Schublade hervor und legte ihn vor sich auf den Tisch. »All sein Privatvermögen hat Ihr Großvater gemeinnützigen Organisationen gespendet, überwiegend an die Charleston Foundation, die sich um vernachlässigte Kinder und Jugendliche kümmert, und das Sapphire Coast Koala Sanctuary.«

Ich musste schmunzeln, denn mein Großvater hatte kein *Vermögen* besessen. Was er gehabt hatte, hatte er meistens in Ausbesserungen seines Lebenstraums, des *Moonlight*, gesteckt. Es würde mich wundern, wenn er mehr als fünftausend australische Dollar auf irgendeinem Sparbuch liegen gehabt hatte. Doch an Geld war ich nie interessiert gewesen, was er gewusst hatte, daher begrüßte ich diese Entscheidung.

»Klingt gut, aber warum bin ich dann hier?«

Mr Collard räusperte sich und rückte seine Krawatte zurecht. »Weil Ihr Großvater Ihnen ebenfalls etwas hinterlassen hat, und zwar das *Moonlight* inklusive der Wohnung, die darüberliegt.«

»Das kann nicht sein«, rutschte es mir heraus. »Was soll ich mit der Bar?« Grandpa wusste, dass ich seine Bar auf keinen Fall weiterführen wollte. Das war *sein* Lebenstraum gewesen, nicht meiner. Ich war auch nicht der Typ, der sesshaft wurde. Der einzige Grund, warum ich überhaupt noch nach Eden zurückgekehrt war, war Grandpa gewesen. Der Letzte aus meiner Familie, der mir noch geblieben war. Nachdem er nun auch nicht mehr da war ...

»Es gibt einen Zusatz.« Mr Collard zog einen Zettel aus dem Umschlag heraus und begann davon abzulesen.

»›*Ich übermache meinem Enkel Cooper Lee die Moonlight Bar unter der Bedingung, dass er sich regelmäßig dort aufhält und sich mit allen Vorgängen vertraut macht. Nur er weiß, wie ich sie weitergeführt haben möchte, und er darf sie frühestens nach einem halben Jahr verkaufen. Auch das nur unter der Bedingung, dass er den Käufer darüber unterrichtet, wie mein Lebenswerk geführt werden soll. Stimmt Cooper Lee dem nicht zu, soll die Bar dem Erdboden gleichgemacht und das Grundstück an eine Familie vergeben werden, die dort ein Haus bauen möchte.*‹«

Widerstand regte sich in mir, und ich schüttelte den Kopf. Mit Mühe unterdrückte ich einen Fluch, den Mr Collard sicher nicht begrüßt hätte. Ich konnte nicht fassen, dass Grandpa mich aus dem Grab heraus noch um den Finger gewickelt hatte. Er legte die Entscheidung, was mit dem *Moonlight* passieren sollte, in meine Hände, und ließ mir gleichzeitig keine Wahl. Denn er wusste genau, dass ich es nicht über mich bringen würde, seinen Lebenstraum dem Erdboden gleichzumachen. Niemals würde ich die Entscheidung fällen, die Bar abreißen zu lassen, die Grandpa sich aufgebaut und die ihm nach Grandmas Tod eine Zuflucht geboten hatte. Nicht, nachdem die beiden mich damals aufgenommen hatten, als ich selbst kein Zuhause mehr gehabt hatte.

»Ich mache es. Das *Moonlight* übernehmen.« Meine Stimme klang kratzig dank all der Empfindungen, die mich mit einem Mal überkamen. Erst jetzt wurde mir so richtig bewusst, dass auch mein Großvater fort war. Dass mir von den einzigen Menschen, die mir jemals etwas bedeutet hatten, nur Erinnerungen blieben.

Und das *Moonlight*.

Der Anflug einer Gefühlsregung zuckte in Mr Collards Mundwinkeln. Kein richtiges Lächeln, eher etwas wie Zufriedenheit. »Ihr Großvater sagte, Sie würden sich dafür entscheiden.«

Weil er mir keine wirkliche Wahl gelassen hat. Anstatt meine Gedanken auszusprechen, nickte ich bloß, denn das Letzte, was ich wollte, war, mit einem wildfremden Notar meine Familiengeschichte zu erörtern.

Ein weiteres Mal schob Mr Collard seine Hand in den Umschlag und holte einen zweiten, viel kleineren hervor. »Den Brief sollen Sie bekommen, wenn Sie zustimmen, das *Moonlight* zu übernehmen.« Er schob ihn mir zu, und ich hatte fast Angst, ihn an mich zu nehmen. »Dann müssten Sie nur noch diese Erklärung unterzeichnen, bekommen die Schlüssel ausgehändigt, und wir wären hier bereits fertig.«

Das Herz schlug mir bis zum Hals, und meine Finger zitterten, während ich den Kugelschreiber entgegennahm. Was für Mr Collard nur seine tägliche Arbeit war, fühlte sich für mich lebensverändernd an. War es auch, um genau zu sein, und ich hatte keine Ahnung, was das für meine Zukunft bedeuten würde. Trotzdem unterschrieb ich die Vereinbarung, nahm einen Durchschlag für meine Unterlagen mit und bekam den Generalschlüssel für das *Moonlight* sowie für die darüberliegende Wohnung ausgehändigt.

Nachdem ich mich von Mr Collard verabschiedet hatte, verließ ich das Gebäude so schnell wie möglich. Draußen atmete ich zuallererst tief ein. Obwohl sich das Gebäude recht zentral in Eden befand, konnte ich das Meer riechen. Diese unvergleichliche Mischung aus Salz, Wasser und unendlicher Weite, die mich normalerweise sofort beruhigte, heute aber nicht gegen das beklemmende Gefühl in meiner Brust ankam. Der Brief meines Großvaters lag wie ein schweres Gewicht in meiner Hosentasche, brannte sich durch den Stoff in meine Haut und erinnerte mich erneut mit der Kraft einer Abrissbirne daran, dass Grandpa nicht mehr da war. Erst jetzt schien sich der Schockzustand zu lösen, der mich nach dem Anruf vor wenigen Tagen befallen hatte.

Ich war im Northern Territory unterwegs gewesen, als Mr Collards Büro mich kontaktierte. Dort sollte ich für ein Magazin die Leistenkrokodile fotografieren, die in Australien auch *Salties* genannt wurden, weil sie in Salzwasserregionen lebten. Eine mir unbekannte Stimme auf meiner Mailbox teilte mir mit, dass Grandpa einen zweiten Herzinfarkt gehabt hatte, an dem er leider verstorben war. Seitdem hatte ich mich in einer seltsamen Schockstarre befunden. Ich konnte mich gar nicht mehr daran erinnern, wie ich nach Eden gekommen war, dabei hatte ich mich, direkt nachdem ich den Anrufbeantworter abgehört hatte, in meinen VW-Bus gesetzt und war losgefahren. Doch die Fahrt hierher verschwamm in einem Strudel aus Sorgen und schlechtem Gewissen. Hätte ich öfter bei ihm vorbeischauen sollen? Zwar hatte ich ihn nach dem ersten Herzinfarkt besucht, um ihm unter die Arme zu greifen, aber nach kaum einer Woche hatte er mich wieder rausgeschmissen. Es ginge ihm gut und er käme allein klar, waren seine Worte gewesen. Zwar hatten wir danach alle paar Tage telefoniert, wenn ich ausreichend Empfang gehabt hatte, aber mittlerweile fragte ich mich, warum ich seiner Aufforderung, mich wieder meinem eigenen Leben zuzuwenden, so bereitwillig Folge geleistet hatte. Ich hätte misstrauisch werden sollen – denn eigentlich war Grandpa nicht müde geworden zu betonen, dass er mich für seinen Geschmack zu wenig zu Gesicht bekam. Wahrscheinlich hatte er vor mir bloß keine Schwäche zeigen wollen.

Auf dem Weg zum Auto fischte ich ein Butterbrotpapier, das irgendwer achtlos zu Boden geschmissen hatte, auf und warf es in den nächstbesten Mülleimer. Warum die Menschen mit ihrem Dreck immer die Umwelt verschmutzen mussten, würde ich nie verstehen.

Erst als ich hinter dem Steuer saß, zog ich den Brief hervor. Er steckte in einem schlichten weißen Umschlag und sah so unschuldig aus, doch darin steckten die letzten Worte, die mein Großvater je an mich richten würde. Unweigerlich fragte ich mich, wann er diesen Brief verfasst hatte. Vor vielen Jahren, weil er gewusst hatte, dass dieser Tag irgendwann kommen würde und er vorbereitet sein wollte? Oder nach dem ersten Herzinfarkt, weil dieser ihm bewusst gemacht hatte, wie schnell es vorbei sein konnte?

Ohne weitere Umschweife riss ich den Umschlag auf und zog den gefalteten Zettel heraus. Nur eine halbe Seite war vollgeschrieben, und mit wild klopfendem Herzen begann ich zu lesen.

Mein lieber Cooper,
Es tut mir leid, dass ich dir das Moonlight mehr oder weniger aufgedrängt habe. Ich weiß, dass du es nie wolltest, mir war aber auch klar, dass du den Deal nicht ablehnen kannst.

Mir geht es auch nicht um die Bar – auch wenn sie mein Lebenstraum war, kann ich damit nach meinem Tod nichts mehr anfangen –, mir geht es um dich. Du hast jetzt niemanden mehr. Ich weiß, du willst das nicht hören, weil du denkst, niemanden zu brauchen, aber das stimmt nicht. Jeder braucht Freunde, zumindest einen davon. Daher möchte ich, dass du dieses halbe Jahr in Eden bleibst, die Menschen hier kennenlernst und verstehst, dass nicht jeder gegen dich ist oder deinen Lebensstil nicht versteht. Ich will dich nicht davon abhalten, deinen Traum zu leben, ich weiß, wie viel dir das Fotografieren bedeutet. Aber du brauchst auch Menschen, zu denen du ab und zu zurückkommen kannst, die du um Hilfe bitten kannst, wenn es nötig ist. Und glaube mir, ich habe gelernt, dass für jeden irgendwann der Tag kommt, an dem es nötig ist.
Es war mir eine Ehre, dein Großvater zu sein!
In Liebe
Grandpa

Ich schnaubte, während gleichzeitig Tränen in meinen Augen brannten. Jeder Satz in diesem Brief war typisch mein Grandpa. Natürlich war es ihm nicht um das *Moonlight* gegangen, ich hätte von selbst draufkommen können. Jedes Mal, wenn ich in Eden war, hatte er versucht, mich dazu zu überreden, länger zu bleiben, öfter zu kommen und mir vor Ort Freunde zu suchen. Daher passte es zu ihm, dass er nun mithilfe dieses *Deals* das erreichen wollte, was er zu Lebzeiten nicht geschafft hatte.

Aber so gern ich meinen Großvater hatte … gehabt hatte, diesen Gefallen würde ich ihm nicht tun. Das Leben in einer Stadt – unter Menschen – war nichts für mich. Jedes Mal, wenn ich in Eden oder einer anderen Stadt war, durch die ich aufgrund meiner Arbeit reiste, war ich am nächsten Tag froh, wenn ich weiterziehen konnte. Menschen waren laut, unverschämt, teilweise gewalttätig und vor allem hinterhältig. Ganz im Gegensatz zu Tieren. Da wusste man immer, was einen erwartete, es gab keine bösen Überraschungen.

Daher würde mein Grandpa in diesem einen Fall leider nicht bekommen, was er sich wünschte. Ich war den Deal eingegangen und würde mich auch an die Abmachung halten. Regelmäßig würde ich in Eden sein, mich mit dem *Moonlight* vertraut machen und in der Zeit hoffentlich einen würdigen neuen Eigentümer dafür finden. Denn im Gegensatz zu meinem Großvater war mir daran gelegen, dass seine Bar in seinem Sinne weitergeführt wurde. Die restliche Zeit würde ich meiner eigenen Arbeit nachgehen und als freiberuflicher Fotograf Landschafts- und Tieraufnahmen für Magazine und Zeitschriften schießen. Und sobald die vereinbarten sechs Monate um waren, würde ich das *Moonlight* verkaufen, meine Sachen packen und Eden für immer den Rücken kehren.

Kapitel 2

SOPHIE

Ich betrachtete den kleinen Vogel in seinem Käfig und fühlte mich genauso eingesperrt wie er. Dabei hielt mich niemand gefangen. Es waren imaginäre Ketten, die mich an Eden banden.

Ich stellte das Glas, das ich gerade poliert hatte, in den Schrank und sah über die Theke hinweg zu meinen Freunden, die am selben Platz wie immer saßen. Liam hatte den Arm um meine beste Freundin Isabel gelegt, die ihren Kopf an seine Schulter lehnte. Sie waren der Grund, warum ich mich eingesperrt fühlte, dabei trugen sie überhaupt keine Schuld daran. Seit neun Monaten waren die beiden bereits ein Paar und seit zehneinhalb waren wir in Eden. Eigentlich hatte Eden nur eine Station von vielen auf unserer Reise durch Australien sein sollen, doch nachdem Isabel und Liam sich ineinander verliebt hatten, waren wir hiergeblieben. Und obwohl es nicht das gewesen war, was ich mir von dieser Reise erhofft hatte, hatten wir eine gute Zeit gehabt. Wir hatten großartige Freunde gefunden, die welche bleiben würden, auch wenn wir nach Deutschland zurückkehrten. Ich hatte in Australien viel über mich gelernt und war zu der Erkenntnis gekommen, dass ich unbedingt näher am Meer leben wollte. Trotzdem konnte ich das Gefühl nicht abschütteln, etwas verpasst zu haben. Dass ich noch so viel mehr aus dieser Zeit hätte herausholen können, wenn ich nur mehr von diesem wunderschönen Land gesehen hätte. Zwar hatten wir einige Ausflüge gemacht – wir waren in Canberra gewesen, hatten einen Wochenendtrip nach Sydney unternommen und waren zum Pebbly Beach gefahren, wo wir Kängurus begegnet waren –, aber damit hatte ich in all den Monaten nur einen Bruchteil dieses riesigen Landes gesehen.

Mit einem Seufzen legte ich den Lappen zurück auf den Tresen und machte meine Runde durch das *Moonlight,* um zu sehen, ob einer der Gäste einen Wunsch hatte. Viel war heute nicht los, was auch der Grund war, warum ich allein war. Normalerweise waren wir immer mindestens zu zweit hier, aber ich hatte Grayson vor einer Stunde nach Hause geschickt, weil wir uns nur gegenseitig im Weg gestanden hatten. Außer der Ecke, in der meine Freunde saßen, waren nur zwei Tische besetzt, und die Stimmung im Raum war deutlich gedrückter als gewöhnlich. Was sicher damit zu tun hatte, dass Bobbys Beerdigung erst zwei Tage zurücklag. Noch immer sammelten sich Tränen in meinen Augen, wenn ich daran dachte. Ganz Eden war erschienen, um dem Besitzer des *Moonlight* die letzte Ehre zu erweisen. Es war eine ergreifende, schöne und zugleich unfassbar traurige Veranstaltung gewesen. Jeder in Eden hatte Bobby gekannt und wusste Anekdoten über ihn zu erzählen. Obwohl er mein Chef gewesen war, würde ich ihn auch als meinen Freund bezeichnen, und zu wissen, dass ich sein lautes Lachen nie wieder hören würde, machte mich trauriger, als ich mit Worten ausdrücken konnte.

Ich klapperte die besetzten Tische ab und landete schließlich bei meinen Freunden. Weil niemand einen Getränkewunsch geäußert hatte, setzte ich mich kurz zu ihnen. Auch ihre Stimmung war alles andere als ausgelassen. »Alles okay?«, fragte ich in die Runde.

Kilian drehte die Bierflasche in seinen Händen, das Etikett war bereits an mehreren Stellen abgeknibbelt. »Was passiert jetzt mit dem *Moonlight?*«

Das war die Frage, die seit Tagen wie ein Damoklesschwert

über unseren Köpfen schwebte. »Keine Ahnung.« Wir wussten ja nicht einmal, ob wir das *Moonlight* weiterhin jeden Tag öffnen durften. Grayson, Hayden und ich hatten darüber diskutiert und schließlich beschlossen, dass wir so lange weitermachen würden, bis uns jemand etwas Gegenteiliges sagte.

»Was auch immer Bobby angeleiert hat, er wird nicht zulassen, dass die Bar geschlossen wird«, sagte Fotini mit Nachdruck. Ihre Haare waren vor Kurzem noch in einem knalligen Pink gefärbt, das mittlerweile zu einem zarten Rosa herausgewaschen war.

Liam drehte den Kopf zu Isabel, drückte ihr einen Kuss auf den Kopf, dann sah er mich an. »Ich meine mich zu erinnern, dass Bobby einen Enkel hatte, der auch eine Zeit lang bei ihm gewohnt hat. Vielleicht bekommt er die Bar übertragen.«

»Stimmt, da war jemand.« Alicia beugte sich auf den Ellbogen gestützt nach vorn und blickte skeptisch in die Runde. »Aber wie viel kann ihm an Bobby oder der Bar liegen, wenn er es nicht mal zu seiner Beerdigung geschafft hat?«

Stille senkte sich über unseren Tisch, und ich musste ihr insgeheim recht geben. Wer kam denn nicht zur Beerdigung seines Großvaters? Wenn meine Eltern mich jetzt anrufen und mir mitteilen würden, dass einer meiner Großeltern gestorben war, würde ich Himmel und Hölle in Bewegung setzen, um rechtzeitig zurück in Deutschland zu sein.

»Vielleicht sollten wir nicht vorschnell urteilen«, sagte Kilian. »Wir kennen ihn nicht und wissen nicht, was ihn aufgehalten haben könnte.«

»Hmm«, machte Alicia, wirkte aber nicht überzeugt.

»Wir können das Rätsel eh nicht lösen, bevor er nicht hier ist … oder irgendwer anders, dem Bobby die Leitung des *Moonlight* übertragen hat.« Kate trank ihr Glas in einem Zug leer und schob es zu mir. »Bekomme ich noch eins?«

Ich nahm es entgegen und griff nach drei weiteren leeren

Gläsern, die auf dem Tisch verteilt standen. »Will sonst noch jemand was?« Isabel bestellte ein Root Bier, der Rest verneinte, und so ging ich zur Theke zurück.

Während ich die Biere für Isabel und Kate zapfte, wurde mir bewusst, wie viel seit unserer Ankunft in Eden passiert war. Dem Koalareservat, das Liam und seine Eltern führten, ging es damals sehr schlecht. Liam hatte kaum genug Spenden reinbekommen, um die kommende Woche zu überstehen. Erst Isabel hatte es mit ihrem Marketingplan geschafft, für neue Einnahmen zu sorgen, von denen erst vor Kurzem das dritte Koalagehege fertiggestellt werden konnte. Generell war Liam viel lockerer geworden. Er verbrachte nicht mehr den Großteil des Tages eingesperrt in seinem Büro. Er machte früher Feierabend, lachte viel mehr als anfangs und hatte sich sogar mit Social Media angefreundet. Zwar reichte er immer noch Isabel das Handy, wenn es um das Löschen unliebsamer Kommentare ging, doch das regelmäßige Posten beherrschte er mittlerweile wie ein Profi. Auch Fotini hatte durch Isabels Hilfe Aufmerksamkeit für ihre erste Kollektion bekommen. Ihre Stunden in der Boutique hatte sie reduziert, um mehr Zeit für ihre eigenen Designs zu haben. Zwar machte sie noch immer alles von zu Hause aus, aber wenn es weiterhin so gut lief, könnte sie bald eine kleine Wohnung anmieten, die sie als Atelier benutzen wollte.

Erneut fühlte ich mich irgendwie überflüssig, denn während Isabel das Leben unserer Freunde nachhaltig verändert hatte, hatte ich bloß als Kellnerin gejobbt und davon abgesehen nichts erreicht. Dabei war es gar nicht meine Absicht gewesen, in meiner Zeit in Australien etwas zu erreichen. Ich hatte das Land sehen, jeden versteckten Winkel erkunden wollen, aber dazu war es nicht gekommen. Ich nahm es Isabel nicht übel, dass sie bei Liam hatte bleiben wollen, an ihrer Stelle wäre es mir vermutlich genauso gegangen. Ich gönnte den beiden das

Glück von ganzem Herzen, weil sie wirklich wundervoll zusammenpassten.

Ohne Isabel hatte ich nicht weiterziehen wollen, keine Sekunde hatte ich gezögert und mich ebenfalls zum Bleiben entschieden. Doch nun verspürte ich zunehmend diesen inneren Drang, noch irgendeinen meiner ursprünglichen Pläne durchzuziehen, und sei es nur eine einzige Sache.

Ich brachte die Biere zu Isabel und Kate und nahm weitere Bestellungen von Liam und Kilian auf, die jetzt doch Nachschub wollten. Auf dem Weg zurück zur Theke klapperte ich erneut die besetzten Tische ab. Nummer sieben wollte zahlen, die anderen waren noch wunschlos glücklich. Ich kassierte ab, bedankte mich für das Trinkgeld, dann deckte ich den frei gewordenen Tisch ab und ging zurück hinter die Theke.

Ich spülte gerade die benutzten Gläser ab, als die Tür zum *Moonlight* aufgestoßen wurde und ein Typ hereinkam, der mir auf den ersten Blick den Atem raubte. Er hatte dunkelbraune Haare, die am Hinterkopf zu einem Man-Bun gebunden waren, und einen ebenso dunklen Fünftagebart. Seine braunen Augen waren aufmerksam und scannten den ganzen Raum. Er schien viel Zeit draußen zu verbringen, so gebräunt wie seine Haut selbst jetzt im Frühling war, wo sich die Temperaturen nur um die Zwanziggradmarke bewegten. Eine ausgeblichene Jeans hing tief auf seinen Hüften, und sein enges T-Shirt betonte ausgeprägte Muskeln. Um sein rechtes Handgelenk hingen einige Armbänder mit Holzperlen, und beide Arme waren von oben bis unten tätowiert.

Während er sich wachsam im *Moonlight* umsah, konnte ich meinen Blick nicht von ihm lösen. Ich hatte ihn nie zuvor hier gesehen – und jemand wie er wäre mir definitiv aufgefallen. Vermutlich war er ein Tourist auf der Durchreise.

Dann ging ein Ruck durch ihn, und er kam auf mich zu. Mein Herz begann wie wild zu klopfen, als er mich mit seinen stechend braunen Augen fixierte. Ich umklammerte das Glas, das ich längst nicht mehr spülte, und schluckte, als Mr Hottie auf der gegenüberliegenden Seite der Theke stehen blieb.

»Wer hat denn hier das Sagen?«, fragte er ohne jegliche Begrüßung. Seine Stimme war genauso anziehend wie der Rest von ihm, tief und leicht kratzig, aber irgendwas an der Art und Weise, wie er durch mich hindurchzusehen schien, irritierte mich.

Automatisch drückte ich den Rücken durch. »Aktuell ich.« Genau genommen hatte hier momentan niemand wirklich *das Sagen*, weil Bobby sich immer um alles gekümmert hatte, aber das würde ich diesem Typen sicher nicht auf die Nase binden. Vielleicht war er vom Ordnungsamt und würde den Laden jetzt endgültig schließen, wie wir es bereits befürchtet hatten, aber bis dahin wollte ich mir vor ihm keine Blöße geben.

Er betrachtete mich mit verengten Augen und versuchte, einen Blick hinter mich in den Durchgang zu Bobbys Büro zu werfen. »Außer dir ist niemand hier?«

Ich schluckte und schüttelte den Kopf. »Wie du siehst, ist kaum etwas los, das schaffe ich auch allein.« Ob er mich wohl für unfähig hielt, die paar Gäste ohne Hilfe zu bedienen? Oder gab es irgendeine Verordnung, von der ich nichts wusste, die besagte, dass in einer Bar mindestens zwei Mitarbeitende anwesend sein mussten? Mein Vater arbeitete auf dem Bau, und dort war es ähnlich. Niemand durfte allein auf der Baustelle arbeiten, damit immer jemand da war, der Hilfe holen konnte, falls es zu einem Unfall kam.

»Aber du kennst dich hier aus und könntest mir alles zeigen?«

Ich blinzelte und fragte mich im ersten Moment, ob ich mich verhört hatte, weil ich so ziemlich mit allem gerechnet hatte, nur nicht damit.

Er musste mir meine Verwirrung angesehen haben, denn er seufzte und rieb sich über die Augen. »Sorry, langer Tag, fangen wir noch mal von vorne an?«

»Klar.«

Über den Tresen hinweg reichte er mir die Hand. »Hey, ich bin Cooper, Bobbys Enkel. Er hat mir diese verdammte Bar vererbt, und ich hab keinen blassen Schimmer, was ich damit anfangen soll.«

Mir klappte die Kinnlade herunter. *Das* war Bobbys Enkel, von dem die anderen zuvor schon überlegt hatten, ob er das *Moonlight* übernehmen würde. Für einen Moment konnte ich ihn nur anstarren. Ich wusste nicht, warum, aber irgendwie hatte ich ihn mir anders vorgestellt. Weniger heiß und mehr wie ein Arschloch. Welcher Enkel ließ sich denn nie bei einem Großvater wie Bobby blicken und schaffte es nicht einmal zu seiner Beerdigung?

Cooper räusperte sich, und erst da fiel mir auf, dass ich ihn schon viel zu lange sprachlos anstarrte. Er stand immer noch vor mir und hielt mir die Hand hin, und ich beeilte mich, danach zu greifen. »Sophie«, stellte ich mich vor. Seine Haut war unfassbar weich, an den Fingerkuppen konnte ich leichte Verhärtungen spüren, als würde er Gitarre spielen – oder als hätte er es zumindest einmal getan.

»Was hast du denn jetzt mit dem *Moonlight* vor?«, fragte ich geradeheraus. Wenn er nur hier war, um die Bar schnellstmöglich an den Meistbietenden zu verkaufen, wollte ich das lieber sofort wissen.

Er seufzte schwer, als würde ihm die Antwort alles abverlangen, und setzte sich auf einen der Barhocker. »Erst mal hierbleiben und lernen, was alles zu machen ist. Dann einen Nachbesitzer finden, der das *Moonlight* im Sinne meines Grandpas weiterführen würde.« Mit einem Mal sackten seine Schultern herab, und eine große Traurigkeit legte sich auf seine Züge. Es war, als hätte er eine Maske abgenommen. Eine, die zu tragen sehr anstrengend gewesen war.

Nachdenklich zog ich meine Unterlippe zwischen die Zähne und entschloss mich, mit der Wahrheit weiterzumachen. »Deshalb haben wir das *Moonlight* weiter geöffnet, obwohl wir nicht sicher waren, ob wir es rechtlich dürfen. Aber Bobby hätte es so gewollt.«

Cooper hob den Kopf, und sein Blick traf mich wie eine Wucht. Hatte ich zuvor noch gedacht, er würde nicht um seinen Großvater trauern, weil er nicht zur Beerdigung erschienen war, zeigte sich mir nun ein anderes Bild. Da waren so viel Schmerz und Schuld in seinen Augen, dass ich ihm mitfühlend die Hand auf den Arm legen wollte, obwohl wir uns überhaupt nicht kannten.

»Hätte er auch. Aber nicht wegen sich oder der Bar, sondern wegen euch. Grandpa hat das *Moonlight* geliebt, weil er damit den Leuten in Eden einen Platz gegeben hat, zu dem sie immer kommen konnten. Wo jeder willkommen war, ohne verurteilt zu werden. Er hat nie gewollt, dass die Bar nur für einen Tag schließt. Er würde nicht mal wollen, dass wir um ihn trauern, aber darauf hat er natürlich keinen Einfluss.«

»Natürlich«, murmelte ich zu mir selbst. Alles, was Cooper über Bobby sagte, passte zu hundert Prozent zu dem Mann, den ich als meinen Chef kennengelernt hatte. Er hatte sich immer mehr um andere als um sich selbst gesorgt, und hatte das *Moonlight* als sicheren Hafen für jeden angesehen, der Zuflucht suchte.

»Und genau deswegen muss sehr genau überlegt werden, wer das *Moonlight* übernehmen soll.«

Warum machst du es nicht selbst?, rutschte es mir fast heraus. Wie gut, dass ich mich gerade noch zurückhalten konnte, denn das wäre anmaßend gewesen. Ich kannte Cooper nicht, wusste nicht, welches Leben er führte und was er vielleicht eh schon aufgab, um jetzt hier zu sein. Und egal, wie sehr er seinen Opa geliebt hatte, niemand konnte von ihm verlangen, diesen Lebenstraum weiterzuführen, der nicht sein eigener war.

»Wir kriegen das schon hin«, sagte ich mit mehr Zuversicht, als ich empfand.

Er stützte sich mit den Ellbogen auf der Theke ab und lehnte sich ein Stück näher zu mir. »Bevor wir damit anfangen, machst du mir ein Bier?«

»Klar.« Das erinnerte mich daran, dass auch die Getränke für meine Freunde noch nicht fertig waren und ich generell einen Job in dieser Bar zu erledigen hatte.

Schnell zapfte ich ein Bier für Cooper und stellte es vor ihm auf den Tresen, dann kümmerte ich mich um die Bestellungen meiner Freunde. Überdeutlich spürte ich dabei Coopers Blicke auf mir, die jeden meiner Handgriffe verfolgten. Ich versuchte, ihn bestmöglich auszublenden, weil er mich nervös machte. Sah er mich einfach nur an, weil ich direkt vor ihm stand? Interessierte ihn, wie die Arbeit erledigt wurde, weil er das ab jetzt mit übernehmen musste? Oder wollte er insgeheim prüfen, ob ich sie überhaupt korrekt erledigte? Ich wusste es nicht, konnte die Antwort auch nicht in seiner Miene lesen, und das trieb mich in den Wahnsinn.

Als ich endlich die Getränke von Liam und Kilian zubereitet hatte und mit ihnen zum Tisch von Isabel und den anderen ging, atmete ich erleichtert durch. »Sorry, ich wurde aufgehalten«, sagte ich zu meinen Freunden und stellte die Getränke vor ihnen ab.

Isabel sah an mir vorbei in Richtung Tresen. »Kein Problem. Was ist das für ein Typ? Ihr scheint ein intensives Gespräch geführt zu haben.«

Mit der Hüfte lehnte ich mich gegen die Tischkante. »Das ist Cooper, Bobbys Enkel. Ihr hattet recht, er wird das *Moonlight* vorerst übernehmen.«

Ruckartig sahen alle in seine Richtung und begannen gleichzeitig zu reden. Ich wartete, bis ihre Überraschung abgeebbt war, dann erzählte ich ihnen, worüber ich mit Cooper gesprochen hatte.

»Wenigstens will er den Laden nicht an irgendwen verkaufen, um möglichst viel Kohle zu scheffeln.« Liam sah noch immer skeptisch aus.

Kilian schlug ihm gegen den Oberarm. »Wir sollten ihm eine Chance geben.«

»Die muss er sich erst mal verdienen.«

»Genau«, stimmte Fotini zu. »Wie wichtig kann ihm Bobby schon gewesen sein, wenn er sich hier nie hat blicken lassen?«

Das bestätigte meine Vermutung. »Ihr habt ihn also noch nie gesehen?«

Einstimmiges Kopfschütteln am Tisch.

»Das muss nix heißen«, entgegnete Kate. »Nur weil er nie im *Moonlight* war, muss das ja nicht bedeuten, dass er Bobby nie besucht hat. Außerdem wird Bobby sich schon was dabei gedacht haben, ihm die Bar zu vermachen. Ich bin bei Kilian, wir sollten ihm eine Chance geben.«

»Uns bleibt ja nichts anderes übrig.« Liam verschränkte die Arme vor der Brust und sah aus, als würde ihm das nicht gefallen.

Ich stand auf und nahm das Tablett vom Tisch. »Ich geh mal zurück und schau, ob ich etwas mehr aus ihm herausbekommen kann.«

Kapitel 3

COOPER

Ich betrachtete Sophie, die an dem einzigen vollbesetzten Tisch lehnte. Immer wieder sahen ihre Freunde zu mir rüber, was wohl belegte, dass sie über mich redeten. Nicht, dass das irgendwie verwunderlich war. In Eden galt ich als der verlorene Enkel, und nur die wenigsten wussten, dass ich überhaupt regelmäßigen Kontakt zu meinem Großvater gehalten hatte. Dass ich sogar mal eine Zeit lang bei ihm gewohnt hatte, war den meisten gar nicht klar – oder sie hatten es verdrängt. Dazu musste ich gestehen, dass ich es ihnen leicht gemacht hatte. Ich hatte mich aktiv aus den Angelegenheiten von Eden rausgehalten, war nie runter in die Bar gekommen, wenn ich meinen Grandpa besucht hatte, und hatte sonst mit niemandem gesprochen. Andere Menschen und ich … das war eine schwierige Sache, weshalb ich mich möglichst von ihnen fernhielt. Da durfte ich mich nicht beschweren, wenn die Leute aus Eden mir nun mit Skepsis begegneten. Die ja sogar berechtigt war. Auch wenn ich das *Moonlight* in guten Händen wissen wollte, war es nicht mein Plan zu bleiben. Sechs Monate, so stand es in dem Vertrag, dann wäre ich sofort wieder weg.

»Sorry, dass es so lange gedauert hat.« Sophie erschien in meinem Blickfeld, klemmte sich eine rotblonde Haarsträhne hinter das Ohr und stellte das Tablett vor sich ab. Ihre warmen braunen Augen musterten mich über die Theke hinweg. Ich versuchte, den Argwohn darin zu entdecken, mit dem mir so viele andere begegneten, konnte aber nichts als ehrliche Neugier finden.

Meine Mundwinkel hoben sich, aber das Lächeln fühlte sich bitter an. »Ich kann schon verstehen, dass es viel über mich zu reden gibt.«

Sie hob die Schultern. »Bis gerade hatten wir Angst, dass das *Moonlight* in absehbarer Zeit schließen müsste. Dass es verkauft wird und hier ein Wohnkomplex, eine Mall oder was auch immer entsteht. Es ist wirklich eine gute Sache, dass du da bist und einen würdigen Nachfolger für Bobby finden willst.« Sie legte die Stirn in Falten und schüttelte den Kopf. »Wobei niemand Bobby ersetzen kann.«

Es war nett, dass sie das sagte, aber ich war trotzdem nicht davon überzeugt, dass alle in Eden mich mit offenen Armen empfangen würden. Allerdings wollte ich das vor Sophie nicht zu genau erläutern. Sie schien bisher keine Vorbehalte mir gegenüber zu haben, und dabei wollte ich es belassen. Also ging ich auf ihren Akzent ein, der mir schon von Anfang an aufgefallen war. »Du bist nicht von hier, oder?«

Leichte Röte kroch ihren Hals empor. »Nein, ich bin aus Deutschland und mache gerade ein Work-and-Travel-Jahr in Australien.«

»Nicht schlecht. Was hast du schon alles gesehen?«

Jetzt färbten sich auch ihre Wangen dunkel. »Na ja, die meiste Zeit habe ich ehrlich gesagt in Eden verbracht. Und bald reisen wir schon wieder ab. Also, zurück nach Hause.« Ihr Blick richtete sich auf etwas hinter meiner Schulter, vermutlich den Tisch mit ihren Freunden. »Ich bin mit meiner besten Freundin Isabel hier, die sich in diesen Koalaretter verliebt hat, auf dessen Reservat wir gearbeitet haben. Da ist die Entscheidung, hierzubleiben anstatt weiterzuziehen, leichtgefallen.«

Es kam mir vor, als wäre es nur die halbe Wahrheit. Da war ein Unterton in ihrer Stimme, der ihre Worte Lügen strafte. »Bereust du es?«

»Nein«, sagte sie sofort. Ein bisschen zu schnell und zu vehement, was ihr selbst aufzufallen schien. Mit einem Seufzen zog sie den Hocker zu sich und setzte sich mir gegenüber hin. »Doch, schon«, gestand sie. »Zumindest ein bisschen. Dieses Jahr sollte ein großes Abenteuer für mich werden, bevor ich meinen Master mache und dann anfange zu arbeiten. Ich hatte eine ellenlange Liste, was ich alles von Australien sehen will, doch die ist jetzt leider für die Tonne.«

»Wie lange bleibt ihr noch?«

»Sechs Wochen etwa.«

»Dann hättest du noch genug Zeit.« Klar würde sie nicht mehr alles sehen können, was sie sich vorgenommen hatte, aber das würde mich an ihrer Stelle nicht davon abhalten, es zumindest zu versuchen.

Sophies Stimme klang melancholisch. »Ich habe drüber nachgedacht, allein aufzubrechen, aber ehrlich gesagt ist das nichts für mich.« Ihre Miene machte deutlich, dass sie nicht weiter darüber reden wollte, dabei hätte es vieles gegeben, das ich dazu gern losgeworden wäre. Wenn man allein unterwegs war, eröffneten sich einem viel mehr Möglichkeiten. Man war ungebunden, musste sich nicht anderen unterordnen und konnte seine volle Aufmerksamkeit auf das richten, weswegen man aufgebrochen war. Niemand konnte einen davon abhalten, irgendwo länger zu bleiben als geplant oder frühzeitig weiterzuziehen, wenn es einem nicht gefiel. Die Möglichkeiten waren unendlich, und ich war immer dafür, es zumindest auszuprobieren, trotzdem sagte ich nichts davon. Denn das war eins der Dinge, die mich seltsam machten. Zumindest gaben mir andere immer das Gefühl, seltsam oder zumindest anders zu sein, wenn ich ihnen erzählte, dass allein reisen etwas Gutes war, etwas, das sie unbedingt ausprobieren sollten. Außerdem ging es mich nun wirklich nichts an, warum Sophie das nicht getan hatte.

Ich sah zu dem Vogel, der in einem Käfig hinter Sophie auf

dem Tresen stand, und wechselte das Thema. »Ist das nicht Bobbys Vogel?«

»Ja. Grayson hat ihn runtergeholt, weil ...« Sie verstummte und senkte den Blick auf ihre Hände, die sie im Schoß wrang. »Wir wollten ihn oben nicht allein lassen, aber auch nicht jeden Tag hochgehen, um ihn zu füttern. Wir wussten ja überhaupt nicht, was mit dem *Moonlight* und Bobbys Wohnung geschieht. Deshalb haben wir beschlossen, erst mal *business as usual* zu machen, bis uns jemand was anderes sagt.«

»Hattet ihr denn niemanden, der euch hilft?« Mit zusammengekniffenen Augen taxierte ich Sophie. Ich schätzte sie auf Anfang zwanzig, und als Work-and-Travellerin konnte sie maximal als Aushilfe eingestellt sein. Aber Grandpa musste doch auch eine Vertretung gehabt haben. Jemanden, der sich um alles gekümmert hatte, wenn er mal krank wurde. Er war über sechzig gewesen, da konnte er den Laden doch nicht mehr allein geschmissen haben.

Mit einem Mal straffte sie die Schultern. »Wir kennen uns hier gut aus, das kriegen wir auch allein hin. Klar war Bobbys bester Kumpel Jenkins hier, um uns zu unterstützen. Von ihm haben wir auch den Generalschlüssel für die Wohnung und das Lager bekommen, wir hatten nur den für die Bar. Ansonsten hat Bobby sich schwer damit getan, die Kontrolle abzugeben. Er hat immer aus dem Hintergrund die Fäden gezogen und musste jeden Abend in der Bar sein, um zu kontrollieren, ob alles seine Richtigkeit hat.«

Ich unterdrückte einen Fluch. Das war typisch mein Grandpa. Vor einigen Jahren hatten wir mal eine Diskussion geführt, weil ich der Meinung gewesen war, dass er langsam etwas kürzertreten sollte. Seit dem Tod meiner Grandma hatte ich das Gefühl gehabt, dass er sich viel mehr in die Arbeit stürzte, als gut für ihn war. Ich hatte gehofft, er hätte sich meine Argumente zu Herzen genommen, aber das war wohl nicht der Fall gewesen.

Sophie redete weiter und bestätigte meinen Verdacht. »Nach seinem ersten Herzinfarkt im letzten Jahr haben wir ihm geraten, es ruhiger angehen zu lassen. Grayson hatte sogar einen Plan erstellt, wie wir den Laden am Laufen halten, ohne dass Bobby jeden Abend runterkommen muss. Dreimal die Woche, war unser Vorschlag. Wir dachten, es würde ihm guttun und dass er etwas abschalten könnte, wenn er sieht, dass der Laden auch ohne ihn läuft, aber ... na ja ...« Etwas hilflos zuckte sie mit den Schultern.

»Lass mich raten, er hat keine Woche durchgehalten?«

»Drei Tage.« Ein wehmütiges Lächeln umspielte ihre Lippen. »Er hat es drei Tage ausgehalten, dann war er wieder jeden Tag unten, als wäre nichts geschehen.«

Ich seufzte. Wann immer ich mit Grandpa gesprochen hatte, hatte es anders geklungen. Jedes Mal hatte ich ihn gefragt, ob er sich auch genug schonte, und er hatte behauptet, weniger Stunden in der Bar zu verbringen. Offensichtlich hatte er mich damit nur beruhigen wollen, wenn ich Sophies Bericht Glauben schenkte. Und das tat ich.

»Ich frage mich, ob wir nicht vehementer hätten sein sollen«, sagte sie jetzt. »Vielleicht hätten wir ...«

»Tu das nicht«, unterbrach ich sie. »Bobby war ein erwachsener Mann, der es gewohnt war, seine eigenen Entscheidungen zu treffen. Ihr hättet nicht verhindern können, was geschehen ist, und das war auch nicht eure Aufgabe.« Wenn überhaupt, wäre es meine gewesen, aber ich war viel zu selten hier gewesen, um die Anzeichen zu erkennen. Und um ehrlich zu sein, hätte ich sie vermutlich auch gar nicht sehen wollen. Grandpa war mir immer unverwüstlich erschienen. Wie ein Fels in der Brandung war er damals eingesprungen und hatte mich zu sich geholt, als ich sonst niemanden mehr gehabt hatte. Doch das war mittlerweile sieben Jahre her. Ich hatte einfach nicht sehen wollen, dass er Hilfe benötigte. Ich atmete gegen die plötzlich wiederkehrende Enge in meiner Brust an. Eine Mischung aus Trauer und Schuldgefühlen lastete auf mir, und ich machte mir selbst bittere Vorwürfe, dass ich nicht regelmäßiger bei Grandpa vorbeigekommen war. Natürlich war es müßig, im Nachhinein darüber nachzudenken – was mein Gehirn aber nicht davon abhielt, genau das zu tun.

»Das weiß ich«, riss Sophies Stimme mich aus meinen Gedanken. »Ich gebe mir auch nicht die Schuld an dem, was passiert ist. Aber ist es nicht normal, dass man sich fragt, ob man etwas hätte tun können, das einen Unterschied gemacht hätte?« Sie sah mich direkt an. Ihre hellbraunen Augen waren wachsam und schienen viel mehr mitzubekommen, als mir lieb war. Mir wurde heiß, gleichzeitig raste ein kalter Schauder über meinen Rücken, und ich stand abrupt auf.

»Komm, wir bringen den Vogel raus.«

Sie blinzelte verständnislos. »Was?«

»Der Vogel.« Ich deutete auf den Käfig hinter ihr. »Er sollte nicht eingesperrt sein. Wir lassen ihn draußen frei.«

Eine steile Falte bildete sich auf ihrer Stirn. »Kann er denn überleben, nachdem er jahrelang bei Bobby versorgt wurde?«

Ihre Besorgnis brachte mich zum Lächeln. Gefühlt das erste Mal, seit ich von Grandpas Tod erfahren hatte. »Kann er. Es gibt natürlich keine Gewissheit, dass er nicht von einem anderen Greifvogel gefressen wird, aber das ist der Lauf der Dinge. Auf jeden Fall sollte er nicht in einem Käfig in dieser Bar leben, das ist nicht die richtige Umgebung für ihn.«

Sie seufzte. »Du hast ja recht. Bei Bobby durfte er frei in der Wohnung fliegen, aber wir wollten ihn dort einfach nicht komplett allein lassen.« Beherzt griff sie nach dem Käfig und hob ihn vom Tresen. »Bringen wir ihn raus.«

Ich rutschte vom Stuhl und folgte Sophie auf den Parkplatz. Der Himmel war heute bewölkt, trotzdem war ersichtlich, dass die Dämmerung bereits eingesetzt hatte. Langsam wurde es dunkel, und in einer Stunde wäre die Sonne komplett untergegangen. Ein frischer Wind wehte vom Meer aufs Land und ließ mich in meinem T-Shirt frösteln, das tagsüber noch ausreichend für die Temperaturen gewesen war.

Sophie ging zielstrebig zu der Mauer, die den Parkplatz eingrenzte. Heute standen nur wenige Autos hier, die meisten davon Kleinwagen, was meinen Bus besonders auffällig herausstechen ließ. Doch Sophie beachtete ihn gar nicht. All ihre Aufmerksamkeit lag auf dem kleinen grünen Vogel im Käfig, den sie gerade auf der Mauer absetzte. Sie sagte etwas zu ihm, das ich nicht verstehen konnte, dann öffnete sie die Käfigtür und trat einen Schritt zurück.

Zuerst passierte nichts. Der Vogel blieb auf seiner Stange sitzen und betrachtete das offene Türchen skeptisch, als wüsste er nicht, was er damit anfangen sollte. Vielleicht fragte er sich, wo der Haken an der Sache war, dass ihn plötzlich jemand in die Freiheit entlassen wollte. Vielleicht war er aber auch einfach von der aktuellen Perspektive verwirrt, kannte er den Parkplatz doch nur vom Fenster aus.

Unwillkürlich zuckte mein Blick nach oben zu der Wohnung, die über dem *Moonlight* lag. Fast erwartete ich, eine Bewegung hinter einem der Fenster zu erkennen, so wie es früher oft der Fall gewesen war, wenn ich zu Besuch gekommen war. Doch natürlich war da nichts. Es brannte nicht einmal irgendwo Licht, die ganze Wohnung lag im Dunkeln.

Wieder dieses Ziehen in meiner Brust, und die Erkenntnis, dass Grandpa nie wieder irgendwo Licht entzünden würde, traf mich wie eine Wucht. Er würde nie wieder hier stehen und zu seiner Wohnung hochschauen, wie ich es gerade tat. Nie wieder das *Moonlight* betreten, das er über alles geliebt hatte, und mich nie wieder in seine Arme ziehen, wenn wir uns nach längerer Zeit wiedersahen.

»Da, er kommt raus.«

Erneut war es Sophies Stimme, die mich in die Realität zurückholte. Ich sah zu ihr, betrachtete sie in ihrer engen schwarzen Jeans und dem fliederfarbenen T-Shirt. Auf ihren Armen hatte sich eine Gänsehaut gebildet, doch das schien sie gar nicht zu stören. Entzückt betrachtete sie den kleinen Vogel, der soeben auf das Dach seines Käfigs gekrabbelt war und seine Federn aufplusterte. Keine Sekunde später setzte er zum Sprung an, breitete die Flügel aus und erhob sich in die Luft. Ich sah ihm nach, wie er zuerst zu einem Eukalyptusbaum flog, der auf der gegenüberliegenden Straßenseite stand, und kurz darauf über die angrenzenden Häuser hinweg in Richtung Wald verschwand.

»Mach's gut, kleiner Freund«, murmelte Sophie, dann griff sie nach dem Käfig und wandte sich mir zu. »Komm, wir bringen den weg, dann kann ich dir schon mal das Lager und den Abstellraum zeigen.«

Ich nickte und folgte ihr. Das war tatsächlich ein Bereich, den ich noch nicht kannte. Früher hatte Grandpa nicht zugelassen, dass ich im *Moonlight* aushalf, weil er nicht nur der Meinung gewesen war, dass ich mich auf die Schule konzentrieren sollte, sondern zudem nicht wollte, dass ich als Minderjähriger mit Alkohol hantierte. Stattdessen hatte er mir meine erste Kamera geschenkt, und ich hatte die Nationalparks in der Umgebung unsicher gemacht. Nach meinem Abschluss hatte es mich dann in die Weiten Australiens gezogen, und wenn ich zu Besuch hier gewesen war, hatte ich kein Interesse daran gehabt, das *Moonlight* zu betreten. Ich hatte Grandma und Grandpa besucht, war aber oben in ihrer Wohnung geblieben.

Sophie führte mich zu dem Durchgang hinter der Theke, der mir zuvor schon aufgefallen war. Ein schmaler Flur, von dem etliche Türen abgingen, empfing uns.

»Hier sind die Umkleiden des Personals.« Sie deutete auf die erste Tür zu unserer Linken. »Hier rechts ist die Küche, die heute nicht besetzt ist, weil so wenig los ist. Wir haben eine recht klassische Speisekarte mit überwiegend Burgern und Fingerfood. Einmal im Monat veranstalten wir ein Barbie, das wird dann draußen auf der Terrasse aufgebaut.«

Neugierig öffnete ich die Tür und warf einen Blick in die Küche. Alles war unheimlich sauber und aus Stahl. Lange glänzende Tische, die zur Zubereitung dienten, und vier Kochinseln auf der gegenüberliegenden Seite. »Sieht ziemlich verlassen aus«, kommentierte ich trocken, was Sophie zum Lachen brachte.

»Wenn hier Hochbetrieb herrscht – vor allem am Wochenende, wenn Rugbyspiele sind, oder im Sommer, wenn es vor Touristen in Eden wimmelt –, sieht es völlig anders aus. Die Lautstärke treibt dich in den Wahnsinn.«

Fragend zog ich die Augenbrauen hoch, und sie hob die Schultern. »In der Küche wird nicht zimperlich miteinander umgegangen, dafür muss man gemacht sein.«

Mehr erklärte sie nicht, aber ich vermutete, dass ich es bald ohnehin selbst erleben würde.

Wir schlossen die Tür und gingen weiter den Flur entlang. »Hier ist ein kleiner Fundraum.« Sophie deutete nach links. »Alles, was Gäste liegen gelassen haben und wir nach der Schließung finden, kommt hier rein. Oftmals wird es nach wenigen Tagen abgeholt, aber manchmal, besonders wenn Touristen es vergessen haben, bleibt etwas liegen. Was nach zwei Wochen nicht abgeholt wurde und noch in einem guten Zustand ist, wird wohltätigen Organisationen gespendet.«

Hinter der nächsten Tür befand sich Grandpas Büro. Wir traten ein. Es war ein schmaler Raum, die Wände waren in einem hellen Beige gestrichen. Links stand ein Bücherregal, das auf den ersten Blick mit allerlei Sachbüchern vollgestellt war. Ein großes Fenster ging zum Meer hinaus, und davor befand sich ein großer Schreibtisch mit Computer und allerlei Akten.

»Sorry für das Chaos«, sagte Sophie. »Wir haben die letzten Tage damit verbracht, die wichtigsten Papiere zusammenzusuchen, damit alle Rechnungen pünktlich bezahlt werden. Wir wussten nicht genau, wo Bobby alles abgelegt hat.«
»Er hat immer noch alles allein gemacht? Selbst nach dem ersten Herzinfarkt?«
Sie stieß die angehaltene Luft aus. »Er meinte, das würde nicht wieder passieren, und wenn doch, dass er das rechtzeitig merkt und uns dann alles übergeben könne.«
»Natürlich dachte er das.« Ich kniff in meine Nasenwurzel und schloss für einen Moment die Augen. Diese Sturheit war etwas, das in meiner Familie angeboren war, aber es kam mir zusätzlich so vor, als wäre sie bei Grandpa in den letzten Jahren ausgeprägter geworden. Es passte auch einfach perfekt zu ihm, dass er niemanden in das Heiligtum seiner Arbeit einweihte.

»Ich habe mittlerweile einen ziemlich guten Überblick. Wir können uns die Tage gern zusammensetzen, dann zeige ich dir alles.« Sophie, die noch immer den Käfig in der Hand hielt, wandte sich zum Gehen, und ich folgte ihr aus dem Raum.

Jetzt lag nur noch eine Tür am Ende des Flurs vor uns, hinter der sich das Lager befinden musste. Zielstrebig ging Sophie darauf zu und zog die Tür auf. Der Raum, der sich dahinter erstreckte, war deutlich größer, als ich zuvor vermutet hatte. Auf der linken Seite stapelten sich Getränkekisten bis fast unter die Decke. Daneben gab es Regale, in denen aller möglicher Kram gelagert war. Servietten, Strohhütchen und Schirmchen für Getränke, Strohhalme aus Glas und diverse Dekomaterialien für die verschiedensten Themenabende. Boxen mit Gläsern, Tellern und Besteck, wenn mal was kaputtging, drei große Grills und zusammenfaltbare Tische, die vermutlich für das Barbie genutzt wurden.

Sophie stellte den Käfig in einer Ecke ab, wo niemand darüberfallen konnte, dann steuerte sie eine Tür an, die mir erst auffiel, als sie direkt davorstand.

»Hier geht es ins Kühllager.« Sie trat ein, und ich beeilte mich, ihr zu folgen. »Das ist die kritische Zone. Hier muss jeden Abend Bestandsaufnahme gemacht werden. Was muss nachbestellt werden, was ist nicht mehr frisch genug, um am nächsten Tag verwendet werden zu können. Bobby war fast jeden Tag am Hafen und auf dem Markt, um Nachschub zu holen. Fleisch wird von einer nahe gelegenen Ranch einmal die Woche geliefert.«

Ich ließ meinen Blick durch den großen Kühlraum wandern. In Stahlregalen wurden Obst, Gemüse, Fisch und Fleisch gelagert, dazu diverse Teige und Soßen, Butter, Milch und was man sonst noch für die Zubereitung der Speisen im *Moonlight* brauchte. Allein dieses Lager überforderte mich komplett. Das einzige »Kochen«, mit dem ich mich auskannte, war das Aufwärmen von Dosenmahlzeiten auf meinem Campingkocher oder die Zubereitung einfacher Suppen. Bei den meisten Gerichten wusste ich nicht mal, welche Zutaten dafür verwendet wurden – oder wie viel gebraucht wurde.

»Ich werde mir das niemals alles merken können«, rutschte es mir heraus.

Sophie drehte sich zu mir um und schenkte mir ein Lächeln, bei dem mir merkwürdigerweise gleich etwas zuversichtlicher zumute wurde. »Ich werde dir eine Liste erstellen, auf der alles Wichtige draufsteht. Du wirst keine Probleme haben, wenn du sie befolgst.«

Kapitel 4

SOPHIE

»Ich habe hinten alles abgeschlossen«, sagte ich und setzte mich Cooper gegenüber an den Tisch. Es war spät geworden, das *Moonlight* hatte längst geschlossen, aber er starrte noch immer mit leerem Blick auf die Theke. Aus irgendeinem Grund wollte ich ihn nicht allein lassen. Zum Teil lag es daran, weil er komplett überfordert gewirkt hatte, sobald er die Lagerräume gesehen hatte, aber da war noch etwas anderes. Etwas, das dafür sorgte, dass ich mich wohl in seiner Gegenwart fühlte, obwohl wir uns überhaupt nicht kannten. Unerklärlicherweise fühlte ich mich zu ihm hingezogen, dabei war ich sonst niemand, der an Liebe oder Anziehung auf den ersten Blick glaubte. Das tat ich auch jetzt noch nicht, trotzdem hatte Cooper etwas an sich, bei dem ich mir wünschte, mich noch nicht von ihm verabschieden zu müssen.

»Wie hat Grandpa das alles allein geschafft?«, fragte Cooper und hob den Blick von der Liste.

»Hat er nicht«, entgegnete ich. »Wir arbeiten als Team hier. Der Koch hat ihm jeden Abend mitgeteilt, was nachbestellt werden muss. Grayson, Hayden und ich haben regelmäßig überprüft, welche Vorräte zur Neige gehen. Bobby musste sich dann nur um die eigentlichen Bestellungen kümmern und zusehen, dass wir rechtzeitig bezahlt wurden.«

»Was ist mit Trinkgeld?«

»Wird unter allen aufgeteilt. Wir sammeln es in der Maus«, ich deutete auf ein dickbauchiges Sparschwein hinter der Theke, das wie eine Maus aussah, »und teilen es unter allen auf, die an dem Abend gearbeitet haben. So haben auch die Leute in der Küche etwas davon.«

»Find ich gut.« Cooper lehnte sich in seinem Stuhl zurück. Mit den Händen rieb er über sein Gesicht, dann über seine Haare den Kopf hinab, bis er sie in seinem Nacken verschränken konnte. »Ich glaub, ich hab genug für heute. Mein Kopf platzt gleich.«

»Oh, okay.« Enttäuschung überfiel mich, ich hätte noch ewig mit Cooper hier sitzen bleiben können. Aber ich verstand auch, dass er genug für heute hatte. Es war ein langer Abend gewesen, und man wurde schließlich nicht jeden Tag plötzlich Besitzer einer Bar.

Mit einem Ächzen drückte Cooper sich aus dem Stuhl hoch. »Magst du noch was mit mir trinken? Habe keine Lust, schon hochzugehen, aber du musst mir versprechen, dass wir nicht mehr über diese Arbeit reden.« Mit den Fingern machte er eine Drehbewegung durch die Bar.

Mein Herz machte einen Satz, und ich nickte bereits, bevor er zu Ende gesprochen hatte. »Ich nehme ein Bier.«

»Alles klar, kommt sofort.«

Ich betrachtete Cooper dabei, wie er hinter der Theke verschwand und kurz in den Regalen herumsuchte, bis er passende Gläser gefunden hatte. Dann trat er an den Zapfhahn, um diese zu füllen. Er wirkte konzentriert bei der Arbeit, aber schon etwas gelöster als am späten Nachmittag, als er die Bar betreten hatte. Seine Schultern waren weniger angespannt, und auch die steile Falte auf seiner Stirn hatte sich etwas geglättet. Auf den ersten Blick wirkte er in sich ruhend, gleichzeitig spürte ich eine nervöse Energie von ihm ausgehen, wie von einem wilden Tier, das in einen Käfig gesperrt war und versuchte auszubrechen. Mein Blick glitt zu seinen tätowierten Armen. Sie bestanden aus überwiegend schwarzen Bildern, nur ab und zu konnte ich auch etwas Blau oder Rot dazwischen entdecken. Sie waren aus mehreren kleinen Tattoos zusammengesetzt, und ich meinte, auch einige Tiere darunter erkennen zu können.

»Hier.« Cooper stellte mein Bier vor mir ab und setzte sich mit seinem Glas mir gegenüber hin. Dann hielt er es mir entgegen. »Cheers.«

»Prost.« Ich stieß mit ihm an und trank einen kräftigen Schluck. Der herbe Geschmack traf auf meine Zunge, und die Schaumkrone berührte meine Nase. Verdammt. Schnell setzte ich das Glas ab, griff nach einer Serviette und putzte den Schaumbart weg.

»Was machst du eigentlich so, wenn du nicht plötzlich der neue Besitzer einer Bar wirst?«, fragte ich, um das Schweigen zwischen uns nicht zu lang werden zu lassen.

»Ich bin Fotograf.«

»Von ... Models?«, hakte ich skeptisch nach. Irgendwie konnte ich mir Cooper nicht in einem Studio vorstellen, wo er aufgehübschte Menschen fotografierte, die eine neue Kollektion präsentierten.

Als fände er die Idee genauso absurd, lachte er laut. »Bloß nicht. Ich bin Naturfotograf und arbeite mit unterschiedlichen Magazinen und Zeitschriften zusammen. Wenn ihre Redakteure einen Artikel über eine Tier- oder Pflanzenart schreiben, dann beauftragen sie mich, die entsprechenden Bilder dafür zu machen. Inklusive Vorgaben, was sie sich vorstellen.«

»Wow.« Sofort war mein Interesse geweckt. Cooper musste all das in- und auswendig kennen, was ich von Australien gern gesehen hätte. Ob er mir einige Fotos aus seinem Fundus zeigen konnte? Klar wäre es nicht dasselbe, wie es live zu erleben, aber allemal besser als gar nichts. »Und wie läuft das dann ab? Du fährst da hin, wo die Tiere leben, machst ein paar Bilder und kommst zurück?«

Er lachte erneut, und mir fiel auf, wie viel gelöster er dann wirkte. »Sehr vereinfacht ausgedrückt kann man das schon so sagen. In der Realität ist es aber so, dass es oftmals Tage dauert, bis die Tiere sich blicken lassen, und dann muss man das perfekte Foto erst mal schießen.« Cooper lehnte sich in seinem Stuhl zurück, ein Bein locker über das andere geschlagen.

»Also besteht dein Job hauptsächlich aus Warten?«

»Genau. Man muss viel Geduld mitbringen, sonst wird das mit dem richtigen Bild nichts.«

»Ich würde es hassen«, gestand ich lachend. »Ich bin der ungeduldigste Mensch auf der Welt.«

Er zuckte bloß mit den Schultern. »Die Tiere sind halt keine Models, denen man sagen kann, wo sie zu stehen und was sie zu tun haben. Es gehört auch immer etwas Glück dazu, das Foto zu schießen, das die Auftraggeber haben wollen.«

Interessiert lehnte ich mich näher zu Cooper. Wenn er über seine Arbeit sprach, verwandelte sich seine komplette Mimik und Körperhaltung. Es war offensichtlich, dass er liebte, was er tat, und völlig darin aufging. »Was machst du mit den Bildern, die sie nicht wollen?«

»Erst mal schicke ich alles Verwertbare in die Redaktion, daraus suchen sie sich aus, was sie wollen, und bezahlen mich dafür. Die übrigen Bilder gehen an mich zurück. Manchmal kann ich sie für andere Aufträge verwenden, und zur Not eignen sie sich zumindest für mein Instagram.«

»Oh, du hast eine Seite für deine Fotografien?« Ich musste später mal danach suchen und mir ansehen, was er dort postete.

»Dort versuche ich auch darauf aufmerksam zu machen, wie wir den Planeten und damit auch den Lebensraum der Tiere zerstören. Und was getan werden kann, um das rückgängig zu machen.«

Natürlich war er auch noch ein Weltretter. Gefühlt setzte jeder, den ich in Eden kennengelernt hatte, sich auf die eine oder andere Weise für Tier- oder Umweltschutz ein. Und ich hätte früher nicht gedacht, wie verflucht sexy ich das fand.

»Also kann ich noch was lernen, wenn ich dir folge?«, fragte ich ihn mit hochgezogenen Augenbrauen.

Cooper lachte erneut, und diesmal schien der Ton in all meinen Zellen zu vibrieren. »Lernen kann man jeden Tag und überall was. Die Frage ist immer, ob man das will.«

»Wir haben nur diese eine Erde«, entgegnete ich. »Es ist mehr als überfällig, dass wir anfangen, sie zu schützen.«

»Das ist wahr.« Cooper griff nach seinem Glas und trank einen großen Schluck. »Aber genug von mir, was treibst du so, wenn du nicht gerade *Work and Travel* in Australien machst?«

»Ich hab meinen Bachelor in Journalismus gemacht und plane, nach meiner Rückkehr in Deutschland meinen Master zu starten.«

Cooper stützte sich mit den Ellbogen auf der Tischplatte auf und lehnte sich näher zu mir. Sein Blick lag interessiert auf mir und setzte ein Prickeln tief in meiner Magengrube frei. »Also willst du danach bei einer Tageszeitung arbeiten?«

»Könnte ich, aber eigentlich weiß ich noch nicht genau, in welche Richtung es für mich geht.« Die Möglichkeiten bei Journalismus waren nahezu unendlich, und auch wenn ich das vorher in Ansätzen schon gewusst hatte, war mir das wahre Ausmaß erst während des Studiums klar geworden.

Die Andeutung eines Lächelns zupfte an Coopers Mundwinkeln. »Du willst dich noch nicht festlegen?«

»Das ist es nicht.« Ich suchte nach den richtigen Worten. »Vor dem Studium dachte ich, dass ich unbedingt bei einer regionalen Zeitung arbeiten will, die vor allem über Wichtiges aus der Umgebung berichtet. Dazu müsste ich nicht weit reisen und wäre jeden Abend zu Hause. Während des Studiums ist mir dann bewusst geworden, wie viel mehr Möglichkeiten mir offenstehen. Ich habe einen Kurs über Reportagen aus Krisengebieten belegt, was super spannend war. Da weiß man nie, wohin es einen die nächste Woche verschlägt. Aber genauso gut könnte ich auch für wissenschaftliche Zeitschriften arbeiten, oder das, was du erzählt hast, die Artikel für Fotoreportagen schreiben. Es gibt so viele Optionen, und ich werde im Masterstudium überlegen, welche davon ich mir näher ansehen möchte.«

Cooper nickte anerkennend. »Du scheinst dich mit deinem Feld jedenfalls genau auszukennen.«

Ich lachte leise. »Ich habe das zwei Jahre studiert, es wäre traurig, wenn es anders wäre.«

Etwas Düsteres legte sich auf seine Miene. »Du hast keine Ahnung, wie viele Leute ich in meinem Leben getroffen hab, die auf der Uni waren, aber eigentlich kein Interesse an dem hatten, was sie dort machen.«

Okay, von der Seite betrachtet musste ich ihm recht geben, die hatte es an der Uni Frankfurt ebenfalls gegeben. »Hast du denn selbst studiert?«, legte ich die Aufmerksamkeit wieder auf ihn.

Sofort schüttelte er den Kopf. »Ich hab in meinem Leben nicht einen Fuß auf ein Unigelände gesetzt. Aber ich komme viel rum, übernachte oft auf Campingplätzen oder sitze abends allein in Pubs, da kommt man schnell mit anderen ins Gespräch. Und du glaubst gar nicht, was die Leute alles bereit sind, dir zu erzählen, wenn sie genau wissen, dass sie dich nie wiedersehen.«

»Ist das wirklich so?« Ich hatte davon gehört, es mir aber nie vorstellen können. »Ich komme von einem kleinen Dorf, wo jeder jeden kennt, und jeder weiß, was du wieder angestellt hast, bevor du es überhaupt getan hast. Da geht man sehr vorsichtig mit den Informationen um, die man verbreiten möchte.«

Etwas flackerte über Coopers Gesicht, als wüsste er genau,

wovon ich sprach, doch es war so schnell wieder weg, dass ich es mir bloß eingebildet haben konnte.»Das gibt es sicher überall, aber das meine ich nicht. Wenn ich für Aufträge unterwegs bin, bin ich oft tief im Busch oder an entlegenen Stränden unterwegs. Weil Australien so groß und an vielen Stellen wenig besiedelt ist, gibt es an den entlegensten Ecken Campingplätze, auf denen sich die unterschiedlichsten Leute treffen. Touristen, Abenteurer oder Einheimische, die einfach ihrem Alltag entfliehen wollen. Abends sitzt man dann zusammen am Lagerfeuer, und spätestens nach dem dritten Bier wird die Zunge locker. Es ist ja nichts Neues, dass es einfacher ist, fremden Menschen von seinen Problemen oder den tiefsten Wünschen zu erzählen. Es kann sogar eine therapeutische Wirkung haben. Noch einfacher wird es, wenn man genau weiß, dass derjenige, dem man das alles erzählt, bis zum Frühstück wahrscheinlich schon weitergereist ist. Es ist völlig egal, ob die Person einen für das verurteilt, was man verraten hat, weil man diese Verurteilung nie bei Tageslicht in dessen Augen sehen muss.« Er schüttelte den Kopf und raufte sich die Haare, wodurch sich einige Strähnen aus seinem zuvor akkuraten Man-Bun lösten.»Ich kann es nicht richtig erklären. Es ist eine ganz bestimmte Atmosphäre, frei und losgelöst. Man muss es wirklich mal erlebt haben.«

Die Begeisterung, die aus seinen Worten herausklang, war ansteckend. Plötzlich wollte ich genau das. Hier und jetzt mit Cooper in ein Auto steigen, losfahren und erleben, was er gerade beschrieben hatte. Diese Freiheit spüren, die ihn umgab, seit er das erste Wort an mich gerichtet hatte, und die ich auch jetzt in seinen Augen sehen konnte. Fremde, unterschiedliche Menschen kennenlernen, einen Abend mit ihnen verbringen und am kommenden Tag zum nächsten Abenteuer weiterziehen, ohne je zurückzublicken. Vermutlich malte mein Hirn sich das gerade romantischer aus, als es eigentlich war, aber das war genau der Grund, warum ich diese Reise angetreten hatte: Ich wollte mich in Abenteuer stürzen, die Freiheit auf meiner Zunge schmecken und mir auch mal Fehltritte erlauben, die ich im Nachhinein nicht bereuen musste. Stattdessen hockte ich seit zehn Monaten in Eden, und so wohl ich mich hier auch fühlte, ich konnte das nagende Gefühl, dadurch etwas Essenzielles verpasst zu haben, nicht ignorieren.

»Ich würde es so gerne«, sagte ich seufzend und griff nach meinem Glas, das mittlerweile fast leer war.

Cooper sah mich für einen Moment eindringlich an, dann wechselte er so schnell das Thema, dass mir schwindelig davon wurde. »Was muss ich sonst noch über das *Moonlight* wissen?«

Für einen Moment konnte ich ihn nur sprachlos anstarren. Nicht nur wegen des abrupten Themenwechsels, sondern auch, weil er mir vorhin noch gesagt hatte, dass er für heute genug über die Arbeit gehört hatte. Hatte ich etwas Falsches gesagt, oder wusste er schlicht nicht, was er wollte?

Ich räusperte mich und musste meine losen Gedanken zusammensuchen. »Einmal in der Woche müssen die neuen Dienstpläne erstellt werden«, begann ich. »Jeder darf im Vorfeld zwei Tage angeben, an denen er oder sie freihaben möchte, danach wird der Plan erstellt. Wie das geht, kann ich dir am Wochenende zeigen. Und alles andere … vieles ergibt sich bei der Arbeit. Ab morgen wirst du dann ja voll dabei sein, dann solltest du allen von uns mal über die Schulter schauen.«

Gedankenverloren nickte Cooper und blickte auf seine Armbanduhr. »Dann sollten wir für heute besser Schluss machen. Ich bin echt fertig, und morgen wird sicher ein langer Tag.«

»Klar.« Ich versuchte die Enttäuschung zu unterdrücken, die

mich überfiel. Am liebsten hätte ich mich weiter mit Cooper unterhalten. Dem Typen, der einerseits so offen und andererseits irgendwie verschlossen war. Auch wenn ich ihn noch nicht zu hundert Prozent einschätzen konnte, hatte er etwas an sich, das mich faszinierte und das ich weiter ergründen wollte. Aber da er der vorübergehende Besitzer des *Moonlight* war, würden wir uns jetzt regelmäßig sehen, und ich hätte noch genug Zeit dafür.

Wir erhoben uns gleichzeitig von unseren Stühlen. »Ich zeige dir noch, wie die Alarmanlage funktioniert.«

Er nickte und nahm unsere Gläser vom Tisch. »Ich muss eh noch mal raus, meine Sachen aus dem Bus holen.«

Ich wartete, bis Cooper die Gläser gespült und in den Schrank gestellt hatte, dann zeigte ich ihm, wie er den Alarm einstellen und wieder deaktivieren konnte. »Das war es eigentlich schon.«

»Sollte ich hinbekommen.«

»Denke ich auch. Wenn noch Fragen sind, kannst du mich jederzeit anrufen, meine Nummer steht in den Personalakten. Morgen um sechzehn Uhr kommt Grayson, um alles für das Barbie vorzubereiten. Ich gebe ihm Bescheid, dass du da bist, damit er dich nicht versehentlich für einen Einbrecher hält.«

Die Andeutung eines Lächelns zuckte um Coopers Mundwinkel. »Denkst du nicht, dass der Buschfunk ihn eh schon erreicht hat?«

»An normalen Tagen würde ich dir zustimmen, aber heute war echt wenig los. Und wir wollen es doch nicht herausfordern, oder? Grayson macht Kampfsport.«

»Okay, okay«, ruderte Cooper zurück. »Dann möchte ich ihm lieber keine Angriffsmöglichkeit bieten, das an mir anzuwenden.«

Lachend traten wir aus dem *Moonlight* auf den mittlerweile dunklen Parkplatz. Ich nahm Ellens Rad, das ich neben dem Eingang angekettet hatte, und folgte Cooper, der auf das einzig verbliebene Auto zuging. Wobei es eigentlich kein Auto, sondern ein VW-Bus war. Im Dunkeln fiel er auf dem Parkplatz kaum auf, obwohl er in Weiß und Mintgrün lackiert war. Einzig die metallene Leiter, die auf das Dach führte, glitzerte im Schein der Laternen. Mit diesem Wagen war Cooper auf seinen Touren unterwegs. War die Leiter daran angebracht, weil er vom Dach aus die Tiere beobachtete und fotografierte? Wie es wohl im Inneren des Wagens aussah? Ich hoffte darauf, dass er die hinteren Türen öffnete, damit ich einen Blick hineinwerfen konnte, doch abrupt wandte er sich von dem VW-Bus nach rechts. Zuerst wusste ich nicht, was er auf dem leeren Stellplatz wollte, dann bückte sich Cooper und hob ein Papiertaschentuch auf, das irgendwer dort fallen gelassen haben musste. Er murmelte etwas, das ich nicht verstehen konnte, aber nicht glücklich klang, und warf es in den nächstgelegenen Mülleimer. Dann ging er zu dem VW-Bus, öffnete die Beifahrertür und hievte eine Reisetasche vom Beifahrersitz. Mit einem Knall schlug er die Tür wieder zu und wandte sich zu mir um.

»Fahr vorsichtig, wir sehen uns morgen.« Er stutzte, schüttelte den Kopf. »Oder eher später.«

Ich musste nicht auf die Uhr sehen, um zu wissen, dass es weit nach Mitternacht war, und grinste. »Morgen ist erst, wenn man geschlafen hat.« Isabel und ich hatten das immer gesagt, als wir begonnen hatten, die Nächte durchzumachen. Dabei war es nicht einmal so gewesen, dass wir bis in die Puppen gefeiert hatten. Stattdessen waren wir in meinem Zimmer gewesen und hatten auf Netflix Filme oder Serien angeschaut, bis uns im Morgengrauen die Augen zugefallen waren. Oftmals hatten wir dabei so viel gequatscht, dass wir kaum mitbekommen hatten, was sich auf dem Fernseher abspielte, aber das war in den Momenten auch gar nicht wichtig gewesen.

Cooper lachte, und seine Augen funkelten in der Dunkelheit. »Den muss ich mir merken. Danke für vorhin. Mach's gut, Sophie.« Mein Name aus seinem Mund jagte einen Schauer über meinen Rücken.

Ich nickte ihm ein letztes Mal zu, dann schwang ich mich aufs Fahrrad und fuhr zum Sapphire Coast Koala Sanctuary.

Kapitel 5

COOPER

Ein frischer Wind blies mir entgegen, als ich den Friedhof betrat, bereits zum zweiten Mal, seit ich nach Eden zurückgekehrt war. Er ließ die Blätter an den Bäumen rascheln und wehte Laub über den gepflasterten Weg, der zwischen den Gräbern hindurchführte. Die Sonne tat sich schwer, sich gegen die dicken Wolken durchzusetzen, und vereinzelt fielen Regentropfen vom Himmel. Dafür, dass wir bereits Frühling hatten, war es kühl, fast schon unangenehm, aber im Allgemeinen passte das Wetter zu meiner Laune.

Der Friedhof in Eden vereinte das Alte mit dem Neuen. Verwitterte Gruften, die schon seit einem Jahrhundert hier standen, wechselten sich mit blank polierten Grabsteinen ab, die zu kürzlich Verstorbenen gehörten. Das Gemeinschaftsgrab meiner Großeltern gehörte in die letzte Kategorie. Meine Grandma war vor drei Jahren gestorben, und damals war ich zuletzt länger als einige Tage in Eden gewesen. Ich hatte Grandpa unter die Arme gegriffen, Behördengänge für ihn erledigt, ihm geholfen, die Beerdigung zu organisieren, und gemeinsam mit ihm die Wohnung ausgemistet. Vor allem war ich einfach für ihn da gewesen. Wir hatten lange Gespräche geführt, mit einigen Bieren am Küchentisch gesessen und bis in die Nacht über Grandma geredet. Damals hätte ich mir nicht vorstellen können, mich so bald auch von Grandpa verabschieden zu müssen.

Obwohl ich mich genau genommen nicht von ihm hatte verabschieden können. Abwesend rieb ich über meine Brust, wo mein Herz schmerzhaft pochte. Dass ich nicht hier gewesen war, als Grandpa mich am meisten gebraucht hatte, würde ich mir niemals verzeihen.

Das Grab stach mir bereits von Weitem ins Auge, weil es das einzige war, auf dem frische Blumenkränze lagen. Ich verlangsamte meine Schritte, doch auch damit konnte ich das Unausweichliche nicht aufhalten. Schließlich hielt ich davor an. Die Seite auf dem Grabstein, die bisher frei gewesen war, war nun auch beschriftet.

Robert Lee

Seinen Namen in weißer Gravur auf dem Marmorstein zu sehen, machte die Sache erneut viel endgültiger. Und realer. Noch immer hoffte ein kindlicher Teil in mir, dass es sich dabei bloß um eine Verwechslung handelte. Schon als ich vor drei Tagen spät in der Nacht Grandpas Wohnung betreten hatte, hatte ich gehofft, ihn am Küchentisch sitzend vorzufinden, wie es so oft gewesen war, wenn ich ihn besucht hatte. Doch natürlich war nichts davon geschehen. Es war bloß die naive Hoffnung eines kleinen Jungen, der sich nicht vom letzten Mitglied seiner Familie verabschieden wollte.

Dabei hatte ich vor einer langen Zeit gelernt, dass ich niemanden außer mir brauchte. Das war auch heute noch wahr, trotzdem tat dieser Verlust mehr weh als gedacht. Nur weil ich Grandpa nicht brauchte, hieß es nicht, dass ich ihn nicht vermissen würde. Er hatte mich nicht nur gerettet, als ich ein Teenager gewesen war, und mir ein Dach über dem Kopf gegeben, er hatte mich auch immer als gleichberechtigte, eigenständige Person behandelt. Er hatte mir nie reingeredet, was ich mit meinem Leben anfangen sollte – oder zumindest nur ein bisschen –, hatte meine Entscheidungen akzeptiert, auch wenn er anderer Meinung gewesen war. Er war mein Rückhalt gewesen, obwohl ich eigentlich keinen benötigte, und nun, da er nicht mehr da war, kam mir die Welt ein bisschen leerer vor. *Jetzt haben mich alle verlassen.*

Ich hockte mich vor das Grab, schüttelte den Gedanken ab und steckte die kleine Holzfigur in die lockere Erde. Es war eine meiner Schnitzereien, eine der ersten, die ich angefertigt hatte. Sie sollte einen Tasmanischen Teufel darstellen, hatte aber viel mehr Ähnlichkeit mit einem Eichhörnchen. Grandpa hatte das nicht gestört, als ich sie ihm mit siebzehn geschenkt hatte. Er war stolz auf mich gewesen, und ich war über die Jahre viel besser darin geworden, Figuren zu schnitzen, die auch nach dem aussahen, was sie darstellen sollten.

Gestern hatte ich die Figur in Grandpas Vitrine gefunden. Mir war gar nicht bewusst gewesen, dass er sie all die Jahre aufbewahrt hatte, aber dabei war mir die Idee gekommen, sie ihm mitzubringen. So wäre ein Teil von mir immer bei ihm, wie es auch zu Hause der Fall gewesen war.

»Hey, Grandpa«, sagte ich leise. »Ich hoffe, du bist jetzt wieder mit Grandma zusammen.« Ich glaubte nicht an ein Leben nach dem Tod, Wiedergeburt oder diesen ganzen anderen Hokuspokus, den man Leuten erzählte, um ihnen die Angst vorm Sterben zu nehmen. Aber Grandpa hatte daran geglaubt, seine geliebte Frau wiederzusehen und im Tod mit ihr vereint zu sein, und für ihn hoffte ich, dass er recht behalten hatte.

»Die letzten drei Tage waren eine wahre Achterbahnfahrt.« Ich schnaubte leise. »Ich bin nicht einmal dazu gekommen, großartig über das nachzudenken, was passiert ist.« Nachdem ich bei meiner Ankunft in Eden noch mehr oder weniger mit Sophie allein gewesen war, hatten sie uns Freitag und Samstag im *Moonlight* die Bude eingerannt. Jeder einzelne Platz war besetzt gewesen, und auch vor der Bar hatten sich die Leute gedrängt. Es war Wahnsinn, dass Sophie und Grayson mich nebenbei noch eingearbeitet hatten.

»Vermutlich hätte ich damit rechnen sollen, dass ganz Eden das *Moonlight* stürmt, sobald sie erfahren, dass dein verlorener Enkel zurückgekehrt ist. Eine ältere Dame – ich hab ihren Namen vergessen –, die sich noch daran erinnerte, dass du mich während der Highschool zu dir geholt hattest, hat mich sogar gefragt, ob ich jetzt sesshaft werde und mir endlich eine Frau suche.« Ein freudloses Lachen kam über meine Lippen. Nichts dergleichen hatte ich vor. Schon als Grandpa mich zu sich geholt hatte, hatte ich keine Lust auf die Gesellschaft aus Eden gehabt. Zwar hatte ich die Highschool abgeschlossen, mich davon abgesehen aber von den Leuten ferngehalten. Ich hatte keine Freundschaften schließen und mich nicht am Stadtfest beteiligen wollen. Ich war ein Einzelgänger, schon immer gewesen. Mit mir selbst kam ich am besten aus, musste mich niemandem unterordnen und konnte tun und lassen, was ich wollte.

»Aber ich muss zugeben, dass du im *Moonlight* eine gute Truppe zusammengestellt hast«, wechselte ich das Thema. »Sophie, Grayson und Hayden haben den Laden absolut im Griff. Sie sind wirklich mit Herzblut dabei.« Außerdem hatten sie mich mit offenen Armen empfangen. Wie schon bei Sophie am Freitag waren Grayson und Hayden offen mit mir umgegangen, ohne mir mit Ablehnung zu begegnen. »Und genau deshalb werde ich einen würdigen Nachfolger für das *Moonlight* finden. Ich werde Eden nicht eher verlassen, bis das Lokal in den richtigen Händen ist«, versprach ich ihm. Ich wusste noch nicht, wie ich das anstellen sollte, wie ich überhaupt jemanden finden sollte, der eine würdige Nachfolge für meinen Grandpa war, aber einer Sache war ich mir absolut sicher: Ich würde keinen Tag länger als nötig in Eden bleiben.

Eine Stunde später war ich zurück im *Moonlight*, das mittlerweile geöffnet hatte. Montag war eigentlich der ruhigste Tag in der Woche, wie Sophie mir erklärt hatte, aber da sich die Sensation, dass Bobbys Enkel zurück in Eden war und das *Moonlight* übernommen hatte, wie ein Lauffeuer herumgesprochen hatte, erwarteten wir deutlich mehr Gäste als gewöhnlich, auch wenn die Tischbelegung noch überschaubar war. Grayson stand hinter der Theke und polierte einige Gläser, die er danach in den Schrank räumte. Er war ein großer, schlaksiger Typ mit blonden Haaren, die ihm wirr in die Augen hingen. Jedes Mal, wenn ich ihn sah, dachte ich, dass er mal wieder zum Friseur musste, aber wie Sophie mir erklärt hatte, war es wohl Absicht, und er ließ sie erst dann schneiden, wenn er durch die Zotteln nichts mehr sehen konnte. Mich würde das wahnsinnig machen, aber ich würde einen Teufel tun, mich über die Frisur anderer Leute aufzuregen. Denn davon abgesehen, war Grayson ein cooler Typ. Er arbeitete hart, hatte den Laden im Griff und schien jeden aus Eden zu kennen. Er schäkerte mit den Frauen, diskutierte mit den Männern über Rugby und Fußball und konnte nebenbei mehr Getränke mixen als Sophie und ich zusammen. Was nicht daran lag, dass Sophie langsam war, sondern weil ich noch immer nicht raushatte, wie sie zubereitet wurden und jede einzelne Zutat gefühlte zehn Minuten suchen musste.

Mit ihm hinter der Theke stand Hayden, die gerade die Zapfanlage reinigte. Die Enden ihrer dunkelblonden Haare waren knallpink gefärbt, und eine Brille mit runden Gläsern saß auf ihrer Nase – oder rutschte ständig an dieser herab. Vom Stammpersonal war sie diejenige, die erst am kürzesten im *Moonlight* arbeitete, was man ihr aber überhaupt nicht anmerkte. Jeder ihrer Handgriffe saß perfekt, und wie auch Grayson schaffte sie es nebenbei, ihre Gäste zu unterhalten.

Ich ging hinter die Theke, grüßte die beiden im Vorbeigehen und verschwand dann im Flur, der zum Lager und zum Büro führte. Schnell warf ich einen Blick in die Küche, wo unser

Koch Tony bereits mit einer Küchenkraft zugange war. Beide trugen Schürzen und ein Haarnetz und schnibbelten Salat und Gemüse klein.

»Alles klar bei euch?«, rief ich in den Raum.

Tony sah auf und nickte knapp. »Sicher, Chef.« Dann warf er einen Blick auf seinen Helfer, der erst knapp die Hälfte von dem geschafft hatte, was er geschnitten hatte. »Das geht auch etwas schneller, Ben«, blaffte er ihn an und wandte sich wieder seiner Arbeit zu.

Ich unterdrückte ein Grinsen und ging weiter den Flur entlang. Das war der raue Ton in der Küche, von dem Sophie an meinem ersten Tag hier gesprochen hatte. Er war eindeutig gewöhnungsbedürftig, aber solange die Leute in der Küche damit klarkamen, sollte es mir gleich sein.

Ich erreichte Grandpas Büro und schloss die Tür hinter mir. Auf dem Schreibtisch herrschte noch immer das Chaos, das ich bei meiner Ankunft vorgefunden hatte, weil ich bisher nicht dazu gekommen war, die Akten zu sortieren. Die letzten Tage waren wie ein Orkan an mir vorbeigezogen und waren gefüllt gewesen mit vielen Stunden in ebendiesem Büro. Abwechselnd hatten Sophie und Grayson erklärt, wie das *Moonlight* geführt werden musste, was es zu beachten gab, wie Nachbestellungen abliefen, was wo gekauft wurde. Erst so langsam wurde mir dadurch klar, wie viel Arbeit Grandpa sich tatsächlich aufgehalst hatte. Nicht nur, dass er jeden Abend ab achtzehn Uhr hinter der Theke gestanden, Biere gezapft und die Leute unterhalten hatte, zudem war er mehrmals die Woche zu diversen Großmärkten und Bauernhöfen gefahren, um möglichst viele Gerichte anbieten zu können, die regional und bio waren. Wenn ich das *Moonlight* so weiterführen wollte wie Grandpa, blieb mir nichts anderes übrig, als diesen Part zu übernehmen, was im Umkehrschluss hieß, dass ich das Fotografieren an den Nagel hängen musste, solange ich hier war.

Wenn ich mehrere Tage am Stück mit der Kamera unterwegs war, würde ich diese Dinge nicht zusätzlich erledigen können, dabei juckte es mich jetzt schon in den Fingern, wieder in die Natur zu ziehen und die Welt durch meine Linse zu betrachten.

Und ich war noch nicht mal eine Woche hier.

Seufzend öffnete ich das Fenster und atmete tief ein. Die salzige Meeresluft beruhigte mein Gemüt ein wenig, konnte aber nicht diese rastlose Energie besänftigen, die mich überfallen hatte. In den letzten Tagen war so viel passiert, dass es mir manchmal vorkam, als bliebe mir keine Luft mehr zum Durchatmen. All die Dinge, um die ich mich kümmern musste, waren so laut wie ein Orchester in meinem Kopf und ließen mich meine eigenen Gedanken nicht mehr hören. Am liebsten hätte ich dem ganzen Mist ein *Fuck You* zugerufen, meine Sachen gepackt und wäre abgehauen, aber das konnte ich einfach nicht. Nicht nur, weil ich diesen Deal unterzeichnet hatte, sondern vor allem, weil mein Grandpa – und damit auch das *Moonlight* – das nicht verdient hatten.

Ich wandte mich dem Schreibtisch zu, das Rauschen der Wellen jetzt im Hintergrund, und griff nach der Liste, die Sophie für mich erstellt hatte. Eins musste man ihr lassen, sie war ein wahres Organisationstalent. Sie hatte nicht nur notiert, was zu erledigen war, sondern auch, an welchen Tagen, und hatte zudem die Öffnungszeiten der Geschäfte dazugeschrieben. Der Obst- und Gemüsemarkt, der jeden Mittwoch von sieben bis elf Uhr geöffnet war. Der Fischverkauf am Hafen war jeden Tag von zehn bis zwölf. Der Hofladen auf der Rinderfarm, der nur donnerstags ab fünfzehn Uhr seine Pforten öffnete. Ohne diese Liste wäre ich in den letzten Tagen noch viel mehr verzweifelt, und ich wusste schon jetzt nicht, wie ich Sophie je dafür danken sollte.

Ein Klopfen an der Tür riss mich aus meinen Gedanken,

und eine Sekunde später steckte Sophie ihren Kopf in den Raum. Ihre rotblonden Haare waren zu einem hohen Pferdeschwanz gebunden, ihr Pony verdeckte ihre Stirn, und ihre Wangen waren leicht gerötet. »Es wird langsam voll, wäre gut, wenn du auch vorkommst.«
»Klar.« Ich legte die Liste zurück auf den Schreibtisch und erhob mich von meinem Stuhl. Vielleicht würde die Arbeit mich von dem Chaos in meinem Kopf ablenken.
In der Bar war mittlerweile deutlich mehr los. Die meisten Tische waren besetzt, und auch an der Theke tummelten sich unzählige Leute. Wie lange war ich in Gedanken in Grandpas Büro versunken gewesen? Und wann würde ich endlich aufhören, es *Grandpas Büro* zu nennen? Es war nicht mehr seins, er würde nie wieder einen Fuß hineinsetzen. Aber ich wollte es auch nicht *mein* Büro nennen, nicht einmal vorübergehend, denn ich wollte es schnellstmöglich wieder abgeben.

Die nächsten zwei Stunden waren erfüllt von Arbeit. Ich zapfte Biere, brachte Getränke und Speisen an Tische und musste unzählige Gespräche über mich ergehen lassen. Ganz Eden schien heute ins *Moonlight* gekommen zu sein. Jede und jeder hatte meinen Grandpa gekannt, aber nur wenige erinnerten sich an mich. Wie oft ich Leuten versichert hatte, dass ich das *Moonlight* nicht an eine Investmentfirma verkaufen würde, die es abreißen wollte, konnte ich am Ende gar nicht mehr zählen. Zudem war offensichtlich, dass die meisten mir nicht glaubten, aber auch das war okay. In gewisser Weise konnte ich es sogar nachvollziehen, schließlich kannten sie mich nicht.

Ich merkte gar nicht, wie die Zeit verging, bis es um Mitternacht etwas leerer und ruhiger wurde. Dann kam ich endlich zum Durchatmen, zapfte mir ein Bier und setzte mich an einen freien Tisch auf der Terrasse. Es war stockdunkel draußen, nur die Beleuchtung aus dem Moonlight und die Lichterkette mit den bunten Lampions, die um das Geländer gewickelt war, warfen einen spärlichen Lichtschein auf meinen Tisch. Vom Meer war heute nichts zu erkennen, weil der Mond hinter dichten Wolken versteckt war, aber das Rauschen der Wellen, die sich an den Klippen unter mir brachen, hüllte mich wie eine sanfte Decke ein. Für einen Moment schloss ich die Augen und bildete mir ein, unten in der kleinen Bucht zu stehen, zu der eine Treppe hinter dem *Moonlight* hinabführte. Fast konnte ich das Salz auf meinen Lippen schmecken und die Gischt mein Gesicht bespritzen fühlen, und das Dröhnen des Pulses in meinen Ohren wurde etwas leiser.

»Alles okay bei dir?«

Abrupt riss ich die Augen auf und starrte Sophie an, die mich besorgt musterte.

»Klar«, krächzte ich und räusperte mich dann, weil meine Stimme irgendwie fremd klang. »Ich brauchte nur etwas frische Luft.«

»Heute war ganz schön viel los«, sagte sie verständnisvoll und lehnte sich mit der Hüfte gegen den Tisch.

»Das ist es nicht. Aber ich hatte das Gefühl, als würde ich unter besonderer Beobachtung stehen. Als würde jedes Wort, das ich sage, analysiert und auf irgendwelche versteckten Botschaften untersucht werden.«

Sophie presste die Lippen zu einer schmalen Linie zusammen. Für einen Moment wirkte sie unentschlossen, dann seufzte sie und nahm mir gegenüber Platz. »Ich kann mir vorstellen, dass sich das seltsam für dich anfühlt, aber sie meinen es nicht böse. Das *Moonlight* ist für die meisten nicht nur irgendeine Bar. Es ist ein Ort, an dem Erinnerungen geschaffen wurden. So ziemlich jede und jeder hatte hier schon mal ein erstes Date, hat einen Geburtstag, eine Hochzeit oder ein Jubiläum gefeiert. Die Leute sind nicht nur hergekommen, wenn sie sich abends auf einen Drink treffen wollten, sondern auch, wenn sie Gesellschaft brauchten. Bobby hat mit jedem geredet, sich von allen die Sorgen angehört und wusste oftmals einen guten Rat. Jeder war hier willkommen, auch wenn man kein Geld für ein Getränk hatte. Selbst die Jugendlichen hat Bobby abends reingelassen. Sie haben zwar keinen Alkohol bekommen, aber Bobby war es lieber, sie hängen hier ab – auch nach Zapfenstreich – als irgendwo auf der Straße. Das *Moonlight* hat einen festen Platz in vielen Leben in Eden, meist aus sehr unterschiedlichen Gründen. Du kannst ihnen nicht verdenken, dass sie Bedenken haben, wie es damit weitergeht.«

»Das tue ich nicht, aber es war trotzdem ... anstrengend.« Anders konnte ich es nicht beschreiben. Bei jedem Gespräch hatte ich genau auf meine Wortwahl geachtet, um bloß nichts zu sagen, das mir irgendwie falsch ausgelegt werden konnte. Dabei ging es nicht nur um mich. Ich *wollte* den Leuten auch ihre Sorgen nehmen. Trotzdem hatte es mich mehr ausgelaugt, als wäre ich einen Marathon gelaufen, aber vielleicht lag es auch bloß daran, dass ich es nicht gewohnt war, mit so vielen Menschen gleichzeitig Kontakt zu haben.

»Kann ich mir vorstellen, aber du hast das wirklich gut gemacht. Bobby wäre stolz auf dich.«

Meine Mundwinkel hoben sich ein Stück, gleichzeitig kam ein Seufzen über meine Lippen. »Warten wir erst mal ab, was in den kommenden Tagen erzählt wird, ehe wir entscheiden, ob ich mich gut geschlagen hab.« Ich kannte die Gerüchteküche in kleinen Städten, wo der Buschfunk Neuigkeiten schneller als mit Lichtgeschwindigkeit verbreitete. Da war es nicht ungewöhnlich, dass Details falsch verstanden und am Ende etwas völlig anderes weitergesagt wurde.

Vehement schüttelte Sophie den Kopf. »Nein. Du bist nicht zuständig für die Gefühle anderer Leute. Ich verstehe, dass du einen guten Eindruck machen möchtest, und das hast du getan. Was jetzt passiert, liegt außerhalb unseres Einflusses und schmälert auch im Nachhinein nicht deinen Einsatz.«

Ich hob meinen Blick und sah zu Sophie. Sah sie zum ersten Mal richtig an. Nicht nur ihr hübsches Gesicht, das T-Shirt mit dem Logo des *Moonlight* und die leichte Strickjacke, die sie übergezogen hatte, als sie nach draußen gekommen war. Ich sah ihren Gesichtsausdruck, in dem so viel Vertrauen steckte, das ich nicht verdiente, die Ernsthaftigkeit hinter ihren Worten, und dass sie selbst glaubte, was sie sagte. Noch nie hatte jemand zu mir gesagt, dass ich nicht verantwortlich für die Reaktionen anderer Leute auf meine Worte oder Taten war. Im Gegenteil. Früher war es eher andersherum gewesen. Doch das war etwas, an das ich nun überhaupt nicht denken wollte, daher schob ich die Erinnerungen an das Internat weit weg, ehe sie überhaupt aufkommen konnten.

»Du hast schon recht, aber im Endeffekt macht es keinen Unterschied, wenn uns dadurch die Gäste ausbleiben.«

Jetzt lachte Sophie glockenhell, und der Ton vermischte sich mit dem Meeresrauschen, das zu uns herauftönte. »Darüber musst du dir wirklich keine Sorgen machen. Wenn die Leute denken, du führst was Böses im Schilde, werden sie erst recht ins *Moonlight* kommen.« Über den Tisch lehnte sie sich näher zu mir und wackelte mit den Augenbrauen. »Jeder will doch live dabei sein, wenn das Drama losgeht. Das ist so viel aufregender, als nur davon zu hören.«

Damit brachte sie mich ebenfalls zum Lachen. »Du meinst, wenn sie erst die große Verschwörung wittern, kann das nur gut fürs Geschäft sein?«

Sophie hob die Schultern, und ihre Augen funkelten vergnügt. »Du weißt doch, es gibt keine schlechte Publicity. Solange die Leute über dich reden, bist du im Geschäft. Gefährlich wird es erst, wenn niemand mehr was über dich zu sagen hat – oder es keinen mehr interessiert.«

»Ich weiß nicht, ob das immer so zutrifft«, erwiderte ich zweifelnd.

Erneut zuckte Sophie mit den Schultern und lehnte sich auf ihrem Stuhl zurück. Ihr Blick ging über das Geländer in die Schwärze der Nacht hinaus. »Bobby hat das immer gesagt, wenn es mal Zoff gab. Das hier ist immer noch 'ne Bar, es wird Alkohol getrunken, und manchmal benimmt sich jemand daneben. Im Sommer öfter, wenn viele Touristen hier sind, aber auch Stammgäste mussten schon des Ladens verwiesen werden. Einer drohte mal damit, jedem in Eden zu sagen, wie ungerecht er hier behandelt wurde, und dass bald niemand mehr ins *Moonlight* kommen würde. Bobby hat nur gelacht und gemeint, dass er das gerne versuchen kann, aber das würde uns nur mehr Kundschaft bringen. Und er sollte recht behalten, am nächsten Wochenende war so viel los, dass nicht alle einen Sitzplatz fanden.«

Ich musste schmunzeln. »Vielleicht sind sie absichtlich gekommen, um dem Typen, der sich aufgeregt hat, eins auszuwischen.«

»Das kann auch sein.« Sophie warf einen Blick auf ihre Armbanduhr. »Ich sollte wieder rein, wollte nur nachsehen, ob es dir gut geht, und mich nicht von meiner Arbeit ablenken lassen. Das könnte dem Chef nicht gefallen.«

»Ach, der ist zufrieden, wie ihr hier alles im Griff habt. Sollte er dir Schwierigkeiten bereiten, schick ihn einfach zu mir.«

Lachend erhob Sophie sich. »Bis später, Cooper.«

Ich sah ihr nach, bis sie im Inneren verschwand und ich sie zwischen den Gästen nicht mehr ausmachen konnte. Und obwohl die letzten Tage wirklich fordernd gewesen waren, dachte ich zum ersten Mal, dass die Zeit hier vielleicht gar nicht so schlecht werden würde.

Kapitel 6

SOPHIE

Ich stellte das Fahrrad neben dem Schuppen ab. Die Tür war auf, und ein Rumpeln war daraus zu hören. Vorsichtig streckte ich den Kopf hinein und entdeckte Isabel, die zwischen mehreren Kisten auf dem Boden saß. Ihre Haare fielen ihr locker um die Schultern. Sie trug Jeans und einen dünnen Pulli, die Ärmel bis zu den Ellbogen hochgeschoben.

»Was treibst du da?«

Ertappt sah sie auf, und ihre Lippen verzogen sich zu einem Lächeln. »Hey, du bist ja schon zurück.« Sie schob eine Haarsträhne hinter ihr Ohr und wandte sich wieder den Kartons vor ihr zu.

»Hab ja gesagt, dass es nicht lange dauert.« Ich war mit Cooper beim Gemüsehändler gewesen. Entgegen meiner Hoffnung, dass er mit seinem VW-Bus fahren und ich den Wagen endlich von innen sehen würde, hatten wir Bobbys Pick-up genommen. Und wir waren schneller gewesen als gedacht. Cooper war sehr effizient beim Einkaufen. Er hielt sich genau an das, was auf der Liste stand, und ließ sich sogar von mir durch die riesige Halle führen, in der die Ware ausgelegt war. Insgesamt hatten wir nicht einmal eine Stunde gebraucht.

Erneut sah Isabel auf, ein verräterisches Funkeln in den Augen. »Ich dachte, du würdest danach vielleicht noch was im *Moonlight* trinken. Du bleibst in letzter Zeit öfter länger als nötig.«

»Quatsch«, widersprach ich sofort. »Es ist halt momentan mehr zu tun. Cooper kennt sich mit gar nichts aus, aber er scheint gewillt zu sein zu lernen.« Das musste man ihm wirklich zugutehalten. Es war fünf Tage her, seit er aufgetaucht war, und seitdem waren Grayson und ich öfter in der Bar gewesen, um Cooper in allem zu unterstützen. Auch wenn es offensichtlich war, dass er manchmal überfordert war, war er immer voll dabei. Er hörte uns aufmerksam zu, fragte nach, wenn ihm etwas unklar war, und wollte das *Moonlight* genau so weiterführen, wie Bobby es getan hätte.

»Immerhin etwas.« Isabel zog einige Schachteln aus einem Karton und betrachtete sie eingehend. Nach ihrer Prüfung legte sie eine zur Seite und stellte zwei wieder hinein. »Ich hatte ja wirklich etwas Bedenken, dass er das *Moonlight* einfach nur an den Meistbietenden verkaufen will, aber das scheint nicht der Fall zu sein.«

Ich ging neben ihr in die Hocke. »Verkaufen will er es am Ende schon, aber nicht an irgendjemanden, sondern an wen, der es so weiterführt, wie Bobby es gewollt hätte. Deswegen will er zuerst alles lernen, um dann die richtige Entscheidung treffen zu können.« Und wenn ich eins mittlerweile über Cooper gelernt hatte, dann, dass er keine halben Sachen machte. Er stand zu seinem Wort, und ich vertraute ihm, dass er nur das Beste für das *Moonlight* im Sinn hatte.

»Verständlich, immerhin ist es Bobbys Traum und nicht seiner. Er wird ja auch irgendwo einen Job haben, vielleicht sogar Familie. Zu denen will er doch irgendwann zurück.«

»Er ist Naturfotograf«, sagte ich, und meine Stimme überschlug sich vor Begeisterung beinahe. »Normalerweise ist er mit seiner Kamera im australischen Busch unterwegs und fotografiert Tiere für Zeitschriften und Magazine, die ihm Aufträge zukommen lassen. Also keine Ahnung, ob er Familie hat, die wird er da ja kaum mitnehmen. Er hat auch nichts in die Richtung erwähnt.«

Isabel unterbrach, was sie gerade tat, und sah zu mir auf. Ich kannte den Blick, mit dem sie mich bedachte, genau. Ihr war gerade etwas klar geworden, und ich war mir nicht sicher, ob ich wissen wollte, was es war. Meistens wollte ich das nicht.

»Du stehst auf ihn«, platzte sie heraus, und mir klappte die Kinnlade runter.

»Nein, absolut nicht«, protestierte ich sofort. Etwas zu vehement vielleicht, aber das war absolut lächerlich. »Ich kenne ihn doch gar nicht. Außerdem ist keiner von uns beiden hier, um dauerhaft zu bleiben. Cooper ist weg, sobald er einen Nachfolger für das *Moonlight* gefunden hat, und ich muss in sechs Wochen zurück nach Deutschland.«

Während ich sprach, wurde das Grinsen auf Isabels Lippen breiter. »Das interessiert die Anziehung doch nicht. Du musst zugeben, dass er genau dein Typ ist. Er hat dieses Verwegene an sich, und wenn er Naturfotograf ist, kennt er genau die Ecken in Australien, die du gern sehen würdest.« Ein Ruck ging durch meine beste Freundin. »Hey, warum fragst du ihn nicht, ob er dir etwas zeigt? Du willst doch immer noch was von Australien sehen, oder nicht?«

Sofort schüttelte ich den Kopf. Jetzt war sie völlig durchgedreht. »Wir können nicht beide im *Moonlight* fehlen. Wie soll Cooper denn einen Nachfolger finden, wenn er unterwegs ist? Außerdem kennen wir uns doch praktisch kaum. Wer weiß, ob wir uns nicht nach zwei Tagen an die Gurgel gehen wollen.«

»Sollte das der Fall sein, könntet ihr immer noch umkehren, und für das *Moonlight* findet sich sicher auch eine Lösung. Denk zumindest mal drüber nach, immerhin ist es doch das, was du immer wolltest.«

»Ja, stimmt schon«, sagte ich gedehnt. »Und das will ich auch noch, aber irgendwie wäre das seltsam. Er ist grad erst angekommen, da kann ich doch nicht zu ihm gehen und sagen, er soll mal eine Woche mit mir im Land herumfahren.« Zumal eine Woche nur ein Tropfen auf dem heißen Stein wäre.

Australien war so riesig, da würden wir in einer Woche nur einen Bruchteil sehen.

»Du sollst ihn ja auch nicht damit überfallen. Aber wenn das Gespräch mal in die Richtung geht. Es kostet nichts, ihn zumindest zu fragen.«

»Hm.« Ich war nicht überzeugt. Es fühlte sich falsch an, Cooper überhaupt darauf anzusprechen. Außerdem wäre es unfair, wenn wir die anderen in der Zeit allein ließen. Völlig unabhängig davon, dass es aktuell an den meisten Tagen ruhig war, weil noch kaum Touristen in der Gegend waren. Aber wenn es dann mal voll wurde, wie am Freitag oder Montag, wären sie mit zwei Leuten weniger zu knapp besetzt.

»Was treibst du hier eigentlich?«, richtete ich die Aufmerksamkeit erneut auf Isabel.

Sie sah von den Kartons auf und seufzte tief. »Liam hat im Tiergroßhandel bestellt. Nicht nur hierfür, sondern auch für das neue Gehege, aber da das noch nicht fertig ist ... muss mal schauen, wohin mit dem ganzen Kram. Hier passt jedenfalls nicht alles rein.«

»Brauchst du Hilfe?«

»Danke, geht schon.« Sie stieß einen Karton mit dem Knie an. »Den könntest du aber zu Ellen bringen, der ist für den Praxisraum.«

»Klar.« Ich hob den Karton vom Boden und verließ den Schuppen. Auf dem Weg zum Haus warf ich einen Blick in das Koalagehege, in dem sich aktuell nur sechs Tiere befanden. Sobald der Sommer und die Trockenheit losgingen, würde sich das aber ändern.

Genau zu der Zeit waren wir letztes Jahr nach Eden und auf das Koalareservat gekommen. Es kam mir vor, als wäre es erst gestern gewesen, dass wir diesen Hof zum ersten Mal betreten hatten. Damals waren Liam und Alicia aus dem Haus gekommen und waren wohl genauso überrumpelt, uns zu sehen, wie wir, dass die Tür geöffnet wurde, ehe wir sie erreicht hatten. Schmunzelnd ging ich die Treppenstufen zur Veranda hoch. Wie viel seitdem passiert war. Ich musste mir das immer wieder vor Augen halten, denn auch, wenn es nicht das Jahr in Australien gewesen war, das ich mir vorgestellt hatte, war es auch nicht so, dass es schlecht gewesen war. Ganz im Gegenteil. Wir hatten Freunde hier gefunden, die wir wiedersehen würden. Alicia hatte schon gesagt, dass sie mich unbedingt in Frankfurt besuchen wollte. Eventuell würde sie den Besuch bei mir sogar mit einer europäischen Surfcompetition verbinden, dann könnte ich sie zu ihrem ersten Wettkampf außerhalb Australiens begleiten. Und Liam und Isabel würden sich sowieso wiedersehen. Isabel schaute bereits jetzt, wie sie ein längeres Visum für Australien bekommen könnte und was dafür vonnöten war. Das zwischen Liam und ihr war die ganz große Liebe. Diese eine Liebe, für die man sein ganzes Leben umkrempelte, um zusammenbleiben zu können. Ehrlich gesagt war ich etwas neidisch auf die beiden, auch wenn ich ihnen das Glück von Herzen gönnte. Aber es würde auch schwer werden, allein in Deutschland zu bleiben, während Isabel nach Australien zurückkehrte. Ich würde meine beste Freundin schmerzlich vermissen, aber durch sie hätte ich hier immer einen Platz, an dem ich übernachten könnte.

Ich stieß die Tür auf und betrat das Haus. Der würzige Duft einer von Ellens famosen Suppen drang mir in die Nase, und mein Magen gab ein lautes Grummeln von sich. Ellens Koch- und Backkünste waren das Nächste, was ich in Deutschland vermissen würde. Aktuell konnte ich es mir gar nicht vorstellen, wieder den Billigfraß in der Unimensa zu essen, aber zum Glück hatte ich noch etwas Zeit, bis ich mich damit auseinandersetzen musste.

»Hey, Ellen«, begrüßte ich Liams Mum, die am Küchentisch

saß und in einer tiermedizinischen Zeitschrift blätterte, während das Mittagessen auf dem Herd vor sich hin köchelte.

»Hi, Sophie.« Jedes Mal, wenn sie meinen Namen aussprach, fühlte ich mich wie Miss Sophie aus *Dinner for One*, weil sie einen ähnlichen Akzent wie Butler James hatte. »Wie war die Arbeit?«

Ich hing meine Strickjacke an die Garderobe, dann wandte ich mich ihr zu. »Es war nicht wirklich Arbeit, ich war nur mit Cooper beim Gemüsehändler, um ihm alles zu zeigen.«

»Es ist trotzdem Arbeit, und ich hoffe, er bezahlt dich anständig dafür.« In Ellens Augen – wie in denen vieler anderer Bewohner in Eden – war noch immer Skepsis zu lesen, wenn es um Cooper ging, dabei hatte er das wirklich nicht verdient. Aber vielleicht war das einfach typisch in kleinen Städten, die eine eingeschworene Gemeinschaft waren, dass sie Fremden erst mal vorsichtig gegenüber waren.

»Er hat die Zeit bei mir als Arbeitszeit eingetragen, obwohl ich ihm gesagt hab, er müsste das nicht machen.« Es hatte sich nicht mal wie Arbeit angefühlt, was wohl auch damit zusammenhing, dass ich gern mit Cooper zusammen war. Trotzdem würde ich mich natürlich nicht beschweren, dafür bezahlt zu werden.

»Es ist trotzdem Arbeit«, sagte Ellen mit Nachdruck.

Ich lachte und wechselte das Thema. »Wann gibt es Essen?« Es roch schon fantastisch, aber so entspannt, wie Ellen am Esstisch saß, hatte sie den Topf vermutlich vor Kurzem erst aufgesetzt.

»So in einer halben Stunde«, bestätigte sie meinen Verdacht.

»Dann kann ich mich derweil ja frisch machen gehen und die Sachen wegpacken.« Ich hob den Karton an, den ich noch immer in Händen hielt, und verschwand durch die Seitentür in der angrenzenden Praxis.

Am kommenden Abend saß ich auf meinem Bett. Es war noch eine Stunde, bis ich zur Arbeit aufbrechen musste, und die wollte ich nutzen, um meine Schwester anzurufen. Alexandra war in ihrem letzten Jahr am Gymnasium und würde bald ihr Abitur machen. Donnerstags musste sie erst zur dritten Stunde da sein, also ging sie vielleicht ans Telefon, bevor sie zur Schule fuhr.

Es klingelte einmal, zweimal, dreimal, dann wurde abgenommen. »Hey, Sophie.« Auch Alex sprach meinen Namen mittlerweile mit gewollt britischem Akzent aus, war dabei aber bei Weitem nicht so gut wie Ellen. »Wie läuft es in *Good Old Australia*?«

»Hat sich nicht viel verändert, seit wir zuletzt telefoniert haben«, gab ich schmunzelnd zurück. Wir versuchten jede Woche zu telefonieren, aber mindestens alle zwei Wochen, da es durch die Zeitverschiebung manchmal schwierig war. Jetzt, wenn wir frühen Abend hatten, stand Alex gerade auf. Unter der Woche machte sie sich da für die Schule fertig, und am Wochenende, wenn sie Zeit hätte, arbeitete ich bereits im *Moonlight*. Wenn ich hingegen morgens aufstand, war es für Alex bereits an der Zeit, ins Bett zu gehen, und an den Wochenenden war sie meist schon zu irgendeiner Party unterwegs. Trotzdem hatten wir es die letzten Monate geschafft, regelmäßig Zeit zu finden, um wenigstens eine halbe Stunde telefonieren zu können.

Alex seufzte theatralisch. »Komm schon, Sophie. Ich wollte das Jahr durch deine Erzählungen Australien miterleben, und das ist alles, was du zu bieten hast? *Hat sich nicht viel verändert?* Du hast mir auch seit einer Woche keine Fotos mehr geschickt. Etwas mehr Einsatz hätte ich von dir schon erwartet.«

»Okay, okay«, gab ich mich geschlagen. »Aber viel ist wirklich nicht passiert.« Ich erzählte ihr, dass Cooper vorübergehend das *Moonlight* übernommen hatte und Grayson und ich ihn mehr oder weniger einarbeiteten. Dass der Bau des neuen Geheges auf dem Sapphire Coast Koala Sanctuary in vollem Gang war und wir in der letzten Woche zwei weitere Koalas auswildern konnten, die länger bei uns gewesen, aber mittlerweile vollständig genesen waren.

»Wow, und du meintest, es wäre nichts passiert«, sagte Alex, nachdem ich meinen Bericht abgeschlossen hatte. »Du lügst wie gedruckt.«

Jetzt musste ich lachen. »Nicht absichtlich, aber da das hier mein täglicher Tagesablauf ist, kommt es mir nicht besonders vor.«

»Warte mal ab, wenn du zurück bist, wird dir jede Minute in Australien im Nachhinein besonders vorkommen.«

Sofort meldete sich mein schlechtes Gewissen. Natürlich hatte Alex das nicht beabsichtigt, aber ich kam nicht umhin, mich zu fragen, ob ich die Zeit, die ich hier verbrachte, nicht genügend zu schätzen wusste. Seit Wochen redete ich davon, dass es nicht genug war, dass ich mir so viel mehr von meinem Aufenthalt erhofft hatte und noch so viel mehr vom Land sehen wollte. Doch wie viele Menschen kamen überhaupt in den Genuss, ein volles Jahr im Ausland zu verbringen? Das war verdammt privilegiert, dessen war ich mir bewusst. Sollte ich, anstatt ständig rumzujammern, nicht viel mehr jede Sekunde genießen?

Anstatt irgendwas davon laut zu sagen, schob ich diese Gedanken vorerst weg, um mich später damit auseinanderzusetzen. »Was gibt es zu Hause Neues? Wie geht es Mum und Dad?«

»Was?«, prustete Alex. »Seit wann nennst du sie *Mum und Dad?*«

Ich verdrehte die Augen, was sie zum Glück nicht sehen konnte, denn es war nicht wegen ihr. Mir war nicht einmal klar gewesen, dass ich mir die englische Sprechweise angewöhnt hatte, bis Alex mich darauf hingewiesen hatte. »Ich muss mir das echt wieder abgewöhnen.«

»Ach, warum denn? Ich find es nur witzig, dass du es übernommen hast.«

Ich hörte auch das, was Alex nicht sagte: *Obwohl du im Vorfeld geschworen hast, dass dir das nicht passiert.* Kurz vor meiner Abreise hatte sie mir versichert, dass ich die englischen Begriffe übernehmen würde. In der zehnten Klasse hatte sie einen dreiwöchigen Schüleraustausch nach Brighton in England gemacht, wo ihr genau das passiert war. Vor einem Jahr war ich noch der Auffassung gewesen, dass es bei mir anders sein würde. Tja, klarer Fall von falsch gedacht.

»Also, sag schon. Was gibt es Neues zu Hause?«, lenkte ich das Thema wieder auf meine eigentliche Frage.

»Um deine Antwort von vorhin zu übernehmen ... nicht viel. Schule ist ätzend. Die Lehrer reden von nichts anderem als den Abiprüfungen, dabei sind die noch ein halbes Jahr hin. Außerdem müssen wir schon jetzt diverse Kurse über uns ergehen lassen, an welchen Unis wir was studieren können.« Sie seufzte schwer, und ich hatte eine Ahnung, was jetzt kam. »Auch Mama hat kein anderes Thema mehr als, was ich denn studieren möchte.«

»Dabei willst du gar nicht studieren.« Es war eine Feststellung, keine Frage, denn ich wusste genau, dass Alex lieber eine Ausbildung machen würde. Bevor ich nach Australien aufgebrochen war, hatten wir darüber gesprochen, dass sie gerne Chemie- oder Biologielaborantin werden wollte. Damals dachte ich noch, es wäre vielleicht nur eine Phase, doch in vielen unserer Telefonate hatte sie ihren Wunsch bekräftigt und sich schon Firmen in der Nähe herausgesucht, bei denen sie sich bewerben wollte. »Hast du mal mit Mama darüber gesprochen?«

Alex seufzte erneut, und ich konnte sie praktisch vor mir

sehen, wie sie den Kopf schüttelte und betreten zu Boden sah.
»Ich trau mich nicht, ich will sie nicht enttäuschen.«
»Ach, Alex. Unsere Eltern wollen doch vor allem, dass wir glücklich werden.«
»Aber sie klingen immer so stolz, wenn sie anderen davon erzählen, dass du studierst.«
»Weil sie wissen, dass ich etwas mache, was ich liebe. Wenn für dich etwas anderes eher passt, werden sie genauso stolz auf dich sein.« Ich wusste, was Alex meinte. Weil ich die Erste aus der Familie war, die studieren ging, erzählten unsere Eltern überall herum, dass ich es auf die Uni geschafft hatte. Aber es ging ihnen nicht vorrangig darum, dass ich studierte. Viel wichtiger war ihnen, dass ich etwas machte, mit dem ich glücklich wurde und von dem ich mir vorstellen konnte, es den Rest meines Lebens auszuüben. Und sie wollten, dass ich einen Job fand, bei dem ich genug verdiente, um selbstständig davon leben zu können, ohne auf das Gehalt eines Mannes angewiesen zu sein.

»Reden wir zusammen mit ihnen, wenn du zurück bist?«

Es brach mir das Herz, die Unsicherheit in der Stimme meiner Schwester zu hören.

»Natürlich. Aber ich versichere dir, du musst dir keine Sorgen machen. Wenn sie merken, dass du glücklich mit deiner Entscheidung bist, werden sie es auch sein.«

»Ich hoffe es.«

»Und jetzt erzähl mir mal, wie es mit Tom läuft.« Tom war der Freund meiner Schwester. Die beiden waren zusammen, seit sie sechzehn Jahre alt waren, und trotz aller Warnungen, dass eine junge Liebe nie die Zeit überstand, noch immer glücklich miteinander. Wenn es ein Thema gab, das Alex' Stimmung aufhellte, dann war es dieses.

Und so war es auch heute.

Kapitel 7

COOPER

»Es ist eigentlich ganz einfach.« Sophie lehnte sich vor, um nach der Maus zu greifen. Ihre Schulter berührte dabei ganz leicht die meine, ihr Duft nach Apfel und Minze drang mir in die Nase, und tief in meiner Magengrube verspürte ich ein Prickeln, das mir gänzlich unbekannt war. Als würde sich dort etwas regen, meine Aufmerksamkeit verlangen und mich auf etwas hinweisen wollen, aber ich hatte nicht den Hauch einer Ahnung, was das sein sollte.

Mit wenigen Klicks rief Sophie das Bearbeitungsprogramm auf, doch ich war so von ihr abgelenkt, dass ich nicht mitbekam, welche das waren. Würde es sehr blöd rüberkommen, wenn ich sie bat, noch einmal von vorne zu beginnen?

»Alle Mitarbeitenden sind bereits angelegt. Ich zeige dir später mal, wie man neue hinzufügen kann. Hier oben kannst du den Monat auswählen, dann klickst du einfach eine Person an und trägst die geleistete Arbeitszeit des Monats ein. Wir bekommen alle denselben Stundenlohn, der ist also auch schon voreingestellt. Dann musst du nur noch auf *Berechnen* klicken, und du hast die Abrechnung für den Monat fertig. Versuch du es mal.«

Sie lehnte sich zurück und lächelte mir aufmunternd zu. Ich griff nach der Maus, die noch warm von Sophies Berührung war, und rief Graysons Akte auf. Aus dem Programm der Personalplanung übertrug ich die Stunden, die er gearbeitet hatte, und startete dann die Berechnung. Eine neue Seite öffnete sich, die mir detailliert aufzeigte, wie viel Grayson verdient hatte und wie viele Steuern bei ihm abgezogen wurden.

»Das war es auch schon. Jetzt musst du die Gehaltsabrechnung nur noch drucken. Wenn du hier unten ein Häkchen setzt«, Sophie deutete auf ein kleines Feld unten rechts, »wird der Bericht automatisch an den Steuerberater weitergeleitet.«
Ich setzte den Haken und drückte dann auf *Drucken*. Mit einiger Verzögerung sprang der Drucker neben mir an. Es war ein ziemlich altes Teil, wenn ich das richtig sah – wie die meisten elektronischen Geräte in Grandpas Büro. Nicht, dass ich mich mit irgendwas davon auch nur annähernd auskannte, aber der laut röhrende Rechner, an dem wir saßen, hatte schon hier gestanden, als ich mit achtzehn ausgezogen war.
»Und die Gehaltsabrechnungen schicke ich dann per Post an euch?«, fragte ich Sophie, die sich daraufhin an ihrem Wasser verschluckte, das sie gerade trank.
Halb prustend, halb lachend setzte sie die Flasche ab. »Quatsch, die drückst du uns einfach bei der nächsten Schicht in die Hand. Hat Bobby auch immer so gemacht. Viel wichtiger ist ohnehin, dass du zuerst das Gehalt an uns überweist, sonst bringen uns die Abrechnungen nämlich gar nichts.«
Stimmt, da war ja noch was.
Müde rieb ich über meine Augen und lehnte mich auf meinem Stuhl zurück. Diese ganze Arbeit im *Moonlight* überforderte mich. Es gab so viel zu beachten, so viele Dinge, die nicht vergessen werden durften, und es kam mir vor, als würden sie jeden Tag nur mehr werden. *Wie zur Hölle hat Grandpa das alles allein geschafft?* Das fragte ich mich nicht zum ersten Mal, genauso wie ob er heimlich Superkräfte gehabt hatte, von denen ich nichts wusste. Oder zumindest ein fotografisches Gedächtnis, das ihn an alles erinnert hatte. Wie konnte man das sonst alles behalten? Nicht nur, wann man wo was nachbestellen oder welcher Markt wann geöffnet hatte, sondern auch die ganze Buchhaltung und Personalplanung. Als Sophie mir ganz am Anfang gesagt hatte, dass die Belegschaft sich Tage aussu-

chen konnte, an denen sie freihaben wollten, erschien mir das total logisch. Doch als ich vor drei Tagen vor dem Zettelwust gesessen hatte und alle an demselben Tag freihaben wollten, war ich der Verzweiflung kurzzeitig nahe gewesen. Lief es immer so ab? Musste ich jedes Mal Diskussionen über die freien Tage führen, weil natürlich nicht alle gleichzeitig der Arbeit fernbleiben konnten? Wie sollte ich das alles nur ein halbes Jahr aushalten und nebenbei auch noch einen geeigneten Kandidaten für Grandpas Nachfolge finden?

Ich will hier weg.

Auch dieser Gedanke war nicht neu. Obwohl ich erst seit zehn Tagen in Eden war, war der innere Drang, in die Natur zurückzukehren, ein ständiger Begleiter. Ich vermisste die Freiheit, endlose Natur um mich herum, wollte wieder unter freiem Himmel schlafen und fühlte mich von der Verantwortung, die ich plötzlich innehatte, wie in Fesseln gelegt. Seit gestern war es noch schlimmer geworden. Das *Wildlife Australia Magazine* hatte mir eine Anfrage für einen neuen Auftrag geschickt. Sie wollten, dass ich eine Bilderstrecke über die ersten wieder in der Wildnis ausgesetzten Tasmanischen Teufel für sie machte, und es juckte mir in den Fingern, diesen anzunehmen. Nicht nur, weil der Auftrag außergewöhnlich gut bezahlt werden würde, sondern auch, weil mich das Projekt reizte. Die Tasmanischen Teufel galten in der Wildnis lange Zeit als ausgestorben. In einem Schutzreservat wurden sie neu aufgezogen, ihr Bestand vergrößert und die ersten Tiere vor wenigen Monaten auf dem australischen Festland in der Wildnis ausgesetzt. Es waren scheue Tiere, die nicht leicht vor die Linse zu bekommen sein würden, was es noch mal etwas spannender machte. Trotz allem war ich davon überzeugt, der Beste für den Job zu sein und die besten Bilder schießen zu können.

Nur wie sollte das funktionieren? Die Tasmanischen Teufel

waren ganz im Westen des Landes ausgesetzt worden, was fast viertausend Kilometer von hier entfernt war. Inklusive der Fahrt, dem Finden der richtigen Stelle und dem Warten auf das perfekte Bild – oder die perfekten Bilder – wäre ich eine bis zwei Wochen unterwegs. Ich konnte das *Moonlight* nicht so schnell wieder sich selbst überlassen, nachdem ich gerade erst angekommen war. Auch wenn ich laut Vertrag nicht ununterbrochen im *Moonlight* bleiben musste, ging es hier doch um so viel mehr. Ich musste das Vertrauen der Leute gewinnen, die es sicher nicht begrüßen würden, wenn ich so schnell wieder wegging. Selbst …

»Hörst du mir eigentlich zu?« Sophie schnipste mit den Fingern vor meiner Nase herum und riss mich aus meinen Gedanken.

Ich blinzelte und fokussierte meinen Blick auf sie. »Sorry, ich war kurz weggetreten.«

Ein verschmitztes Grinsen trat auf ihr Gesicht. »Hab ich gemerkt. Spätestens als ich gesagt hab, dass das alles keinen Sinn hat und wir das *Moonlight* einfach abbrennen sollten, ohne eine Reaktion von dir zu erhalten, war mir alles klar.« Sie stützte sich mit den Ellbogen auf der Tischplatte ab. »Ich glaube, wir haben genug für heute gemacht. Du solltest mal in der Bar nach dem Rechten sehen.«

Sie stand auf, und ich erhob mich mit ihr. Als wir Grandpas Büro verließen, legte ich wie automatisch meine Hand auf Sophies unteren Rücken, um … ja, weswegen eigentlich? Ich wusste es nicht, hatte nicht einmal darüber nachgedacht, was ich da tat. Es war wie von selbst geschehen, und ich konnte nicht einmal behaupten, dass ich es bereute.

Als Sophie meine Berührung spürte, drehte sie den Kopf in meine Richtung und warf mir einen Blick zu, der mir durch und durch ging. Erneut regte sich etwas in mir, doch mit einem Mal wollte ich es nicht genauer erörtern. Ich räusperte mich, zog meine Hand zurück und schüttelte sie leicht, um das Kribbeln loszuwerden, das in meine Finger getreten war.

In der Bar ging ich zu Grayson hinter der Theke, während Sophie zu ihren Freunden ging, die ihren üblichen Tisch besetzt hatten. Sie arbeitete heute nicht, war nur gekommen, um mir einen Teil der Buchhaltung zu erklären, und als Dank zapfte ich ein Bier für sie, das ich an ihren Tisch brachte.

Die nächsten zwei Stunden war ich in meiner Arbeit versunken, fand aber immer wieder etwas Zeit, um mit den Leuten zu reden. So langsam bekam ich alles besser hin, und es war auch ersichtlich, dass einige Leute ihre Bedenken über mich ablegten. Oder sie mir zumindest nicht mehr offen zeigten. Die Connors erzählten mir, wie viel Grandpa ihnen bedeutet hatte, dass sie ihr erstes Date hier gehabt hatten und die Bar deswegen immer einen besonderen Platz in ihrem Herzen haben würde. Ich versprach ihnen, dass dieser Ort weiterhin für sie geöffnet haben würde. Ein anderes Paar verriet mir, dass sie sich im *Moonlight* kennengelernt hatten. Obwohl sie auf dieselbe Highschool gegangen waren, hatten sie nie zuvor ein Wort miteinander gewechselt, bis sie hier sprichwörtlich ineinandergelaufen waren.

»Ruhig heute, oder?«, sprach mich jemand an, als ich zur Theke zurückkam. Es war ein älterer Typ, den ich schon öfter hier gesehen hatte.

Ich hob die Schultern. »Hab mir sagen lassen, dass es unter der Woche normal ist.« Vor allem der Montag, den wir heute hatten, sollte der verkaufsschwächste Tag der Woche sein, und dieser machte seinem Namen alle Ehre.

Er lachte heiser. »Außer im Sommer, wenn die Touristen da sind. Ich bin Tyler.« Über die Theke hinweg reichte er mir seine Hand.

»Cooper.« Sein Händedruck war warm und fest.

»Ich weiß.« Er grinste breit. »Ich erinnere mich noch an dich.«

Meine Augenbrauen hoben sich. Es war das erste Mal, dass das jemand zu mir gesagt hatte. »Tatsächlich?«

Er setzte sein Bier an und trank einen kräftigen Schluck, ehe er mir antwortete. »Klar, du warst noch ein kleiner Stöpsel damals. Hast dir von deinem Grandpa erklären lassen, wie die Bar geführt wird, und wolltest unbedingt Bier ausschenken, obwohl er es dir verboten hat.«

Schmunzelnd schüttelte ich den Kopf. »Daran kann ich mich überhaupt nicht erinnern.«

Nachdenklich legte Tyler die Stirn in Falten. »Du warst vielleicht fünf oder sechs damals und mit deinen Eltern zu Besuch.«

Bei der Erwähnung meiner Eltern zog sich alles in mir zusammen. Eine Schwere legte sich über mein Herz, und ich bildete mir sogar ein, das glockenhelle Lachen meiner Mum hinter mir hören zu können. Abrupt drehte ich mich um, aber natürlich war sie nicht da. Sie war schon viel zu lange nicht mehr da, und obwohl ich das wusste, riss es erneut ein Loch in meine Brust, von dem ich mich fragte, ob es jemals verschwinden würde.

»Schrecklich, was mit ihnen passiert ist«, schob Tyler hinterher.

Ich nickte abwesend, dabei war bis heute nicht klar, was genau ihnen zugestoßen war. Offiziell galten sie und die Gruppe, mit der sie unterwegs gewesen waren, noch immer als vermisst. Mein jüngeres Ich hatte lange daran festgehalten, hatte die Hoffnung nicht aufgeben wollen, dass sie eines Tages wieder vor mir stehen würden und wir unser Leben weiterführen könnten. Doch tief in mir drin wusste ich schon länger, dass sie tot sein mussten. Denn würden sie noch leben, hätten sie einen Weg gefunden, um zu mir zurückzukehren. Mum hätte Himmel und Hölle in Bewegung gesetzt, um mich nicht länger als nötig allein zu lassen. Zur Not hätte sie den Pazifik auf einem

Stück Holz sitzend überquert, wenn es die letzte Möglichkeit gewesen wäre. Wären meine Eltern auf der Titanic gewesen, sie hätten es gemeinsam auf die dumme Tür geschafft, bei der Rose und Jack gescheitert waren.

Für einen Moment kniff ich die Augen zusammen, um mich von diesen Gedanken zu befreien, ehe ich mich wieder auf Tyler konzentrierte. »Was machst du hier in Eden? Habe dich schon öfters hier gesehen.«

Er grinste breit und stützte sich mit den Ellbogen auf der Theke ab. »Ich arbeite als Ranger im Ben Boyd National Park. Auf dem Heimweg komme ich am *Moonlight* vorbei und manchmal auf ein Feierabendbier rein.« Er senkte den Blick auf das fast leere Glas vor ihm. Seine Miene wurde entschuldigend, und er hob die Schultern. »Oder auch zwei oder drei.«

Ich lachte leise. »War das eine Aufforderung an mich, dir Nachschub zu liefern?«

Er griff nach seinem Glas, trank den Rest aus und hielt es mir hin. »Ich sehe, du verstehst mich.«

Noch immer schmunzelnd nahm ich es entgegen und stellte es an die Spüle, ehe ich ein frisches aus dem Regal nahm und Tyler ein weiteres Bier zapfte. Nachdem ich es vor ihm abgestellt hatte, machte ich eine Runde durch die Bar. An den wenigen Tischen, die besetzt waren, suchte niemand meine Aufmerksamkeit, aber das hatte ich auch nicht erwartet. Grayson hatte den Laden im Griff, und ich wusste, dass ich mich auf ihn verlassen konnte. Aber ich wurde erneut von dieser inneren Unruhe erfasst. Es fühlte sich an, als würden Ameisen unter meiner Haut umherkrabbeln, die mich dazu antrieben, mich zu bewegen. Es war faszinierend, wie ich stundenlang ruhig sitzen konnte, wenn ich darauf wartete, ein wildes Tier vor die Linse zu bekommen, aber in dieser verdammten Bar schaffte ich es keine zehn Minuten, hinter der Theke zu stehen, ohne durchzudrehen.

Mein Rundgang führte mich an den offen stehenden Schiebetüren zur Terrasse vorbei. Die Sonne ging gerade unter und tauchte den Himmel und die Wolken in ein unglaubliches rot-orangenes Farbspektakel. Die Engel backen Kekse, hätte meine Mum dazu gesagt. Für einen Moment krallte sich meine Hand an der Glastür fest. Was war denn heute nur los, dass meine Gedanken erneut zu ihr schweiften, obwohl ich genau das doch verhindern wollte?

Um mich abzulenken, ging ich zu dem Tisch, an dem Sophie mit ihren Freunden saß.

»Hey, Cooper, wir haben gerade über dich gesprochen.« Sophie winkte mich zu sich. »Kilian wollte wissen, wie das mit deinen Aufträgen läuft. Du machst doch nur die Fotos, oder?«

»Ja.« Interessiert setzte ich mich neben sie. Über meine Arbeit zu sprechen war die perfekte Ablenkung für den ganzen anderen Mist in meinem Leben.

»Und wer schreibt die Texte dazu? Sind das auch Freelance-Journalisten?«, wollte Kilian wissen.

Ich wandte mich ihm zu. Auch seine blonden Haare könnten mal wieder einen Friseurbesuch vertragen, und seine blauen Augen waren direkt auf mich gerichtet. »Ja und nein. Die meisten Zeitschriften haben zumindest einen Teil fest angestellte Journalisten. Beiträge werden in der Redaktion geplant und ein Outline erstellt, das ich zusammen mit dem Auftrag für die Bilder bekomme. Dann weiß ich genau, welche Art von Bildern gesucht wird.«

»Interessant.« Lässig lehnte er sich in seinem Stuhl zurück. »Was passiert, wenn du mal keine passenden Bilder machen kannst?«

Ich zuckte mit den Schultern. »Meistens nehmen sie alles, was ich ihnen liefere. Aber bei aller Bescheidenheit, ich bin verdammt gut in dem, was ich tue. Ich habe noch nie einen

Auftrag versaut.« Irgendetwas an Kilian brachte mich dazu, mich vor ihm beweisen zu wollen, aber ich hatte nicht den Hauch einer Ahnung, woran das lag.

Nachdenklich tippte er sich mit dem Zeigefinger gegen die Unterlippe. »Wäre es nicht grundsätzlich besser, wenn du schon in den Outline-Prozess mit eingebunden werden würdest?«

Fragend legte ich den Kopf schief. »Wie meinst du das?«

»Na ja, du hast ja gerade gesagt, dass du Spezialist auf dem Gebiet der Fotos bist. Würde man dich von vornherein miteinbeziehen, könntest du deine Erfahrung mit einfließen lassen. Wann und wo sind die Tiere am besten zu fotografieren, was wären seltene Bilder, über die man Spezielles schreiben kann? Aktuell wirkt es eher so, als hätte die Redaktion eine Idee, und du führst nur aus, was sie dir vorgeben.«

Damit traf er einen wunden Punkt. »Leider ist es genau so, wie du sagst. Wir sind sozusagen die Diener der Autoren, sollen mit unseren Bildern nur deren Texte begleiten.« Das war eine Sache, die mich schon länger nervte, aber wenn ich meinen Job behalten wollte – was ich unbedingt wollte –, musste ich mich damit zufriedengeben.

»Das ist schade, wenn du mich fragst.« Kilian verschränkte die Arme vor der Brust. »Kreativität funktioniert in Zusammenarbeit besser.«

Plötzlich sprang Sophie von ihrem Stuhl auf. »Warum macht ihr denn nicht mal was zusammen?«

»*Was?*«, kam es geschlossen aus unseren Mündern. War sie jetzt vollkommen verrückt geworden?

»Na, ihr sprecht doch gerade drüber. Und es passt doch. Cooper macht die Bilder, und Kilian schreibt die Texte. Ihr könnt im Vorfeld gemeinsam überlegen, was ihr darstellen wollt, und beide eure Expertise einbringen.«

Erstaunt wandte ich mich Kilian zu. »Du bist Journalist?«

Irgendwie hätte ich ihm das nicht zugetraut, dabei konnte ich nicht einmal sagen, warum.

Er nickte. »Freiberuflicher, aber für Sportartikel. Ich fände es schon cool, wenn ich auch über andere Dinge berichten könnte, hatte dabei aber eher an das aktuelle Tagesgeschehen gedacht, deswegen hab ich gefragt. Nur ist es bei meinen Arbeitgebern genauso, dass sie mich für andere Bereiche gar nicht in Betracht ziehen.«

Ich konnte seinen Frust verstehen. Die Chefs in den Redaktionen hatten eine ganz genaue Vorstellung davon, wie die Abläufe zu sein hatten, und wichen keinen Millimeter davon ab. *Weil wir es schon immer so gemacht haben.* Ich könnte drüber lachen, wenn es nicht so traurig wäre.

»Wäre das nicht eher was für Sophie?«, schob Kilian hinterher.

Alicia lehnte sich vor. »Könnte ich mir bei ihr richtig gut vorstellen. Ich sehe es praktisch vor mir, wie sie durchs Outback zieht und von ihren Abenteuern berichtet.«

Sophie begann schallend zu lachen. »Ihr spinnt doch.« Aber da war ein Funkeln in ihren Augen, als würde ihr die Vorstellung gefallen.

Mit einem kalkulierenden Blick sah Isabel von Kilian zu ihrer besten Freundin. »Eigentlich würde ich es euch beiden zutrauen, ein ganzes Buch darüber zu schreiben.«

Ein sehnsüchtiger Ausdruck trat auf Kilians Gesicht. »Das ist ehrlich gesagt schon länger ein Traum von mir. Ein ganzes Buch zu schreiben, auf dem mein Name steht. Ist mir auch fast egal, worum es darin geht.«

Mit skeptisch hochgezogener Augenbraue lehnte sich Liam näher zu ihm, in seinen Mundwinkeln zuckte es. »Bist du sicher, dass du so viele Wörter schreiben kannst? Du bist doch nur die Zeichenbegrenzung aus deinen Artikeln gewohnt.«

»Pah.« Kilian verengte die Augen. »Du hast ja keine Ahnung, wozu ich fähig bin. Ich wette mit dir, dass ich ohne Probleme ein ganzes Buch schreiben kann.«

Um den Tisch herum fingen alle an zu lachen, nur ich verstand nicht, was gerade so lustig war. Sophie, die meinen verwirrten Blick bemerkte, wandte sich mir zu. »Kilian hat so ein Ding mit Wetten, er macht aus allem eine Wette.«

»Normalerweise geht es aber eher darum, wer die meisten *Craftbeer* am Abend trinken kann«, warf Alicia ein.

»Oder wer mehr Leute abschleppen kann, wenn er in Flirtlaune ist«, fügte Liam grinsend hinzu, was mich ebenfalls zum Schmunzeln brachte. Langsam verstand ich, warum die anderen bei der Wette gelacht hatten.

»*Jedenfalls*«, ging Kilian mit erhobener Stimme dazwischen, »habt ihr mich jetzt so weit. Ich werde dieses verdammte Buch schreiben, und wenn es nur dazu dient, euch zu beweisen, dass ich es kann.«

Wieder lachten alle, und diesmal stimmte ich mit ein. Kilian schien sich wirklich leicht mit Wetten ködern zu lassen.

»Cool«, sagte Liam mit einer Spur Ironie in der Stimme. »Worum wird es in deinem Buch gehen?«

»Das weiß ich noch nicht«, erwiderte Kilian.

»Wird es ein Roman oder ein Sachbuch?«, wollte Alicia wissen.

Nachdenklich verengte er die Augen und zuckte schließlich mit den Schultern. »Auch das muss ich mir noch überlegen. Ich hab doch gerade erst die Entscheidung getroffen, da kann ich doch noch nicht alles wissen.«

»Nicht alles?« Liam schnaubte. »Du weißt gar nichts. Ich glaube nicht, dass das der Weg ist, wie man ein Buch angeht.«

Kilian grinste breit. »Am Anfang ist da immer eine Idee ...«

»Aber du hast ja nicht einmal eine Idee«, ging Alicia dazwischen.

Er beachtete sie gar nicht.»... Und aus der entwickelt man den Rest. Ihr werdet schon sehen, dass ich das hinbekomme.«

Langsam erhob ich mich von meinem Stuhl. »Ich sollte mal wieder zurück und nach dem Rechten sehen.« Zwar war ich mir sicher, dass Grayson gut ohne mich zurechtkam, trotzdem wollte ich nicht den Eindruck erwecken, mich vor der Arbeit zu drücken. Ich hatte schon viel länger hier gesessen als ursprünglich geplant.

Die anderen nickten mir zu, und ich ging in Richtung Theke davon. Weit kam ich jedoch nicht, weil Sophie mich nach wenigen Schritten einholte. »Ist alles okay?«, fragte sie, nachdem ich mich zu ihr umgedreht hatte.

Verwirrt blinzelte ich. Was meinte sie?

»Klar.«

Sie sah zum Tisch zurück, dann wieder zu mir. »Ich dachte nur ... du bist so abrupt aufgestanden. Ich weiß, sie können manchmal etwas viel sein, vor allem Kilian mit seinen blöden Wetten. Ich hoffe, sie haben dich damit nicht vertrieben.«

»Nein, nein.« Lachend schüttelte ich den Kopf. »Ich hatte wirklich Spaß mit ihnen.« Erst als ich es aussprach, wurde mir bewusst, dass es wahr war. Ich wusste nicht, wann ich mich zuletzt derart amüsiert hatte. »Aber im Gegensatz zu dir bin ich heute zum Arbeiten hier.«

»Okay.«

Ich erwartete, dass Sophie sich umdrehte und zu den anderen zurückging, doch sie blieb regungslos vor mir stehen. In ihrem Blick lag etwas, das ich nicht deuten konnte, und für einen Moment wirkte es, als würde sie noch mehr sagen wollen, doch keine Worte kamen über ihre Lippen. Stattdessen sah sie mich weiterhin so eindringlich an, als wollte sie auf den Grund meiner Seele vordringen. Irgendwie war es mir unangenehm, gleichzeitig erhöhte sich mein Herzschlag, und ich konnte mich nicht rühren, nicht einmal von ihr abwenden.

Sophie räusperte sich und reckte den Daumen über ihre Schulter. »Ich ... geh dann mal wieder.«

Ich sah ihr nach, bis sie zurück an ihrem Platz saß, und fragte mich, was das gerade gewesen war. Ich würde die Menschen wohl nie verstehen.

Kapitel 8

SOPHIE

Fuck, fuck, fuck!
Wie hatte das nur passieren können?
Gedanklich wollte ich mir in den Hintern treten, während Cooper und ich mit zwei Einkaufswagen durch den Großmarkt eilten. Zwei Wagen, weil wir so viel einzukaufen hatten wie noch nie. Weil wir es alle – Cooper, Grayson, Hayden und ich – verpeilt hatten, rechtzeitig Nachschub zu holen. Niemandem von uns war es aufgefallen, weil wir uns alle auf jemand anderen verlassen hatten, und es war gestern Abend im *Moonlight* eskaliert, weil mehrere Zutaten plötzlich nicht mehr da gewesen waren. Zuerst waren uns Schirmchen für die Cocktailgläser ausgegangen. Das allein hätten wir noch verschmerzen können, meine Vermutung war ohnehin, dass die niemanden interessierten. Doch kurz darauf hatten wir kein Tonic Water für Gin Tonic mehr gehabt, und als zu guter Letzt auch noch unser Küchenchef Tony wutentbrannt aus der Küche gestürmt kam, weil er keine Tomaten mehr für den Salat hatte, war uns allen klar geworden, dass wir es gemeinsam verbockt hatten. Ich hatte gedacht, Cooper würde den Einkauf übernehmen. Cooper hatte es Grayson übertragen, aber wohl nicht ausreichend kommuniziert, da Grayson dachte, Hayden würde in den Großmarkt fahren. Das nannte man wohl Kollektivversagen.

»Wir müssen hier rein.« Mit der Schulter drückte ich Cooper in den Gang, in dem es Dekomaterial wie Schirmchen und Strohhalme für Gläser gab. Zwar waren wir mittlerweile dazu übergegangen, nur noch welche aus Glas zu verwenden, aber auch diese mussten in regelmäßigen Abständen nachgekauft werden, weil sie öfter zerbrachen, als uns lieb war.

»Wie kannst du dir das alles nur merken?« Cooper wirkte etwas blass um die Nasenspitze, während er neben mir durch den Gang trabte. Erneut kam es mir vor, als würden ihn völlig alltägliche Situationen manchmal überfordern, aber bisher hatte ich noch nicht herausgefunden, welche es waren. Manchmal wurden sie von Menschengruppen ausgelöst, aber nicht immer. Wenn er bei meinen Freunden und mir saß, schien er sich immer wohlgefühlt zu haben, während ihn letztens das Gespräch mit einer vierköpfigen Familie mit Schweißperlen auf der Stirn zurückgelassen hatte. Ähnlich wie jetzt, wo er auch wie ein verschrecktes Reh im Scheinwerferlicht wirkte, gefangen im Zwiespalt, ob er die Flucht ergreifen oder zum Kampf ansetzen sollte.

»Nachdem du dreimal hier warst, weißt du, in welchem Gang was zu finden ist. Und im Gegensatz zum Supermarkt wird hier auch nicht ständig umgeräumt.« Zielsicher fand ich die Schirmchen und warf gleich eine Packung mehr als nötig in meinen Wagen. Zwei Fächer weiter fand ich zudem auch Strohhalme, von denen ich ebenfalls eine Packung nahm.

Cooper sah mich derweil an, als hätte ich eine andere Sprache gesprochen, von der er kein Wort verstanden hatte, und ich fragte mich unweigerlich, ob er überhaupt jemals einkaufen ging. Also klar, er würde so notwendige Dinge wie Wasser oder Zahnpasta kaufen müssen, aber wenn er normalerweise nur mit seinem VW-Bus unterwegs war, ging er dann einkaufen, um ein Abendessen für seine Freunde zuzubereiten? Wie viele Freunde hatte er überhaupt? Und konnte er eigentlich kochen?

Ich schüttelte den Kopf über mich selbst. Warum dachte ich darüber nach? Es sollte mir völlig egal sein, aber ich konnte nicht mehr bestreiten, dass es da etwas an Cooper gab, das mich zu ihm zog. Er faszinierte mich, und dass er zudem unverschämt gut aussah, machte die Sache nicht unbedingt besser. Aber das war längst nicht alles. In manchen Momenten – wie jetzt gerade – kam mir Cooper unheimlich verletzlich vor, und dass er das als Mann zeigen konnte, ließ mein Herz noch ein bisschen höherschlagen. Ich meine, klar lebten wir mittlerweile in einer Welt, die aufgeklärter war und auf toxische Verhaltensmuster hinwies, aber in der Realität war es doch noch immer oft so, dass viele Männer meinten, stark sein zu müssen und keine Gefühle zeigen zu dürfen. Doch bei Cooper war das nicht so. Wenn er mit etwas überfordert war, dann zeigte und sagte er das auch. Fast als würde ihm gar nicht in den Sinn kommen, eine harte Maske aufzusetzen, um keine Schwäche zu zeigen.

Ich räusperte mich und sah zu Cooper auf. Der Blick seiner whiskybraunen Augen lag auf mir und löste ein wohliges Prickeln in meinem Nacken aus. »Ich glaube, wir haben alles, oder?«

Cooper legte die Stirn in Falten und zog den Einkaufszettel hervor, den ich zuvor geschrieben hatte. Lautlos bewegten sich seine Lippen, während er die einzelnen Punkte ablas, und sein Blick zuckte immer wieder zu seinem oder meinem Wagen, um zu prüfen, ob wir die entsprechenden Sachen auch wirklich eingepackt hatten. Irgendwann verengte er die Augen, scannte immer wieder seinen und dann meinen Wagen, ehe er zu mir aufsah. »Limetten fehlen noch.«

»Shit.« Ich rieb über meine Schläfen, hinter denen ein dumpfes Pochen einsetzte. »Die sind ganz vorne. Wartest du hier mit den Wagen? Dann laufe ich sie schnell holen.«

Cooper nickte und zog den Wagen an seinen heran, um den Gang nicht komplett zu blockieren. Ich flitzte los durch die Gänge und Reihen, bis ich am Anfang des Großmarktes angekommen war. In der Obst- und Gemüseabteilung suchte ich die Limetten und nahm dann zwei Netze. Sicher war sicher.

Als ich zu Cooper zurückkehrte, stand er genau, wo ich ihn zurückgelassen hatte. Er hielt sein Handy in der Hand und tippte darauf herum. Als er mich hörte, blickte er sofort auf und steckte es in die Tasche. »Du bist ja schon zurück.«

Ich zwang ein Lächeln auf meine Lippen und versuchte mir nicht anmerken zu lassen, wie außer Atem ich war, weil ich wie eine Verrückte durch die Gänge gerannt war. »Ging schneller als gedacht.«

Er hob eine Augenbraue, und ein Schmunzeln zuckte in seinen Mundwinkeln. »Du bist gerannt, oder?«

»Verdammt.« Ich blies mir den Pony aus der Stirn. »Was hat mich verraten?«

»Ich hab deine polternden Schritte gehört, kurz bevor du um die Ecke gerauscht bist.«

Ein lautes Lachen brach aus mir heraus. »An meinen Tarnfähigkeiten muss ich ganz offensichtlich noch arbeiten.«

Spielerisch stieß er mich mit der Schulter an. »In der Wildnis wären alle Tiere jetzt vor Angst meilenweit weg geflohen.«

Schmollend schob ich die Unterlippe vor. »Also wäre ich keine gute Begleiterin für deine Ausflüge?«

Nachdenklich legte er den Kopf schief und rieb sich mit der Hand über das Kinn. Das Herz schlug mir bis zum Hals, während ich auf seine Antwort wartete, dabei wusste ich nicht einmal, wieso. Nichts von diesem Geplänkel war ernst gemeint, trotzdem war mir seine Meinung wichtig.

»Ich denke, mit ein bisschen Übung könnte das was werden.«

Ich musste lachen. »Sehr diplomatisch. Sag mir, dass ich nicht gut genug bin, ohne mir zu sagen, dass ich nicht gut genug bin.«

Cooper stimmte mit ein und stupste mich leicht mit der

Schulter an. »So war das gar nicht gemeint. Vielleicht zeige ich dir irgendwann mal, wie es richtig geht …« Er blickte zu den zwei Einkaufswagen, die er noch immer festhielt. »Aber zuerst müssen wir die Sachen bezahlen und ins *Moonlight* bringen.« »Dann los.« Ich packte meinen Einkaufswagen und schob ihn in Richtung Kasse. Es war zum Glück nicht viel los, sodass wir schnell dran waren und die Sachen aufs Band legen konnten. Gemeinsam packten wir sie zurück in die Wagen, Cooper bezahlte, und kurz darauf fanden wir uns auf dem Parkplatz wieder.

Abrupt blieb Cooper nach wenigen Schritten stehen. »Menschen sind so scheiße manchmal«, grummelte er und entfernte sich von seinem Einkaufswagen, der ohne ihn langsam weiterrollte – in Richtung eines geparkten Autos. Ohne meinen eigenen loszulassen, hechtete ich seinem hinterher und konnte ihn in letzter Sekunde aufhalten.

»Cooper«, brüllte ich über den Parkplatz, um meiner Wut freien Lauf zu lassen. Er konnte doch nicht einfach den Einkaufswagen mitten auf dem Weg loslassen. Es war doch klar, dass er nicht von allein stehen blieb.

Als ich mich zu ihm umdrehte, war er fast zum anderen Ende des Parkplatzes gelaufen und hob Müll vom Boden auf, um diesen in den Mülleimer zu schmeißen, der nur wenige Meter danebenstand. Sofort verflog meine Wut auf ihn wieder. Es war bereits das zweite Mal, dass ich ihn dabei beobachtet hatte, Müll von fremden Menschen aufzuheben und wegzuschmeißen. Beim letzten Mal hatte ich gedacht, dass er es nur getan hätte, um den Parkplatz des *Moonlight* sauber zu halten, doch langsam beschlich mich das Gefühl, dass er das regelmäßig tat.

Cooper Lee, der Mann, der versuchte, den Planeten sauber zu halten.

Ich musste über meinen eigenen blöden Gedanken lachen,

natürlich genau in dem Moment, als Cooper wieder vor mir stand.

Skeptisch betrachtete er mich. »Findest du es witzig, dass ich den Mist aufhebe, den andere achtlos weggeworfen haben, obwohl keine zwei Meter daneben ein Mülleimer ist?«

»Nein, absolut ...« Weiter kam ich nicht, weil mein Handy zu klingeln begann. »Sorry«, murmelte ich, während ich es mit meiner freien Hand aus meinem Rucksack zu ziehen versuchte. »Hey, Isabel«, ging ich ran, nachdem ich es endlich befreit hatte. »Was gibt's?«

Ihre Antwort war ein herzzerreißendes Schluchzen, bei dem sofort sämtliche Alarmglocken in meinem Kopf zu schrillen begannen. »Was ist passiert?« Augenblicklich malte sich mein Hirn alle mögliche Schreckensszenarien aus. Dass ihrer Mama in Deutschland etwas passiert sein könnte, Liam oder den Koalas etwas zugestoßen war oder ...

»Es ist Alicia«, brachte Isabel unter Schluchzern hervor, und mein Herz blieb für einen erschreckend langen Moment stehen.

»Was ist ihr geschehen?«, wisperte ich.

»Sie ...« Isabel brach ab, und im Hintergrund war Liams ruhiger Bariton zu hören, aber ich konnte nicht verstehen, was er sagte. Die Ungeduld in mir wuchs ins Unermessliche, und ich bekam nicht mal mit, dass Cooper an meine Seite getreten war, bis er eine Hand auf meinen Unterarm legte. Ich sah zu ihm hoch, in seinen fragenden Blick, auf den ich nur die Schultern zucken konnte, weil ich keine Ahnung hatte, was los war.

»Sie wurde beim Surfen von einem Hai angegriffen. Wir wissen selbst noch nicht mehr, nur dass sie ins Bega South East Regional Hospital geflogen wurde. Kate hat uns darüber informiert, weil sie heute Strandwache hatte und es über den Funk mitbekommen hat. Sie ...«

Isabel sprach weiter, doch ich bekam es über das Rauschen in meinen Ohren gar nicht mehr mit. Mein Herz zog sich so schmerzhaft zusammen, als wollte es meinen kompletten Brustkorb zerreißen, und ich spürte, wie erste Tränen über meine Wangen liefen.

Warum Alicia?

Warum ausgerechnet sie?

Natürlich wusste ich, dass es Haie vor den australischen Küsten gab, das hatte so ziemlich in jedem Reiseführer gestanden, den ich zur Hand genommen hatte. Auch hörte man immer wieder davon, dass Surfer von Haien angegriffen wurden, aber irgendwie hätte ich mir nie vorstellen können, dass es Alicia traf. Alicia mit dem sonnigen Gemüt und der ansteckenden Lache, die auf jede Wette von Kilian einging, egal, wie kindisch sie eigentlich war. Alicia, die zu einer so guten Freundin geworden war, der ich nur das Allerbeste wünschte. Nicht so etwas.

Wie ging es ihr jetzt? Wie schwer war sie verletzt? Mein Herz setzte beim nächsten Gedanken ein weiteres Mal vor Schrecken aus, denn: War sie überhaupt noch zu retten?

»Ich komme mit ins Krankenhaus«, platzte es aus mir heraus. Ich *musste* einfach wissen, wie es Alicia ging, und wollte unbedingt bei ihr sein. Für sie da sein. Tun, was getan werden konnte.

Stille am anderen Ende der Leitung. Eine Sekunde, zwei, drei. Sie kamen mir wie eine Ewigkeit vor, und die Ungeduld bäumte sich bereits wieder in meiner Magengrube auf.

»Hast du mir gerade überhaupt zugehört?«, fragte Isabel.

Nein, hatte ich nicht, aber sie erwartete zum Glück keine Antwort, denn sie sprach bereits weiter. »Liam und ich sind längst unterwegs. Wir waren schon in Pembula, als Kate angerufen hat, und sind sofort ins Auto gesprungen. Aber du könntest Ellen oder Jack fragen, sie fahren dich bestimmt.«

Augenblicklich schüttelte ich den Kopf, denn ich wollte ihnen nicht auch noch Sorgen bereiten, wenn sie noch nicht wussten, was los war. Alicia ging seit ihrer Jugend bei den Wilsons ein und aus, half mit den Koalas und war so viel mehr für sie als bloß eine von Liams Freundinnen. Außerdem würde es viel zu lange dauern, jetzt erst nach Eden zurückzufahren, um dann zur Klinik aufzubrechen.

»Ich komm schon irgendwie dahin«, sagte ich und legte auf. Ich würde mir einfach ein Taxi nehmen, die musste es doch hier irgendwo geben. Suchend drehte ich mich im Kreis, ob ich irgendwo einen Taxistand entdecken konnte. In Frankfurt gab es nahezu an jeder zweiten Straßenecke einen, aber natürlich war hier weit und breit keiner zu entdecken.

Eine warme Hand legte sich auf meinen Unterarm und hielt mich in meiner Rotation auf. Ich blickte hoch, in Coopers besorgte braune Augen. Himmel, ich hatte schon wieder völlig vergessen, dass ich mit ihm hier war.

»Was ist passiert?«, fragte er sanft, aber mit Nachdruck. Seine andere Hand legte sich an meine Wange. Mit dem Daumen strich er unter meinem Auge entlang, und erst da fiel mir auf, dass ich noch immer weinte. Ich wollte mich abwenden, damit er mein verheultes Gesicht nicht sehen musste, gleichzeitig war ich von der ehrlichen Sorge, die er ausstrahlte, wie hypnotisiert.

»Alicia«, kam es krächzend über meine Lippen. »Sie wurde von einem Hai angegriffen und wird ins Bega South East Regional Hospital geflogen. Ich muss zu ihr.« Es grenzte an ein Wunder, dass ich mir das Krankenhaus, in das sie gebracht wurde, überhaupt hatte merken können, so durch den Wind, wie ich mich fühlte.

Ich versuchte, mich von Cooper zu lösen, um an die Straße zu gehen. Irgendwo hier musste es Taxis geben. Vielleicht konnte ich an der Straße eines anhalten, oder einer der Einheimischen konnte mir zumindest eine Telefonnummer nennen, über die ich eines rufen könnte. Ich musste zu Alicia, das war alles, was zählte.

Doch Cooper ließ mich nicht los. Mit sanftem Griff umfasste er meine Hand, während er mit der anderen die Einkaufswagen bei uns behielt. »Ich fahre dich.«

Nur mit Verzögerung drang die Bedeutung seiner Worte in meinen panischen Verstand, und ich sah erstaunt zu ihm auf. »Was? Aber du kennst sie doch kaum.« Ich konnte mich nicht erinnern, dass Cooper je mehr als zwei Worte mit Alicia gewechselt hatte.

Sein Gesichtsausdruck wurde gleichzeitig liebevoll und tadelnd. »Aber ich kenne *dich*. Dir ist sie wichtig, und du stehst gerade total neben dir. In dem Zustand lasse ich dich nicht allein durch die Weltgeschichte irren.«

Wenn ich mehr Kraft für eine Diskussion gehabt hätte, hätte ich protestiert. Ich wollte Cooper nicht als Fahrer missbrauchen, nur weil er mich nicht in der Lage sah, allein in dieses verdammte Krankenhaus zu kommen. Gleichzeitig hatte er aber recht. Ich stand komplett neben mir und war daher froh, dass er mir anbot, mich dorthin zu bringen.

Gemeinsam brachten wir die Einkaufswagen zum Pick-up, verstauten die Sachen auf der Rückbank und fuhren dann los. Während Cooper ruhig hinter dem Steuer saß und innerhalb der Geschwindigkeitsbegrenzung in Richtung Klinik fuhr, rutschte ich unruhig auf meinem Sitz hin und her. Überschüssige Energie pulsierte durch meine Adern und machte es unmöglich, auch nur einen einzigen klaren Gedanken zu fassen, außer: *Warum geht das nicht schneller?* Unaufhörlich knetete ich meine Hände im Schoß, zog immer wieder mein Handy hervor, aber natürlich hatte ich keine Nachricht von Isabel erhalten, die mich über Alicias Zustand aufklärte. Vermutlich waren Liam und sie ebenfalls noch unterwegs, und selbst wenn nicht, hatten sie sicher noch nichts erfahren, was uns weiterhelfen würde.

Es kam mir vor, als würde Cooper im Schritttempo über die Küstenstraße schleichen, dabei war das sicher nur Einbildung meinerseits. Doch die Landschaft zog wie in Slow Motion an mir vorbei, und die halbe Stunde, die wir zum Bega South East Regional Hospital brauchten, kam mir wie eine verdammte Ewigkeit vor.

Als Cooper endlich auf dem Parkplatz hielt, riss ich die Tür auf und sprang regelrecht aus dem Wagen. Ich hastete zum Eingang der Notaufnahme, ohne auf ihn zu warten, trotzdem kamen wir fast zeitgleich dort an. Als ich mich gerade der Dame am Empfang zuwenden wollte, schob Cooper mich weiter, und kurz darauf fiel mein Blick auf Isabel, Liam und Kilian, die bereits im Wartebereich saßen. Oder eher: Liam saß, die anderen beiden tigerten unruhig durch den Raum, beobachtet von den restlichen Leuten, die vermutlich darauf warteten, einen Arzt oder eine Ärztin zu sehen.

»Und, wie geht es ihr?«, fragte ich atemlos, als ich Isabel erreichte.

Ihr entschuldigender Blick sprach Bände, ehe sie überhaupt ein Wort gesagt hatte. »Wir wissen es nicht. Sie wird gerade operiert, aber davon abgesehen wollte uns niemand etwas sagen.«

»Aber das ist gut, oder? Dass sie operiert wird. Das heißt, es gibt noch Hoffnung.«

Betretenes Schweigen entstand, und die Blicke, die Isabel, Liam und Kilian sich zuwarfen, sagten mehr, als Worte je auszudrücken vermochten. Es stand nicht gut um Alicia.

Kilian räusperte sich. »Laut Kate hat der Hai Alicia am Oberschenkel erwischt. Sie hatte schon eine Menge Blut verloren, als sie sie endlich aus dem Wasser geholt haben. Also ...«

Er ließ den Rest des Satzes in der Luft hängen, aber ich hatte eine gute Vorstellung, was er sagen wollte.

Mein Herz sank ins Bodenlose und nahm meine Hoffnung und alle positiven Gedanken gleich mit. Kraftlos sank ich auf den nächsten Stuhl und konnte nicht verhindern, dass mir erneut die Tränen über das Gesicht liefen.

Und während ich wartete, machte ich etwas, das ich sonst nie tat. Ich betete.

Kapitel 9

SOPHIE

Sekunden wurden zu Minuten, Minuten zu Stunden und Stunden zu einer Ewigkeit. Der Vormittag ging in den Nachmittag und danach den frühen Abend über, ohne dass wir ein Wort über Alicia erfuhren. Leute, die um uns herumsaßen, wurden von Ärzten oder Ärztinnen in einen Behandlungsraum gerufen, ihre Plätze von neuen Patienten und Patientinnen eingenommen. Es war ein ständiger Wechsel, der um uns herum geschah, während wir uns in einer zeitlosen Blase befanden, in der es kein Vorankommen gab. Die große, tickende Uhr an der Wand schien mich regelrecht zu verhöhnen, denn jedes Mal, wenn ich zu ihr sah, waren nur wenige Sekunden vergangen, obwohl es sich für mich viel länger anfühlte.

Irgendwann sprang Isabel auf, und ich dachte schon, dass wir nun endlich etwas erfuhren, doch es waren nur Fotini und Kate, die nach ihren Schichten ebenfalls ins Krankenhaus gekommen waren, um Alicia beizustehen. Ich hoffte, dass Alicia instinktiv spürte, dass all ihre Freunde hier waren, und dass es ihr die Kraft gab, durchzustehen, was ihr gerade passierte.

»Ich halte das nicht mehr aus«, platzte Fotini irgendwann heraus. Es war irgendwie ironisch, dass ausgerechnet sie es sagte, nachdem sie kaum eine Stunde bei uns war. Sie sprang regelrecht von ihrem Stuhl auf und lief zu der geschlossenen Tür, hinter der die Operationssäle lagen, wurde jedoch aufgehalten, ehe sie sie erreichen konnte.

»Sie dürfen da nicht rein, Miss. Sobald die OP beendet ist,

wird jemand kommen, um Sie über den Ausgang zu unterrichten«, sagte eine in Weiß gekleidete Schwester.
Schnaubend kehrte Fotini zu uns zurück. »Das ist doch Folter, dass uns niemand sagen will, wie es ihr geht.«
Kate griff nach ihrer Hand, verschränkte ihre Finger miteinander und zog sie sanft auf den Stuhl zurück. »Es ist doch ein gutes Zeichen, dass sie noch immer operiert wird. Das heißt, es besteht noch Hoffnung.«
»Glaubst du wirklich?« Fotini klang so verzweifelt, wie ich mich fühlte, trotzdem sah ich mich gerade nicht in der Lage, diesem Gespräch weiter zuzuhören.
»Ich hole mir einen Kaffee«, murmelte ich und stand auf. Der Kaffeeautomat befand sich am Eingang zur Notaufnahme, weit genug von meinen Freunden entfernt, dass ich sie über den restlichen Geräuschpegel im Warteraum nicht würde hören können. Dort angekommen, atmete ich tief durch und lehnte meine Stirn für einen Moment gegen die kühle Wand. Leider half das überhaupt nicht dabei, meine aufgewühlten Gedanken und Emotionen zu beruhigen.

Eine Berührung an meinem Arm schreckte mich auf. An dem Kribbeln, das dabei durch meinen Körper raste, erkannte ich sofort, dass es sich um Cooper handelte.

»Diese Ungewissheit ist das Schlimmste, oder?«, sagte er mitfühlend, nachdem ich mich ihm zugewandt hatte.

Schützend schlang ich die Arme um meinen Bauch. »Vor allem, dass man so überhaupt nichts weiß«, stimmte ich zu. »Wenn sie uns wenigstens gesagt hätten, wie schwer Alicias Verletzungen bei ihrer Einlieferung waren.«

»Ich verstehe das so gut.« Coopers Blick verlief sich ins Leere. Er schien mich gar nicht mehr wahrzunehmen, sondern in irgendeiner Erinnerung gefangen zu sein. Ehe ich ihn darauf ansprechen konnte, lief ein Schaudern durch ihn, und er war wieder bei mir. Wortlos zog er mich in eine innige Umarmung, und ich ließ mich mit meinem vollen Gewicht gegen ihn fallen. Er hielt mich nur, ohne irgendwas zu sagen, aber seine Umarmung war so viel tröstender, als Worte es je sein könnten. Ich war dankbar, dass er nicht versuchte, mich irgendwie aufzumuntern oder mir Hoffnungen zu machen, sondern dass er mich einfach nur an sich gedrückt hielt. Seine Arme wie ein Sicherheitsnetz, das den schwersten Sturm überstehen könnte. Gleichzeitig nahm mir seine Nähe einen Teil meiner Angst, auch wenn ich nicht erklären konnte, woran das lag. Denn nur, weil Cooper mich hielt, ging es Alicia nicht besser, und es war auch immer noch nicht sicher, dass sie wieder gesund werden würde. Trotzdem ebbten die nackte Panik und Verzweiflung in mir ein wenig ab, und ich konnte wieder freier atmen.

Ich konnte nicht sagen, wie viel Zeit verging, ehe Cooper sich langsam von mir löste. Er legte die Hände auf meine Oberarme und sah mich eindringlich an. »Besser?«

Ich nickte. »Danke.«

»Nicht dafür.« Dann ließ er mich los, um sich dem Kaffeeautomaten zuzuwenden. Sofort vermisste ich seine Wärme und die Geborgenheit seiner Berührung.

»Ich könnte auch einen Kaffee vertragen«, meinte er, stellte das entsprechende Getränk auf dem Automaten ein und hielt seine Karte zum kontaktlosen Bezahlen davor. Es piepste, ein Pappbecher fiel in die untere Aussparung, und Sekunden später tröpfelte der Kaffee hinein.

Ein Blick auf die Uhr sagte mir, dass wir bereits seit mehreren Stunden hier saßen und das *Moonlight* bald öffnen würde. »Du musst nicht hierbleiben.«

Er sah mich an, als hätte ich ihm vorgeschlagen, sich nackt auszuziehen und einen Regentanz zu vollführen. »Ich gehe nirgendwohin, ehe wir nicht wissen, was mit Alicia ist.« Der Nachdruck in seiner Stimme ließ einen wohligen Schauer über meinen Rücken rieseln.

»Aber das *Moonlight* ...«

»Grayson und Hayden sind bereits informiert, sie schmeißen den Laden heute allein.« Er wandte sich mir vollends zu, den Kaffeebecher zwischen seinen Händen. »Grayson ist sogar auf dem Weg hierher, um die Einkäufe abzuholen. Es ist alles geregelt.«

Mir wurde heiß und kalt zugleich. An die Einkäufe hatte ich gar nicht mehr gedacht. Mir wäre auch nicht in den Sinn gekommen, irgendjemandem Bescheid zu geben, dass ich heute nicht zu meiner Schicht erscheinen würde. Der einzige Grund, warum ich Cooper vorgeschlagen hatte, zu fahren, war, weil er nicht ebenfalls seinen ganzen Tag hier verplempern müsste. Er kannte Alicia kaum und hätte sicher Besseres zu tun ... oder eben nicht. Denn er stand immer noch hier, vor mir, und machte keine Anstalten, gehen zu wollen.

Wärme stieg in mir auf, und ein Gefühl, das ich nicht ganz deuten konnte. Es war kein neues, ich hatte es schon mal verspürt, aber ich befand mich nicht in der emotionalen Verfassung, es richtig einzuordnen.

»Willst du nun auch einen Kaffee?«, riss Cooper mich aus meinen Gedanken.

Ich nickte, tippte auf den extra starken Cappuccino, und Cooper hielt erneut seine Karte vor das Bezahlfeld.

»Es ist wirklich ein gutes Zeichen, dass es so lange dauert«, sagte er leise. »Ich weiß, es fühlt sich nicht danach an, aber wäre sie nicht zu retten, wüssten wir das längst.« Ein letztes Mal drückte Cooper meine Schulter, dann ging er an mir vorbei aus dem Krankenhaus, vermutlich um sich mit Grayson zu treffen und ihm die Einkäufe zu übergeben. Ich dagegen blieb mit gemischten Gefühlen zurück. Hoffnung und Verzweiflung, Angst und diese Wärme, die Cooper in mir ausgelöst hatte. Sie alle schwappten wild wie das Meer in mir umher, und ich wusste nicht, wie ich sie unter Kontrolle bringen konnte.

Ich schüttelte den Kopf über mich selbst. Aber musste ich das überhaupt? War es nicht auch okay, all das zu fühlen und es einfach zuzulassen? Aktuell wusste ich gar nichts mehr, aber vielleicht war auch das in Ordnung. Ich konnte grad eh nichts dagegen unternehmen.

Nachdem mein Cappuccino fertig war, nahm ich ihn aus dem Automaten und ging zu den anderen zurück.

Es dauerte eine weitere Stunde, bis eine junge Ärztin aus dem Operationsbereich trat und mit zielstrebigen Schritten auf uns zukam. Der Hintern tat mir mittlerweile von den harten Plastiksitzen weh, aber jeglicher Schmerz war vergessen, als sie uns ansprach.

»Wer von euch ist mit Alicia verwandt?«

Kilian erhob sich. »Ich bin ihr Bruder«, log er, ohne mit der Wimper zu zucken. Liam und er hatten zuvor darüber gesprochen, dass Informationen nur an nahe Angehörige rausgegeben wurden, und Kilian hatte sofort angeboten, das zu übernehmen.

Wir sprangen ebenfalls auf und traten hinter Kilian, der geradeheraus fragte: »Wie geht es ihr? Wird sie wieder gesund?«

Die Ärztin warf einen Blick auf ihr Klemmbrett, dann nickte sie, und vor Erleichterung musste ich mich an Cooper festkrallen, weil meine Beine unter mir nachzugeben drohten.

»Es geht Alicia den Umständen entsprechend gut. Die OP war etwas langwierig, weil wir Gewebe und Muskeln an ihrem Bein wiederherzustellen versucht haben. Das hat nicht ganz geklappt, vermutlich wird sie eine oder zwei weitere Operationen benötigen, aber soweit ist es wenigstens wieder funktionstüchtig.«

»Also wird sie wieder laufen und surfen können?«, hakte Kilian nach.

»Wir sind optimistisch, dass sie wieder laufen wird. Genaues wird man erst nach der letzten Operation sagen können.« Kollektives Aufatmen war zu hören. Es war nicht ganz das, was ich hatte hören wollen, aber aktuell war ich einfach nur dankbar, dass Alicia noch lebte. Isabel griff nach meiner Hand und drückte so fest zu, dass es mir in einer anderen Situation unangenehm gewesen wäre. Doch jetzt drückte ich einfach zurück, genauso fest und mit derselben Erleichterung.

Kilian und Liam umarmten sich kurz, dann wandten sie sich erneut der Ärztin zu. »Können wir zu ihr?«

»Klar, aber nur kurz und bitte nur zwei auf einmal.«

Während Kilian und Liam der Ärztin folgten, setzten wir uns wieder hin, und plötzlich redeten alle auf einmal.

»Ich bin so erleichtert.«

»Zum Glück hat Alicia es überstanden.«

»Warum hat das so lange gedauert?«

»Ich könnte heulen, so froh bin ich.«

»Meint ihr, es wird alles wieder gut?«

Ich konnte nicht auseinanderhalten, wer was gesagt hatte, aber das war auch völlig egal. Isabel hielt meinen Arm umklammert, strahlte mich dabei an, als hätte sie im Lotto gewonnen. Auch Fotinis und Kates Gesichter zierte ein Lächeln, auch wenn beide die Sorgenfalten auf der Stirn nicht komplett verhindern konnten. Meine Miene sah vermutlich ähnlich aus, und das würde sich auch erst ändern, nachdem ich Alicia mit eigenen Augen gesehen und mit ihr gesprochen hatte.

Ich drehte mich zu Cooper um, der ebenfalls deutlich entspannter aussah. »Danke, dass du geblieben bist.« Es bedeutete mir viel, was er heute für mich getan hatte.

»Ist doch selbstverständlich«, tat er es mit einem Schulterzucken ab.

»Ist es nicht«, beharrte ich. Cooper war mir nichts davon schuldig, er hätte mich einfach auf dem Parkplatz des Großmarktes zurücklassen können. Doch er hatte mich nicht nur zum Krankenhaus gefahren, sondern war auch bei mir ... bei uns geblieben, und das rechnete ich ihm hoch an. »Wenn ich gleich bei Alicia war, können wir im Anschluss zur Arbeit fahren.«

»Auf gar keinen Fall.« Cooper taxierte mich, sein Blick so intensiv, dass ich ihn bis in die Haarspitzen spüren konnte. »Du nimmst dir heute frei, wir schaffen das auch ohne dich.«

»Aber ...«, wollte ich protestieren, doch Isabel griff nach meiner Hand. »Cooper hat recht. Du bist, wie wir alle, völlig durch den Wind. Wir nehmen dich gleich mit nach Hause.«

»Sie hat recht.« Cooper drückte meine Schulter und stand auf. »Ich fahre jetzt, und dich will ich frühestens morgen Abend im *Moonlight* sehen, haben wir uns verstanden.« Eindringlich betrachtete er mich, den Mund zu einer unbeugsamen Linie zusammengepresst. Ich kannte Cooper noch nicht lange, aber ich wusste, dass diskutieren gerade zwecklos war. Und irgendwie war ich erleichtert, denn wenn ich ganz ehrlich zu mir selbst war, war arbeiten gerade so ziemlich das Letzte, was ich tun wollte.

»Okay«, sagte ich leise.

»Okay«, wiederholte Cooper, und der Ausdruck auf seiner Miene wurde weicher, verständnisvoller. »Sag mir Bescheid, wie es Alicia geht.« Dann verabschiedete er sich von uns und verließ die Notaufnahme.

»Er ist echt ein guter Kerl«, sagte Isabel, während ich ihm hinterhersah, bis die Schiebetüren sich hinter ihm schlossen.

»Ist er wirklich.«

Ich hatte mich kaum umgedreht, da kamen Liam und Kilian zu uns zurück. »Ihr könnt jetzt zu ihr.« Liam setzte sich neben Isabel und küsste sie. »Sie schläft aber noch.«

»Egal.« Ich stand auf, und Isabel tat es mir gleich. »Ich will nur sehen, dass sie okay ist.« Ich musste mich mit eigenen Augen davon überzeugen, dass sie noch vollständig war, ansonsten würde ich später keine Ruhe finden.

Isabel und ich folgten einer Schwester in den Aufwachraum, wo Alicia in einem abgetrennten Bereich lag. Ich wusste nicht, was genau ich erwartet hatte, aber als ich sie schließlich entdeckte, sah sie fast ... normal aus. Ihr Gesicht war unversehrt, ihre Haare völlig zerstrubbelt, aber nicht einmal ein Kratzer zierte ihre Wange. Eine Injektionskanüle steckte in ihrem linken Handrücken, ein Herzmonitor piepte in einem gleichmäßigen Takt, und an ihrem Zeigefinger steckte der Anschluss für die Messung der Sauerstoffsättigung. Klar, ihre Verletzung war am Oberschenkel, und eine weiße Bettdecke bedeckte ihren Körper bis zur Brust, aber wenn ich sie so daliegen sah, konnte ich mir fast einbilden, dass sie bloß einen wohlverdienten Mittagsschlaf abhielt.

Vorsichtig trat ich an ihre rechte Seite und umfasste ihre Hand, die sich warm und weich anfühlte. Ihre Wärme zu spüren, machte mir viel deutlicher klar, dass Alicia wirklich noch lebte und bei uns war, als jeder Herzmonitor es je gekonnt hätte. »Du hast uns einen ganz schönen Schrecken eingejagt.«

»Allerdings.« Isabel trat an Alicias andere Seite und legte eine Hand auf ihre Schulter. Vermutlich musste sie sie, genauso wie ich, berühren, um sich von ihrer Lebendigkeit zu überzeugen. »Mach so etwas nie wieder.« Ihr Tonfall war tadelnd und liebevoll zugleich, und ich wusste genau, dass Isabel die Worte nur ausspielt, weil Alicia noch schlief. Denn natürlich hofften wir beide, dass sie sofort wieder zurück aufs Surfbrett stieg, sobald sie gesund war.

Plötzlich bemerkte ich eine Regung bei Alicia. Zuerst war es lediglich ein Schlucken und eine kaum wahrnehmbare Bewegung ihres Mundes. Dann begannen ihrer Augenlider zu flattern, und sie drehte den Kopf leicht in meine Richtung.

»Alicia?«, fragte ich sanft und lehnte mich näher zu ihr.

Ein unverständlicher Laut kam über ihre Lippen, und die Intervalle des Herzmonitors nahmen zu. Sie schien wirklich aufzuwachen.

»Alicia, wir sind hier«, sagte Isabel und rückte ebenfalls etwas näher an unsere Freundin heran.

Endlich schlug Alicia die Augen auf. Zuerst waren sie unfokussiert, schienen weder uns noch den Raum um sich herum wahrzunehmen. Sie blinzelte mehrmals und drehte den Kopf, als würde sie checken, ob das noch möglich war. »Wo bin ich?«, kam es krächzend über ihre Lippen.

Mein Blick suchte und fand den von Isabel. Sollten wir Alicia sagen, wo sie war und was passiert war, oder wäre es besser, zu warten, bis sie sich von allein erinnerte? Meine Erfahrungen mit Krankenhäusern im Allgemeinen waren sehr begrenzt. Ich selbst hatte noch nie dringelegen und war nur einmal zu Besuch da gewesen, nachdem meine Großmutter wegen einer gebrochenen Hüfte operiert worden war. Aber da hatte ich sie erst am Tag nach der OP besucht, als sie nicht mehr von der Narkose benebelt gewesen war.

»Du bist im Krankenhaus«, nahm Isabel mir die Entscheidung ab. »Weißt du, was passiert ist?«

Fragend sah Alicia von mir zu Isabel und zurück. Ihre Stirn legte sich in Falten, ich konnte praktisch dabei zusehen, wie es dahinter arbeitete, weil sie sich zu erinnern versuchte.

Mit einem Mal riss sie die Augen auf. »Shit, der Hai.« Panisch versuchte sie, die Bettdecke zur Seite zu schieben, um freie Sicht auf ihr Bein zu haben. Der Herzmonitor schlug aus und gab einen lauten Warnton von sich, woraufhin sofort zwei Pflegekräfte herbeigeeilt kamen, die Isabel und mich zur Seite schoben.

»Mein Bein, mein Bein, mein Bein«, stammelte Alicia immer wieder, und die Angst in ihrer Stimme zerriss mir fast das Herz.

Der Pfleger auf Alicias linker Seite spritzte etwas in ihren Zugang, vermutlich ein Beruhigungsmittel, während die Pflegerin auf meiner Seite ruhig auf sie einredete. »Wir konnten Ihr Bein retten. Es werden noch zwei weitere Operationen nötig sein, und danach müssen Sie in eine längere Reha, aber wir sind zuversichtlich, dass Sie wieder laufen können.«

Sofort wurde Alicia ruhig und blickte mit großen Augen zu der Pflegerin auf, deren Schild sie als Schwester Paula auswies, wie mir jetzt auffiel. »Wirklich? Und was ist mit surfen?« Hoffnung und Unsicherheit schwangen in Alicias Stimme mit, und ich konnte erste Tränen in ihren Augen glitzern sehen.

Paula presste die Lippen aufeinander, und ich erinnerte mich, dass auch die Ärztin zuvor uns nichts dazu gesagt hatte, ob Alicia wieder würde surfen können.

»Du kannst es sicher schaffen«, sagte ich eindringlich. »Du kannst alles schaffen, was du dir vornimmst.«

Jetzt rollten die ersten Tränen aus ihren Augen auf das Kissen hinab. »Surfen ist mein Leben, ich könnte mir nicht vorstellen, jemals etwas anderes zu tun. Und werde *alles* dafür machen, um so schnell wie möglich wieder auf dem Brett zu stehen.«

So langsam beruhigte sich das Piepen des Herzmonitors wieder, und Paula nickte zufrieden. »Und wir werden Sie dabei unterstützen, es wieder möglich zu machen. Aber jetzt brauchen Sie erst einmal Ruhe. Sie haben eine mehrstündige Operation hinter sich, die sehr anstrengend für Ihren Körper war.« Sie wandte sich mir zu. »Fünf Minuten haben Sie noch, dann braucht Ihre Freundin wirklich Ruhe.«

Sobald sie vom Bett wegtrat, war ich wieder an Alicias Seite. »Denkt ihr wirklich, dass ich wieder surfen kann?«, schluchzte sie.

»Auf jeden Fall«, versicherte Isabel ihr, und ich nickte bekräftigend, auch wenn da ein mulmiges Gefühl in mir war, das mich zur Vorsicht mahnte.

»Als man mich aus dem Wasser geholt hat, war das meine einzige Angst gewesen. Dass ich das nur überleben will, wenn ich danach wieder surfen kann.«

»Sag so was nicht«, brachte Isabel erstickt hervor. »Wir hätten sonst eine andere Leidenschaft für dich gefunden.«

Auch meine Kehle zog sich zusammen, und in meinen Augenwinkeln begann es zu brennen. »Vielleicht sollten wir uns einfach darauf konzentrieren, dass nichts davon eingetreten ist und wir Alicia sehr bald wieder auf dem Surfbrett bewundern können.« Ich packte so viel Zuversicht in meine Worte wie möglich, denn ich konnte den bloßen Gedanken nicht ertragen, dass Alicia andernfalls keinen Lebenswillen mehr gehabt hätte.

»Guter Plan«, stimmte Isabel mir zu. »Hast du irgendwelche Schmerzen?«

»Momentan nicht«, murmelte Alicia, deren Augen bereits wieder zufielen. Vermutlich war sie so sehr mit Schmerzmitteln vollgepumpt, dass sie aktuell gar nichts spürte.

Eine Minute später war sie bereits wieder eingeschlafen, und Isabel und ich verließen leise den Aufwachraum.

Kapitel 10

COOPER

Wir treffen uns heute Vormittag am Strand, falls du auch dazukommen magst :)

Ich studierte die Nachricht, die Sophie mir geschrieben hatte, bis der Bildschirm von allein wieder schwarz wurde. Dann schob ich das Handy zurück in meine Hosentasche und hob den Blick. Meine Mundwinkel hoben sich automatisch, als ich den dichten Wald um mich herum betrachtete. Es war noch so früh, dass die Sonne gerade aufging und den Himmel in einen Mix aus Rot- und Orangetönen verwandelte. Die Luft war noch frisch und völlig frei von Abgasen, und der Wind blies mir den unvergleichlichen Duft der Eukalyptusbäume in die Nase.

Ich hatte das Gefühl, zum ersten Mal, seit ich in Eden angekommen war, wieder atmen zu können.

Alicias Unfall – wenn man einen Haiangriff denn so nennen konnte – war zwei Tage her, und seitdem hatte ich mich im *Moonlight* noch viel eingesperrter gefühlt als ohnehin schon. Ich wusste nicht einmal, woran es lag, denn wir standen uns nicht nahe, hatten auch nicht viel miteinander geredet, aber ich hatte die Auswirkungen deutlich gespürt. Eine nervöse Energie hatte mich befallen. Sie hatte unter meiner Haut vibriert, mich unkonzentriert werden und mich nicht schlafen lassen. Ich kam mir vor wie der Vogel in seinem Käfig, den ich bei meiner Ankunft freigelassen hatte, und genau das hatte ich heute mit mir gemacht. Mich freigelassen.

Da ich natürlich nicht einfach zu einem mehrtägigen Trip ins Outback aufbrechen konnte, hatte ich das getan, was mir früher als Jugendlicher schon geholfen hatte, wenn ich die Ferien bei Grandpa verbracht hatte. Ich war in den Mount Imlay National Park gefahren, um mich in der Natur zu erden. Es war kurz vor Sonnenaufgang gewesen, als ich meinen VW-Bus auf dem Parkplatz abgestellt hatte, und obwohl ich erst eine halbe Stunde unterwegs war, fühlte ich mich mir selbst schon viel näher.

Ich ging abseits der offiziellen Wege, kletterte über Wurzeln, rutschte Abhänge hinab und legte meine Hand an unzählige Baumstämme. Wenn man sich konzentrierte, konnte man die Bäume atmen spüren, ihre Lebensenergie in sich aufnehmen und eins werden mit der Natur.

Von vielen wurde ich deswegen belächelt, vor allem von meinen Mitschülern im Internat damals, aber das lag nur daran, weil die Menschheit komplett den Bezug zur Natur verloren hatte. Wir hatten verlernt, wie wir mit unserer Umgebung im Einklang lebten, stattdessen zerstörten wir sie, um *Lebensraum* für uns zu schaffen. Und ich meinte damit nicht einmal Häuser. Jeder sollte ein Dach über dem Kopf haben, das stand außer Frage. Was ich meinte, waren sechsspurige Autobahnen, Einkaufszentren, die so groß wie eine ganze Stadt waren, und *Gärten,* die komplett mit Steinen zugepflastert waren. Wir betonierten alles zu, was uns zwischen die Finger kam, rodeten ganze Wälder, um Kohle abzubauen oder Anbaufläche für unsere Monokulturen zu schaffen. Damit zerstörten wir den Lebensraum von vielen Tieren. Nicht nur der großen, sondern auch der kleinen. Die, die man gerne übersah. Die, die viele ohnehin als lästig empfanden, die aber trotzdem wichtig für ein funktionierendes Ökosystem waren.

Wir betrachteten uns als die Krone der Schöpfung, dabei würden wir diejenigen sein, die diese Erde zugrunde richteten.

Dabei ... nein, wir würden sie nicht zerstören, nur unbewohnbar für uns machen. Die Erde würde sich erholen, wenn sie endlich von uns befreit wär. Ich könnte darüber lachen, wenn es nicht so unfassbar traurig wäre.

Meine Eltern hatten das schon vor vielen Jahren erkannt. Damals, als das Wort *Klimawandel* nur unter hochrangigen Wissenschaftlern bekannt gewesen war und sich sonst niemand Gedanken darüber gemacht hatte, was wir mit unseren Autos und Heizungen in die Atmosphäre bliesen. Mum und Dad hatten vor der Zweitausenderwende schon gewusst, dass wir etwas ändern mussten, wenn wir den Planeten erhalten wollten, wie er war. Und ich konnte nicht fassen, dass sich zwanzig Jahre später kaum etwas getan hatte.

Schluss jetzt!

Ich war nicht hergekommen, um etwas zu zerdenken, das ich als Einzelperson ohnehin nicht ändern konnte. Das war das komplette Gegenteil von meiner Intention gewesen.

Ich trat an den nächsten Baum, legte meine Hand auf die Rinde, schloss die Augen und atmete tief durch. Ließ die Gedanken frei und *fühlte* einfach nur noch. Die raue Borke unter meinen Fingerspitzen, der Wind in meinen Haaren. Das Zwitschern der Vögel in den Baumkronen und das gelegentliche Rascheln eines kleinen Tieres im Unterbusch. Mein Herzschlag beruhigte sich, und ein Lächeln breitete sich auf meinem Gesicht aus.

Dann ging ich weiter durch den National-Park.

Zwei Stunden später trat ich den Rückweg an. Ich war deutlich entspannter, ruhiger und wieder mehr im Einklang mit mir selbst. Und ich hatte einen Entschluss gefasst: Ich wollte den Auftrag für die Fotos von den Tasmanischen Teufeln annehmen. Erst gestern hatte ich eine Mail der Zeitschrift mit der Erinnerung bekommen, dass sie bis morgen eine Antwort von mir benötigten. Und ich konnte es einfach nicht absagen. Es war nicht nur ein Projekt, das mir persönlich am Herzen lag, sondern auch logistisch möglich. Ich könnte einfach nach Perth fliegen, mir von dort einen Leihwagen nehmen und die Fotos innerhalb einer Woche im Kasten haben. Es wäre zwar nicht dieselbe Experience wie sonst mit meinem geliebten VW-Bus, aber ich wäre eine Woche in der Natur, könnte unter freiem Himmel schlafen und meine Batterien wieder aufladen. Normalerweise sah ich davon ab, in ein Flugzeug zu steigen, wenn es sich vermeiden ließ, um keine unnötigen Emissionen in die Luft zu blasen, aber in diesem Fall war es einfach sinnvoller. Nur wegen eines Auftrags mehr als vier Tage mit dem Auto in den Westen zu fahren und danach wieder zurück, würde sich nicht rentieren.

Vielleicht würde es mir zusätzlich helfen, meine Gefühlswelt wieder in Einklang zu bringen. Und danach würde ich damit beginnen, einen Nachfolger für das *Moonlight* zu finden.

Mir war noch etwas anderes klar geworden. Ich musste wieder regelmäßiger in der Natur sein. Vielleicht konnte ich es so einrichten, dass ich jeden Monat für eine Woche – oder regelmäßig für einige Tage – mit meiner Kamera ins Outback fuhr. Dauerhaft in der Stadt zu wohnen, würde mich nicht glücklich machen. Das hatte ich zwar vorher schon gewusst, aber es war mir in den letzten zwei Wochen noch einmal schmerzlich bewusst geworden. Auch wenn ich dem Wunsch meines Grandpas natürlich gerne nachkam, ging das nicht über mein persönliches Seelenheil hinaus.

Mein Weg nach Eden führte mich am Strand vorbei, und ehe ich wusste, was ich tat, lenkte ich meinen Bus auf den Parkplatz und hielt an. Meine Jacke ließ ich im Wagen, denn die Sonne, die heute von einem strahlend blauen Himmel schien, hatte die Luft bereits auf zwanzig Grad erwärmt, dann machte ich mich auf den Weg, Sophie und ihre Freunde zu finden.

Als Allererstes fiel mir Kilian auf. Er trug eine Jeans und ein knallrotes T-Shirt mit dem Aufdruck irgendeines Sportteams, das mir leider gar nichts sagte. In den Händen hielt er einen Rugbyball und sagte irgendwas zu Liam. Als ich näher kam, verstand ich auch, was er sagte.

»... willst doch wirklich nicht nur da im Sand sitzen. Ich wette, du sagst nur Nein, weil du nicht gegen mich verlieren willst.«

»Mit deinen blöden Wetten konntest du mich noch nie überzeugen«, entgegnete Liam.

Kilians Blick wurde kalkulierend. »Ich *wette*, du könntest mal wieder etwas mehr Bewegung vertragen. Seit du mit Isabel zusammen bist, bist du zum wahren Couch-Potato mutiert.«

Isabel lehnte sich näher zu den beiden. »Da hat er recht.«

»Hey!« Empört wandte sich Liam seiner Freundin zu. »Fall du mir nicht auch noch in den Rücken.«

Lachend stupste sie ihn mit der Schulter an. »Jetzt geh schon mit Kilian Rugby spielen, er gibt doch eh keine Ruhe.«

Grummelnd kam er auf die Beine, wobei sein Blick auf mich fiel. »Hey, Cooper. Lust, eine Runde mitzuspielen?«

Sofort winkte ich ab. »Nee, macht ihr mal schön. Ich verstehe von Rugby genauso viel wie vom Kochen, was praktisch nichts ist.«

Ehe Liam reagieren konnte, packte Kilian ihn am Kragen und zog ihn von der Gruppe weg. Ich wandte mich Sophie, Isabel und Fotini zu. Sophie trug ein rotes Tanktop und eine enge Jeans. Schuhe und Socken hatte sie ausgezogen und die nackten Füße im Sand vergraben. Ihre rotblonden Haare waren zu zwei Zöpfen geflochten, die locker über ihre Schultern hingen und sie jünger wirken ließen als gewöhnlich. Auch schien sie irgendwie bedrückt, was seit Alicias Unfall öfter der Fall war.

»Alles okay?« Im Schneidersitz setzte ich mich neben sie.

Sie nickte, den Mund zu einer dünnen Linie gepresst. »Klar.«
Ich glaubte ihr kein Wort. »Wie geht es Alicia?«
Jetzt hellte sich ihre Miene zumindest ein wenig auf. »Gut soweit. Wir haben sie gestern besucht. Sie steht schon wieder auf, obwohl sie es nicht sollte, und nächste Woche ist ihre zweite OP.«
»Das freut mich. Also ist sie nicht der Grund, warum du ein Gesicht wie sieben Tage Regenwetter ziehst?«
»Das liegt daran, weil wir in fünf Wochen abreisen«, erklärte Isabel, und bei diesen Worten zogen auch über ihrem Gesicht dunkle Wolken auf.
»Und weil Sophie nicht genug von Australien gesehen hat«, fügte Fotini hinzu.
Ich erinnerte mich daran, dass Sophie etwas Ähnliches ganz am Anfang zu mir gesagt hatte. Es fühlte sich unheimlich weit weg an, dabei war ich erst seit zwei Wochen in Eden, aber es kam mir vor, als würde die Zeit hier anders vergehen.
»Was willst du denn sehen?«
Ein ersticktes Lachen kam über ihre Lippen. »Alles?«
Meine Mundwinkel hoben sich ebenfalls. »Du weißt, dass das unmöglich ist, so groß wie Australien ist?«
Ironie tanzte in ihren Augen. »No shit, Sherlock. Mir ist auch bewusst, dass ich gar nichts mehr davon sehen werde, was ja der Grund für meine betrübte Stimmung ist.«
»Und für meine«, warf Isabel ein. »Denn ich bin schuld daran, dass sie nichts gesehen hat.«
Sophie verdrehte die Augen. »Das stimmt nicht. Ich hab freiwillig gesagt, dass wir hierbleiben, damit du schauen kannst, was aus Liam und dir wird. Was ja offensichtlich die richtige Entscheidung war.«
»Trotzdem fühle ich mich schlecht deswegen, weil wir uns beide diese Reise anders vorgestellt hatten.«
»Pläne ändern sich.« Sophie griff nach Isabels Hand und

drückte sie. »Und wir hatten trotz allem eine wirklich tolle Zeit hier.« Jetzt sah sie zu mir auf, und ich sah so viele unterschiedliche Emotionen in ihren Augen, dass ich sie gar nicht alle benennen konnte. »Ich bin nur etwas wehmütig, weil es vermutlich länger dauern wird, ehe ich es wieder nach Australien schaffe, um den Roadtrip nachzuholen.«

Fotini lehnte sich vor. »Warum eigentlich? Was hält dich davon ab, in einigen Monaten wiederzukommen?«

Sophie schöpfte etwas Sand in ihre Hand und ließ ihn durch die Finger nach unten rieseln. »Mein Masterstudium. Das fängt nahtlos an, wenn wir zurück sind. Wir hatten es für diese Reise unterbrochen, und damit werden wir die nächsten zwei, drei Jahren beschäftigt sein.« Sie sah nicht glücklich damit aus, und in mir regte sich etwas.

Eine Idee kam mir. Nur ganz klein zuerst, und fast wollte ich sie als lächerlich abtun, doch je länger ich darüber nachdachte, desto schlüssiger erschien sie mir. Warum fragte ich Sophie nicht, ob sie mich zu meinem Auftrag begleitete? Dann könnte ich den VW-Bus nehmen, der ohnehin umweltschonender als zwei Flüge durch das ganz Land war, und Sophie unterwegs die besten Plätze zeigen, die zudem abseits der üblichen Touristenspots lagen. Wir wären dann länger unterwegs als die eine Woche, die ich ursprünglich für den Auftrag eingeplant hatte, aber ich spürte tief in mir drin, dass ich genau das wollte und brauchte. Der halbe Tag im National-Park heute hatte mir deutlich vor Augen geführt, wie nötig es war, mehr Zeit in der Natur zu verbringen. Und mit einem Roadtrip mit Sophie könnte ich es vor mir selbst und den anderen erklären, warum ich das *Moonlight* länger als einige Tage verließ.

»Was hältst du von einem Roadtrip mit mir?«

Verwirrung zeichnete sich auf ihren Zügen. »Wie? Jetzt?«

Damit brachte sie mich zum Lachen. »Nein, in den nächsten

Tagen. Ich kenne jeden Winkel von Australien und kann dir Orte zeigen, die Touristen normalerweise nicht finden.«

Die erhoffte Begeisterung blieb weiterhin aus. »Aber du kannst doch nicht einfach das *Moonlight* zurücklassen. Was machen sie denn, wenn wir beide weg sind?«

»Grayson und Hayden bekommen das schon hin.« Ehrlicherweise waren wir an den meisten Tagen ohnehin überbesetzt im *Moonlight*. Die Sommersaison hatte noch nicht begonnen und würde es auch für über einen Monat nicht. Für die lokalen Gäste, die momentan in die Bar kamen, reichte eine Bedienung pro Abend aus.

»Ich weiß nicht.« Sophie zog die Beine an die Brust und stützte ihr Kinn auf den Knien ab. »Ich würde mich trotzdem schlecht fühlen, wenn ich dich von hier wegreiße, wo du gerade erst angekommen bist.«

Sie hatte nicht den Hauch einer Ahnung, wie gern ich das mit mir machen ließ. Aber es schien, als wäre etwas mehr Überzeugungsarbeit vonnöten. »Das ist nicht der einzige Grund, warum ich dir das anbiete. Ich habe letzte Woche einen Auftrag bekommen, den ich nicht ablehnen kann.« Man mochte mir diese kleine Notlüge verzeihen. »Dafür muss ich ganz in den Westen Australiens, was nur für einen Auftrag unwirtschaftlich ist. Wir könnten beides kombinieren, und ich zeige dir auf dem Weg all die Dinge, die normale Touristen in Australien nicht zu Gesicht bekommen.«

An Sophies Gesicht konnte ich erkennen, wie ihr Widerstand langsam bröckelte. »Und du sagst das nicht nur, um mich zu überzeugen?«

Jetzt musste ich richtig lachen, denn das war das Absurdeste, was ich je gehört hatte. »Warum sollte ich so was tun? Ich kann dir gerne die E-Mail zeigen, wenn dich das beruhigt.«

»Okay, okay.« Sophie stimmte in mein Lachen mit ein. »Trotzdem hätte ich ein schlechtes Gewissen, Grayson und

Hayden allein zu lassen. Momentan ist zwar noch nicht viel los, aber was, wenn sich das unerwartet früher ändert?«

»Dann könnten wir immer noch aushelfen«, sagte Isabel. »Ich finde, du solltest es machen. Es ist doch genau das, was du immer gewollt hast.«

»Eigentlich schon.« Ich konnte genau erkennen, wie sie mit sich rang. Ihre Lippen waren aufeinandergepresst, und sie wrang die Hände im Schoß. Ihr Blick suchte den von Isabel, und eine stumme Kommunikation schien zwischen den beiden Frauen abzulaufen.

»Na gut«, willigte sie schließlich ein und sah mich unverwandt an. »Eigentlich hätte ich ja gern den Uluru bestiegen, aber das ist ja leider nicht mehr möglich.«

Zum Glück. Ich konnte mich gerade so davon abhalten, die Worte laut auszusprechen. Der Uluru war heiliges Land der Aborigines, auf dem jahrelang ganze Herden von Touristen herumgetrampelt waren. Es war mir immer ein Dorn im Auge gewesen, wie sie diesen Flecken Erde verschandelt hatten. Aber vor einigen Jahren hatte die Regierung den Uluru für Besucher gesperrt und das Land den Aborigines zurückgegeben. Mittlerweile konnte man nicht mal mehr virtuelle Führungen auf den berühmtesten Berg Australiens machen.

»So toll war das gar nicht. Ich war selbst nie oben, bin aber oft daran vorbeigefahren. Der Berg ist so steil, dass man sich quasi an Seilen daran hinaufziehen musste. Aber wenn du dich gern in der Natur bewegen möchtest, hätte ich einen anderen Vorschlag in der Nähe für dich. Den King's Canyon.«

Sophies Augen weiteten sich. »Oh! Darüber hab ich irgendwo gelesen, meine ich. Können wir gern machen.«

Isabel umfasste ihr Handgelenk mit leuchtenden Augen. »Krass, ihr macht einen richtigen Roadtrip. Ich muss gestehen, ich bin schon ein bisschen neidisch.«

»Komm doch einfach mit«, schlug Sophie vor und wandte sich mir zu. »Das wäre doch okay, oder?«

Ehe ich antworten konnte, schüttelte Isabel bereits den Kopf. »Ich will die restliche Zeit hier mit Liam verbringen, und er kann wegen der Koalas definitiv nicht weg.«

Sophie nickte und verzog gleichzeitig den Mund. »Verständlich, auch wenn es mir lieber gewesen wäre.« Sie seufzte und warf mir einen entschuldigenden Blick zu. »Das ist nichts gegen dich, aber wir kennen uns kaum.«

Zuerst wusste ich nicht, was sie damit meinte, dann kam mir eine Idee. »Ich will dir nicht an die Wäsche«, sagte ich sofort.

Ungläubig riss Sophie die Augen auf und lachte leise. »Das meinte ich gar nicht. Ich vertraue dir, dass du ein anständiger Kerl bist, aber wir wissen doch gar nicht, ob wir uns nach einer Woche Aufeinanderhocken nicht gegenseitig nerven und die Gurgel umdrehen wollen.«

Spekulierend zog ich eine Augenbraue hoch und versuchte, das Zucken in meinen Mundwinkeln zu unterbinden. »Ich wusste gar nicht, dass du so gewaltbereit bist.«

»Oh, das werde ich immer dann, wenn man mich nicht zu regelmäßigen Zeiten füttert«, ging Sophie sofort auf mein Geplänkel ein.

»Das kann ich bestätigen«, fügte Isabel hinzu. »Wenn sie nicht alle paar Stunden etwas zu essen bekommt, kann sie ungemütlich werden.«

»Isabel musste mich schon mal davon abhalten, einen Kerl zu erwürgen, der sich an der Eisdiele vor uns gedrängelt hat.«

»Der war aber auch extrem dreist.« Isabel verengte die Augen, dann fingen Sophie und sie laut an zu lachen. Fotini schüttelte schmunzelnd den Kopf, und auch ich konnte ein Grinsen nicht mehr unterdrücken.

»Ich sehe schon, in dir schlummert mehr als gedacht. Das könnte eine amüsante Fahrt werden.«

Herausfordernd reckte Sophie das Kinn vor. »Du denkst also, du kannst die Fahrt mit mir überstehen, ohne durchzudrehen?«

»Sogar ohne Streit mit dir anzufangen und ohne genervt von dir zu sein. Ich verspreche dir sogar, dass es regelmäßig und genug zu essen geben wird.«

»Okay, dann ist es abgemacht. Wir ziehen den Trip durch.« Endlich breitete sich das glückliche Lächeln auf ihrem Gesicht aus, das ich von vornherein bei ihr hatte sehen wollen. Das, das mir sagte, sie freute sich auf das Abenteuer und konnte es kaum abwarten, loszufahren.

»Deal. Ich muss noch ein paar Dinge regeln, aber übermorgen können wir aufbrechen. Ich hoffe, du hast nichts gegen frühes Aufstehen.«

»Wir sind jeden Morgen um sieben bei den Koalas, also nein.«

»Sehr gut.« Ich rappelte mich auf und klopfte mir den Sand von der Hose. »Ich muss dann los. Wir sehen uns heute Abend im *Moonlight*.«

»Bis später, Cooper.«

Ich winkte in die Runde, dann ging ich zu Grandpas Pick-up zurück. Es war nicht gelogen gewesen, dass ich noch einiges erledigen musste. Zuallererst würde ich dem *Australia Wildlife Magazine* schreiben, dass ich den Auftrag annahm, dann musste ich Grayson anrufen, um ihm mitzuteilen, dass ich ihm die Leitung des *Moonlight* für die nächsten Wochen übertrug. Außerdem musste der Schichtplan geändert werden, wenn Sophie und ich ab übermorgen unterwegs wären, aber ich war mir ziemlich sicher, dass Grayson, Hayden und Timothy den Laden auch allein geschaukelt bekommen würden. Da machte ich mir überhaupt keine Sorgen.

In meinen Fingerspitzen begann es zu kribbeln, und meine Mundwinkel hoben sich. Ich freute mich auf die kommenden

Wochen. Darauf, mit Sophie unterwegs zu sein, meinen geliebten VW-Bus anstelle des Flugzeugs nehmen zu können und mich nicht um das *Moonlight* kümmern zu müssen. Das schlechte Gewissen meinem Grandpa gegenüber, weil ich länger weg sein würde als ursprünglich geplant, versuchte ich auszublenden. Ich wusste, dass ich mich auf Grayson und Hayden verlassen konnte, von daher musste ich mir um die Bar keine Sorgen machen.

Die Freude überwog eindeutig. Und zwar nicht nur, weil ich dadurch den Auftrag durchziehen konnte, der von Anfang an viel zu verlockend geklungen hatte, sondern auch, weil ich es gar nicht abwarten konnte, Sophie die Plätze in Australien zu zeigen, die mir besonders am Herzen lagen. Ihr das Land und die Tiere nahezubringen, die es wert waren, geschützt zu werden.

Ich war mehr als gespannt, was sie dazu sagen würde. Es war lange her, dass mir die Meinung von jemandem wichtig gewesen war, und ich fragte mich, warum es ausgerechnet bei Sophie der Fall war. Momentan hatte ich keine Antwort darauf, aber ich war mir sicher, dass ich es in den nächsten Wochen herausfinden würde.

Kapitel 11

SOPHIE

»Hast du alles?« Isabel steckte den Kopf in mein Zimmer und sah mich fragend an.

»Denke schon.« Mein Blick fiel auf den Trekkingrucksack, der zu meinen Füßen auf dem Boden lag. Ich hatte alles hineingestopft, was ich für unseren Roadtrip brauchen würde. Überwiegend kurze Sachen, da es im Norden und Westen schon jetzt deutlich wärmer war als in Eden. Dazu einige Jeans, Strick- und Fleecejacken, sollte es abends doch frischer werden, sowie meine Regenjacke. Gerade der Westen war regenreich. Dort konnte man immer von einem Schauer überrascht werden, wurde mir gesagt. Morgen früh müsste ich nur meinen Kulturbeutel dazu packen, dann war ich startklar.

Doch jetzt stand erst mal ein letzter Besuch bei Alicia an.

»Wollen wir dann los?«, fragte Isabel.

Ich nickte, ließ meinen Rucksack zurück und folgte ihr in den Flur. Wir stiegen die Treppen hinab und durchquerten die Küche, wo wir uns von Ellen, Liams Mum, verabschiedeten. Dann traten wir durch die Eingangstür nach draußen. Es war ein schöner Tag. Die Sonne schien von einem leicht bewölkten Himmel, und aktuell konnte ich mir nicht vorstellen, dass es später noch Regen geben sollte. Ich warf einen Blick in die Koalagehege, betrachtete die Tiere, die Isabel vormittags noch versorgt hatte, und ein Lächeln schlich sich auf meine Lippen. Auch wenn die Tiere ständig wechselten, weil gesunde ausgewildert wurden und neue ihren Platz einnahmen, hatte ich jedes einzelne davon in mein Herz geschlossen. Obwohl ich sie nicht mehr selbst betreute, seit ich im *Moonlight* arbeitete, ging ich fast jeden Tag zu ihnen. Redete mit ihnen, nahm sie auf den Arm und kuschelte sie. Mit ihnen hatte alles angefangen. Hätte ich damals bei unserer Ankunft in Eden nicht dieses kleine, unscheinbare Schild an der Zufahrt zum Sanctuary gesehen ... unser Aufenthalt hier wäre ein ganz anderer geworden.

Wir traten an den Subaru heran. Der alte Fiesta, mit dem Isabel im National-Park liegen geblieben war, war mittlerweile verkauft und gegen den Subaru ausgetauscht worden. Er war deutlich besser in Schuss, auch wenn er ebenfalls bereits einige Jahre auf dem Buckel hatte. Isabel stieg auf der Fahrerseite ein, und ich nahm auf dem Beifahrersitz Platz. Mittlerweile hatte ich mich so sehr an den Linksverkehr gewöhnt, dass es bestimmt eine Umstellung für mich werden würde, in Deutschland wieder auf der rechten Seite unterwegs zu sein. Vielleicht lag es aber auch nur daran, weil ich nie selbst fuhr. Aber auch auf dem Fahrrad, mit dem ich zur Arbeit fuhr, war es mittlerweile völlig normal für mich, auf der linken Straßenseite unterwegs zu sein.

Wir nahmen die Küstenstraße nach Osten in Richtung des Bega South East Regional Hospitals, weil ich Alicia noch mal sehen wollte, ehe ich am nächsten Tag mit Cooper aufbrach. Ehrlich gesagt hatte ich noch nicht wirklich realisiert, was vor mir lag. Gestern bei der Arbeit im *Moonlight* hatte ich versucht, aus Cooper herauszubekommen, was er mit mir vorhatte. Doch er wollte mir nichts verraten. Er hatte immer nur verschwörerisch gegrinst und gemeint, dass es eine Überraschung wäre. Obwohl ich meinen besten Hundeblick aufgesetzt hatte, hatte er sich nicht erweichen lassen. Dabei war ich verdammt neugierig, was zu seinen liebsten Plätzen in Australien gehörte. Irgendwie war es aber auch aufregend, nicht so genau zu wissen, was ich sehen würde. So konnte ich es auf mich zukommen, mich davon überraschen lassen und jede Sekunde des

Trips genießen. Obwohl ich anfangs verhalten reagiert hatte, war mir recht schnell bewusst geworden, was genau Cooper mir da eigentlich angeboten hatte. Er präsentierte mir genau das, was ich mir am meisten wünschte, auf dem Silbertablett, und ich wäre reichlich blöd, würde ich das ausschlagen. Zwar verstand ich noch nicht ganz, warum er das tat, denn würde er bloß seinen Auftrag erledigen, wäre er deutlich schneller wieder zurück in Eden. Aber ich hatte mir vorgenommen, Coopers Beweggründe nicht zu hinterfragen, sondern mich einfach zu freuen, dass mein größter Traum kurz vor Ende meiner Zeit in Eden doch noch in Erfüllung ging.

»Bist du schon aufgeregt?«, riss Isabels Stimme mich aus meinen Gedanken.

»Total. Aber ich freue mich einfach tierisch auf diese Reise. Ich glaube, das kann richtig gut werden.«

»Denke ich auch. Du musst mir jeden Tag Fotos schicken von allem, was du gesehen hast.«

Ein breites Grinsen legte sich auf mein Gesicht. »Ich werde dir so viele Fotos schicken, bis du davon genervt bist.«

Sie lachte leise. »Glaube mir, das wird nicht passieren. Ich werde zwar etwas neidisch sein und würde euch tatsächlich gern begleiten. Gleichzeitig will ich die letzten verbleibenden Wochen noch mit Liam genießen. Der Abschied wird mir schon schwer genug fallen.«

Ich konnte das so sehr nachempfinden, dabei musste ich nicht meine große Liebe zurücklassen. »Hast du dir jetzt überlegt, ob du bald wiederkommen willst?« Vor Kurzem hatte sie mir noch erzählt, dass sie nicht sicher war, was sie tun wollte. Einerseits wollte sie unbedingt zu Liam zurückkehren, andererseits wollte sie ihre Mum nicht allein lassen, die schon ein großes Problem damit gehabt hatte, dass Isabel das letzte Jahr weg gewesen war.

Stille. Dann seufzte meine Freundin schwer. »Eigentlich gibt es da nichts zu überlegen. Ich habe mich nicht nur in Liam verliebt, sondern in alles drum herum. Das Land, Eden, die Koalas. Je näher unsere Abreise nach Deutschland rückt, desto klarer wird mir das. Ich will auf jeden Fall zurückkommen, aber ich will dann nicht einfach nur Liams Freundin sein und bei den Koalas aushelfen. Ich will mein Studium zu Ende führen und irgendwann meine eigene Agentur gründen. Meine Selbstständigkeit will ich nicht aufgeben. Wenn mich das Schicksal meiner Mama eines gelehrt hat, dann, dass ich niemals von einem Kerl abhängig sein will. Weder finanziell noch emotional.«

Ich konnte sie so gut verstehen. Nicht nur, weil ich mitbekommen hatte, wie Isabels Mutter fünfzehn Jahre nach seinem Tod immer noch um ihren Mann trauerte, sondern auch, weil es mir ebenfalls schon immer ein Anliegen gewesen war, frei und unabhängig zu sein. So war ich einfach erzogen worden.

»Aber das kriegst du doch sicher hin. Du hast ja noch Zeit hier, um dir die nahe liegenden Unis anzusehen und herauszufinden, was benötigt wird, um auf diese zu wechseln.«

Sie warf mir ein kurzes Grinsen zu. »Wollen wir am Wochenende machen. Liam fährt mit mir nach Canberra, dort könnte ich einen Großteil des Studiums über Onlinekurse abwickeln, müsste also nicht durchgängig vor Ort sein, und sie bieten Marketing an. Ich muss jetzt nur herausfinden, ob mein deutscher Bachelor anerkannt wird, was sonst noch dafür benötigt wird und ob ich eventuell irgendwelche Kurse nachholen muss, die bei uns erst später dran wären.«

»Wow, du hast dir wirklich schon Gedanken dazu gemacht.« Als wir das letzte Mal über das Thema gesprochen hatten, hatte es noch völlig anders geklungen. »Ich freue mich für dich, dass du eine Entscheidung getroffen hast.«

»Die Sache mit Alicia hat mich echt zum Nachdenken gebracht. Das Leben ist so kurz, und es kann so schnell etwas passieren, das alles aus den Angeln hebt. Ich will nicht in zwei Jahren in Deutschland sitzen und es bereuen, nicht mutig genug für diesen Schritt gewesen zu sein. Kann das in Australien in die Hose gehen? Mit Sicherheit. Aber dann habe ich es wenigstens versucht, und zurück nach Hause kann ich ja jederzeit. Und auch wenn das zwischen Liam und mir langfristig nicht funktionieren sollte.«

Ich nickte, denn ich verstand sie so gut. Auch ich wollte hier eigentlich nicht weg, und ich hatte keinen Kerl, an dem mein Herz hing. »Und deine Mutter?«

Etwas hilflos zuckte sie mit den Schultern. »So leid es mir tut, aber sie kann sich nicht ewig an mich hängen. Und vielleicht hat sie im letzten Jahr ja auch gelernt, etwas selbstständiger zu sein.«

»Telefoniert ihr immer noch jede Woche?«

»Nein, es ist deutlich weniger geworden. Und sie sagt mir auch nicht mehr so oft, wie schrecklich es ist, dass ich nicht da bin.«

Isabel lenkte den Wagen auf den Parkplatz des Bega South East Regional Hospitals und stellte ihn ab. Wir stiegen aus, und beim bloßen Anblick des weißen Baus kamen all die Empfindungen von letzter Woche wieder hoch. Die Angst, die Ungewissheit und all die Zweifel, die an mir geklebt hatten, während wir auf ein Update zu Alicias Zustand gewartet hatten. Aber ich erinnerte mich auch an den Zusammenhalt in unserer Clique, an Coopers Worte, und wie er die ganze Zeit bei mir geblieben und nicht von meiner Seite gewichen war. Dass dieses Ereignis dazu führen würde, dass er einen Roadtrip durch Australien mit mir machte, hätte ich mir niemals erträumen lassen.

Die elektrischen Schiebetüren fuhren auf, sobald wir vor sie traten, und sofort schlug mir dieser krankenhaustypische Geruch nach Desinfektionsmittel und Krankheit entgegen. Ich unterdrückte ein Schaudern, und wir gingen direkt zu den Aufzügen durch. Alicias Zimmer befand sich im dritten Stock, wie uns eine Schwester erklärt hatte. Oben angekommen, mussten wir uns kurz orientieren, in welcher Richtung es lag, dann wandten wir uns nach rechts. Emsig eilten Pflegekräfte an uns vorbei. Die meisten Türen zu den Patientenzimmern standen offen, und kurz bevor wir Alicias Zimmer erreichten, trat sie bereits hinaus in den Flur.

»Da seid ihr ja.« Ein breites Lächeln zierte ihr Gesicht, und ich musste sie mir zuerst einmal genau ansehen. Sie trug eine weite, beige Stoffhose und ein T-Shirt mit einem *Game of Thrones*-Aufdruck. Auf zwei Krücken gestützt, humpelte sie auf uns zu.

Fest schloss ich sie in meine Arme. »Wie geht es dir?«

Nach mir umarmte sie Isabel, dann schob sie sich eine blonde Haarsträhne hinter das Ohr. »Schon viel besser.« Sie hob die Krücken in die Höhe. »Ich brauch die blöden Dinger eigentlich gar nicht mehr, aber wenn mich eine der Pflegekräfte ohne sie erwischt, schicken sie mich sofort zurück in mein Zimmer.«

»Unerhört.« Isabel grinste und legte einen Arm um Alicias Schultern. »Sollen wir rausgehen? Es ist so schönes Wetter heute.«

»Unbedingt«, stimmte Alicia zu. »Mir fällt hier eh schon die Decke auf den Kopf, und wenn ich bedenke, wie lange ich noch bleiben muss ...« Sie ließ den Rest des Satzes in der Luft hängen.

»Wie lange ist das denn noch? Kann man das voraussagen?«, wollte ich wissen, während wir zu den Fahrstühlen zurückgingen.

»Keine Ahnung.« Alicia drückte auf den Knopf für das Erdgeschoss. »Es sind noch mindestens zwei Operationen nötig, und zwischen denen muss ja alles vernünftig abheilen. Danach steht dann auch noch eine Reha an. Bis ich wieder zu Hause bin, wird es vermutlich noch zwei Monate dauern.«

Wehmut klang in ihrer Stimme durch, und ich griff nach ihrer Hand. »Aber wenigstens kommst du wieder nach Hause.«

»Und kannst wieder surfen«, fügte Isabel hinzu.

»Das ist alles, was mich aufrecht hält.«

Der Fahrstuhl war unten angekommen. Wir verließen ihn und traten danach durch die breiten Schiebetüren hinaus ins Freie. Anstatt nach rechts in Richtung Parkplatz zu gehen, führte Alicia uns nach links, wo wir auf der Rückseite der Klinik zu einem kleinen Park gelangten. Ein akkurat geschnittener Rasen und einige Eukalyptusbäume wurden von einem breiten Weg gesäumt, an dem entlang etliche Bänke standen. Wir entfernten uns ein Stück vom Krankenhausgebäude, dann ließen wir uns auf eine nieder, die noch frei war.

»Wann ist deine nächste OP?«, wollte ich von Alicia wissen.

»In drei Tagen.« Sie wickelte eine Haarsträhne um ihren Finger, und ihre Augen bekamen diesen unfokussierten Ausdruck, als würde sie ihre Umgebung gar nicht mehr wahrnehmen. »Ich weiß, dass es nötig ist, mein Bein sieht noch immer wie ein Schlachtfeld aus, aber ich werde danach wieder einige Zeit nicht aufstehen dürfen, sondern muss in diesem Zimmer vergammeln, daher will ich da ehrlich gesagt noch gar nicht drüber nachdenken.« Sie schüttelte den Kopf und wandte sich mir zu. »Erzähl mir mal lieber, wie es dazu gekommen ist, dass Hottie Cooper einen Roadtrip mit dir macht.«

Bei dem Begriff *Hottie* schoss mir Hitze in die Wangen. »Ehrlich gesagt verstehe ich selbst nicht so genau, warum er sich das mit mir antut«, gestand ich. »Ich hab nur gesagt, dass ich gerne noch was von Australien sehen würde, ehe ich zurück nach Deutschland fliege, und daraufhin meinte er, er würde mich mitnehmen, weil er ohnehin einen Auftrag bekommen hätte, für den er bis in den Westen reisen muss. Unterwegs würde er mir dann die Stellen zeigen, die Touristen normalerweise nicht sehen.« Seit Tagen grübelte ich darüber, was Cooper von der Reise hätte. Ich konnte mir nicht vorstellen, dass er mir bloß aus Nettigkeit angeboten hatte, mich mitzunehmen, wenn er seinen Auftrag ohne mich viel schneller erledigen könnte. Alicia kräuselte die Stirn. »Denkst du, er hat dich mit dem Auftrag angelogen?«

»Nein, das nicht.« Das konnte ich mir beim besten Willen nicht vorstellen. »Aber was hat er davon, dass er jetzt viel länger unterwegs ist, als er es ohne mich wäre?«

Sorglos zuckte Alicia mit den Schultern. »Vielleicht steht er auf dich.«

Ich schnaubte. »Auf gar keinen Fall.« Bei Cooper hatte ich bisher nicht den Hauch von Interesse in meine Richtung verspürt. Klar, er war immer nett zu mir gewesen, und ich würde ihm nie vergessen, was er am Tag von Alicias Unfall für mich getan hatte. Aber davon abgesehen war da nichts, was darauf hinweisen würde, dass er mich in irgendeiner Art und Weise gut fand.

Alicia taxierte mich, und ein wissendes Grinsen erschien auf ihrem Gesicht. »Aber du stehst auf ihn.«

»Natürlich nicht«, erboste ich mich und verfluchte mich gleichzeitig dafür, dass mir erneut Röte in die Wangen schoss. Meine helle Haut war prädestiniert dafür, dass man mir das kleinste Flunkern sofort ansah, und ich hasste es. Genauso wie die Tatsache, dass ich nach fast einem Jahr in Australien noch immer keine nennenswerte Bräune erlangt hatte. Neben Alicia und Isabel war ich bleich wie ein Stück Käse, und daran würde sich auch nichts ändern, wenn ich noch fünf Jahre hierblieb.

»O doch«, entgegnete Alicia. »Ich seh dir das an der Nasenspitze an.«

»Natürlich findet sie ihn toll«, fiel mir nun auch Isabel in den Rücken. »Das habe ich schon an Coopers erstem Abend im *Moonlight* bemerkt.«

»Er sieht auch verdammt gut aus«, ergänzte Alicia. »Man kann es Sophie nicht verdenken.«

Isabel nickte zustimmend. »Das muss sogar ich zugeben. Und er hat so etwas Geheimnisvolles an sich, das ihn noch interessanter macht.«

»Hey! Ich sitze direkt neben euch.« Ich beugte mich vor und bedachte die beiden mit einem gespielt bösen Blick, weil sie über mich redeten, als wäre ich nicht anwesend. »Und er hat überhaupt nichts Geheimnisvolles an sich, was für ein Schwachsinn.«

Isabel zog die Augenbrauen hoch und versuchte, das Zucken in ihren Mundwinkeln zu unterbinden, was ihr aber nur bedingt gut gelang. Oder eher gar nicht. »Liam hat mir erzählt, dass er praktisch in seinem VW-Bus lebt und auch dort übernachtet.«

Ich verdrehte die Augen. »Was soll er denn sonst machen, wenn er tagelang im Outback unterwegs ist, bis er das perfekte Foto geschossen hat? Mit Spinnen und Schlangen auf dem Boden schlafen?«

»Sie hat einen Punkt«, warf Alicia ein, und das anzügliche Grinsen, das sich danach auf ihren Lippen ausbreitete, sagte mir, dass mir ihre nächsten Worte nicht gefallen würden. »Wirst du dann auf eurer Reise mit ihm zusammen in diesem VW-Bus schlafen?«

Heiß und kalt zugleich lief es mir den Rücken runter. Darüber hatte ich bislang weder nachgedacht, noch hatten Cooper und ich darüber gesprochen. Eigentlich war ich davon ausgegangen, dass wir unterwegs in irgendwelchen Motels übernachteten, aber wenn Cooper immer in seinem Bus schlief, kam ihm das vielleicht gar nicht in den Sinn. Gleichzeitig müsste ihm aber auch klar sein, dass wir nicht gemeinsam dort pennen konnten, oder? Ungebeten erschienen Bilder vor meinem inneren Auge, wie wir uns gemeinsam auf eine kleine Pritsche drängten, und Hitze wallte in mir auf. Ich konnte es nicht mehr von der Hand weisen, dass Cooper etwas in mir auslöste, auch wenn ich gerade noch das Gegenteil behauptet hatte.

»Ich hoffe nicht«, sagte ich so überzeugend wie möglich. Das Lachen von Isabel und Alicia verriet mir, dass sie mir kein Wort glaubten.

»Ich will einen täglichen Bericht darüber, was ihr so erlebt habt«, sagte Alicia. »Wenn ich schon in diesem Krankenhaus versauern muss, will ich wenigstens dadurch ein bisschen Freiheit erleben.«

Ich griff nach ihrer Hand und drückte sie. »Bekommst du.« Dann wandte sich Alicia Isabel zu. »Wie läuft es mit Liam?«

Sofort breitete sich ein Lächeln auf ihrem Gesicht aus, und sie seufzte glücklich. »So gut, dass ich eigentlich gar nicht zurück nach Deutschland will und auf jeden Fall wiederkommen werde.«

»Yay.« Alicia umarmte sie kurz und sah mich über ihre Schulter hinweg an. »Und ich hoffe, das bedeutet, dass du auch zumindest für Urlaube wiederkommen wirst. Werde meine Lieblingsdeutschen sonst sehr vermissen.«

»Natürlich komme ich für Urlaube wieder«, versicherte ich ihr. »Wir können schließlich immer noch nicht richtig surfen.« Auf die erste Stunde ganz am Anfang waren noch einige weitere gefolgt, aber bisher waren Isabel und ich noch weit davon entfernt, elegant auf einer Welle zu reiten. Surfen war deutlich schwerer, als es den Anschein hatte. Vielleicht waren wir einfach zu untalentiert dazu, aber das hielt uns nicht davon ab, es weiter zu versuchen. Denn es machte wirklich Spaß, auch wenn wir mehr vom Board fielen als alles andere.

Alicia nickte ernst. »Sobald ihr zurück seid, machen wir damit weiter.«

»Deal.« Ich schlug mit ihr ein.

Wir blieben noch zwei Stunden, quatschten über alles Mögliche und gingen in ein Steakrestaurant essen, damit Alicia mal was anderes bekam als das fade Krankenhausessen. Bevor wir den Rückweg antraten, versprach ich Alicia, mich regelmäßig bei ihr zu melden, und dass sie mich jederzeit anrufen konnte, wenn sie jemanden zum Reden brauchte. Es fühlte sich seltsam an, zu wissen, dass ich sie vermutlich nicht mehr sehen würde, ehe ich nach Deutschland zurückkehrte. Nach unserem Roadtrip war sie vermutlich schon in der Reha, aber ich hoffte, dass wir trotzdem weiterhin Kontakt hielten.

Kapitel 12

COOPER

Pünktlich um sieben Uhr morgens fuhr ich auf den Hof der Wilsons, um Sophie abzuholen. Alles war noch still, niemand war bei den Koalas, die alle noch auf ihren Ästen schliefen, und für einen Moment befürchtete ich, dass auch Sophie nicht pünktlich fertig war, da wurde die Haustür aufgerissen, und sie stürmte heraus. Sie trug eine bequem aussehende Jeans, einen hellblauen Hoodie, und ihre Haare waren zu einem messy Pferdeschwanz gebunden. Bevor ich mich darüber wundern konnte, dass sie nur eine kleine Handtasche dabeihatte, kam Liam hinter ihr aus dem Haus mit einem riesigen Trekkingrucksack, der ihr gehören musste. Dahinter folgten Isabel und ein älteres Ehepaar, die vermutlich Liams Eltern waren. Ein Stich fuhr mir durchs Herz, wie so oft, wenn ich daran erinnert wurde, dass andere ihre Eltern noch hatten – oder selbst wenn sie nicht mehr da waren, sie zumindest wussten, was ihnen zugestoßen war.

Wir haben deine Eltern nicht gefunden. Wir wissen nicht, was passiert ist oder wo sie sind.

Nach all den Jahren hallten diese Worte noch immer glasklar durch meinen Kopf. Nie würde ich vergessen, dass der Suchtrupp, den Grandpa nach Indien geschickt hatte, mit leeren Händen zurückgekommen war. Sprichwörtlich, denn sie hatten keinen Anhaltspunkt auf Mum oder Dad gefunden.

Ich kniff in meine Nasenwurzel und drängte diese Gedanken zurück. Nun war wirklich nicht der richtige Zeitpunkt, um darüber nachzudenken. Stattdessen schaltete ich den Motor ab und stieg aus dem Wagen. »Morgen«, begrüßte ich die Bande so fröhlich wie möglich, ehe mein Blick auf Sophie zu liegen kam. »Bereit?«

»Klar.« Sie wischte ihre Hände an ihren Oberschenkeln ab. Meine Augenbrauen hoben sich. »Nervös?«

»Eher aufgeregt.« Isabel trat neben Sophie und legte einen Arm um ihre Schultern. »Sie war schon um sechs wach und ist wie ein aufgescheuchtes Reh durch die Küche getigert.«

»Stimmt doch gar nicht«, zischte sie und wandte sich mir zu. »Sie übertreibt maßlos. Ich war um sechs wach, weil wir das letzte Jahr immer um die Uhrzeit aufgestanden sind. Und ja, ich bin aufgeregt, aber weil ich mich freue, dass ich doch noch mehr von Australien sehe als bloß dieses Kaff.«

»Hey! Keine abwertenden Worte über Eden bitte«, warf Liam tadelnd ein.

Ich lachte und nahm ihm Sophies Trekkingrucksack ab. »Heute passiert eh noch nicht viel. Wenn wir uns ranhalten, erreichen wir übermorgen gegen Nachmittag den King's Canyon, aber unterwegs gibt es auch allerhand zu sehen.«

»Ich bin auf jeden Fall für alle Schandtaten bereit.« Grinsend rieb sie die Hände aneinander.

»Dann lass uns los.«

Während Sophie sich von Isabel, Liam und seinen Eltern verabschiedete, verstaute ich ihren Rucksack hinten im Bus. Dann stieg ich auf der Fahrerseite ein und wartete darauf, bis Sophie sich neben mich setzte.

»So.« Sie schnallte sich an und betrachtete mich erwartungsvoll. »Von mir aus können wir.«

Ich startete den Motor und legte den ersten Gang ein. »Auf ins Abenteuer.« Dann fuhr ich vom Hof.

Der erste Tag verging wie im Flug, obwohl wir ihn nur im Auto verbrachten. Mittags hielten wir an einem Truckstop, um etwas zu essen, ansonsten versuchte ich, so viele Meilen hinter uns zu bringen, wie das Tempolimit zuließ. Wir redeten nicht viel miteinander, aber es war ein angenehmes Schweigen, das zwischen uns herrschte. Obwohl ich mich mit anderen Menschen oft unwohl fühlte, war das bei Sophie überhaupt nicht der Fall. So war es von Anfang an gewesen. Sie hatte etwas an sich, das mich beruhigte und mir das Gefühl vermittelte, okay zu sein, wie ich war, und das hatte ich bisher sehr selten erlebt. Andere fanden mich seltsam, das war schon früher so gewesen. Sie kamen mit meinem Lebensstil nicht klar, konnten nicht verstehen, warum ich lieber unter freiem Himmel als in einem Bett mit Dach über dem Kopf schlief, und wie sich ein Leben ohne festen Wohnsitz überhaupt darstellen ließ.

Das war okay. Ich hatte mich vor langer Zeit damit abgefunden, aus der gesellschaftlichen Norm zu fallen, und wenn ich für Aufträge unterwegs war, begegnete ich ohnehin mehr Backpack-Touristen, die mich für einen von ihnen hielten. Meine größte Sorge bei meiner Ankunft in Eden war gewesen, dass man mich aufgrund meines Lebensstils nicht ernst nehmen könnte, doch jede und jeder im *Moonlight* – allen voran Sophie und ihre Freunde – hatten mich mit offenen Armen empfangen. Und wann immer ich mit Sophie über meinen Job und meine Touren sprach, hatte ich nichts als Faszination ihrerseits dafür verspürt.

Am frühen Abend lenkte ich den Wagen auf einen Parkplatz, der diese Bezeichnung eigentlich nicht verdiente. Es war bloß ein Stück platt gewalzte, trockene Erde, die sich neben der Straße befand. Es gab kein Toilettenhäuschen, keine eingezeichneten Parkbuchten, keine Tische und Bänke, an die man sich setzen konnte. Bloß einen einsamen, verwitterten Metallmülleimer, von dem ich aber nicht sicher war, ob er jemals geleert wurde.

Sophie, die die letzte Stunde immer wieder weggedöst war, rieb sich verwundert die Augen, als sie merkte, dass wir anhielten. »Wo sind wir?«

»Mitten im Nirgendwo«, sagte ich fröhlich und stieg aus. Die letzte Ortschaft hatten wir vor zwei Stunden passiert, und bis wir das nächste Mal wieder einen Anflug von Zivilisation treffen würden, lagen weitere drei vor uns. Das hier war genau *mein Ding*, und ich nahm einen tiefen Atemzug der klaren Abendluft.

»Das sehe ich«, entgegnete Sophie, die ebenfalls ausgestiegen war. Interessiert, wenn auch etwas skeptisch sah sie sich um. »Das erklärt aber nicht, was wir hier wollen.«

Ich trat neben sie und ließ meinen Blick über die raue Landschaft gleiten. So weit das Auge reichte, waren nur braune Erde mit einigen Kakteen, Wiesen und grüne Felder zu sehen. In der Entfernung lag sogar ein See, auf dem die Sonnenstrahlen glitzernd reflektiert wurden. Wir befanden uns zwar noch immer in New South Wales, aber die Temperaturen waren schon höher als in Eden. Im Sommer würden sie um die Mittagszeit herum sogar unerträglich sein. Doch jetzt im Frühling und am frühen Abend waren sie angenehm. Manche würden diese Gegend als totes Land bezeichnen. Hier gab es keine üppigen Wälder, reißenden Flüsse oder aufregende Tiere, trotzdem übte sie auf mich einen ähnlichen Reiz aus wie jeder andere Fleck.

»Wir übernachten hier«, erklärte ich und wartete auf Sophies protestierenden Aufschrei, dass sie ganz bestimmt nicht in dieser Ödnis schlafen würde, doch der blieb aus.

Stattdessen sah sie zum Bus. »Hinten drin, vermute ich?«

Ich nickte. »Du bekommst das Bett, ich schlafe auf dem Dach.«

Jetzt wurden ihre Augen tellergroß. »Auf dem ... *Dach*?« Ihr Blick schweifte zur Leiter, die an der Seite hinaufführte, und ich stupste sie mit der Schulter an.

»Geh hoch, ich hab das Dach ausgebaut. Eigentlich, um von dort Fotos zu machen, aber es eignet sich auch hervorragend für andere Dinge.«

Das ließ Sophie sich nicht zweimal sagen. Sie ging zum Bus, kletterte die Leiter hoch, und ich folgte ihr. Oben war eine dünne, aber sehr bequeme Matratze auf das Dach geklebt, die von einer schmalen Reling eingefasst war.

»Wow.« Sophie legte sich auf den Rücken und streckte die Arme über dem Kopf aus. »Das ist echt gemütlich, aber was ist, wenn es regnet?«

»Das Obermaterial ist wasserfest«, erklärte ich. »Man muss nur mit spitzen Gegenständen hier oben aufpassen. Sobald ein Riss drin ist, werde ich sie austauschen müssen.«

Sophie drehte sich auf den Bauch und ließ ihren Blick über die Landschaft gleiten. Die untergehende Sonne verfing sich in ihrem rotblonden Haar und ließ es fast erscheinen, als würde es in Flammen stehen. Ich musste den plötzlichen Impuls unterdrücken, meine Hand danach auszustrecken und es berühren zu wollen.

»Es ist so friedlich hier«, murmelte Sophie und schloss für einen Moment die Augen. »Und ich liebe es, was du aus diesem VW-Bus gemacht hast.«

»Das Beste hast du noch gar nicht gesehen.« Breit grinsend rappelte ich mich auf. »Komm, ich zeige dir das eigentliche Schmuckstück.«

Sophie folgte mir vom Dach herunter und an die Seite des Busses. Sobald ich die Tür geöffnet hatte, kam ein überraschtes Keuchen über ihre Lippen. Der Bus war wirklich nicht groß, aber darin befand sich alles, was ich benötigte. An der linken Wand war hochgeklappt ein Bett befestigt, das man runterlassen konnte, wenn man es brauchte. Darüber befand sich in einem Hängeschrank meine komplette Fotoausrüstung mit mehreren Objektiven. An der Rückwand zur Fahrerkabine hatte ich mehrere Holzkisten am Boden angebracht, in denen sich meine Klamotten, Decken und Kissen befanden. Daneben gab es ein kleines Waschbecken, das mit einem verbauten Wassertank verbunden war und dessen Abwasser mit einem zweiten Tank aufgefangen wurde, der an entsprechenden Stellen geleert wurde. Darüber, in einem weiteren Hängeschrank, war die Campingausrüstung verstaut. Stühle, ein Tisch und der Campingkocher. An der Wand, wo sich auch die Seitentür befand, stand ein Kühlschrank, der voll gefüllt mit Lebensmitteln war. Und die Innendecke des Wagens war mein Highlight, denn sie war mit unzähligen Fotos beklebt, die ich über die Jahre geschossen hatte.

Zwei Monate hatten Grandpa und ich damals geschuftet, bis wir den VW-Bus gemäß meinen Wünschen umgebaut hatten. Alles war am Boden oder an der Wand befestigt, damit es beim Fahren nicht umherrutschen konnte. Es war mein ganzer Stolz und zugleich auch das letzte Erinnerungsstück an meinen Grandpa. Denn auch wenn das *Moonlight* sein Lebenswerk war, waren die Erinnerungen, die ich mit dem Bus verband, so viel intensiver.

»Wow, das ist der Wahnsinn«, quietschte Sophie und krabbelte ohne Aufforderung in den Bus. Sie sah sich alles genau an, öffnete Schränke und Kisten, um zu sehen, was darin verstaut war, und wandte sich am Ende mit großen Augen mir zu. »Hier ist echt alles drin, was man braucht. Ich habe nur eine abschließende Frage.«

»Welche?« Da ich eine Ahnung hatte, worum es sich handelte, konnte ich das Zucken in meinen Mundwinkeln nicht unterbinden.

»Wo ist das Klo?«, bestätigte Sophie meine Vermutung, und

ich musste richtig lachen. Ich breitete die Arme aus und drehte mich im Kreis.

»Die ganze Welt steht dir dafür offen.«

Ihr Unterkiefer klappte herunter, bis ihr Mund zu einem kleinen O offen stand. »Aber ... das ... und wenn ich *groß* muss?«

Sie sah so entgeistert aus, dass ich es nicht länger aushielt und laut zu lachen begann. An ihr vorbei stieg ich in den VW-Bus und öffnete eine Tür in der Verkleidung, die ihr bisher wohl nicht aufgefallen war. Dahinter befand sich eine Campingtoilette, die ich nach draußen trug und hinter dem Bus aufstellte.

Sie kam mir hinterher und schlug mir leicht auf den Oberarm. »Verarsch mich nicht so.«

Ich musste erneut lachen. »Du hättest dein Gesicht sehen sollen. Du hast echt gedacht, ich würde dich einfach in die Wildnis machen lassen.«

Sophie verengte die Augen, konnte ein Grinsen aber nicht verhindern. »Das kriegst du irgendwann zurück ... wenn du am wenigsten damit rechnest.« Sie senkte den Blick und inspizierte den trockenen, staubigen Boden. »Gibt es hier Schlangen?«

»Vermutlich«, gestand ich. Schlangen gab es nahezu überall in Australien. Vor allem in Wäldern, aber einige Arten lebten auch in Gebieten wie diesem, die auf den ersten Blick tot und unbewohnbar erschienen.

»Spinnen?«

Ich biss mir auf die Unterlippe, um nicht erneut zu lachen. »Spinnen gibt es überall, das solltest du auch aus Deutschland wissen.«

Sophie schnaubte. »Unsere können uns aber nicht umbringen.«

Ich hob die Schultern. »Hier gibt es auch nur zwei Arten, die wirklich gefährlich sind, und wenn du rechtzeitig Gegengift bekommst, ist alles fein.«

Mit großen Augen sah sie mich sprachlos an. Eine Sekunde, zwei, drei, dann begann Sophie schallend zu lachen. »Wow, Cooper, du hast es so richtig drauf, eine Frau zu beruhigen.« Sarkasmus triefte aus ihren Worten, und ich konnte mir ein Grinsen ebenfalls nicht verkneifen.

»Es ist halt die Wahrheit. Willst du, dass ich dich anlüge, um dich zu beruhigen?«

»Nicht anlügen, aber du hättest wenigstens sagen können, dass ich mir keine Sorgen machen brauche.« Mit verschränkten Armen stellte sie sich vor mich und sah mich herausfordernd an. Es war irgendwie niedlich, und erneut juckte es mir in den Fingern, meine Hand nach ihr auszustrecken, um ihr eine Haarsträhne hinter das Ohr zu schieben.

Stattdessen ballte ich sie zur Faust und schob sie in meine Hosentasche. »Wenn du gebissen wirst, *solltest* du dir aber Sorgen machen und dir die Spinne vor allem ganz genau ansehen. Damit wir wissen, ob und wie schnell wir dich zum nächsten Krankenhaus bringen müssen.«

Sophies Nasenspitze zuckte, und für einen Moment war ich mir nicht sicher, ob sie mir nicht doch an die Gurgel gehen würde. Dann seufzte sie nur. »Wenn du echt willst, dass ich hier draußen pinkeln gehe, sollten wir jetzt das Thema wechseln.« Pikiert sah sie sich um. »Ich müsste nämlich mal.«

Das war mein Stichwort. Ich ging zurück zum VW, um ihr eine Klorolle zu bringen. »Ich lass dich dann mal allein und baue derweil den Campingkocher auf, damit wir was zu essen bekommen.«

Sophie nickte mir zu, und ich wandte mich ab, um zurück in den Bus zu gehen. Ich befreite den Campingkocher aus seiner Verankerung und stellte ihn auf der gegenüberliegenden Seite auf. Gleichzeitig achtete ich aber auf Geräusche von ihr, denn die Warnung mit den Spinnen war nicht grundlos gewesen. Es gab sie hier, auch giftige, und ich wollte nicht, dass der erste Abend unseres Roadtrips in der Notaufnahme endete.

Doch nach kurzer Zeit kam sie zurück, verstaute die Klorolle wieder im Bus und wusch sich die Hände an dem kleinen Waschbecken.

»Keine wilden Tiere gesehen?«

»Ha, ha«, grummelte sie, konnte das Grinsen aber nicht ganz unterdrücken. »Vermutlich gibt es hier gar keine, und du hast mich nur verarscht.«

»Würde ich nie machen. Nicht, wenn es darum geht.« Der Campingkocher stand, und ich richtete mich auf, um die Stühle aus dem Bus zu holen. Nachdem ich sie ebenfalls aufgebaut hatte, wandte ich mich Sophie zu. »Was willst du essen? Du hast die Wahl zwischen Gemüseeintopf, Chili sin Carne oder Nudelsuppe.«

Sophie trat an einen Stuhl heran und richtete ihn so aus, dass sie den beginnenden Sonnenuntergang beobachten konnte. »Alles aus der Dose?«

»Was dachtest du denn? Dass ich anfange, hier Gemüse zu schnippeln?«

Ihr Blick fiel auf den mehr als staubigen Boden. »Wäre vielleicht auch nicht so schlau. Aber ich mag das alles, daher kannst du gerne auswählen.«

Während ich eine Dose Gemüseeintopf aus dem Bus holte und den Inhalt in den kleinen Topf des Campingkochers schüttete, setzte Sophie sich in ihren Stuhl, hielt das Gesicht in die untergehende Sonne und schloss die Augen. Ein Ausdruck völliger Zufriedenheit legte sich auf ihre Miene, und der Anflug eines Lächelns umspielte ihre Lippen. Sie saß da, wie ich selbst schon an Hunderten Abenden in der Wildnis gesessen hatte. Als wäre sie völlig im Reinen mit sich und wäre nirgendwo anders lieber. Und auch, wenn ich genau nachvollziehen konnte, wie sie sich fühlte, hätte ich nicht gedacht, dass ich diesen Ausdruck ausgerechnet hier an ihr sah. Mitten im Nirgendwo, wo es nicht mal etwas Spannendes zu beobachten gab. Auch wenn Sophie mehrfach betont hatte, dass sie auf diesem Roadtrip das wahre Australien kennenlernen wollte, bedeutete das doch für jeden was anderes. Für den einen waren es die wilden Tiere, für die Nächste die vielen Pflanzen, die es sonst nirgendwo auf der Welt gab. Wieder andere bevorzugten das Nachtleben Sydneys oder waren nur auf die nächste hohe Welle zum Surfen aus. Auch wenn Australien sich von vielen anderen Ländern unterschied, in dieser Sache waren alle gleich: Jedes Land hatte viele unterschiedliche Facetten, sodass für jede und jeden etwas dabei war. Aber es schien, als wären Sophie und ich auf einer Wellenlänge bei dem, was wir uns von diesem Trip erhofften.

»Es ist so friedlich hier«, murmelte Sophie, als hätte sie meine Gedanken erraten.

»Ist es.« Ich tat es ihr gleich und schloss für einen Moment ebenfalls die Augen. Kaum ein Geräusch war zu hören. Nur der Wind und das gelegentliche Zirpen von Grillen, das stärker werden würde, sobald die Dunkelheit einsetzte.

Als ich die Augen wieder öffnete, hatte sich Sophie mir zugewandt und betrachtete mich eingehend. Und plötzlich fühlte ich mich von ihrem Blick gefangen. Ich konnte mich nicht mehr von ihr abwenden – und wollte es vor allem auch nicht mehr. Die Sonne strahlte sie von der Seite an und ließ Sophie sprichwörtlich in einem neuen Licht erscheinen. Ihre Haare waren von der langen Fahrt zerzaust, und einige Strähnen hatten sich aus ihrem Zopf gelöst. Müdigkeit zeichnete sich in dunklen Ringen unter ihren Augen ab, trotzdem hatte sie für mich nie schöner ausgesehen. Vielleicht lag es daran, dass sie sich hier in der Wildnis absolut wohlzufühlen schien. Nachdem ich seit dem Verschwinden meiner Eltern praktisch niemandem mehr begegnet war, der meine Liebe zur Natur teilen wollte, war es erfrischend, mal jemanden zu treffen, der sich nicht darüber beklagte, dass ihm oder ihr ein Hotelzimmer mit ausufernder Badewanne oder Jacuzzi lieber wäre. Vielleicht lag es an Sophies Blick, in dem etwas schimmerte, das ich nicht deuten, aber näher erkunden wollte.

Aber vielleicht war es auch einfach die Aussicht, die kommenden Wochen nicht nach Eden zurückzumüssen, und mein übermüdetes Hirn interpretierte einfach zu viel in diese Situation hinein.

Das ernüchterte mich so sehr, dass ich mich endlich von Sophie ab und wieder unserem Abendessen zuwenden konnte.

Kapitel 13

SOPHIE

Am nächsten Tag weckte Cooper mich in aller Herrgottsfrüh. Ich fühlte mich wie gerädert, weil ich lange nicht hatte einschlafen können. Die Geräusche, die durch das offene Fenster zu mir in den Bus drangen, waren einfach zu ungewöhnlich. Das Zirpen der Grillen konnte ich noch einordnen, doch ich war mir ziemlich sicher, dass ich weitere Tiere gehört hatte. Ein Schlittern über den trockenen Boden, ein Schnauben wie von einem Pferd, und schnelle Huftritte, die von weiter weg zu kommen schienen. Ich hatte es immer dann vernommen, wenn ich kurz davor gewesen war einzuschlafen, doch sobald ich versucht hatte, mich auf die Geräusche zu konzentrieren, waren sie wieder verstummt. Und dann hatte ich mich gefragt, wie in dieser trockenen Ödnis überhaupt etwas überleben sollte. Wo bekamen sie Wasser her? Was fraßen sie? Oder bildete ich mir das alles nur ein? Vielleicht gab es außer den Grillen überhaupt keine Lebewesen hier draußen, und alles, was ich hörte, war der Wind, der kleine Steine und Ähnliches über den Boden fegte.

Das alles hatte dazu geführt, dass ich die halbe Nacht wach lag und jetzt kaum meine Augen offen halten konnte. Trotzdem quälte ich mich aus dem Bett, das überraschend bequem war.

Nach einer Schale Porridge zum Frühstück fuhren wir weiter. Ich schickte Isabel ein erstes Update mit einigen Fotos, die ich am Vortag von unterwegs geschossen hatte, weil ich es gestern Abend vergessen hatte, obwohl ich ihr im Vorfeld versprochen hatte, mich jeden Tag zu melden. Müde, wie ich war, schlief ich fast umgehend ein, nachdem ich mein Handy zur Seite gelegt hatte. Erneut verbrachten wir den ganzen Tag im VW-Bus. Zum Mittagessen hielten wir an einem Truckstop und am frühen Nachmittag noch einmal an einem großen See, der in der Sonne glitzerte. Je länger wir unterwegs waren, desto wärmer wurde es, und gegen Abend, als wir für die Nacht an einem Campingplatz anhielten, hatten wir das Northern Territory erreicht.

Der nächste Tag begann wie der letzte. Cooper weckte mich frühmorgens, und nach einem kurzen Frühstück machten wir uns erneut auf den Weg. Heute sollten wir den King's Canyon erreichen, und mit jeder verstreichenden Stunde wurde ich aufgeregter, weil ich es kaum abwarten konnte.

Mittags hielten wir an einem heruntergekommenen Pub, der von außen alles andere als einladend aussah. Die helle Farbe war an vielen Stellen bereits verwittert und bröckelte ab. Einige klapprige Stühle und Tische waren davor ausgebreitet, die alles andere als windfest aussahen.

»Pause«, sagte Cooper, stieg aus dem VW-Bus und streckte sich ordentlich.

Ich folgte ihm. An der Tür angekommen, hielt Cooper sie für mich auf. »Ich würde vorschlagen, dass wir drinnen was zu essen bestellen und uns draußen hinsetzen.«

»Finde ich gut.« Es war wirklich angenehm heute. Schön warm, aber mit einer kühlenden Brise, und da wir ohnehin den ganzen Tag im Bus saßen, hatte ich nichts gegen etwas Frischluft.

Dann betrat ich den Pub und blinzelte verwundert, denn im Gegensatz zur äußeren Erscheinung war hier nichts heruntergekommen. Eine große, polierte Theke aus Holz dominierte den Raum, hinter der sich das obligatorische Regal mit den Spirituosen befand. Rechts und links standen mehrere Tische, von denen jedoch nur zwei besetzt waren, was nicht verwunderlich war, da wir gefühlt am Ende der Welt waren. Wie sich ein Pub in dieser Einöde überhaupt rentierte, wusste ich nicht. Wir bestellten und bezahlten an der Theke, dann gingen wir mit unseren Getränken nach draußen. Cooper verrückte einen Tisch, sodass er möglichst wenig wackelte, dann setzten wir uns.

»Wie lange brauchen wir noch zum King's Canyon?«, wollte ich wissen.

»Eigentlich wären wir vor Sonnenuntergang dort, aber ich habe entschieden, dass wir einen kleinen Umweg machen.«

Überrascht sah ich auf. »Einen Umweg?«

Er grinste, und tief in meinem Unterleib regte sich etwas. »Das ist eine Überraschung. Jedenfalls ist der King's Canyon direkt neben dem Campingplatz, an dem wir übernachten, daher können wir morgen da wandern gehen.«

Das klang wie Musik in meinen Ohren. Nachdem wir zwei Tage fast nur im Auto gesessen hatten, freute ich mich darauf, mich wieder etwas mehr zu bewegen. »Gibt es dort auch moderate Routen?« Ich hatte keine Ahnung, wie groß oder tief der Canyon war und wie anstrengend die Wanderung werden könnte.

Cooper grinste verschmitzt. »Ich weiß ja nicht, was du so gewohnt bist ...«

»Wir waren schon öfter in den Alpen wandern«, entgegnete ich. »Ist nicht so, als wäre ich völlig ungeübt.« Es war eine der liebsten Freizeitbeschäftigungen meiner Eltern. Ich kannte sämtliche Wanderwege in Hessen, und auch in Österreich hatten wir regelmäßig Urlaub gemacht.

»Dann solltest du keine Probleme bekommen. Ich hoffe nur, du hast festes Schuhwerk dabei.« Er warf einen skeptischen Blick auf die Flipflops an meinen Füßen, und jetzt war ich diejenige, die grinsen musste. Endlich würden meine Wanderschuhe zum Einsatz kommen, die bisher ein einsames Leben in meinem Trekkingrucksack gefristet hatten.

Die Bedienung kam heraus und stellte unser Essen vor uns ab. Einen großen Salat für Cooper und vegetarische Sandwiches für mich. Der Duft des geschmolzenen Käses traf auf meine Nase, und mein Magen gab ein lautes Knurren von sich. Faszinierend, wie ausgehungert ich war, obwohl ich den Tag über nicht wirklich etwas getan hatte.

»Guten Appetit«, sagte ich, dann machte ich mich darüber her.

Einen Moment aßen wir schweigend. Eine sanfte Brise wehte über uns hinweg, und die Sonne brannte bereits auf meinen Schultern. Morgen müsste ich mich ordentlich mit Sonnenschutz einschmieren, sonst würde ich schnell rot wie ein Krebs werden.

»Sag mal«, fiel mir etwas ein. »Machst du deine Fotos eigentlich nur für Natur- und Tierschutzmagazine?«

Cooper schob sich eine Gabel Salat in den Mund, kaute und nickte. »Überwiegend, weil sie am besten bezahlen. Ich brauche zwar nicht viel Geld, aber von irgendwas muss auch ich leben.« Er nickte in Richtung seines VW-Busses. »Schon allein, um weiterhin mobil zu bleiben.«

»Dein Bus ist so cool.« Jetzt, nachdem ich ihn von innen gesehen hatte, noch mehr als ohnehin schon. Er war der Inbegriff von Freiheit für mich, weil wir dadurch alles dabeihatten, was wir brauchten. »Aber ich finde, du solltest deine Bilder auch anderen anbieten. Selbst wenn du dann weniger bekommst, ist es ja trotzdem etwas, das zusätzlich wäre.«

Cooper lachte leise. »Genau deswegen hatte ich mir ursprünglich Instagram zugelegt, aber ich bin nicht gut darin, regelmäßig zu posten.«

Jetzt musste ich mir das Lachen verkneifen, denn das war genau dasselbe, was Liam anfangs gesagt hatte. »Hast du mal über eine Webseite nachgedacht? Dort müsstest du nicht regelmäßig etwas posten und könntest gleich ein größeres Portfolio von dir ausstellen. Diese ganzen Tier- und Landschaftsfotos von dir sollten nicht einfach nur auf einer Festplatte einstauben, die müssen sichtbar werden. Und wenn es nur für Wandkalender über Australien ist oder so.« Die Begeisterung sprudelte nur so aus mir heraus, aber Cooper betrachtete mich mit einem Blick, den ich nicht deuten konnte. »Was ist?«, fragte ich, als er nichts sagte.

Er schüttelte den Kopf. »Ich habe noch nie jemanden getroffen, der mit so viel Begeisterung von meiner Arbeit gesprochen hat wie du. Und das, obwohl du meine Fotos noch nicht mal kennst.« Er sagte das leichthin, aber in seinem Unterton schwang etwas mit, das deutlich schwerer wog.

»Pff, die haben einfach keine Ahnung. Deine Arbeit macht dich frei und ungebunden, du musst in kein stickiges Büro fahren und bist an keine *Nine-to-five*-Arbeitszeiten gebunden. Seit wir Eden verlassen haben, bin ich aus dem Staunen nicht mehr rausgekommen, dabei haben wir noch nicht einmal was *gesehen*.«

Cooper starrte mich an. Bildete ich es mir bloß ein, oder überzog eine leichte Röte seine Wangen? Wegen seiner gebräunten Haut war sie nur minimal auszumachen, aber ich war mir fast sicher, sie zu erkennen.

Schließlich räusperte er sich. »Wir sollten langsam weiter, damit wir zur richtigen Uhrzeit da sind.«

Ein Blick auf die Uhr verriet mir, dass es nach zwei am Nachmittag war. »Damit wir wo rechtzeitig sind?«, fragte ich, während ich mich von meinem Stuhl erhob.

Cooper grinste bloß, und ich folgte ihm zum VW.

Drei Stunden später entdeckte ich etwas, das mich verwundert die Augen reiben ließ. Ganz in der Ferne lag eine Erhebung, die fast wie der Uluru aussah, aber das konnte doch nicht sein, oder? Unruhig rutschte ich auf meinem Sitz hin und her, meine Augen auf diesen Punkt gerichtet, und wartete darauf, dass das Bild sich änderte. Doch das tat es nicht. Ganz im Gegenteil, je näher wir ihm kamen, desto größer wurden die Ähnlichkeiten.

»Fahren wir zum Uluru?«, fragte ich irgendwann.

Cooper warf mir einen schnellen Blick zu. »Nicht direkt.« Mehr sagte er nicht, aber von der Sekunde an saß ich auf meinem Sitz nach vorne gerutscht und konnte meinen Blick nicht mehr von dem majestätischen Berg abwenden. Einige Kilometer vorher hielt Cooper auf einem Parkplatz an. Zwei weitere Autos standen bereits dort, und ihre Besitzer hatten die Handys gezückt.

»Von hier hast du den besten Blick«, bestätigte Cooper meinen Verdacht, und wir stiegen aus. Während ich mein Handy hervorkramte, holte Cooper seine Kamera aus dem hinteren Teil des Busses. Er schraubte ein Objektiv daran, das so lang wie mein Unterarm war und unfassbar teuer aussah. Ich wollte nicht wissen, was seine Ausrüstung gekostet hatte. Vermutlich war sie wertvoller als der komplette Rest seines Besitzes.

Gefühlt schoss ich hundert Bilder von dem majestätischen Berg und wollte dann zurück zum Bus gehen, um nicht zu viel Zeit hier zu verplempern. Es war mir ohnehin irgendwie unangenehm, dass unser erster Stopp eine der Touristenattraktionen war, die Cooper nicht mit mir hatte machen wollen. Doch anstatt mir zum Bus zu folgen, umfasste Cooper mein Handgelenk und hielt mich auf.

»Warte auf den Sonnenuntergang«, sagte er, doch ich konnte mich kaum auf seine Worte konzentrieren. Seine Hand, die meinen Unterarm berührte, schickte ein beständiges Kribbeln durch meinen Körper, und tief in meinem Unterleib regte sich Verlangen. Ich hob meinen Blick, um Coopers Profil zu betrachten, und mir stockte der Atem. Bisher hatte ich versucht auszublenden, wie attraktiv ich ihn fand, doch jetzt überrollte es mich mit der Geschwindigkeit eines Schnellzuges. Seine dunklen Haare, die im Nacken wieder zu einem Man-Bun gebunden waren. Seine unfassbar langen Wimpern, die jede Frau neidisch machen würden. Die Tattoos, die seine kompletten Arme bedeckten und unter den Ärmeln seines T-Shirts verschwanden. Wie weit sie wohl reichten? Ob er auch welche auf der Brust und dem Rücken hatte?

Cooper räusperte sich, und erst da fiel mir auf, dass er mich ebenfalls ansah. Eine steile Falte hatte sich zwischen seinen Augenbrauen gebildet, und er schien nicht recht zu wissen, was er von mir halten sollte, wenn ich seinen fragenden Gesichtsausdruck richtig deutete. Heiß lief es mir den Rücken hinab, und ich entwand mein Handgelenk seinem Griff. Augenblicklich war es mir unangenehm, wie verträumt ich ihn angesehen haben musste, denn mir wurde nicht zum ersten Mal bewusst, dass meine Schwärmerei für ihn einseitig war. Er empfand nichts dergleichen für mich, seine komplette Körperhaltung machte das deutlich. Klar, er war immer nett zu mir, und dass er mir angeboten hatte, diesen Roadtrip mit mir zu unternehmen, würde ich ihm nie vergessen. Aber er stand nicht auf mich, hegte keine romantischen Gefühle für mich oder fand mich wenigstens anziehend. Für ihn war ich bloß eine Freundin, und ich musste mich zusammenreißen, das in den kommenden vier Wochen nicht zu vergessen.

Als ich es endlich schaffte, mich von Cooper abzuwenden, verstand ich, warum er mich aufgehalten hatte. Die im Westen untergehende Sonne tauchte die ohnehin schon rötliche Landschaft in ein feuriges Licht. Sämtliche Farben kamen mir intensiver vor, als hätte man die Landschaft in Brand gesetzt. Aber es war ein guter Brand, der keinen Schaden anrichtete, sondern eindrucksvoll untermalte, wie wunderschön diese auf den ersten Blick recht karge Umgebung war.

Am liebsten hätte ich kurz auf die Pausentaste des Lebens gedrückt, um diesen Moment zu verlängern, aber da das unmöglich war, versuchte ich, ganz bewusst so viel wie möglich davon aufzunehmen. Die untergehende Sonne, die die nackte Haut an meinen Armen wärmte, den Uluru von der Seite anstrahlte und ihn in ein fast schon unwirkliches Licht tauchte. Der Uluru an sich, der in echt noch viel größer und majestätischer wirkte als auf den unzähligen Fotos, die ich von ihm gesehen hatte. Wie ein breiter Riese ragte er in den Himmel, und wenn es je einen Moment gegeben hatte, an dem ich davon überzeugt gewesen war, dass es mehr auf und jenseits dieser Erde gab, als wir uns vorstellen konnten, dann war es dieser.

Leider ging er viel zu schnell vorbei. Eine Wolke schob sich vor die Sonne, das Licht änderte sich, und plötzlich erschien mir der Uluru nur noch wie das, was er war: ein simpler, wenn auch schöner Berg im Northern Territory von Australien. Und weil ich völlig von diesem Anblick fasziniert gewesen war, hatte ich natürlich vergessen, Fotos vom Uluru im Sonnenuntergang zu machen. Aber meine Erinnerung an diesen Moment würde mir niemals jemand nehmen können.

Meine Arme waren noch immer von einer Gänsehaut überzogen, als wir zum VW-Bus zurückgingen und unsere Fahrt fortsetzten.

Es war mitten in der Nacht, als wir unser Ziel erreichten. Erneut überließ Cooper mir den VW-Bus, während er auf dem Dach schlief, und bevor ich wegdöste, fragte ich mich zum ersten Mal, ob er dort draußen nicht eigentlich den besseren Schlafplatz von uns beiden hatte.

Kapitel 14

COOPER

Am nächsten Morgen war Sophie vor mir wach. Das Geräusch der aufgezogenen Seitentür weckte mich, während die aufgehende Sonne erste vorsichtige Strahlen vom Himmel schickte. Es war noch recht frisch, in der Nacht hatte es sich ordentlich abgekühlt, doch das würde sich ändern, sobald die Sonne etwas mehr Kraft gewann.

Ich drehte mich nach rechts, um über die Seite des Busses nach unten sehen zu können. Sophie trat hinaus, einen Stuhl in der einen und die French Press in der anderen Hand. Sie trug die knappen Shorts, in denen sie wohl geschlafen hatte, und einen dunkelblauen Hoodie, dessen Kapuze sie über den Kopf gezogen hatte. Nachdem sie beides draußen abgestellt hatte, verschwand sie wieder nach drinnen und kehrte kurz darauf mit dem Campingkocher, Wasser und Kaffeepulver zurück.

»Bist du aus dem Bett gefallen?«, fragte ich leise, um sie nicht zu erschrecken.

Trotzdem zuckte sie zusammen und wirbelte zu mir herum. »Willst du mir einen Herzinfarkt verschaffen?« Sie sagte es tadelnd, konnte das Zucken in ihren Mundwinkeln dabei aber nicht unterbinden.

»Wundert mich nur, dass du vor mir wach bist.« In den ersten Tagen hatte ich sie regelmäßig wecken müssen, aber gerade heute, wo wir nicht super früh aufstehen mussten und zudem spät ins Bett gegangen waren, wurde sie von allein wach.

Sie hob die Schultern. »Ich wurde wach, weil ich was trinken musste, und dann fiel mir ein, dass wir heute im King's Canyon wandern gehen ... das war's dann mit der Müdigkeit.«

Es war irgendwie niedlich, dass sie vor Aufregung nicht hatte weiterschlafen können. Dabei gingen wir nur wandern. Und nachdem Sophie gestern gesagt hatte, dass sie schon mehrmals in den Alpen gewesen war, dachte ich, dass sie den King's Canyon gar nicht so imposant finden könnte. Aber als ich in ihr Gesicht blickte, in ihre funkelnden Augen, da konnte ich nicht anders, als ebenfalls von ihrer Vorfreude angesteckt zu werden.

Ich schlug die Bettdecke zurück und richtete mich auf. »Dann lass uns mal frühstücken, damit wir zu deinem Tageshighlight übergehen können.«

Zwei Stunden später waren wir aufbruchbereit. Sophie cremte sich noch mit Sonnenschutz ein, während ich Proviant einpackte. Eine Flasche Wasser für jeden von uns, einige Sandwiches und TimTam-Kekse mit Schokofüllung. Um uns herum erwachte der Campingplatz gerade erst. Leute kamen aus ihren Zelten oder Campingwagen gekrochen, überwiegend junge Erwachsene, die mit Backpacks unterwegs waren. Einige davon würden wir sicherlich später im King's Canyon treffen, während andere zu neuen Abenteuern aufbrachen. Das Paar auf dem Stellplatz neben uns grüßte uns freundlich und kümmerte sich davon abgesehen um seine eigenen Belange. Das war genau, was ich die letzten Jahre bevorzugt, was ich aktiv gesucht hatte. Unweigerlich zuckte mein Blick zu Sophie, die gerade ihre Tube Sonnencreme in ihrem Rucksack verstaute und erwartungsvoll zu mir sah. Ich musste gestehen, dass es angenehm war, mit ihr unterwegs zu sein. Wie schon bei unserer Arbeit im *Moonlight* kamen wir gut miteinander klar, und ich hatte bisher noch kein schnippisches Wort von ihr vernommen. Vermutlich würde sie sich nicht einmal beschweren,

wenn ich ihr sagte, dass sie anstelle von mir auf dem Dach des Busses übernachten sollte. Seltsam.
»Sollen wir dann los?«, riss sie mich aus meinen Gedanken.
»Klar.« Wir packten alles in den VW-Bus, dann stiegen wir vorne ein. Die Fahrt zum Parkplatz am King's Canyon dauerte nur zehn Minuten, und wie vermutet, waren wir unter den Ersten. Außer uns standen nur fünf weitere Fahrzeuge dort, doch das würde sich im Laufe des Vormittags ändern.
Wir stiegen aus, setzten unsere Rucksäcke auf, dann liefen wir los. Ein breiter Schotterweg führte vom Parkplatz weg, und wenige Minuten später standen wir mitten in der breiten Schlucht, die der King's Creek in das rote Gestein gegraben hatte.
Ich blieb stehen. »Wir können entweder hier geradeaus weitergehen. Das ist ein sehr gemütlicher Wanderweg, der ungefähr zwei bis drei Stunden dauert. Oder wir nehmen den hier.« Ich deutete auf einen schmalen Pfad, der links in der steilen Wand hinaufging. »Der ist deutlich fordernder, aber wenn du schon in den Alpen unterwegs warst, sollte er dir keine Probleme bereiten.«
Sophie betrachtete eingehend den schmalen Pfad, der sich steil den Hang hinaufwand, und blickte dann zurück zu mir. Dieses Funkeln in ihren Augen würde irgendwann mein Untergang sein. »Wir nehmen den.« Und schon machte sie sich an den Aufstieg.
Flink und mit sicheren Schritten kraxelte sie den Berg hoch, und ich folgte ihr. Nach wenigen Minuten war unsere schwere Atmung zu hören, ansonsten sprachen wir nicht miteinander, weil wir uns beide konzentrieren mussten. Die Füße sicher aufsetzen, aufpassen, dass man nicht wegrutsche. Das war kein Terrain für Ungeübte, und das Tempo, das Sophie vorlegte, machte deutlich, dass sie zuvor nicht übertrieben hatte.
Nach ungefähr zwanzig Minuten machten wir die erste Pau-

se. Sophie wischte sich den Schweiß von der Stirn, und auch ich spürte, dass mein Nacken mittlerweile feucht war. Die Sonne brannte erbarmungslos von einem wolkenlosen Himmel auf uns herab. Nur der frische Wind brachte etwas Abkühlung. Sophie sah nach unten, auf die Strecke, die wir bereits zurückgelegt hatten, und dann hoch auf das, was noch vor uns lag. »Das ist anstrengender, als es aussah.« Sie ließ ihren Rucksack sinken und setzte sich auf einen kleinen Vorsprung, der halbwegs im Schatten lag.

Ich holte die Wasserflaschen aus meinem Rucksack und reichte ihr eine davon. Sie schraubte den Verschluss auf und trank in gierigen Schlucken daraus. »Man merkt aber, dass du trainiert bist, sonst hättest du es gar nicht so weit geschafft.«

Ich hatte Sophie absichtlich vorgehen lassen, um mich ihrem Tempo anpassen zu können. Wir waren schon weiter gewandert, als ich vermutet hätte, und ich war selbst froh, dass wir eine Pause einlegten.

Sophie schnaubte. »Das Einzige, was ich im letzten Jahr trainiert habe, ist die Strecke zum *Moonlight,* die ich mit dem Fahrrad gefahren bin.«

»Was offensichtlich ausreichend war.« Wenn sie es drauf anlegte, würde sie den Weg zum Gipfel vermutlich schneller schaffen als ich.

Ich setzte mich ebenfalls auf den staubigen Boden und ließ meinen Blick am Hang entlanggleiten. Es war noch total ruhig, außer uns war keine Menschenseele zu sehen, und ich nahm einen tiefen Atemzug. »Wenigstens ist außer uns noch niemand hier.«

Viel zu interessiert betrachtete sie mich. »Was hast du nur gegen Menschen?«

»Gar nichts«, sagte ich sofort, obwohl das komplett gelogen war. Ich könnte ihr auf Anhieb zwanzig Gründe nennen, aber nicht ein einziger davon traf auf Sophie zu. Auch konnte ich mir kaum vorstellen, dass Sophie mir bei ihnen zustimmte, so offen wie sie auf andere Leute zuging. Auch mich hatte sie mit offenen Armen empfangen und mir nie das Gefühl gegeben, seltsam oder unzureichend zu sein, obwohl sie mittlerweile mehr von mir wusste als die meisten anderen. Das war wohl, was mich am meisten an ihr faszinierte. Sie sah mich in einem anderen Licht als viele andere, und das fühlte sich verdammt gut an.

»Wir sollten langsam weiter«, murmelte ich, weil dieser Gedanke mich mehr erschreckte, als ich vor mir zugeben wollte.

Sophie blinzelte, und kurz huschte Verwirrung über ihre Züge, doch dann rappelte sie sich auf, klopfte den Dreck von ihrer Hose, und wir stiegen weiter den Berg hinauf.

Eine knappe Stunde später waren wir oben. Zwei kurze Pausen hatten wir noch eingelegt, ansonsten waren wir ununterbrochen gewandert. Schweißperlen standen auf Sophies Schläfen, und sie atmete genauso schwer wie ich, aber ihr glückliches Lächeln war einnehmend, als sie sich im Kreis drehte und umsah. »Wow, was für eine Aussicht.«

»Atemberaubend, oder?« Wir standen oben auf dem Canyon und blickten in die tiefe Schlucht hinab, in der es deutlich mehr Vegetation als sonst in diesem Teil des Landes gab. Überall waren grüne Flecken von Gräsern, Büschen und sogar Bäumen zu sehen. Zudem war das Zwitschern unzähliger Vögel zu hören, die diesen Canyon bevölkerten.

Sophie trat einen Schritt näher und taxierte mich eingehend. »Hast du gerade etwa zugegeben, dass sich die Fahrt zu diesem *Touristenmagneten* gelohnt hat, Mr Lee?«

Ich musste lachen. »Es ist nicht der Ort an sich, gegen den ich etwas habe, sondern die vielen Leute, die ihn bevölkern.«

Skeptisch zog sie die Augenbrauen hoch und breitete die Arme aus. »Außer uns ist niemand hier.«

Das stimmte nicht ganz. Rechts von uns saß eine Gruppe

Backpacker zusammen, und weiter hinten entdeckte ich eine Familie mit einem Kind, das ungefähr zwölf zu sein schien, doch das war nichts im Vergleich zu anderen Zeiten. »Es ist noch früh, in drei Stunden sieht das hier ganz anders aus.« Aber dann wären wir längst wieder weg. »Sollen wir erst mal weiter?«

Sophie nickte, und wir folgten dem Wanderweg, der am Abhang des Canyons entlangführte. Sophie blieb immer wieder stehen, um mit ihrem Handy Fotos zu machen, und packte es erst weg, als der Wanderweg an der Wand des Canyons nach unten führte.

»Dort unten liegt eine kleine Oase, die *Garden of Eden* heißt, da können wir eine Pause machen.« Mit dem Finger deutete ich auf den grünen Fleck, in dessen Mitte sich ein permanentes Wasserloch befand.

Sophie gluckste. »Da habe ich Eden gerade erst verlassen, um an einem anderen Eden anzukommen?«

»Das hier ist aber ganz anders, als du es gewohnt bist.« Um das Wasserloch herum hatte sich ein wahrer Urwald gebildet mit unzähligen Pflanzen und Bäumen, die es nirgendwo anders in Australien gab.

Wir suchten uns ein schattiges Plätzchen, von dem aus wir die nackten Füße in das kühle Wasser des Sees halten konnten.

Sophie seufzte zufrieden. »Das tut so gut. Ich verstehe jetzt, warum er *Garden of Eden* genannt wird.« Kurz darauf wandte sie sich mir zu. »Gib mir mal deinen Rucksack. Ein Vögelchen hat mir gezwitschert, dass du Sandwiches und TimTams dabeihast.«

»Hast du etwa schon wieder Hunger?«

»Ich habe *immer* Hunger.«

Ich reichte ihr den Rucksack und breitete die Decke, die ich eingesteckt hatte, neben uns aus.

Sophie holte die TimTams heraus, riss die Verpackung auf

und schob sich einen Keks in den Mund. »Gott, ich liebe die«, nuschelte sie mit vollem Mund. Ein zweiter folgte, dann ein dritter, ehe sie nach einem der Sandwiches griff, es aus dem Papier wickelte und genüsslich hineinbiss.

Ich musste lachen. »Isabel hat nicht übertrieben, was dein Essverhalten angeht.«

»Natürlich nicht«, nuschelte Sophie mit vollem Mund. »Aber solange du immer TimTams dabeihast, sollten wir jegliche Katastrophen verhindern können.«

Nachdenklich legte ich den Kopf schief. »Dann sollten wir am nächsten Supermarkt unterwegs halten, um unseren Vorrat aufzustocken.«

Sophie verengte die Augen und presste die Lippen zu einer schmalen Linie, konnte dabei das Zucken in ihren Mundwinkeln jedoch nicht verhindern. »Ich sehe, du bist nicht gut vorbereitet. Hat deine Mum dich nicht besser erzogen?«

Es war ein locker dahergesagter Satz, aber er traf mich wie ein Faustschlag in die Magengrube. Sofort erschien das Gesicht meiner Mum vor meinem inneren Auge. Ihre langen, dunklen Haare, die sie fast immer zu einem Zopf gebunden hatte. Ihre braunen Augen, die mich selbst dann liebevoll betrachtet hatten, wenn ich Mist gebaut hatte. Ihre Umarmungen, die einfach die besten gewesen waren. Für einen Moment konnte ich nicht atmen, weil die Erinnerung mir die Brust zuschnürte. Ich konnte nicht mal an etwas anderes denken und schaffte es auch nicht, die Gedanken an sie wegzuschieben, wie ich es sonst immer tat. Stattdessen prasselten die Erinnerungen auf mich ein. Mum, die mir am Lagerfeuer eine Geschichte erzählt hatte, die mir im Outback die Wichtigkeit von Insekten erklärt hatte, die immer für mich da gewesen war ... bis sie mich ins Internat gesteckt hatte.

»Cooper?« Wie durch Watte drang Sophies Stimme zu mir hindurch. Sie legte ihre Hand auf meinen Unterarm. Ihre Finger waren kühl, und ihre helle Haut hob sich stark von meiner gebräunten ab.

Blinzelnd versuchte ich die Erinnerungen loszuwerden, aber nur langsam kehrte die Umgebung des *Garden of Eden* zu mir zurück. »Sorry«, murmelte ich und räusperte mich. »Ist alles okay? Hab ich was Falsches gesagt? Du warst völlig weggetreten.«

Sofort schüttelte ich den Kopf. »Nein, alles gut.« Ich wollte nicht darüber reden. Ich wollte nicht einmal darüber nachdenken, wenn es sich vermeiden ließ. An manchen Tagen fragte ich mich, warum es mich nach all der Zeit überhaupt noch beschäftigte. Sollte ich nicht längst darüber hinweg sein? Mum und Dad würden nicht zurückkommen, auch wenn die verfluchte Hoffnung mir immer noch einflüsterte, dass es möglich wäre. Das war es nicht. Zwar waren ihre Überreste nie gefunden worden, trotzdem war ich mir sicher, dass sie tot sein mussten. Andernfalls hätten sie längst einen Weg zu mir zurückgefunden. Sie hätten mich nicht jahrelang allein gelassen, wenn sie es hätten verhindern können.

Warum dachte ich überhaupt darüber nach? Das brachte doch gar nichts.

Sophies Hand lag noch immer auf meinem Unterarm, und die Stelle fühlte sich auf eine seltsame, aber angenehme Weise warm an.

Doch auch das ertrug ich gerade nicht.

Abrupt stand ich auf. »Wir sollten langsam zurück.«

Verwirrt sah Sophie zu mir auf. Ihre Lippen waren leicht geöffnet, und sie schien etwas sagen zu wollen, schüttelte dann jedoch nur den Kopf. »Na dann«, murmelte sie und zog die Füße aus dem Wasser.

Schweigend packten wir unsere Sachen zusammen, wobei ich immer Sophies prüfende Blicke auf mir spürte. Mein Verhalten musste mehr als seltsam auf sie wirken, und ich wollte gar nicht wissen, was sie jetzt von mir dachte. Vielleicht war das der Moment, in dem sie realisierte, dass ich zu seltsam war. Während sie meinen Job noch cool fand, stellte sie nun fest, dass ich persönliche Gespräche abblockte – fast schon vor ihnen davonlief –, was sie sehr irritieren musste. Kein Wunder, sie hatte bisher vorbehaltlos von ihrer Familie erzählt, und es war offensichtlich, dass sie kein Trauma erlebt hatte. Es gab keinen Grund für sie, irgendwas zu verdrängen.

Ich sollte damit aufhören.

Wirsch zog ich meinen Rucksack zu und warf ihn über meine Schulter. Ohne mich noch mal zu Sophie umzudrehen, machte ich mich auf den Rückweg zum Parkplatz. Zuerst mussten wir das letzte Stück in den Canyon hinabsteigen, dann würden wir diesem zurück zum VW folgen. Dabei achtete ich aber darauf, dass Sophies Schritte mir folgten. Es war nicht so, dass ich sie zurücklassen oder ignorieren wollte. Ich hatte schlicht Angst, dass sie mir alles, was in mir vorging, an der Nasenspitze ablesen konnte, sollten sich unsere Blicke treffen.

Daher gab ich ein ordentliches Tempo vor, dem Sophie ohne Probleme zu folgen schien. Wir kamen viel schneller voran als zuvor, was aber wohl hauptsächlich daran lag, dass Sophie nicht mehr stehen blieb, um Fotos zu machen. Auch sprachen wir nicht miteinander, aber die Stille zwischen uns fühlte sich dennoch nicht unangenehm an.

Wir hatten das untere Plateau fast erreicht, als es passierte. Ich hörte es an der Art und Weise, wie Sophie einen kleinen Schritt stolperte und ihre Schuhe danach über den steinigen Boden rutschten. Mein Körper war in Alarmbereitschaft, und ich drehte mich auf dem Absatz zu ihr um. In Schieflage geraten, ruderte sie wild mit den Armen, um irgendwie ihr Gleichgewicht wiederzuerlangen, doch es war ein hoffnungsloses Unterfangen. Wie in Zeitlupe fiel sie zur Seite, und ich sah den spitzen Felsbrocken, auf den sie unweigerlich zusteuerte.

Ich machte einen Satz nach vorne und packte sie im letzten Moment um die Hüfte. Fest zog ich sie an mich und schickte ein Stoßgebet gen Himmel, dass ich ihren Sturz in letzter Sekunde verhindern konnte.

Sophie keuchte hektisch und krallte sich regelrecht an meinen Oberarmen fest. Ihre Augen waren weit aufgerissen, und um die Nasenspitze war sie blasser geworden. »Shit, das wäre fast schiefgegangen«, stieß sie hervor.

»Ist alles okay?« Ich wagte noch nicht, sie loszulassen.

»Ich glaube schon.« Vorsichtig setzte sie die Füße auf und zuckte bei Belastung des rechten zusammen. »Au.«

»Setz dich hin.« Vorsichtig ließ ich sie auf den Boden nieder, dann hockte ich mich vor sie und zog ihren rechten Fuß auf meinen Schoß. Ich krempelte die Jeans ein Stück hoch, um ihren Knöchel zu begutachten, doch er war zum Glück weder rot noch geschwollen. Langsam drehte ich den Fuß, um die Bänder zu checken. »Tut das weh?«

»Nein, eigentlich nicht.«

»Okay, dann sollte nichts gerissen oder gedehnt sein.« Ich zog die Jeans wieder runter und setzte ihren Fuß auf dem Boden auf. »Versuch mal aufzustehen.« Ich rappelte mich auf und hielt Sophie eine Hand hin, die sie sofort ergriff. Langsam zog ich sie auf die Beine, und Sophie verlagerte ihr Gewicht von links nach rechts.

»Es ziept ein bisschen, aber nicht schlimm. Wir können weitergehen.«

»Bist du sicher?« Ich wusste zwar nicht, wie wir ansonsten den Rest der Wand runterkommen würden, aber ich wollte auch nicht, dass sie sich übernahm und noch einmal hinfiel.

»Absolut. Nur ... vielleicht etwas langsamer als zuvor.«

Ich zog den Kopf ein und nickte. War sie etwa nur ausgerutscht, weil ich so ein strammes Tempo vorgelegt hatte? Das war wirklich nicht meine Absicht gewesen. Dabei hätte mir klar sein müssen, dass man auf diesem Gelände jederzeit den festen Tritt verlieren konnte. Selbst wenn man ein geübter Wanderer war. Immerhin war es mir selbst auch schon das eine oder andere Mal passiert.

Ich hielt Sophie meinen Arm hin, damit sie sich daran festhalten konnte, dann gingen wir weiter. Deutlich langsamer als zuvor, dafür kamen wir ohne weitere Vorfälle am VW-Bus an.

Kapitel 15

SOPHIE

Zurück am Campingplatz legte Cooper ein Kühlpack auf meinen Knöchel und wies mich an, ihn den Rest des Abends draufzulassen.

Ich protestierte nur ein bisschen, was hauptsächlich daran lag, dass ich zuallererst duschen wollte. Aus dem VW-Bus holte ich meine Sachen, dann humpelte ich zu den Duschen, die hier besonders toll waren. Sie lagen mitten in der Natur, und wenn man den Vorhang aufließ, konnte man sich während des Duschens die Landschaft anschauen. Doch trotz der atemberaubenden Aussicht wanderten meine Gedanken wieder zu dem, was am *Garden of Eden* vorgefallen war. Was hatte ich nur gesagt, das Cooper so verändert hatte? In der einen Sekunde hatten wir noch miteinander gescherzt, in der nächsten hatte er komplett dichtgemacht. Es war, als hätte er eine Tür direkt vor meinem Gesicht zugeschlagen. Hatte es mit seiner Mum zu tun? Immerhin war genau das der Moment gewesen, als er sich verschlossen hatte. Es brannte mir unter den Nägeln, Cooper danach zu fragen, aber ich konnte auch verstehen, dass er über manche Dinge nicht reden wollte. Das musste er auch nicht. Ich würde ihn nie dazu drängen, mehr von sich preiszugeben, als er zu sagen bereit war, egal, wie neugierig ich war.

Immerhin sprach er jetzt wieder mit mir – auch wenn es wohl nur an meinem Knöchel lag, der zum Glück schon kaum noch wehtat.

Am nächsten Morgen brachen wir früh auf. »Wohin fahren wir?«, fragte ich, sobald wir im VW-Bus saßen.

»In den Westen. Die nächsten vier Tage sind wir unterwegs, und dann startet das richtige Abenteuer«, erklärte Cooper, ehe er den Motor startete. Ich war neugierig, was er sich für uns überlegt hatte. Was es im tiefsten Westen gab, von dem er dachte, dass ich es mir ansehen sollte, doch egal, wie oft ich ihn fragte, Cooper rückte nicht mit der Sprache heraus. Schließlich fügte ich mich meinem Schicksal und ließ mich überraschen.

Die ersten zwei Tage änderte sich unsere Umgebung kaum. Die Landschaft war weiterhin graurot, felsig und auf den ersten Blick nahezu unbewohnt. Nur ab und zu wurde das Bild von gelegentlichen Büschen oder Sträuchern durchbrochen – oder von einem Auto, das uns ganz selten mal begegnete. Cooper erklärte mir, dass wir durch das Gibson Desert Nature Reserve fuhren. Diese savannenartige Region beherbergte durchaus viele Tierarten, jedoch hielten die meisten sich tagsüber in Höhlen vor der Hitze versteckt und kamen erst gegen Abend zum Fressen hinaus.

Am dritten Tag änderte sich das. Es wurde grüner, die Vegetation üppiger. Wir waren immer noch weit von den grünen Wäldern entfernt, die ich von Eden gewohnt war, aber überhaupt mal wieder Grün zu sehen, machte mich unheimlich glücklich.

Am vierten Tag veränderte sich die Landschaft abermals. Die vielen Wiesen erstreckten sich nun neben sandigen Abschnitten, was darauf hindeutete, dass wir uns dem Meer näherten. Unzählige Vögel begleiteten nun unseren Weg, und sie alle unterschieden sich enorm von den Arten, die ich aus Deutschland kannte. Cooper erklärte mir zudem, dass es einen Großteil der Pflanzen, die wir zu sehen bekamen, nirgendwo anders auf der Welt – und nirgendwo anders in Australien – zu finden gab. Ich erinnerte mich an unseren Ausflug in den *Australian National Botanic Garden* in Canberra, den ich mit Isabel und Liam besucht hatte, kurz nachdem wir in Eden angekommen waren. Dort waren Pflanzen ausgestellt gewesen, die es nur in Down Under gab, und bei jeder hatte eine kleine Plakette deklariert, wo sie gewöhnlich vorkam. Viele davon hatten bloß *Western Australia* stehen gehabt, und sie jetzt in der freien Natur zu sehen, obwohl ich viele davon nicht mehr zuordnen konnte, machte mich unheimlich glücklich.

Am frühen Abend passierten wir den Eingang zum *Cape Range National Park*. Cooper zahlte den Eintritt für uns und warf mir ein kurzes, wenn auch etwas müdes Lächeln zu. »Wir sind gleich da.«

Augenblicklich überkamen mich Schuldgefühle, weil er die komplette Strecke hierher alleine gefahren war. Wenn mich mein Gedächtnis nicht täuschte, müssten es über fünftausend Kilometer gewesen sein, die wir in den letzten Tagen zurückgelegt hatten. Wir hatten sie fast ausschließlich im Auto verbracht – und ich merkte jeden einzelnen davon in meinen Knochen. Hätte ich mich damals überwunden, meinen Führerschein zu machen, hätte ich Cooper wenigstens zwischendurch ablösen können.

Trotzdem setzte ich mich gerade auf und richtete meinen Blick aus dem Fenster, um zu sehen, wo wir gelandet waren und ob ich ein Anzeichen darauf fand, was Cooper mir hier zeigen wollte. Aktuell führte unser Weg durch einen kleinen Wald, dessen Bäume sich völlig von denen unterschieden, die ich aus Eden gewohnt war. Ehe ich Cooper fragen konnte, um welche Art es sich handelte, brach das Dickicht auf, und wir befanden uns am Meer. Ein endlos langer, weißer Sandstrand führte in beide Richtungen, so weit das Auge reichte. Noch immer lagen Leute in der Sonne und befanden sich sogar im Wasser. Auch weiter vom Ufer entfernt entdeckte ich welche, die mit Schnorcheln unterwegs waren. Was es da wohl zu sehen gab?

Sofort kurbelte ich das Fenster runter und atmete tief diesen unvergleichlichen Geruch nach Salz, Strand und Sonnencreme ein. Es war erst eine Woche her, seit wir Eden verlassen hatten, aber ich hatte das Meer bereits vermisst und konnte es nicht abwarten, wieder darin schwimmen zu gehen.

Kurz darauf lenkte Cooper den Wagen auf einen Parkplatz, der zu einem Campingplatz direkt am Meer zu gehören schien.

Rechts von uns standen Zelte in unterschiedlichen Größen und Farben, links von uns einige Campingwagen, und dazwischen befand sich ein hölzernes Schild mit der Aufschrift *Osprey Bay Campground*. Zwischen dem Strand und dem Campingplatz gab es einen Verleih von Schnorchel- und Tauchausrüstung, und etwas weiter weg entdeckte ich ein Häuschen, in dem die Toiletten und Duschen untergebracht waren. Zudem gab es etwas, das wie eine Feuerstelle für einen Grill aussah.

Das ganze Gelände war nicht groß. Ich zählte bloß fünf Zelte und zwei Campingwagen, aber es versprühte einen gewissen Charme, bei dem ich mich gleich wohlfühlte.

»Wir sind da«, sagte Cooper unnötigerweise, nachdem er den VW-Bus neben einem der Campingwagen geparkt hatte.

Grinsend wandte ich mich ihm zu und verspürte erneut dieses Kribbeln, das mich darauf hinwies, wie sehr ich auf ihn stand. Als wüsste ich das nicht auch so. »Verrätst du mir jetzt endlich, warum du mich hierhergebracht hast?«

Seine Mundwinkel zuckten, und ein Funkeln trat in seine Augen, bei dem die Schmetterlinge in meinem Bauch verrückt spielten. »Hast du es noch nicht erraten? Ich dachte, du hättest dich vor der Abreise nach Australien so ausführlich mit dem Land und dem, was du sehen willst, beschäftigt.«

Ich lachte, denn damit hatte er mich. »Das habe ich, aber nicht mit dem Westen.« Unser eigentlicher Plan hatte vorgesehen, von Melbourne in Richtung Sydney zu reisen und danach einige Plätze im Norden mitzunehmen. Isabel und mir war von vornherein klar gewesen, dass wir nicht ganz Australien sehen könnten, wenn wir an jeder Station einen Monat bleiben wollten. Mal ganz davon abgesehen, dass sie in Melbourne hatte starten wollen, weil sie dort nach Hinweisen auf ihren Vater suchen wollte. Es wäre doppelt blöd gewesen, von dort erst Richtung Westen und dann zurück in den Osten zu reisen. Oder andersherum. Jedenfalls hatten wir von Anfang an beschlossen, den Westen in unsere Reisepläne nicht miteinzubeziehen, weswegen ich mich gar nicht darüber informiert hatte, was es dort zu sehen gab.

Cooper schnalzte mit der Zunge und bedachte mich mit einem derart mitleidigen Blick, dass ich ein Glucksen nicht mehr unterdrücken konnte. »Aber im Westen gibt es viel coolere Dinge zu sehen.«

Jetzt lachte ich richtig. »Aber es lag einfach nicht auf unserer Route.«

»Pff.« Er verdrehte die Augen. »Der Westen hätte eure Route sein sollen. Mit oberster Priorität.«

»Ist ohnehin müßig, darüber zu diskutieren, weil wir unsere Pläne aufgegeben haben und in Eden geblieben sind.« Ich stutzte, weil mir etwas anderes einfiel. »Um genau zu sein, wenn wir eine andere Route gehabt hätten, wären wir gar nicht in Eden gelandet. Somit hätten wir zwei uns nicht kennengelernt und wären jetzt nicht hier.«

Cooper klappte den Mund zu und sah mich leicht entgeistert an. »Auch wieder wahr.« Er klang fast so, als würde er es bedauern, wenn es so gekommen wäre, doch vermutlich entsprang das nur meinem verknallten Hirn, das sich genau das wünschte. Dass Cooper ebenfalls etwas für mich empfand und wir im Verlauf dieses Roadtrips zueinanderfanden.

Was absolut lächerlich war. Cooper wandte sich bereits wieder ab und lief auf ein kleines Holzhäuschen zu, das mir zuvor noch nicht aufgefallen war. Er stand ganz bestimmt nicht auf mich, sonst hätte er unseren Blickkontakt nicht so schnell unterbrochen. Ich musste aufhören, so zu denken, sonst würden die nächsten Wochen eine wahre Tortur werden. Und das wollte ich auf gar keinen Fall. Ich wollte mir keine Hoffnungen machen, die unbegründet waren, wollte nicht jedes von Coopers Worten analysieren und Dinge hineininterpretieren, die er nie gesagt hatte. Stattdessen wollte ich diesen Roadtrip genießen, all die wundervollen Dinge sehen, die Cooper sich für mich überlegt hatte, und mit einem guten Gefühl zurück nach Deutschland fliegen.

Apropos wundervolle Dinge ... ich wusste immer noch nicht, warum Cooper mich an diesen Strand gebracht hatte. Er war schön, das stand außer Frage, aber es gab Hunderte schöne Strände in Australien, daher konnte ich mir kaum vorstellen, dass wir deswegen hier waren. Ob ich einen der Leute fragen sollte, die gerade vom Strand zurück zu ihren Zelten und Campingwagen kamen? Es waren überwiegend jüngere, ungefähr in meinem und Coopers Alter, vielleicht etwas älter. Die meisten sahen nach Backpacker aus, aber genauso gut könnten welche unter ihnen sein, die wie Isabel und ich *Work and Travel* machten.

Ehe ich eine Entscheidung treffen konnte, ob und wen ich ansprechen sollte, kam Cooper bereits zurück. »Ich habe uns für zwei Nächte eingecheckt«, sagte er, als er neben mir angekommen war.

Das klang wie Musik in meinen Ohren. »Das heißt, wir müssen morgen nicht in aller Herrgottsfrühe weiterziehen?«

Ein diebisches Lächeln stahl sich auf sein Gesicht, bei dem mein verräterischer Magen Purzelbäume schlug. »Nein, wir bleiben morgen den ganzen Tag hier und ...« Er ließ den Rest des Satzes in der Luft hängen, und ich biss für einen Moment die Zähne aufeinander, denn er hätte mir doch jetzt verdammt noch mal verraten können, was wir vorhatten. Aber ich wollte ihm nicht die Genugtuung geben, ihm meine Neugierde zu zeigen, auch wenn sie mich innerlich beinahe auffraß. Daher zuckte ich möglichst unbeteiligt die Schultern, als würde es mir überhaupt nichts ausmachen. Gleichzeitig schwor ich mir, dass ich herausfinden würde, was es in diesem Niemandsland zu sehen gab, und zwar ohne Coopers Hilfe.

Wir gingen zum VW-Bus zurück. Cooper verschwand im Inneren und reichte mir die Campingstühle und einen Seesack hinaus. »Lass uns erst mal aufbauen.«

Wir stellten die Stühle neben den Bus, und ich zog den Inhalt aus dem Sack hervor. Es war einiges an Gestänge und eine weiße Plane, die sich zu einem Zeltdach zusammenbauen ließen, das wir neben dem Bus im Boden verankerten.

Als wir mit allem fertig waren, ging die Sonne bereits langsam unter. Wie jeden Abend öffnete ich WhatsApp und schickte ein Status-Update inklusive einiger Fotos an Isabel. Fast umgehend antwortete sie mit unzähligen Herzchenaugen-Smileys und schrieb, dass sie neidisch auf unseren Strand sei – dabei war der in Eden auch wunderschön.

»Hast du Hunger?«, fragte Cooper. Ein lautes Knurren meines Magens war die Antwort darauf. Erneut verschwand Cooper im Inneren des Wagens und kam mit zwei in Folie eingeschweißten Steaks sowie einer Schüssel Salat wieder heraus. Mit einem Nicken deutete er hinter mich zu dem Grillplatz, der mir zuvor bereits aufgefallen war. Als ich mich dahin umdrehte, entdeckte ich, dass dort schon einige Personen saßen und der Grill angefeuert war.

»Ich dachte nicht, dass du Fleisch isst«, sagte ich, als wir darauf zugingen. Nachdem wir die letzten Tage nur vegetarische Eintöpfe gegessen hatten, hatte ich vermutet, dass er, wie Liam und seine Eltern auch, auf Fleisch verzichtete, weil er keinen Tieren schaden wollte.

»Ich esse es auch nur noch selten«, erklärte er. Wir waren am

Grill angekommen, und Cooper bedeutete mir mit einer Handbewegung, mich auf einen freien Platz zu setzen, und drückte mir die Salatschüssel in die Hand. Um den Grill herum, der circa einen Meter im Durchmesser war, befanden sich Bänke, die aus in der Mitte zersägten Baumstämmen hergestellt waren. Die eine Hälfte diente als Sitzfläche, die andere als Rückenlehne. »Und auch nur, wenn ich weiß, dass es aus einer vernünftigen Tierhaltung kommt, wo die Tiere in Freilandhaltung leben und ohne den Zusatz von Hormonen und Antibiotika aufwachsen dürfen.«

»Das finde ich einen guten Kompromiss.« Ich beobachtete Cooper dabei, wie er die Steaks von der Folie befreite und mittig auf den Grill legte. Genau dort, wo die Glut am heißesten brannte. Sofort begann es zu zischen, und der Geruch von angebratenem Fleisch drang mir in die Nase.

Mit einem Seufzen setzte er sich neben mich. »Machen wir uns nichts vor, die Menschheit muss weniger Fleisch essen, aber ich denke nicht, dass ein generelles Verbot wirkt oder überhaupt umsetzbar wäre. Vielmehr sollten wir auf das Leid in industriellen Mastbetrieben aufmerksam machen und die Leute so dazu bringen, weniger, aber dafür höherwertiges Fleisch aus Aufzuchten zu konsumieren, denen das Wohl der Tiere noch am Herzen liegt.«

Ich mochte, wie Cooper darüber dachte. Denn auch, wenn es mir nichts ausgemacht hatte, in meiner Zeit bei den Wilsons kein Fleisch zu essen, wollte ich nicht immer darauf verzichten. Zu einem schönen saftigen Steak, wie Cooper es gerade auf den Grill gelegt hatte, würde ich wohl nie Nein sagen können … oder wollen.

»Ist hier noch frei?«, ertönte eine Stimme rechts von mir.

Ich wandte mich ihr zu und entdeckte zwei Frauen, die ich etwas älter als mich schätzte, auf Mitte bis Ende zwanzig vielleicht. Beide waren blond, davon abgesehen aber völlig unterschiedlich. Die rechte trug ihre Haare offen. Leicht gewellt fielen sie ihr um die Schultern. Dazu trug sie ein weißes Kleid mit Blümchen bedruckt, das knapp oberhalb ihrer Knie endete, offene Sandalen und hatte sich eine Strickjacke über die Schultern gelegt. Auch die linke hatte ihre Haare offen, war aber in Jeans, Chucks und ein blaues T-Shirt gekleidet.

»Ja, klar, setzt euch.« Ich nahm die Salatschüssel, die ich neben mir abgestellt hatte, und rutschte ein Stück näher zu Cooper, um ihnen Platz zu machen. »Wo kommt ihr her?« Anhand ihres Akzents konnte ich ausmachen, dass sie ebenfalls nicht von hier waren.

»Deutschland«, sagte die rechte mit dem Blümchenkleid. »Ich bin übrigens Rebekka.«

»Nadine«, sagte die andere und winkte mir über Rebekkas Schulter zu.

Überrascht weiteten sich meine Augen, und ich wechselte in meine Muttersprache. »Wie cool, ich komme aus der Nähe von Frankfurt. Macht ihr auch *Work and Travel?*«

Rebekka schüttelte den Kopf. »Nein, bloß Urlaub. Und der ist leider fast vorbei.«

»Oder zum Glück«, fügte Nadine hinzu. »Wird langsam unerträglich heiß hier.«

»Nicht das schon wieder.« Rebekka verdrehte die Augen und wandte sich mir zu. »Nadines Wohlfühlzone liegt bei unter zwanzig Grad, während meine bei fünfundzwanzig erst richtig anfängt.«

»Ah.« Ich warf einen Blick in Coopers Richtung, der sich gerade mit einem blonden Typ unterhielt, dann wandte ich mich wieder den Mädels zu. »Ich werde nie verstehen können, wie man den Sommer nicht mögen kann.«

»Ich auch nicht.« Rebekka hatte meinen Blick bemerkt und lehnte sich vor, bis sie Cooper ansehen konnte. »Dein Freund?«, fragte sie mit Anerkennung in der Stimme.

Schön wär's, dachte ich, und augenblicklich schoss Röte in meine Wangen. »Nein, bloß *ein* Freund, der einen Roadtrip mit mir macht, damit ich noch mehr von Australien sehe, ehe es nächsten Monat zurück nach Deutschland geht.« Ein dumpfes Gefühl überkam mich bei dem Gedanken, dass meine Zeit in Down Under bald vorbei war, doch ich schob es weg, weil ich mich damit gerade nicht befassen wollte.

Rebekka lehnte sich erneut vor, um einen Blick auf Cooper zu erhaschen. »Das ist aber sehr nett von ihm. Und mit dem Ningaloo Reef hat er sich eine großartige Attraktion ausgesucht. Ich war heute schnorcheln. So viele Fische habe ich in meinem Leben noch nicht gesehen. Sogar ein Rochen war dabei.« Während wir sprachen, sah ich im Augenwinkel, wie Nadine sich die Arme eincremte. Die Tube sah wie eine Sonnencreme aus, aber das konnte eigentlich nicht sein, denn die Sonne hatte sich mittlerweile tief in Richtung Meer gesenkt und würde bald ganz untergehen.

Ein breites Grinsen schlich sich auf mein Gesicht, weil Rebekka mir verraten hatte, warum Cooper mich an diesen Ort gebracht hatte, ohne dass ich überhaupt nachfragen musste. Und über das Ningaloo Reef hatte ich im Vorfeld sogar etwas gelesen. Es war kleiner als das Great Barrier Reef und außerhalb von Australien wesentlich unbekannter. Aber die Korallen hier mussten bis an den Strand heranreichen, weshalb man die Unterwasserwelt beim Schnorcheln beobachten konnte und nicht tauchen musste.

»Ich bin schon so gespannt darauf«, sagte ich und ließ mir nicht anmerken, dass ich bis vor wenigen Sekunden nichts von dessen Existenz gewusst hatte.

»Genieß es.« Rebekka klemmte sich eine Haarsträhne hinter das Ohr. »Für uns geht es morgen weiter in Richtung Perth. Wir fahren noch auf die Rottnest-Insel, um die Quokkas zu besuchen, dann fliegen wir zurück nach Deutschland.« Sie hörte sich wehmütig an, und ich konnte es mehr als gut nachvollziehen.

»Nadine!« Rebekka hatte sich zu ihrer Freundin umgedreht, die sich noch immer eincremte. »Es ist fast dunkel, du brauchst jetzt *wirklich* keinen Sunblocker mehr auftragen.«

»Pah.« Nadine drehte sich ein Stück und deutete in Richtung Meer. »Ich sehe die Sonne noch, also sendet sie auch noch UVA-Strahlen aus. UVA lässt die Haut altern, und ich möchte nicht mit vierzig schon verschrumpelt sein.«

Rebekka verdrehte die Augen, und mich beschlich der Verdacht, dass die beiden diese Diskussion regelmäßig führten. »Sonnencreme hindert deine Haut aber daran, Vitamin D herzustellen. Daher wäre es ideal, wenn du das Zeug abends mal weglassen würdest.«

»Ja, ja, ideal.« Sarkasmus triefte aus Nadines Worten. »Muss ich dich an das Ozonloch über Australien erinnern?«

»Das ist mittlerweile wieder geschlossen.«

»Trotzdem ist die Ozonschicht hier dünner als woanders, und die Sonnenstrahlen sind dadurch viel gefährlicher. Du kannst mit deiner Haut ja machen, was du willst, aber beschwer dich in zehn Jahren nicht, wenn du wie eine verschrumpelte Hexe aussiehst.«

»Herrje.« Rebekka wandte sich mir zu. »Siehst du, womit ich mich jeden Tag rumschlagen muss?«

Ich presste die Zähne fest aufeinander, um nicht laut loszulachen. Die beiden waren zu komisch. In gewisser Weise hatten sie beide recht, aber ich hatte noch nie zwei Leute derart leidenschaftlich darüber reden hören. Fast kam es mir vor, als diskutierten sie bloß um des Diskutierens willen. Wie ein altes Ehepaar, das sich liebevoll kabbelte.

Meine Aufmerksamkeit wurde von Cooper angezogen, der aufstand und zum Grill ging. Er hatte zwei Teller in der Hand, von denen ich nicht wusste, wo er sie herhatte. Er legte unsere

Steaks darauf, gab etwas Salat aus der großen Schüssel dazu, dann reichte er mir einen davon.

»Danke.« Ich stellte den Teller auf meinen Knien ab. »Ich freue mich übrigens auf das Ningaloo Reef morgen.« Ich konnte mir nicht verkneifen, Cooper zu sagen, dass ich wusste, warum wir hier waren.

Er lachte leise. Seine Augen blitzten spitzbübisch. »Ich hätte dir zugetraut, dass du es schneller und ohne fremde Hilfe herausfindest.«

»Pah.« Also hatte er mitbekommen, dass ich mit Rebekka und Nadine darüber gesprochen hatte, auch wenn er außer dem Namen nicht viel verstanden haben konnte. »Lauschst du etwa heimlich?«, fragte ich mit gespieltem Entsetzen.

Jetzt lachte Cooper richtig. »Hätte ich gern, wenn ich mehr verstanden hätte.«

Ich setzte ein möglichst ernstes Gesicht auf. »Sag mir das nächste Mal Bescheid, dann wechsele ich extra für dich ins Englische.«

Prustend schüttelte Cooper den Kopf. »Du spinnst. Iss lieber, bevor es kalt wird.«

»Aye, aye, Sir.« Ich grinste breit und machte mich über das Abendessen her, froh, dass ich wieder normal mit Cooper scherzen konnte, ohne dass es seltsam zwischen uns wurde.

Kapitel 16

SOPHIE

»Bist du bereit?«

Cooper grinste mich unter seiner Taucherbrille breit an, und ich musste mir ein Lachen verkneifen, weil er ein bisschen wie ein Fisch auf dem Trockenen aussah. Wenigstens lenkte mich das davon ab, woanders hinzustarren. Zum Beispiel auf seinen nackten Oberkörper, der nicht nur toll definiert, sondern zudem genauso mit Tattoos übersät war wie seine Arme. Auch hier waren die Tätowierungen überwiegend schwarz und aus mehreren kleinen Bildern zusammengesetzt. Ich müsste genauer hinsehen, um sie erkennen zu können, und wollte genau das auch tun, gleichzeitig wollte ich Cooper auch nicht schamlos anstarren, als wären wir bei einer Fleischbeschau.

»So bereit wie man sein kann.« Ich blickte hinaus auf den Indischen Ozean. Das Meer war hier deutlich ruhiger als der Pazifik in Eden. Das Wasser war kristallklar und von einem so intensiven Türkis, dass ich mir fast einbilden könnte, mich in der Karibik zu befinden, wenn am Strand Palmen stehen würden. Erneut haute mich die unfassbare Schönheit dieses Landes um. Gestern noch waren wir durch unbewohnte Gebiete gefahren, die eine völlig andere, aber doch sehr eigene Schönheit besessen hatten, und jetzt stand ich bereits knietief im warmen Wasser und war kurz davon, zu einem Korallenriff zu schnorcheln.

»Gibt es irgendwas, das ich beachten muss?«

»Eigentlich nicht.« Cooper zuckte mit den Schultern und

zog die Stirn kraus. »Verhalte dich nur ruhig, sollten wir einem Walhai begegnen, die sind wirklich riesig, aber völlig ungefährlich.«

Ich schluckte, die bloße Nennung des Begriffes Hai löste mittlerweile ein kaltes Schaudern in mir aus, und ich musste daran denken, was Alicia passiert war. »Gibt es sonst noch Haie hier?«

»Bloß kleinere Riffhaie, aber die sind generell eher scheu.« Cooper sagte *klein*, dabei war ich mir ziemlich sicher, dass auch Riffhaie über zwei Meter lang werden konnten. Aber ich wollte jetzt auch nicht weiter darüber nachdenken, weil ich mich sonst wohl nicht mehr trauen würde, zu diesem verdammten Korallenriff zu schwimmen. Aber genau das wollte ich doch. Daher schob ich jegliche Gedanken an Haie und ihre messerscharfen Zähne weit weg.

»Wollen wir?«

Cooper nickte mir zu, wir steckten die Schnorchel in unsere Münder und ließen uns in das warme Wasser sinken. Sobald ich untergetaucht war, offenbarte sich mir eine neue Welt: Direkt vor meinen Augen schwamm ein Schwarm winziger Fische umher, die nur so groß wie mein Daumennagel waren, aber wunderschön in Gelb und Grün leuchteten. Sie schienen sich gar nicht an Cooper und mir zu stören. Erst als ich die Hand nach ihnen ausstreckte, stoben sie auseinander, um kurz darauf zu ihrer Formation zurückzufinden.

Einige Meter weiter begann bereits das Korallenriff, das in den unterschiedlichsten Farben erstrahlte. Violett, grün, blau oder rot. Ich hatte keine Ahnung, wo diese Färbung herkam, aber ihre Schönheit haute mich buchstäblich aus den Socken. Langsam schwammen Cooper und ich über das Riff hinweg, und je weiter wir es erkundeten, desto größer wurde das Aufkommen der Fische. Es gab große, die fast so lang wie mein Arm waren, winzig kleine wie die, die ich zuallererst gesehen hatte, und jede Größe dazwischen. Einige waren bunt wie ein Regenbogen, andere einfach nur grau. Sie schwammen in großen Gruppen und manchmal auch allein. Ich entdeckte Anemonen, die auf den Korallen in der Strömung schwangen, Seesterne, die sich auf dem Meeresboden ausbreiteten, und ich sah sogar einen Tintenfisch, der so groß wie meine Hand war. Zumindest glaubte ich, dass es ein Tintenfisch war. Irgendwo hatte ich mal gelesen, dass sie zehn Arme hatten, während Oktopusse nur acht besaßen, aber bei der Geschwindigkeit, mit der er über den Boden sauste, war es mir unmöglich, sie zu zählen.

Wir schwammen weiter, langsam, aber unaufhörlich. Das Korallenriff war immer tiefer unter uns, doch dadurch schienen nur noch mehr Fische da zu sein, sodass ich manchmal gar nicht wusste, wo ich zuerst hinschauen sollte.

Doch diese Perspektive offenbarte auch etwas anderes. Immer mehr Korallen waren bereits weiß, ausgebleicht, weil sie durch die Erwärmung des Ozeans abgestorben waren. Natürlich hatte ich zuvor vom Korallensterben gehört und auch mal in einer Doku etwas darüber gesehen, aber es hier mit eigenen Augen zu betrachten, machte die ganze Sache viel realer und erschreckender. Auf den ersten Blick war das Ningaloo Reef ein gesundes Korallenriff voller Fische, doch die weißen Flecken, die sich manchmal über größere Abschnitte erstreckten, machten deutlich, dass der Schein trog. Unsere Meere waren krank, und wenn wir nicht langsam etwas unternahmen, um den Klimawandel wenigstens zu verlangsamen, würde von dieser bunten Schönheit in absehbarer Zukunft nichts mehr übrig bleiben.

Plötzlich packte Cooper meinen Unterarm. Ich war so in Gedanken versunken, dass ich vor Schreck beinahe auftauchte, doch dann sah ich, dass er hektisch mit dem Finger nach rechts deutete. Im ersten Moment befürchtete ich, dass er einen Hai entdeckt haben könnte, doch als ich mich nach rechts wandte, stockte mir aus einem ganz anderen Grund der Atem. Tief unter uns in Bodennähe befand sich ein Mantarochen. Seine Spannweite lag bei bestimmt sechs Metern, seine Haut war schwarz, nur die Spitzen seiner Seitenflossen und der Kopfflossen waren weiß. Anmutig und mit sanften Schlägen seiner Seitenflossen glitt er durch das Wasser, und ich war mir sicher, dass ich in meinem Leben noch nie etwas Atemberaubenderes gesehen hatte. Hinter meinen Augenlidern begann es zu brennen, weil mich dieser Anblick komplett überwältigte. Wie konnte so ein riesiges Tier nur so unbeschreiblich schön sein?

Wir blieben reglos im Wasser, bis der Manta aus unserem Blickfeld verschwunden war, dann tauchten wir gleichzeitig auf, als hätten wir uns abgesprochen.

»*O mein Gott.*« Ich riss mir Schnorchel und Taucherbrille vom Kopf. »Wie geil war das bitte? Ein verdammter Mantarochen. Ich hätte nicht gedacht, dass wir so einen hier sehen. Wie groß der war. Und wie atemberaubend.« Die Worte sprudelten nur so aus mir heraus, aber ich konnte meine Begeisterung einfach nicht mehr zügeln.

»Wahnsinn, oder?« Cooper klang genauso begeistert wie ich, dabei musste er solche Begegnungen regelmäßig haben. »Ich hatte gehofft, dass wir heute einen zu Gesicht bekommen würden, weil sie sich regelmäßig in der Gegend aufhalten, aber man weiß es nie genau.«

»Ich könnte jetzt glücklich sterben«, seufzte ich und meinte es auch genauso. Das war etwas, was ich nie zu träumen gewagt hätte. Einer dieser *Once in a lifetime*-Momente, von denen ein kleines Mädchen aus einem Kaff in Deutschland nie gedacht hätte, dass er wahr werden könnte. »Ich wünschte, ich hätte eine Unterwasserkamera gehabt, um das aufnehmen zu können.«

Cooper zog mich zu sich, und erst da fiel mir auf, dass er

mein Handgelenk noch immer umklammert hielt. Plötzlich waren wir uns so nah, dass wir uns an mehreren Stellen berührten. Unsere Knie unter Wasser, meine freie Hand streifte seine Hüfte, und auch unsere Nasenspitzen waren nur noch Zentimeter voneinander entfernt.

»Es gibt Momente im Leben«, begann er, und seine Stimme war viel tiefer und rauer als zuvor, »die sollte man nicht hinter einer Kamera verbringen. Ein Bild zeigt nur einen kurzen Ausschnitt der Erinnerung, es kann nie erfassen, was du in diesem Augenblick gefühlt, gedacht und gelebt hast. Das wahre Erleben passiert hier.« Mit dem Zeigefinger tippte er gegen meine Stirn. »Und hier.« Jetzt tippte er auf meine Brust, direkt über der Stelle, an der mein Herz wie wild hämmerte.

Ich schluckte, weil meine Kehle mit einem Mal staubtrocken war. Es war so wahr, was er sagte, und dass es ausgerechnet von ihm kam, der seinen Lebensunterhalt mit Fotos verdiente, war umso bezeichnender. »Du hast recht, und diese Erinnerung kann mir niemand nehmen.«

Cooper nickte. Ein, zwei, drei lange Sekunden sah er mich noch mit diesem intensiven Blick an, dann ließ er mich los und schwamm ein Stück von mir weg. »Lass uns langsam mal auf den Rückweg machen.«

Enttäuschung schwappte über mich hinweg, trotzdem setzte ich die Taucherbrille wieder auf, schob mir den Schnorchel in den Mund und folgte Cooper zum Ufer.

»Also, ich weiß ja nicht, ob wir uns heute an den Grill setzen wollen«, sagte Cooper später, als er vom Duschen wiederkam. Seine nassen Haare waren zu seinem üblichen Man-Bun gebunden, er trug tief auf den Hüften sitzende Jeans und ein ärmelloses Shirt, das seine Tattoos schön zur Schau stellte. Ein Handtuch war über seine Schulter gelegt, und in der Hand hielt er sein Duschgel.

Ich legte das Handy weg, mit dem ich gerade Alicia und Isabel ein Update unseres Roadtrips geschickt hatte, und sah Cooper unter hochgezogenen Augenbrauen an. »Warum?« Er grinste breit. »Irgendjemand hat schon den selbst gebrannten Schnaps bereitgestellt. Das könnte ein gefährlicher Abend werden, wenn wir morgen weiterwollen.« Ich zuckte mit den Schultern. »Ich trinke keinen Schnaps, *ich* werde morgen also fit sein. Und von mir aus könnten wir auch einen Tag länger bleiben.« Ich hätte nichts dagegen, einen weiteren Tag an diesem wundervollen Fleckchen Erde zu verbringen, noch mal das Ningaloo Reef entlangzuschnorcheln und vielleicht einen weiteren Manta zu sehen. Noch immer hatte ich die heutigen Erlebnisse nicht ganz verarbeitet, und nachdem ich Alicia und Isabel davon erzählt hatte, ärgerte ich mich doch wieder, dass ich davon keine Fotos besaß. Nicht, weil meine Erinnerung bereits verblasste, sondern weil es mir schwerfiel, mit Worten auszudrücken, was ich gesehen hatte, und ein Bild manchmal eine deutlichere Sprache sprach.

»Nee, nee, nee.« Cooper ließ sich in den Campingstuhl neben mich fallen und legte die Füße auf dem kleinen Tisch hoch. »So fangen wir gar nicht erst an. Wir schmeißen nicht bereits in der ersten Woche unsere Pläne über den Haufen. Zur Not kannst du morgen fahren, sollte ich noch im Koma liegen.«

Er sagte das so locker heraus, als würde er fest davon ausgehen, dass ich einen Führerschein hätte, dabei war ich mir ziemlich sicher, ihm gesagt zu haben, dass ich keinen besaß. Vermutlich hatte er es vergessen und ging einfach davon aus, dass in unserem Alter jede und jeder ein Auto fahren konnte und durfte. In Australien konnte ich mir auch vorstellen, dass man ohne aufgeschmissen war. Dieses Land war riesig, und allein zum Einkaufen musste man manchmal in den nächsten

Ort fahren. Herrje, das war bei uns in Deutschland nicht anders. Aus meinem Freundeskreis hatte sonst jeder ein eigenes Auto, was mich mit meiner Angst auch in eine komfortable Position gebracht hatte. Es gab immer jemanden, der mich mitnahm, und ich musste mich damit nicht auseinandersetzen.

»Ich hab keinen Führerschein«, sagte ich leise und starrte dabei auf einen Fleck auf dem sandigen Boden.

»Na und?« Cooper klang alles andere als besorgt. »Wir sind hier mitten im Nirgendwo. Niemanden interessiert es, ob du mit oder ohne Führerschein fährst.«

Entschieden schüttelte ich den Kopf, während mein Magen sich schmerzhaft verknotete. »Ich könnte das nicht. Ich habe auch schon so lange nicht mehr hinter dem Steuer gesessen, dass ich Angst hätte, irgendwo dagegenzufahren.«

Cooper beugte sich vor, bis sein Gesicht in meinem Blickfeld erschien und ich zu ihm aufsah. Ein verständnisvolles Lächeln zupfte an seinen Lippen. »Du musst natürlich nicht, wenn du nicht willst. Aber du hast in den letzten Tagen ja gesehen, dass wir meistens völlig allein auf den Straßen sind. Es kann echt nichts passieren.«

Das stimmte, änderte aber nichts daran, dass ich mir vor Panik in die Hosen machen würde. Einige Wochen nach der zweiten verpatzten Prüfung hatte Isabel etwas Ähnliches mit mir versucht. An einem Sonntag war sie mit mir auf den leer stehenden Parkplatz einer großen Firma gefahren. Sie meinte, dort könnte ich wieder Vertrauen ins Fahren fassen, weil dort nichts passieren konnte, aber es hatte nicht funktioniert. Sobald ich mich hinters Steuer gesetzt hatte, hatte ich nur noch daran denken können, wie ich fast einen Fahrradfahrer während der Prüfung gerammt hätte, wenn mein Fahrlehrer nicht in letzter Sekunde eingegriffen hätte. Meine Hände hatten angefangen zu zittern, meine Atmung war

hektisch geworden, und ich hatte einen Tunnelblick bekommen. Es war mir nicht mal möglich gewesen, das Lenkrad anzufassen, ganz davon zu schweigen, den Motor zu starten. Nach zwei Minuten hatten wir dieses Experiment beendet, und ich hatte mir geschworen, mich nie wieder hinters Steuer zu setzen. Cooper hielt meinen Blick für einen Moment länger, ehe er aufstand. »Sollen wir dann trotzdem essen gehen?«
Ich sprang ebenfalls auf die Beine und pflasterte ein Grinsen auf mein Gesicht, das ich noch nicht ganz fühlte. »Zu Essen sag ich nie Nein.«
Cooper verschwand im hinteren Teil des VW-Busses und kam kurz darauf mit vollbeladenen Armen zurück. Diesmal hatte er Grillkäse und Gemüsespieße geholt, und ich fragte mich langsam, was er wohl noch so alles in seinem Kühlschrank lagerte. Nach den ersten zwei Tagen hatte ich gedacht, dass wir uns unterwegs nur von Porridge und Dosensuppen ernähren würden, aber es schien, als hielte Cooper noch so einige Überraschungen für mich bereit.
Gemeinsam gingen wir zu dem großen, in den Boden gelassenen Grill, um den sich schon andere versammelt hatten. Der Geruch von glühender Kohle drang mir in die Nase, und kaum hatte ich mich gesetzt, drückte mir ein junger Kerl mit blonden Haaren ein Root Bier in die Hand. Das Zusammensein mit diesen völlig fremden Menschen hier hatte etwas Befreiendes. Es war wie eine Gemeinschaft für einen Abend. Man unterhielt sich, lachte und trank zusammen, ohne dass irgendjemand Erwartungen an einen stellte. Trotzdem hielt man diesen einen Abend zusammen, teilte das, was man hatte, unaufgefordert und gern. Cooper bekam auch gerade einen Shot des Selbstgebrannten in die Hand gedrückt, und die Menge an Grillkäse und Gemüsespießen, die er auf den Grill legte, würde für eine halbe Kompanie reichen.

Ich drehte den Verschluss des Bieres auf, trank einen Schluck der bitteren Flüssigkeit und ließ meinen Blick über die Leute wandern. Rebekka und Nadine waren wie erwartet nicht da. Sie hatten gestern ja gesagt, dass sie heute abreisen würden. Daher wandte ich mich nach rechts und sprach die dunkelhaarige Frau an, die neben mir saß.

Kapitel 17

COOPER

»Sophie«, flüsterte ich in den dunklen Bus hinein. Im selben Augenblick fragte ich mich, ob ich eigentlich bescheuert war und wen genau ich mit dieser leisen Stimme wecken wollte, die ich selbst kaum gehört hatte. Gleichzeitig wollte ich auch nicht brüllen und ihr damit den Schreck ihres Lebens verpassen. Überhaupt hatte ich nicht den Hauch einer Ahnung, wie man andere vernünftig weckte, weil ich das noch nie hatte machen müssen.

Vorsichtig setzte ich einen Fuß nach vorne und tastete mich am Regal an der Wand entlang, bis ich mit den Zehenspitzen das Bett ertasten konnte, auf dem Sophie lag. Vielleicht sollte ich doch noch mal ihren Namen sagen? Als Kind war ich immer einfach zu meinen Eltern ins Bett gestürmt, wenn ich was von ihnen wollte, aber ich konnte mich ja schlecht zu Sophie unter die Decke kuscheln – zumindest wenn ich nicht riskieren wollte, von ihr eine gescheuert zu bekommen. Außerdem war diese Matratze so schmal, dass ich vermutlich eher auf ihr drauf anstatt neben ihr landen würde.

Zumindest wäre sie dann wach.

Ich unterdrückte ein Schmunzeln und tastete mich an der Bettkante entlang, bis ich ziemlich sicher war, das Kopfteil erreicht zu haben. Dann streckte ich meine Hand aus und zögerte. Ich konnte nur hoffen, dass ich ihre Schulter, ihren Arm oder ein anderes unverfängliches Körperteil erwischte, und nicht eines, bei dem ich mir ebenfalls eine Backpfeife einfangen könnte. Warum hatte ich auch nicht daran gedacht, mein

Handy mitzunehmen und die Taschenlampenfunktion einzuschalten?

Ehe ich mir in Gedanken noch einen Strick drehen konnte, senkte ich meine Hand herab. Zuerst ertastete ich die Decke, dann bekam ich Sophies Schulter zu fassen und rüttelte leicht daran. »Sophie«, sagte ich erneut, etwas lauter diesmal.

Sie zuckte zusammen und drehte sich auf der kleinen Matratze. »Wasnlos?«, murmelte sie verschlafen.

Ein Grinsen schlich sich auf meine Lippen. Auch wenn ich sie nicht sehen konnte, klang sie noch ziemlich zerknautscht.

»Wir müssen los.«

»Es ist noch dunkel«, entgegnete sie, als ob ich das nicht wüsste.

»Yup.«

»Wie *spät* ist es?«

»Kurz vor vier.«

Ein verzweifeltes Stöhnen drang über ihre Lippen, und das Rascheln der Laken war zu hören, als würde sie es über ihren Kopf ziehen. »Warum hast du mir gestern nicht gesagt, dass wir mitten in der Nacht aufstehen müssen?« Ihre Stimme klang gedämpft, sie hatte sich die Decke tatsächlich über den Kopf gezogen, und ich musste mich mittlerweile anstrengen, mir das Lachen zu verkneifen.

»Dann hättest du wissen wollen, wohin es geht, und meine nächste Überraschung wäre kaputt.« Ich erinnerte mich noch, wie sie am Ningaloo Reef wieder und wieder gefragt hatte, was wir dort wollten. Sogar die anderen Gäste hatte sie gefragt, bis sie es herausgefunden hatte. Das hatte ich diesmal vermeiden wollen.

Zwei Tage waren vergangen, seit wir den Strand hinter uns gelassen hatten. Zuerst waren wir in einen nahe gelegenen Ort gefahren, um unsere Vorräte aufzufüllen, die langsam zur Neige gingen, und unsere Sachen in einem öffentlichen Waschsalon zu waschen. Gestern waren wir zur Shark Bay gefahren. Von einem einsamen Strand aus hatten wir nicht nur Delfine beobachten können, sondern auch eine Kolonie von Dugongs, einer australischen Seekuh-Art. Mit nahezu zehntausend Tieren bildeten sie die größte Kolonie dieser Art weltweit. Und auch für heute hatte ich ein tierisches Abenteuer geplant.

»Gott, ich hasse dich.« Sophie klang nicht, als würde sie ihre Worte ernst meinen.

Jetzt konnte ich das Lachen endgültig nicht mehr verhindern. Laut brach es aus mir heraus und hallte von den Wänden des VW-Busses wider. Es dauerte nur wenige Sekunden, dann stimmte Sophie darin ein.

»Ich hab schon Kaffee gekocht, der wartet vorne in der Fahrerkabine auf uns«, sagte ich, als ich mich etwas beruhigt hatte.

Ein schwaches Licht schien auf, als Sophie ihr Handy zur Hand nahm, und kurz darauf wurde es heller, weil sie die Taschenlampenfunktion anstellte. Auf einem Ellbogen hatte sie sich abgestützt und sah aus sehr schmalen Augen zu mir auf. Ihre Haare sahen aus, als hätte ein Vogel darin gebrütet, und ihre Lippen waren zu einer missmutigen Linie zusammengepresst. Erneut musste ich mir das Lachen verkneifen, weil sie so unfassbar niedlich aussah.

»Kaffee ist gut.« Sie rieb sich über die Augen und streckte sich dann. »Ich bin in fünf Minuten fertig.«

»Alles klar.« Ich verließ den Bus und ging um ihn herum bis zur Fahrerkabine, wo ich mich hinter das Lenkrad setzte. Es dauerte wirklich kaum fünf Minuten, bis Sophie neben mir auf den Beifahrersitz rutschte. Sie sah deutlich frischer aus. Ihre Wangen waren rosig, ihre Haare waren zu einem Zopf geflochten, und ihr frischer Atem nach Zahnpasta wehte zu mir rüber. Nur die Augen bekam sie noch immer nicht ganz auf, was wohl der Grund war, warum sie sofort nach dem Thermobecher mit Kaffee griff und einen kräftigen Schluck davon trank. »Von mir aus können wir los ... wo auch immer es hingeht.« Sie betrachtete mich eindringlich aus den Augenwinkeln, als wollte sie mich dazu hypnotisieren, es ihr zu verraten, doch ich lachte bloß. So einfach war ich nicht zu knacken.

»Das wirst du dann sehen, wenn es hell wird«, entgegnete ich bloß, startete den Wagen und fuhr langsam von dem Campingplatz runter, an dem wir übernachtet hatten. Es war ein anderer als der am Ningaloo Reef, aber in gewisser Weise ähnelten sie sich alle, nur dass wir hier keinen Strand gehabt hatten.

Sophie machte es sich neben mir bequem. Sie streifte ihre Flipflops ab, zog die Füße auf den Sitz und die Beine an ihre Brust. Ihren Kaffeebecher stellte sie auf einem Knie ab und blickte aus der Windschutzscheibe, obwohl es nicht viel zu sehen gab. Es war stockduster draußen, und weil es zudem bewölkt war, erleuchteten uns noch nicht mal der Mond und die Sterne den Weg. Nur meine Scheinwerfer spendeten ein wenig Licht, doch auch sie reichten nicht weiter als bis zur staubigen Straße und zum grasbewachsenen Rand.

Eine Stunde später erreichten wir unser Ziel. Unterwegs hatten wir kaum miteinander gesprochen, doch das war eine Eigenschaft, die ich sehr an Sophie schätzte. Sie musste nicht jede Sekunde des Tages mit Gesprächen füllen, und wenn wir schwiegen, dann war es ein einvernehmliches Schweigen, und nicht eins von der Sorte, das schnell unangenehm wurde. Generell redete Sophie nur dann, wenn sie auch etwas zu sagen – oder zu fragen – hatte. Nur wenn sie nervös oder aufgeregt war, plapperte sie etwas mehr. Doch dann wurden ihre Empfindungen auch deutlich. Ihre Stimme überschlug sich dann regelrecht, und ihre Augen leuchteten. Fast so, als hätte sie sich nie antrainiert, ihre Gefühle hinter einer Maske zu verstecken.

Ich lenkte den Wagen von der Straße und Richtung Osten

auf eine kleine Anhöhe, wo ich parkte und den Motor abstellte. Das Feld vor uns lag noch im Dunkeln, aber der Himmel am Horizont begann sich blassrosa durch die gerade aufgehende Sonne zu färben.

»Wir sind da.«

Ein missmutiges Geräusch kam über Sophies Lippen. »Und wo ist hier?«

Als Antwort grinste ich nur und öffnete die Tür. »Lass uns aufs Dach.«

Sophie quietschte und sprang so schnell aus dem Wagen, dass ich nur noch die Tür anstarren konnte, die sie sofort zugeschlagen hatte. Wenn ich gewusst hätte, wie gerne sie auf das Dach des VW-Busses steigen wollte, hätte ich das schon viel eher vorgeschlagen.

Ich stieg ebenfalls aus, holte meine Kamera und das Weitwinkelobjektiv aus dem Bus und ging zur Seite, wo Sophie bereits neben der Treppe wartete.

»Geh rauf«, forderte ich sie auf, was sie sich nicht zweimal sagen ließ. Flink kletterte sie die Stufen hoch, und ich folgte ihr auf dem Fuß.

Sophie setzte sich im Schneidersitz hin und stellte den Kaffeebecher zwischen die Beine. »Hier harrst du also aus, um das perfekte Foto zu schießen.«

»Genau.«

Mit den Händen stützte sie sich hinter sich auf der Matratze ab. »Das ist auch echt bequem, hätte ich nicht gedacht. Hatte schon ein schlechtes Gewissen, weil du mir dein Bett vermacht hast und hier oben schläfst, aber so langsam verstehe ich, dass das alles andere als ein Opfer ist.«

Ich stützte mich ebenfalls mit den Händen hinter mir ab und streckte die Beine nach vorne aus. »Ich wusste, dass ich viel Zeit hier oben verbringen würde, daher habe ich an der Matratze nicht gespart.«

Interessiert wandte sie sich mir zu. »Wie lange dauert es im Schnitt, bis du das perfekte Foto hast?«

Ich zuckte mit den Schultern. »Das ist sehr unterschiedlich. Manchmal hab ich das schon nach ein oder zwei Stunden, manchmal dauert es mehrere Tage. Ist auch immer davon abhängig, was der Kunde sich wünscht.«

Sophie nickte und ließ den Blick Richtung Tal schweifen, das noch immer im Dunkeln lag, obwohl der Silberschweif am Horizont langsam breiter wurde. Ein nachdenklicher Ausdruck legte sich auf ihre Züge, dann wandte sie sich mir abrupt zu.

»Sag mal, magst du eigentlich Musik?«

Die Frage kam so plötzlich und war so lächerlich, dass ich in lautes Gelächter ausbrach. »Natürlich mag ich Musik. Wie kann man keine Musik mögen?«

Ein zerknirschtes Grinsen erschien auf ihren Lippen. »Sorry, aber ich dachte nur …« Sie brach ab und schob sich eine Haarsträhne, die sich aus ihrem Zopf gelöst hatte, hinter das Ohr. »Na ja, du hast im Bus nicht mal Radio an, darüber hatte ich mich gewundert.«

»Hier draußen hat man meistens keinen Empfang. Und während ich Musik mag, treibt mich das statische Rauschen in den Wahnsinn.« Noch schlimmer war ein Wechsel zwischen statischem Rauschen und wenigen Sekunden, in denen ein Lied gespielt wurde. Vor allem, wenn es ein Lied war, das ich mochte und unbedingt weiter hören wollte. Daher hatte ich mir angewöhnt, das Radio komplett auszuschalten, selbst wenn ich in besiedelten Gebieten unterwegs war. Denn mein Radio hatte leider noch keine Bluetooth-Anbindung, über die ich Musik von meinem Handy abspielen konnte.

Interessiert lehnte sie sich ein Stück vor und stützte sich mit den Ellbogen auf den Knien ab. »Und was hörst du so?«

»AC/DC, Metallica. Generell Hardrock und Classic Rock.«

Vor allem die etwas älteren Künstler der Achtziger- und Neunzigerjahre hatten es mir angetan, aber auch einige der neueren Bands konnte ich mir durchaus anhören.
»Natürlich.« Langsam ließ Sophie ihren Blick über mich gleiten. Von meinem Man-Bun, dem Bart bis hin zu den unzähligen Tätowierungen, die meine Arme zierten. Fast bildete ich mir ein, ihn wie eine Berührung spüren zu können, und ein angenehmer Schauer raste über meinen Rücken. »Passt zu dir.«

Ich lächelte und warf einen Blick auf das Tal unter uns, doch von dem, was ich Sophie zeigen wollte, war noch immer nichts zu sehen. »Und du so?«

»Alles Mögliche.« Sie zog die Nase kraus und legte den Kopf schief. »Ich hab nicht *die* Musikrichtung, die ich höre, es ist eher ein Mix aus mehreren. Eigentlich alles außer Rap und Hip-Hop.«

Ich musste grinsen. »Passt zu dir«, gab ich das zurück, was sie zuvor zu mir gesagt hatte. Sophie kam mir nicht wie jemand vor, die sich nur auf eine Sache beschränkte. Wenn ich eins in der letzten Woche über sie gelernt hatte, dann, dass viele Dinge sie begeistern konnten.

Der Anflug eines Lächelns zeichnete sich auf ihren Lippen ab. »Bei uns zu Hause lief immer Musik. Mein Papa ist ein großer Fan sämtlicher Musikrichtungen und hat noch eine Schallplattensammlung, die andere vor Neid erblassen lassen würde.« Sophie richtete sich etwas auf und setzte ein ernstes Gesicht auf. »*Mit den elektronischen Geräten von heute erreicht man nicht den Klang von früher*«, sagte sie mit verstellter Stimme. »Damit liegt er mir ständig in den Ohren.«

Ich stimmte in ihr Lachen mit ein, auch wenn ich da nicht mitreden konnte. Meine Eltern hatten keinen Plattenspieler besessen, und die einzige Musik, der ich früher gelauscht hatte, war Gitarrenmusik am Lagerfeuer gewesen. Und dann dieser fürchterliche Kram, den die Jungs im Internat gehört hatten. Ein kalter Schauder raste über meinen Rücken.

»Wie ist das bei dir?«, fragte Sophie in die Stille hinein. »Womit haben deine Eltern dich geprägt?«

Ich wusste, dass Sophie das nicht meinte, aber ich konnte nicht verhindern, dass meine Gedanken zu den vielen Touren schweiften, die sie mit mir gemacht hatten. Fast alles, was ich über Tiere oder bedrohte Spezies wusste, hatte ich von ihnen gelernt. Sie hatten mir eingebläut, dass jedes Lebewesen gleich viel wert war, egal, wie klein oder unbedeutend es mir vorkam. Dass es wichtig war, unsere Umwelt und alle Tierarten zu schützen, weil jedes einzelne Lebewesen eine ganz bestimmte Aufgabe hatte. Ein Ökosystem konnte nur funktionieren, wenn alle im Einklang lebten, doch das hatte der Mensch schon vor vielen Jahren zerstört, und wir mussten nun mit den Konsequenzen klarkommen.

Mit den Erinnerungen kam auch der unbändige Schmerz zurück. Es war faszinierend, dass er nach all den Jahren noch immer so präsent war. Nicht zu jeder Zeit, es gab ganze Tage, an denen ich nicht an sie dachte. Doch dann überfielen mich die Erinnerungen in einem unbedachten Moment, und ich vermisste sie wieder wie der sechzehnjährige Teenager, der damals im Internat rebelliert hatte, nachdem er erfahren hatte, dass seine Eltern als vermisst galten. Doch was noch schlimmer war, war die Hoffnung, die mit dem Schmerz einherging. Denn meine Eltern waren bis heute nicht gefunden worden, und so sehr ich es auch versuchte, ich konnte die naive Hoffnung nicht abstellen, dass sie vielleicht doch noch zu mir zurückkehren würden. Dass es einen Grund gab, warum sie so lange von der Bildfläche verschwunden waren, und morgen, mitten in dieser Einöde Australiens, vor mir stehen und mich in die Arme schließen würden.

Meine Kehle zog sich zusammen, und ich schob sämtliche

Gedanken an meine Eltern ganz weit weg. Gerade konnte ich mich nicht damit auseinandersetzen und wollte Sophie auch gar nichts davon erzählen. Was würde das schon bringen? Sie war auch nur jemand, der mich bald verlassen und zurück nach Deutschland kehren würde.

Stattdessen wandte ich mich dem Tal unter uns zu, das langsam von der aufgehenden Sonne erhellt wurde. Wenn ich genau hinsah, konnte ich bereits verschiedene dunkle Flecken ausmachen. »So langsam kann man es erkennen«, sagte ich zu Sophie und deutete in die Richtung.

Sie lehnte sich vor und kniff die Augen zusammen. »Da ist irgendwas, oder?«

Ich schmunzelte und wandte mich ebenfalls dem Tal vor uns zu. »Allerdings ist da was.«

Fast sekündlich wurde es jetzt heller, und ich wartete nur auf Sophies Aufschrei, weil sie endlich erkannte, welche Tiere sich vor uns befanden. Doch sie saß weiter mit zusammengekniffenen Augen da, als bräuchte sie eine Brille.

Mein Blick blieb an Sophie haften, statt zurück zum Feld zu sehen. Ich wusste, was uns unten erwartete, und irgendwie fand ich es gerade spannender, ihre Reaktionen zu beobachten. Egal, was wir bisher gemacht hatten, Sophie hielt sich nicht damit zurück, ihre Begeisterung zu zeigen. Noch immer musste ich lächeln, wenn ich daran zurückdachte, wie sie wegen des Riesenmantas reagiert hatte. Sie hatte ihre Begeisterung einfach rausgeschrien. Ein bisschen erinnerte sie mich damit an mein kindliches Selbst. So in etwa war ich früher auch bei jeder neuen Tierart gewesen, die ich in freier Wildbahn entdeckt hatte, und manchmal wünschte ich mir diesen jungen, unbelasteten Cooper zurück.

»O mein Gott.« Sophie riss die Augen auf und lehnte sich nach vorne. Mit den Händen stützte sie sich auf der Matratze ab, legte sich auf den Bauch und rutschte bis an die Reling heran. »Sind das Kängurus? Ein ganzes Feld davon?«

Kurz sah ich in dieselbe Richtung. Mittlerweile konnte man das Feld und die vielen braunen Kängurus darauf gut erkennen. Es war eine ganze Herde, und ich entdeckte auch viele Jungtiere darunter. Dann wandte ich mich erneut Sophie zu. »Sie kommen regelmäßig zum Fressen hierher und sind vor allem vormittags anzutreffen«, erklärte ich ihr.

»Erzähl mir mehr von ihnen«, murmelte sie, ohne den Blick von den Kängurus abzuwenden.

»Kängurus sind vor allem in der Dämmerung und nachts aktiv. Wenn die Sonne richtig aufgegangen ist und es zu warm wird, verziehen sie sich in den Schatten. Sie können bis zu neun Meter weit springen und auf kurzen Strecken bis zu fünfzig Kilometer pro Stunde schnell werden. Wie du dort unten sehen kannst, nutzen sie zur langsamen Fortbewegung sogar fünf Gliedmaßen.« Ich deutete auf ein Känguru, das nur wenige Meter von uns entfernt war und sowohl auf den Vorder- und Hinterpfoten als auch dem Schwanz ging.

»Das ist so cool. Und es sind so viele.«

Ein Seufzen kam über meine Lippen, doch ehe ich etwas sagen konnte, hielt Sophie die Hand hoch und schüttelte den Kopf. »Ja, ich weiß, sie sind auch bedroht, oder?«

Meine Miene verfinsterte sich. »Mittlerweile könnte man vermutlich fragen, welche Tiere *nicht* bedroht sind, aber ja, um die Kängurus steht es nicht gut. Und wie so oft ist ihr größter Feind der Mensch. Wir zerstören ihren Lebensraum, sie werden regelmäßig von Autos angefahren, doch das größte Problem ist, dass man sie ganz legal jagen darf. Schätzungsweise hunderttausend Tiere werden so jedes Jahr getötet, um Fleisch und Futter für Hunde und Katzen daraus herzustellen.« Ich fixierte Sophie mit meinem Blick. »Deutschland ist übrigens einer der größten Abnehmer dafür.«

Für einen Moment schloss sie die Augen und kniff sich in die Nasenwurzel. »Es wundert mich nicht mal. Du bekommst es in vielen Restaurants bei uns als Delikatesse angeboten. Habe mich immer gefragt, wo das Fleisch herkommt ... jetzt weiß ich es.«

»Von wild gejagten Kängurus«, sagte ich unnötigerweise.

»Es gibt hier keine Aufzuchten von Tieren für das Fleisch. Dafür werden frei lebende gejagt, und davon natürlich am liebsten die vier größten Gattungen. Dadurch hat sich ihr Bestand in den letzten Jahren mehr als halbiert. Auf den ersten Blick gibt es noch viele Kängurus, aber wenn wir so weitermachen, wird das nicht mehr lange so sein. Die ersten Jäger beklagen jetzt schon, dass es in manchen Gebieten nicht mehr genug Tiere zum Abschuss gibt.«

Eine steile Falte erschien auf Sophies Stirn. Sie drückte sich hoch und setzte sich im Schneidersitz vor mir hin. »Ich verstehe nicht, warum man so was macht. Warum man es überhaupt zulässt. Da müsste die Regierung doch einschreiten.«

Ich lachte freudlos. »Unsere *Regierung* erlaubt jedes Jahr eine gewisse Menge an Abschuss, die aus einer vermutlich erdichteten Zählung kommt, die niemand belegen kann und die die Tierschützer für völlig falsch halten. Ich glaube, unsere Regierung interessiert sich nur für die Steuereinnahmen aus dem exportierten Fleisch und hofft, dass es noch viele Jahre so weitergehen kann. Es gibt ja nicht mal Kontrollen, ob auch wirklich nur die Anzahl der zum Abschuss freigegebenen Kängurus getötet wird oder nicht viel mehr. Nach den Exporten sind es nämlich viel mehr.«

Sophies Blick verdunkelte sich, und ihre Hand ballte sich zur Faust. »Ich hasse es, wenn Menschen einfach die Augen verschließen und so tun, als könnte man einfach so weitermachen. Der Kohleausstieg in Deutschland ist beschlossene Sache. Auch das eigentlich viel zu spät, aber darüber sehen wir mal hinweg. Aber obwohl wir wissen, dass wir damit in fünfzehn Jahren aufhören müssen, werden *immer noch* Dörfer platt gemacht und Wälder gerodet, um neuen Braunkohletagebau zu errichten. Es wurde sogar mit Millionen Steuergeldern ein neues Kraftwerk gebaut, mit dem man nach dem Ausstieg nichts mehr anfangen kann. Das ist doch kompletter Bullshit.« Was für eine riesengroße Scheiße.»Ich dachte, Deutschland wäre führend bei erneuerbaren Energien.«

Sophie warf den Kopf in den Nacken und begann zu lachen. Aber es war kein fröhliches Lachen, sondern eins, das einen bitteren Nachklang hatte.»Guter Witz. Zumindest sind wir wohl erprobt darin, den Anschein zu erwecken, wir hätten alles im Griff, wenn uns in Wirklichkeit der Stuhl unterm Hintern wegbrennt.« Seufzend rieb sie über ihre Augen.»Menschen sind scheiße, ey.«

Da konnte ich ihr nur zustimmen.

Mittlerweile war die Sonne komplett aufgegangen, und die meisten Kängurus hatten sich in schattige Plätze verzogen. Nur noch vereinzelt waren Tiere auf dem Feld zu sehen, die sich in der Sonne räkelten, aber sich ab jetzt nicht mehr großartig bewegten.»Sollen wir dann weiter?«, fragte ich Sophie.

Sie warf einen letzten, sehnsüchtigen Blick nach unten, dann nickte sie, und wir verließen gemeinsam das Dach des Busses.

Kapitel 18

SOPHIE

»Nächster Halt: einsamer Strand.«
Cooper schlug die Tür des VW-Busses zu, startete den Wagen und fuhr los. Wie so oft kickte ich meine Flipflops von meinen Füßen und zog die Knie an die Brust. Mit dem Rücken lehnte ich mich gegen die Beifahrertür und betrachtete Cooper, der den Wagen vom Campingplatz lenkte. Ich wusste gar nicht, der wievielte es war, auf dem wir übernachtet hatten. Auch wenn sie alle an anderen Orten lagen, sahen sie irgendwie alle gleich aus. Dieselben simplen Gemeinschaftsduschen, unzählige bunte Zelte auf der einen Seite und Campingwagen auf der anderen. Nur unser grüner VW-Bus stach jedes Mal wie ein bunter Vogel aus der Masse heraus. Und irgendwie gefiel mir das. Dieses Gefährt war etwas Besonderes. Fast kam es mir vor, als hätte es eine gütige Seele, die uns überallhin begleitete, wo wir waren. Wie ein Talisman, der darauf aufpasste, dass uns nichts Schlechtes ereilte.

Während Cooper fuhr, suchte er immer wieder aus den Augenwinkeln meinen Blick, und jedes Mal begann es, tief in meiner Magengrube angenehm zu prickeln. Etwas hatte sich verändert, seit wir vor zwei Tagen die Kängurus im Sonnenaufgang beobachtet hatten. Ich konnte es nicht einmal genau benennen, aber Coopers Blicke waren seitdem häufiger und länger geworden, unsere Gespräche weniger oberflächlich, und ich bildete mir sogar ein, dass er mich öfter zufällig berührte. Gleichzeitig lag da eine gewisse Spannung zwischen uns in der Luft, die fast mit Händen greifbar war. Die meinen

Puls rasen und meine Atmung flacher werden ließ. Es war ein unheimlich gutes Gefühl, und egal, ob Cooper es auch spürte oder es nur einseitige Empfindungen meinerseits waren, ich wollte mehr davon.

Nur wenn das Gespräch zu seinen Eltern ging, wich er mir weiterhin aus. Natürlich war mir nicht entgangen, dass er meine Frage, wie seine Eltern ihn geprägt hatten, nicht beantwortet hatte. Er hatte versucht, ein unbeteiligtes Gesicht aufzusetzen, doch hinter seiner Maske hatte ich den Schmerz sehen können, den er offenbar empfand. Es hatte mir das Herz zerrissen, ihn so leiden zu sehen, und ich hatte beschlossen, ihn nicht noch mal auf seine Eltern anzusprechen. Wenn er von sich aus mit mir darüber reden wollte, wäre ich jederzeit für ihn da, aber ich würde ihn nicht dazu drängen, etwas preiszugeben, zu dem er nicht bereit war.

»Ich hab 'ne Idee.«

Cooper trat so plötzlich auf die Bremse, dass ich mich am Armaturenbrett abstützen musste, um nicht vom Sitz zu fallen. Meine Wasserflasche jedoch konnte ich nicht retten, und sie fiel mit einem lauten Knall in den Fußraum.

»Was ist denn jetzt los?« Mit einer Mischung aus Belustigung und Ärger setzte ich mich auf. Mein Herz hämmerte wie verrückt, doch diesmal hatte es nichts mit Coopers Nähe zu tun.

»Sorry.« Cooper grinste entschuldigend, gleichzeitig funkelten seine Augen wie die eines kleinen Jungen am Weihnachtsabend, der den riesigen Berg seiner Geschenke unter dem Weihnachtsbaum entdeckte. »Mir ist da gerade was eingefallen.«

»Ich hoffe für dich, dass es was Spannendes ist«, entgegnete ich trocken. Wenn er mir schon den Schreck meines Lebens verpasste, sollte das wenigstens für etwas gut sein.

»Ist es. Wie stehst du zu einem kleinen Abenteuer, bevor wir zum Strand fahren?« Dieses eine Lächeln zupfte an seinen Mundwinkeln. Das, das mir sagte, dass er mir nicht verraten würde, was er mit mir vorhatte. Mittlerweile war ich mir aber sicher, dass mir gefallen würde, was er sich überlegt hatte. Immerhin war es beim Ningaloo Reef und den Kängurus genauso gewesen.

»Für ein Abenteuer bin ich immer zu haben.« Coopers Grinsen wurde breiter, und etwas Anerkennendes blitzte in seinen Augen auf. »Dann halte dich fest.« Er legte den ersten Gang ein und lenkte den Wagen von der befestigten Straße. Zuerst wirkte es, als würde er uns mitten auf ein Feld führen. Hier war nichts als rotbraune Erde mit dem gelegentlichen Grasbüschel, das sanft im Wind wog. Doch dann entdeckte ich Reifenspuren, also mussten hier schon früher mal Autos langgefahren sein. Je länger wir unterwegs waren, desto mehr kam es mir vor, als wäre hier vor langer Zeit mal eine Straße gewesen. Der Weg wurde befestigter, und ich entdeckte sogar Asphaltbrocken im Unterbusch. Die Frage, wohin wir unterwegs waren, drängte sich mir immer stärker auf, doch ich presste die Lippen fest aufeinander, um keinen Mucks von mir zu geben. Wir waren in einer kompletten Einöde gelandet. Hier gab es nur Felsen, einige Hügel und totes Land. Ich konnte nicht mal irgendwelche Tiere entdecken.

»Wir sind da.« Plötzlich hielt Cooper an. Mitten im Nirgendwo. Zwischen zwei Hügeln in einer ausgedörrten Landschaft, und zum ersten Mal zweifelte ich an seinem Verstand. Was wollte er mir *hier* zeigen?

Cooper beugte sich zu mir rüber. Sein Ellbogen streifte meinen nackten Oberschenkel, und ein Stromstoß jagte durch mein Bein. Ich hielt den Atem an, das Blut rauschte in meinen Ohren, und ich fragte mich, was er vorhatte, da öffnete er das Handschuhfach und zog zwei kleine Tütchen hervor.

Meine Augenbrauen hoben sich. »FFP2-Masken?«, fragte

ich ungläubig. Was hatte er vor? Als er von einem Abenteuer gesprochen hatte, hatte ich vermutet, dass ihm ein weiterer Platz eingefallen war, an dem man wilde Tiere beobachten konnte. Vielleicht etwas größere, gefährlichere, wie einen Flusslauf voller Krokodile. Doch mir fiel kein einziges Tier ein, bei dem es nötig war, eine FFP2-Maske zu tragen.

Cooper riss eine Verpackung auf und reichte mir die Maske. »Setz sie auf, sodass sie fest an deinem Gesicht liegt, bevor wir den Wagen verlassen. Und nimm sie erst wieder ab, wenn wir zurück sind und die Türen geschlossen sind.«

Vermutlich sollte mich diese Aussage bedenklich stimmen, aber das komplette Gegenteil war der Fall. Adrenalin schoss durch meine Adern, und ich spürte unbändige Neugier in mir aufsteigen. Das hier war schon jetzt anders als alles, was ich mir auf dieser Reise hätte vorstellen können, und ich wollte unbedingt wissen, was sich dahinter verbarg.

Wir setzten die FFP2-Masken auf, dann verließen wir den VW-Bus. »Kannst du mir nicht einen klitzekleinen Hinweis geben, was uns hier erwartet?«, fragte ich mit gespielt weinerlicher Stimme, um Cooper zu erweichen.

Er lachte leise. »Sagt dir der Begriff *Dark Tourism* etwas?«

»Klar.« Ich hatte die Netflix Serie *Dark Tourist* zusammen mit Isabel geschaut, wo ein Typ durch die Welt gereist war, um sich ungewöhnliche, manchmal sogar bizarre Sachen anzusehen. Von Leuten, die als Vampire lebten, über okkulte Praktiken bis hin zum Schauplatz von John F. Kennedys Tod war alles dabei gewesen.

»Gleich hier hinter dem Hügel befindet sich so ein Spot. Ich habe vor einigen Jahren durch Zufall davon erfahren, weil ich einen Dark Tourist auf einem Campingplatz getroffen hab, der mir davon erzählt hat. Denn dieser Ort existiert eigentlich gar nicht mehr. Die Regierung hat dafür gesorgt, dass er von sämtlichen Landkarten verschwindet. Sie haben alle Ortsschilder

und Wegweiser dahin abgenommen und sogar die Straße zerstört, die mal hierhinführte.«
In meinen Fingerspitzen begann es zu kribbeln, und meine Lippen verzogen sich unter meiner Maske zu einem Lächeln. Das wurde immer besser. Was sie damit wohl zu vertuschen versuchten?

»Ich hatte mich an einigen Stellen schon gefragt, ob hier mal eine Straße war, weil ich Asphaltbrocken im Staub gesehen hab.«

Cooper deutete nach rechts, und wir folgten einem schmalen Weg. »Sie müssen das damals in einer Nacht-und-Nebel-Aktion alles abgetragen haben, damit niemandem auffällt, was sie hier treiben. Was vermutlich auch der Grund ist, warum der Rest noch steht.« Er nickte nach vorne, und da konnte ich es erkennen.

Ein heruntergekommenes Holzhaus stand zwischen den Hügeln. Es musste früher einmal einen farbigen Anstrich gehabt haben, doch die Farbe war abgebröckelt, und nur noch ein undefinierbarer grauer Rest hing an den Holzlatten. Das Dach war fast komplett abgetragen, nur noch wenige Latten daran waren befestigt, und ein kleiner Baum wuchs bereits heraus.

»Wir sind in einer Geisterstadt.« Meine Stimme überschlug sich fast vor Begeisterung. Bisher hatte ich gedacht, so etwas würde es nur in den USA geben. Städte, die während des Goldrausches aus dem Boden geschossen und dann verlassen worden waren, nachdem man in den Minen nichts mehr finden konnte.

Wir hatten das erste Haus umrundet, und jetzt erkannte ich auch, dass wir tatsächlich in einer Stadt waren. Unzählige heruntergekommene Häuser säumten einen mittlerweile mit Gras und Unkraut bewachsenen Weg, der früher wohl als Straße gedient hatte, so breit wie er war. Und es waren viele Häuser. Hier hatten nicht bloß zweihundert Leute gelebt. Ich konnte viele ehemalige Geschäfte erkennen, eine Kirche am Ende der Straße und auch etwas, das wie ein Saloon aussah – oder wie auch immer das australische Pendant heißen mochte. Ich konnte es praktisch vor mir sehen, wie das Leben hier früher pulsiert hatte, ehe sie verlassen worden war.

»Was ist hier passiert?«, fragte ich Cooper.

Er griff nach meiner Hand. »Komm, ich zeig es dir.«

Einige Meter folgten wir der Straße, dann bogen wir nach links zwischen zwei Häusern ab. Hier wurde der Verfall noch deutlicher. Ein Haus hatte eine komplett eingefallene Terrasse, an anderen sah es aus, als hätten wilde Tiere an den Planken gekratzt oder geknabbert. Mit einem Mal legte sich sogar der Wind, und in der plötzlich eintretenden Stille kam es mir fast so vor, als hätten wir diese Erde verlassen und wären in einem Paralleluniversum gelandet.

Dann traten wir zwischen den Häusern hervor und in die pralle Sonne, und das Gefühl verschwand so schnell, wie es gekommen war. Vor uns erstreckte sich der Eingang zu einer Mine, wie ein dunkler Schlund, der uns verspeisen wollte.

»Gab es hier auch Gold?« Ich wollte weiter auf den Eingang zugehen, doch Cooper hielt mich zurück.

»Wir gehen besser nicht näher«, sagte er kryptisch. »Es gab früher viele Gold- und Silberminen in Australien, und infolgedessen gibt es auch viele Geisterstädte. Die meisten sind heute Touristenspots, zumindest die gut erhaltenen. Deswegen fühlen sie sich auch nicht wie Geisterstädte an, weil man dort auf viele andere Besucher trifft. Hier jedoch wurde weder Gold noch Silber abgebaut, sondern Asbest. Asbest war früher in Australien ein beliebtes Baumaterial, besonders in von Buschfeuern betroffenen Regionen, weil es Temperaturen bis tausend Grad standhält. Nachdem man aber über die Gesundheitsrisiken von Asbest wusste, wurde diese Mine verlassen, und die Leute sind woanders hingezogen.«

Jetzt verstand ich, warum wir die FFP2-Masken trugen, und war dankbar dafür. Mir wurde auch klar, warum die Regierung diesen Ort von den Karten gelöscht hatte, denn wenn man unbedarft und ohne Vorbereitung herkam, konnte das schlimme Folgen haben. Trotzdem war das so ein cooler Ort. »Weißt du, seit wann hier kein Asbest mehr abgebaut wurde?«
»Spätes neunzehntes Jahrhundert muss das gewesen sein.«
»Das ist so cool. Meinst du, wir können in einige der Häuser reingehen?«
Cooper zuckte mit den Schultern. »Warum nicht. Wir sollten vielleicht nur nicht in obere Stockwerke gehen, falls irgendwas davon einsturzgefährdet ist.«
Und so erkundeten wir die ehemalige Stadt. Leider wussten wir nicht, wie sie mal hieß, weil wir nirgendwo ein Stadtschild oder Ähnliches entdecken konnten, aber das tat dem Erlebnis keinen Abbruch. Wir betraten Häuser, in denen eine zentimeterdicke Staubschicht alles bedeckte. Auf einigen der Tische waren noch völlig verblichene Zeitungen zu finden, als wären die Leute wirklich in aller Eile aufgebrochen. Auf einem Herd in einem ehemaligen Restaurant standen sogar noch mehrere Töpfe und eine Pfanne, und ich fragte mich unwillkürlich, ob der Koch mitten beim Zubereiten alles hatte zurücklassen müssen.

Wir erfanden Geschichten über die Leute, die hier gelebt hatten, malten uns aus, wie ihr Tagesablauf ausgesehen haben mochte, und ehe ich michs versah, hatten wir über zwei Stunden in der Geisterstadt verbracht.

»Wir sollten langsam mal zum Bus zurück, wenn wir es noch an den Strand schaffen wollen«, sagte Cooper, der zu demselben Schluss wie ich zu kommen schien.

Wir warfen einen letzten Blick auf die einst vermutlich gut frequentierte Straße, dann wandten wir uns zum Gehen. »Danke, dass du mich hergebracht hast.«

Eine Stunde später parkten wir am Meer. Die Klippen waren hier hoch und der Strand auf den ersten Blick nicht zu erkennen, doch Cooper führte mich zu einer versteckten Steintreppe, die in den Felsen geschlagen war und in die Tiefe hinabführte. Wir stiegen nach unten und gelangten zu einer kleinen Bucht, die nur zwanzig Meter lang und fünf breit war. Der Sand war feinkörnig und von einem strahlenden Weiß, und wie Cooper versprochen hatte, war außer uns niemand da. Rasch breiteten wir unsere Handtücher aus, dann stürzten wir uns in das glasklare Wasser. Ich schwamm ein Stück hinaus, dann drehte ich mich auf den Rücken und ließ mich an der Oberfläche treiben. Der Himmel über mir war strahlend blau und nur von einigen Schäfchenwölkchen bezogen. Die grauen Klippen ragten schroff über zwanzig Meter in die Höhe und ließen die Bucht noch viel kleiner wirken. Gleichzeitig aber auch exklusiver, als wäre sie nur für Cooper und mich gemacht. Auch im Wasser um uns herum war sonst niemand. Keine Surfer, keine Boote oder Paraglider, die man in Eden zuhauf sehen konnte. Nur das Kreischen einiger Möwen störte die absolute Ruhe. In diesem Moment konnte ich mir fast einbilden, dass wir die einzigen Menschen auf der Erde waren.

»Und?« Cooper schwamm zu mir heran und ließ sich neben mir treiben. So nah, dass ich nur den Arm ausstrecken müsste, um ihn berühren zu können. »Schon mal so einen leeren Strand gesehen?«

Ein lautes Lachen brach aus mir heraus. »Auf keinen Fall.« In Eden am Strand war immer was los gewesen, und wenn ich an frühere Urlaube zurückdachte, die wir meistens in Spanien oder Italien verbracht hatten, kamen mir nur derart überlaufene Strände in den Sinn, an denen man nicht zum Wasser laufen konnte, ohne auf Handtücher anderer Leute zu treten. Auch in Melbourne, unserer ersten Station in Australien, war der Strand immer voll gewesen. Obwohl es damals im Frühling noch viel zu kühl gewesen war, um ins Wasser zu gehen. Cooper grinste breit. »Tröste dich, die meisten Australier kennen das auch nicht, weil kaum jemand in so abgelegenen Gebieten wohnt.«

»Nicht jeder kommt halt so viel rum wie du.«

Kurz presste Cooper die Lippen zu einer schmalen Linie zusammen. In seinen Augen blitzte etwas auf, doch es war so schnell wieder verschwunden, dass ich es nicht deuten konnte. »Wollen viele ja auch gar nicht. Die meisten betrachten meinen Lebensstil eher kritisch.«

Ich verdrehte die Augen. »Scheiß auf sie. *Ich* finde deinen Lebensstil faszinierend, aber es kommt ja vor allem darauf an, dass *du* damit zufrieden bist. Denn dann kann ihn dir auch niemand madig machen, egal, wie schlecht sie darüber reden.«

Cooper betrachtete mich so intensiv, dass mir sogar im kühlen Wasser warm wurde. »Du hast recht«, sagte er irgendwann. »Und heute ist es mir auch egal. Mittlerweile juckt es mich nicht mehr, was andere von meinem Leben halten. Aber als Kind und Jugendlicher war das anders.«

Interessiert wandte ich mich ihm komplett zu. Cooper verriet kaum etwas über sich und seine Vergangenheit, sodass ich jede Information, und schien sie noch so unwichtig, wie ein Schwamm aufsaugte. »Warum? Was war denn früher?«

»Ach egal.« Damit drehte Cooper sich auf den Bauch und schwamm mit kräftigen Armzügen in Richtung Strand zurück. Das war natürlich auch ein sehr effektiver Weg, ein Gespräch zu beenden.

Frustriert tauchte ich kurz unter, bis der Ozean mich komplett einschloss. Das Wasser dämpfte die Geräusche von außen, sorgte damit aber nur dafür, dass mir meine Gedanken viel lauter vorkamen. Cooper war wie ein Mystery Case, und meine Detektivfähigkeiten waren nicht annähernd gut genug ausgebildet, um diesen Fall lösen zu können.

Prustend tauchte ich wieder auf und wischte die Wassertropfen von meinem Gesicht. Die Frage, die ich mir stellen sollte, war: *Wollte* ich diesen Fall überhaupt lösen? Die mir verbleibende Zeit in Australien war begrenzt, das Rückflugdatum rückte unaufhörlich näher, und ich würde in das Flugzeug nach Deutschland steigen *müssen*. Ob ich wollte oder nicht.

Meine Brust zog sich schmerzhaft zusammen, und der nächste Atemzug fiel mir schwer. In dieser Sekunde wurde mir etwas bewusst, was ich bisher erfolgreich verdrängt hatte. Ich wollte nicht zurück. Zumindest nicht nach Deutschland. Wenn es einen Ort gab, den ich aktuell vermisste, obwohl diese Reise bisher alles war, was ich mir gewünscht hatte, dann war es Eden, aber nicht mein Kaff mitten in Hessen. Und diese Erkenntnis traf mich umso mehr, weil ich mir dabei vorkam, als würde ich mein Heimatland, meine Familie und meine Freunde verraten. Denn ich hatte kein schlechtes Leben in Deutschland gehabt und eigentlich keinen Grund, nicht zurückzuwollen, trotzdem konnte ich diesen tief in mir verankerten Wunsch nicht länger ignorieren. Auch wenn es überhaupt nichts brachte, denn es gab nichts, was ich tun konnte, um das Unvermeidbare zu verhindern.

Mein Blick schweifte in Richtung Strand, wo Cooper bereits aus dem Wasser gestiegen war und sich auf eins der Handtücher gelegt hatte, die wir zuvor ausgebreitet hatten. Mein Herz wurde noch etwas schwerer, aber als ich zu ihm zurückschwamm, nahm ich mir fest vor, ab jetzt jeden Augenblick, der mir noch in Australien blieb, ganz bewusst zu genießen. Denn das hatte ich in Eden nicht immer getan. Ich erinnerte mich an meine Betrübtheit, weil ich unbedingt mehr von Australien hatte sehen wollen, und erst jetzt, wo ich das kleine Küstenörtchen zurückgelassen hatte, wurde mir bewusst, wie sehr es und seine Bewohner mir ans Herz gewachsen waren. Wie sehr ich nicht nur Isabel, sondern auch Alicia, Liam und die anderen vermisste.

Zurück am Strand blieb ich zuerst stehen und ließ meinen Blick über Cooper gleiten. Er lag auf dem Rücken, die Augen geschlossen, sodass ich mir nur ein bisschen schlecht dabei vorkam, dass mein Blick regelrecht an ihm klebte. Ich ließ ihn über die dunklen Haare, die noch nass waren, und dann abwärts gleiten. Sein hübsches Gesicht, die breiten Schultern. Die Arme und den Oberkörper voller Tätowierungen. Seine schmalen Hüften, die in roten Badeshorts steckten. Alles an ihm war so verflucht anziehend, dass es mir immer wieder die Sprache verschlug, wenn ich am wenigsten damit rechnete.

Ich schluckte und wandte mich ab, denn wenn Cooper jetzt die Augen öffnen würde, war ich mir ziemlich sicher, dass er mir meine Gedanken an meinem Gesicht ablesen könnte. Dann griff ich nach einem Handtuch, rubbelte mich trocken und holte meine Sonnencreme hervor. Durch meine helle Haut, die nie richtig braun wurde, bekam ich schnell einen Sonnenbrand, wenn ich mich nicht regelmäßig eincremte. Nachdem ich mit Gesicht, Armen, Beinen, Bauch und Dekolleté fertig war, drehte ich mich zu Cooper um. »Würdest du mir beim Rücken helfen?«

»Hm?« Er blinzelte zu mir hoch, schirmte seine Augen dabei mit einer Hand vor der Sonne ab.

Ich hielt ihm die Tube hin. »Würdest du mir den Rücken einschmieren?«

»Ach so, klar.« Er rappelte sich auf, rieb sich den Sand von den Händen und nahm die Sonnenmilch entgegen. Ich drehte ihm den Rücken zu, und wenige Sekunden später landete Coopers Hand auf meiner Haut. Ein Stromstoß jagte durch meinen Körper, und ich atmete scharf ein. Coopers Hand war warm, ein starker Kontrast zu der kühlen Sonnencreme. Seine Fingerkuppen waren leicht rau, aber ich wünschte mir, dass er damit viel mehr berührte als bloß meinen Rücken.

Cooper verteilte die Milch an allen Stellen, dann legte er die Tube beiseite und massierte den Sonnenschutz ein. Dabei ließ er Zeit und Sorgfalt walten, und es dauerte nicht lange, bis sich eine wohlige Zufriedenheit und gleichzeitig ein unbändiges Verlangen in mir ausbreiteten. Ich wollte mehr davon, mehr von *ihm*, aber ich wagte nicht, mich zu ihm umzudrehen, weil ich befürchtete, dass mein Blick mich verraten würde. Es dauerte lange, bis Cooper schließlich von mir abließ, gleichzeitig ging es viel zu schnell vorüber.

»Fertig.« Ich bildete mir ein, dass seine Stimme tiefer als gewöhnlich klang.

»Danke«, brachte ich irgendwie über die Lippen. Weil ich mich immer noch nicht traute, ihn anzusehen, legte ich mich auf den Bauch, vergrub das Gesicht in meiner Armbeuge und wartete darauf, dass mein verräterisch klopfendes Herz sich wieder beruhigte.

Kapitel 19

COOPER

Meine Finger kribbelten immer noch, dabei war es mittlerweile Stunden her, dass ich Sophie berührt hatte. Und ich wusste noch immer nicht, was da geschehen war. Als sie mich gefragt hatte, ob ich sie eincremen könnte, hatte ich natürlich zugestimmt und mir nichts dabei gedacht. Doch sobald meine Finger ihren Rücken berührten ... ich konnte nicht mal genau beschreiben, was passiert war – oder es irgendwie erklären –, aber ich hatte meine Hände nicht mehr von ihr nehmen können. Sophies Haut war so unfassbar weich gewesen und hatte ein Verlangen tief in meinem Unterleib heraufbeschworen, das ich schon sehr lange nicht mehr verspürt hatte. Ich wusste genau, was es zu bedeuten hatte, aber ich wollte es trotzdem nicht näher erörtern. Am liebsten würde ich es aus mir herauskratzen und im rotbraunen Wüstensand vergraben, denn Gefühle dieser Art waren zum Scheitern verurteilt.

Ich hatte es erlebt. Mehrfach. Als meine Eltern mich verlassen hatten, indem sie mich auf dieses verfluchte Internat gesteckt hatten. Dann noch einmal, als sie als vermisst gemeldet wurden und bis heute nicht gefunden worden waren. Und erst kürzlich, als Grandpa gestorben war. Und natürlich war ich auch schon mal verliebt gewesen, was in einer grandiosen Katastrophe geendet hatte. Die Menschen, die mir am nächsten standen und am wichtigsten waren, verließen mich, und ich wusste doch jetzt schon, dass es bei Sophie genauso werden würde. Ihre Zeit in Australien war begrenzt, der Rückflug nach Deutschland längst gebucht, also wäre es besser für alle Beteiligten, erst gar keine Emotionen zwischen uns aufkommen zu lassen. Genau deshalb musste ich ignorieren, was zwischen uns war oder werden könnte, um erst gar keine Gefühle zuzulassen. Denn wo keine waren, konnten auch keine verletzt werden.

Ich blickte aus dem kleinen Fenster des VW-Busses, in dem ich gerade alles Nötige fürs Abendessen zusammensuchte. Wir hatten beschlossen, auf der Anhöhe der Klippe zu übernachten, da der nächste Campingplatz über eine Stunde Fahrt entfernt lag. Sophie hatte es sich draußen in einem der Stühle bequem gemacht und telefonierte mit Isabel. Zwischendurch wehte der Wind einige Gesprächsfetzen zu mir herüber, aber weil sie Deutsch sprach, konnte ich nicht verstehen, worüber sie redeten. Ihrem Gesichtsausdruck nach zu urteilen war es wohl ein gutes Gespräch. Ein beständiges Lächeln zupfte an ihren Lippen, und zwischendurch lachte sie laut über etwas, das Isabel gesagt haben musste. Generell wirkte Sophie in den letzten Tagen zufriedener. Ich wusste gar nicht genau, wann es passiert war, aber von dieser beständigen Unruhe, die sie noch in Eden ausgestrahlt hatte, war mittlerweile nichts mehr zu spüren. Sie wirkte gefestigter und strahlte das auch aus ...

Und ich musste *wirklich* aufhören, darüber nachzudenken. Rasch sammelte ich die restlichen Sachen zusammen und trat aus dem Bus in die noch immer angenehme Abendluft. Auch wenn die Sonne langsam in Richtung Meer versank, hatten ihre Strahlen mittlerweile genug Kraft, um auch diese Uhrzeit mit einer angenehmen Wärme zu versorgen.

Sophie bemerkte mich im Augenwinkel und beendete das Gespräch. Mühelos wechselte sie ins Englische. »Danke, dass du schon alles herausgetragen hast.« Sie schob das Handy in ihre Hosentasche und setzte sich an den Tisch, auf dem ich die Lebensmittel bereits ausgebreitet hatte. Gestern waren wir auf unserem Weg an einem Supermarkt vorbeigekommen, und mit einem Mal hatte sie mich regelrecht angeschrien, anzuhalten. Sie meinte, sie hätte mal Lust auf ein *richtiges* Essen, das nicht bloß aus einer aufgewärmten Dosenmahlzeit bestand. Auf meinen Protest, dass ich nicht kochen könnte, hatte sie bloß gelacht und war in den Supermarkt gegangen. Zielsicher hatte sie Gemüse und allerlei anderes Zeug gekauft, von dem ich keine Ahnung hatte, was man damit anstellen konnte. Vermutlich würde ich es gleich erfahren. »Was wird das, wenn es fertig ist?«

Mit leuchtenden Augen sah sie zu mir auf. »Ein leichtes Süppchen mit einer Komposition aus Süßkartoffel an Bohnen und Mais, garniert mit einem Hauch Crème fraîche.« Sie sagte das mit einer verkrampft ernsten Miene sowie einem übertriebenen und völlig falschen britischen Akzent.

Ich konnte nicht mehr an mich halten und brach in Gelächter aus, in das Sophie kurz darauf mit einstimmte. Als ich mich wieder etwas beruhigt hatte, reichte ich ihr eine der Bierflaschen. »Ich bin sehr gespannt. So etwas Feines habe ich unterwegs vermutlich noch nie gegessen.« Ich nahm meine Kamera zur Hand und klickte mich durch die Menüleiste, bis ich die Bilder ansehen konnte, die ich bisher geschossen hatte.

Sie zuckte mit den Schultern. »Erwarte nichts allzu Ausgefallenes.« Sie schälte die Süßkartoffel, ohne zu mir aufzublicken.

Fast musste ich lachen. »Ich ernähre mich sonst meistens von Dosenfraß. Alles, was darüber hinausgeht, ist für mich ausgefallen.« Sophie grinste, und ich wechselte das Thema. »Was hat Isabel gesagt? Gibt es was Neues aus Eden?« Ich ließ die Kamera sinken, weil ich mir alle Fotos angesehen hatte, und trank einen Schluck Bier aus meiner Flasche.

»Das *Moonlight* läuft wie geschmiert, aber das weißt du ja selbst. Kilian hilft manchmal aus, weil aktuell mehr Touristen da sind. Alicia hat morgen ihre allerletzte OP, und gleich im

Anschluss steht die Reha an. Ich muss morgen früh dran denken, ihr alles Gute zu wünschen. Ansonsten ist alles beim Alten. Oh! Und sie wollen an dem Tag vor unserem Rückflug eine Abschiedsparty machen, und ich soll dich fragen, ob wir als geschlossene Gesellschaft im *Moonlight* feiern können?«

Mir schwirrte der Kopf, weil sie so schnell gesprochen hatte.

»Ja, klar«, beantwortete ich zuerst ihre Frage. Obwohl ich seit unserer Abfahrt aus Eden regelmäßig mit Grayson geschrieben hatte, um zu checken, ob in der Bar alles okay war, hatte er davon noch nichts gesagt. »Vielleicht sollten wir eine Motto-Party draus machen. Ist das noch ein Ding?« Damals im Internat hatten die anderen ständig von so was gesprochen, auch wenn ich nie dazu eingeladen gewesen war.

Sophie grinste breit. »Motto-Party geht immer, auch wenn die coolen Kids aus meiner Schule das vor fünf Jahren schon blöd fanden.«

Ich betrachtete sie eingehend. Sie schien so ein unerschütterliches Selbstbewusstsein zu haben, hatte vor nichts Angst und bisher alles mitgemacht, was ich vorgeschlagen hatte. Daher hätte ich wetten können, dass sie immer zu den coolen Kids gehört hatte. Bei näherer Betrachtung jedoch ... wenn die coolen Kids an ihrer Schule auch nur ein bisschen so waren wie die auf meinem Internat, konnte das überhaupt nicht hinkommen. Dann würden wir uns nicht annähernd so gut verstehen.

»Hast du auch immer zu den Außenseitern gehört?«

Sie zog die Nase auf diese süße Art kraus, bei der sich überall darum kleine Falten bildeten. »Ich möchte jetzt Nein sagen, einfach nur weil *ich* mich nie als Außenseiter gefühlt hatte, aber wenn du den Rest aus unserer Klasse fragst, würden die das mit Ja beantworten.«

»Du bist mit Isabel zur Schule gegangen, oder?«

Sophie trank von ihrem Bier, dann schob sie die geschnip-

pelten Süßkartoffeln in einen Topf und wandte sich der Paprika zu. »Ja, und wir waren schon immer ein eingeschworenes Team. Wir haben auch kaum jemanden in unsere Blase gelassen, weshalb andere uns so seltsam fanden. Aber wir brauchten die anderen auch nicht, um glücklich zu sein.«
Das konnte ich sehr gut nachempfinden. Nicht, weil ich jemals so einen engen Freund gehabt hätte, aber weil ich genau wusste, wie es sich anfühlte, andere nicht zu brauchen, weil es diese eine Sache gab, die einen erfüllte. So war es mir früher mit den Touren gegangen, die meine Eltern mit mir gemacht hatten. Sie waren das gewesen, was mich am Leben erhalten und die Zeit im Internat hatte überstehen lassen. Die Sprüche der anderen Kinder hatten mir nichts anhaben können, weil ich genau wusste, dass ich am Ende der Woche mit meinen Eltern zurück in die Natur und zu meinen geliebten Tieren kehren würde. Umso tiefer war jedoch der Fall gewesen, nachdem meine Eltern als vermisst erklärt wurden. Es hatte mich komplett aus der Bahn geworfen, und einzig die Hoffnung, dass man sie noch finden könnte, hatte mich am Leben gehalten. Ich hatte mich fest an diese Hoffnung geklammert, hatte sie gebraucht wie die Luft zum Atmen, und manchmal wusste ich selbst heute nicht, was ich ohne den Glauben daran getan hätte.

»Das ist so viel wert«, sagte ich zu Sophie, um mich von diesen Gedanken zu befreien. »Wenn man etwas hat, das einen pusht.« Während sie weiter Gemüse klein schnitt und es in den Topf warf, in dem bereits Wasser köchelte, zwischendurch immer mal wieder einen Schluck aus ihrer Bierflasche trank, betrachtete ich sie. Ihr rötliches Haar schimmerte in der untergehenden Sonne, und durch die vielen Stunden, die wir die letzten Tage draußen verbracht hatten, hatte sie Farbe im Gesicht und auf den Armen bekommen. Es war keine richtige Bräune, vermutlich bekam sie die mit ihrer hellen Haut auch gar nicht.

Es ging eher ins Rötliche, aber man erkannte trotzdem deutlich, dass ihre Haut von der Sonne geküsst war.

Ohne darüber nachzudenken, richtete ich meine Kamera auf sie und schoss ein Foto. Das leise Klicken des Auslösers kam mir unnatürlich laut vor, aber Sophie zeigte keine Reaktion, also schien sie es nicht gehört zu haben.

»Absolut. Und ich bin ganz ehrlich, ohne Isabel hätte ich die Schule nicht überstanden.« Sophie trank einen weiteren Schluck aus der Flasche, dann beäugte sie sie kritisch. »Schon leer. Upsi.«

»Im Bus ist noch genug Nachschub.« Ich sprang auf, nahm ihr die Flasche ab und ging damit zum Bus zurück, um sie gegen eine volle auszutauschen. Als ich zurückkam, verteilte Sophie gerade die Suppe in unseren Schüsseln und reichte mir eine davon.

»Ich finde es echt gut, dass du richtiges Geschirr benutzt und kein Einwegplastikzeug.« Sophie tunkte den Löffel in die Suppe und rührte darin herum.

»Das handhaben die meisten Camper so, wir haben ja immer alles dabei. Aber sonst kriege ich dabei echten Hass«, gestand ich. »Vor allem, weil die Leute besagten Einwegscheiß überall rumliegen lassen und die Umgebung damit zumüllen. Du glaubst nicht, an welchen entlegenen Ecken ich schon Plastikbecher oder Strohhalme gefunden hab. Nicht nur, dass es eine Bedrohung für die Tiere ist, es zerstört auch unsere Umwelt. Es ist ja nichts dagegen einzuwenden, irgendwo in der Natur ein Picknick oder Barbie zu machen, aber warum kann ich meinen Müll danach nicht mitnehmen und vernünftig entsorgen? Manchmal frage ich mich, ob diese Leute ihr eigenes Zuhause auch so verkommen lassen.«

Sophie schnaubte. »Vermutlich sind das diejenigen, die in ihren eigenen vier Wänden penibel auf Sauberkeit achten und niemanden mit Schuhen über ihr heiliges Parkett laufen lassen.«

»Vermutlich. Was die Sache nicht besser macht.« Ich seufzte. »Das ist echt gut übrigens.« Ich deutete auf die Suppe, die sie gezaubert hatte. Der Unterschied zu dem Dosenzeug, das ich normalerweise aufwärmte, war mehr als deutlich zu schmecken.

»Danke. Ich kann gern öfter für uns kochen.« Sophie löffelte den letzten Rest Suppe aus, dann stellte sie den Teller beiseite. »Ich glaube leider, manchen ist es einfach komplett egal. Du glaubst nicht, wie oft ich es in Frankfurt erlebe, wo in der Innenstadt an jeder Ecke Mülleimer stehen, dass einen Meter davon entfernt etwas auf dem Boden liegt, weil die Leute nicht bereit sind, die zwei Schritte extra zu gehen.«

»Mit der Einstellung werden wir den Klimawandel nie aufhalten.«

Ein lautes Lachen brach aus Sophie heraus. »Die Einstellung zum Klimaschutz in Deutschland ist auch eher so: Hauptsache, ich habe weiterhin die Freiheit, mit zweihundert Sachen über die Autobahn zu brettern.« Seufzend schüttelte sie den Kopf. »Lass uns über was weniger Deprimierendes sprechen.«

Ich stimmte zu, auch wenn ich es wirklich genoss, mit ihr über diese Themen zu reden. Zum ersten Mal fühlte ich mich dabei nicht, als würden meine Worte an einer undurchdringlichen Wand abprallen, sondern als würden sie nicht nur gehört, sondern auch ernst genommen werden.

Aber auch sonst kamen wir gut miteinander klar. Die nächsten Stunden sprachen wir über alles Mögliche. Ich berichtete Sophie von einem besonders kniffligen Auftrag, bei dem ein *Wildlife*-Magazin einige Fotos von einheimischen Bienen bei der Bestäubung von Blumen haben wollte. Und obwohl ich im Vorfeld gedacht hätte, mit diesem Auftrag am schnellsten fertig zu sein, hatte er mich mit am meisten Zeit gekostet. Diesmal war nicht das Problem gewesen, einen Platz mit ausreichend

Tieren zu finden, sondern genau in der richtigen Sekunde und aus dem korrekten Winkel auf den Auslöser zu drücken. Danach und einige Biere später diskutierten wir über den idealen Campingplatz, und was dazu unserer Meinung nach fehlte. Sophie plädierte für mehr Schatten, während sie zum dritten Mal an diesem Abend den Sonnenbrand auf ihren Schultern eincremte, während ich es begrüßen würde, wenn die einzelnen Stellplätze mit Zäunen abgegrenzt werden könnten, damit nicht jeder einfach auf meinen Platz marschieren konnte.

»Ich glaube, ich sollte so langsam mal ins Bett.« Sophie stand auf und schwankte ein wenig auf den Beinen. »Shit, wie viele von denen haben wir getrunken?« Sie bedachte die leere Flasche in ihrer Hand mit einem irritierten Blick, als wäre sie dazu gezwungen worden, so viel zu trinken.

Ich musste lachen, weil sie so unfassbar süß aussah. »Die Flasche kann nichts für deinen Zustand.«

»Pff, natürlich. Wäre sie nicht hier, hätte ich sie auch nicht getrunken.«

»Du bist diejenige gewesen, die immer wieder aufgestanden ist, um Nachschub zu holen«, erinnerte ich sie, hievte mich ebenfalls aus meinem Stuhl hoch und betrachtete Sophie, die entrüstet die Hände in die Hüften stemmte.

»Und du hast nichts unternommen, um mich aufzuhalten.«

Jetzt lachte ich wirklich. »Du bist eine erwachsene Frau, du wirst schon wissen, was du tust.«

Sie schnaubte. »Ganz offensichtlich bin ich schlecht darin, meine Grenzen zu erkennen. So viel wollte ich echt nicht trinken.«

Ich zuckte mit den Schultern. »Wir hatten einen lustigen Abend, da darf man auch mal ein Bier zu viel trinken.«

»Auch wieder wahr.« Ihr Blick glitt von mir zur Treppe, die auf das Dach des VW-Busses führte. »Wenigstens muss ich in meinem Zustand nicht mehr da hoch. Womöglich würde ich im Schlaf einfach runterfallen.«

Erneut brach ein Lachen aus mir heraus. »Würdest du sicher nicht, aber ich bin auch froh, dass du da nicht mehr hochkrabbeln musst.« Sanft schob ich sie in Richtung Bus, sonst würden wir vermutlich morgen noch hier stehen und diskutieren.

Sophie öffnete die Seitentür. »Räumen wir die Sachen morgen zusammen?«

»Ja.« Ich gähnte. »Dazu habe ich jetzt auch keine Lust mehr.« Wir hatten keinen Müll liegen lassen, den hatten wir sofort in die Mülltüte im Bus gebracht, und alles andere würde nach einer ordentlichen Portion Schlaf noch immer dastehen.

Ich folgte Sophie in den Bus, um meine Decke und mein Kissen zu holen, da drehte sie sich zu mir um. Plötzlich war sie mir so nah, dass unsere Nasenspitzen sich fast berührten. Weil sie eine Stufe über mir stand, waren wir gerade sogar gleich groß. Ihr Duft drang mir in die Nase, und in meinen Lenden regte sich ein Verlangen, das ich so noch nie verspürt hatte. Der schwache Schein der Campinglampe, die hinter mir auf dem Tisch stand, bot nur wenig Licht, trotzdem konnte ich jede Gefühlsregung auf Sophies Gesicht klar erkennen. Zuerst die Überraschung, weil wir uns so nah waren. Das ging bald über in eine Sehnsucht, die ich mir nicht erklären konnte, ehe dasselbe Verlangen zu erkennen war, das ich ebenfalls empfand. Sophie leckte sich über die Lippen, was die Sache nur unerträglicher machte, und eine Sekunde später lag ihr Mund auf meinem. Ich wusste nicht, wer sich auf wen zubewegt hatte, aber das war auch völlig egal. Ein überraschter Laut entwich mir, gleichzeitig entwickelten meine Hände ein Eigenleben, legten sich auf ihre Hüften und zogen sie fest an mich.

Jetzt gab es für Sophie kein Halten mehr. Sie schlang die Arme um meine Schultern, presste sich eng an mich und öffnete den Mund. Beim ersten Kontakt ihrer Zunge mit meiner war es restlos um mich geschehen. Wir küssten uns, als gäbe es kein Heute, kein Gestern und kein Morgen. Als würde außerhalb dieses Kusses nichts existieren. Als zählte nur dieser Augenblick, der losgelöst von der Realität war. Als würde er gar nicht zu mir gehören, dabei konnte ich Sophie so deutlich spüren wie kaum etwas zuvor in meinem Leben. Ihre Brust an meiner, wo ihr Herz im selben wilden Takt hämmerte wie meines. Ihre Lippen auf meinen, die eine kleine Flamme in mir entfachten, die gegen die Dunkelheit in meiner Seele anzukommen versuchte.

Meine Haut brannte an all den Stellen, wo Sophie mich berührte, und gerade kam es mir so vor, als wäre sie einfach überall. Als würde sie mich mit ihrem kompletten Selbst wie eine Decke einhüllen, und ich kam nicht umhin, es zu genießen. Ich konnte nicht aufhören, sie zu küssen, obwohl ich wusste, dass es besser so wäre. Doch zum ersten Mal war die kleine Stimme in meinem Kopf nicht laut genug, um das Rauschen in meinen Ohren zu übertönen. Zwar wusste ich, dass sie da war, aber in dem Moment konnte sie mir nichts anhaben. Und selbst wenn ich sie hören könnte, war ich mir sicher, dass ich trotz allem nicht die Selbstbeherrschung gehabt hätte, mich von Sophie zu lösen.

Dafür fühlte sie sich einfach zu gut an. Fast so, als passte sie perfekt in meine Arme. Ich schob eine Hand in Sophies Nacken, legte meinen Kopf schief und vertiefte unseren Kuss noch. Tief in meinen Lenden regte sich ein Verlangen, das ich schon ewig nicht mehr verspürt hatte. Instinktiv wusste ich, dass es über bloße Anziehung hinausging, aber wie alles andere gerade kam es mir bloß wie ein abstraktes Konstrukt vor, mit dem ich mich momentan nicht auseinandersetzen musste.

Plötzlich ertönte ein lautes Knacken, und wir stoben auseinander. Keuchend wandte ich mich nach der Ursache des Geräusches um, aber natürlich war in der absoluten Dunkelheit nichts zu erkennen. Vermutlich war es ohnehin nur irgendein Tier gewesen.

Ich wandte mich wieder Sophie zu.

»Okay. Wow.« Sie atmete genauso hektisch wie ich. Ihre Lippen waren von unserem Kuss gerötet und geschwollen, und sie hatte für mich nie schöner ausgesehen. »Das war ... überraschend.«

Für mich auch, schoss es mir durch den Kopf, aber ich bekam die Worte nicht über die Lippen, da mein Sprachzentrum noch im Kusskoma war.

»Okay.« Sophie räusperte sich und sah hinter sich zu dem Bett, das noch an der Wand befestigt war. »Ich sollte dann mal ...«

»Klar.« Oh, hey, da. Es ging doch mit dem Sprechen. »Brauchst du Hilfe?« Plötzlich fühlte sich alles zwischen uns seltsam verkrampft an. Wir wussten beide nicht so recht, wo wir hinsehen sollten – überall hin, bloß nicht dem anderen ins Gesicht. Die Leichtigkeit, die wir beim Kuss noch innehatten, war verschwunden und von etwas abgelöst, das ich noch nie zwischen uns verspürt hatte.

»Nein, danke. Geht schon.« Sophie wandte sich ab, um die Haken an der Wand zu lösen und das Bett herunterzulassen. Ich griff nach der Decke und meinem Kissen und wandte mich zum Gehen. »Schlaf gut.«

Sophie schloss die Seitentüren des VW hinter mir, und es hatte etwas Finales, das in meinem Inneren nachhallte. Als wären damit gleichzeitig alle Möglichkeiten weggeschlossen.

Ich schüttelte über mich selbst den Kopf und trat den Weg nach oben auf das Dach des Busses an, um mein Nachtlager unter den Sternen herzurichten.

Kapitel 20

SOPHIE

Ein dumpfes Pochen hinter meinen Schläfen weckte mich. Ich gab einen klagenden Laut von mir, drehte mich auf den Rücken und rieb über meine schmerzende Stirn. Shit, ich hatte *wirklich* nicht so viel trinken wollen gestern. Das endete jedes Mal mit Kopfschmerzen, das wusste ich doch genau. Dass die Sonne bereits aufgegangen war und das Innere des VW-Busses aufgeheizt hatte, trug nicht gerade zur Linderung bei. Meine Decke hatte ich im Schlaf bereits runtergestrampelt und zwischen meine Beine geklemmt. Meine typische Sommer-Schlafposition, wenn es zu warm war, um mit Decke zu schlafen, aber ganz ohne ging es bei mir auch nicht. Blind griff ich nach rechts, wo irgendwo mein Handy liegen musste. Ein Blick aufs Display verriet mir, dass es schon nach zehn war. Ungewöhnlich spät. Cooper war meistens viel eher wach und weckte mich unweigerlich, wenn er in den Bus kam, um den Kaffeekocher zu holen.

Aber vielleicht hatte unser Kuss ihn genauso ausgeknockt wie mich. Ein Lächeln schlich sich bei dem Gedanken daran auf meine Lippen. Ich konnte nicht glauben, dass ich Cooper tatsächlich geküsst hatte. Und dass er mich daraufhin nicht von sich gestoßen, sondern meinen Kuss erwidert hatte. Wow, und *wie* er ihn erwidert hatte! Bisher war ich fest davon überzeugt gewesen, dass er kein Interesse an mir hatte, doch dieser Kuss gestern hatte mir den Boden unter den Füßen weggezogen und mich mehr als atemlos zurückgelassen. So küsste man niemanden, den man nur freundschaftlich sah. Selbst jetzt kam es mir vor, als könnte ich Coopers Lippen noch immer auf meinen spüren. Als hätten sie einen Abdruck auf meiner Seele hinterlassen, der so schnell nicht wieder verschwinden würde. Oder bildete ich mir das alles nur ein, weil ich es mir so sehr wünschte? Wer wusste das schon.

Seufzend kletterte ich aus dem Bett und ging zu meinem Backpack. Ich schlüpfte aus meinen Schlafklamotten, zog stattdessen frische Unterwäsche und ein luftiges Sommerkleid an. Erneut wusste ich nicht, was Cooper für heute geplant hatte, aber so langsam fand ich Gefallen an seiner Vorgehensweise. Nicht zu wissen, was einen erwartete, sorgte dafür, dass man keine Erwartungen an den Tag hatte. Ich konnte mir nicht ausmalen, wie ein bestimmtes Erlebnis ablaufen würde, und daher konnte ich auch nicht enttäuscht werden. Außerdem fühlte es sich sehr befreiend an, mal keinen komplett durchstrukturierten Tag zu haben. Es war eine besondere Art der Freiheit, nicht jeden Tag zur selben Uhrzeit aufstehen zu müssen, um zur Arbeit, an die Uni oder anderen Verpflichtungen nachgehen zu müssen. Jeder Tag hielt etwas völlig Neues für mich bereit, und je länger ich mit Cooper unterwegs war, desto mehr konnte ich verstehen, was er an seinem Job und der damit verbundenen Unabhängigkeit so sehr liebte.

Ich schnappte mir meinen Kulturbeutel und öffnete die Seitentüren des VW-Busses. Die gleißende Sonne blendete mich, und ich musste einige Male blinzeln, um mich an die Helligkeit zu gewöhnen. Dann entdeckte ich Cooper, der auf einem der Campingstühle saß und gedankenverloren eine Wasserflasche zwischen den Händen drehte. Sein Man-Bun sah zerrupft aus, und er trug noch immer die Klamotten von gestern Abend. Wie lang war er schon wach, und wieso war er nicht wie sonst in den Bus gekommen, um seine Sachen zu holen?

Cooper sah auf, als er mich hörte. Ich versuchte, in seinem Blick zu lesen, doch er war noch verschlossener als an dem Tag vor einigen Wochen, als er zum ersten Mal das *Moonlight* betreten hatte. Ehe ich mich darüber wundern konnte, wandte er sich ab.

»Morgen.« Seine Stimme klang komplett emotionslos, und mittlerweile fragte ich mich, was passiert war.

»Morgen.« Ich schluckte mein Unbehagen hinunter, umklammerte meinen Kulturbeutel fester und ging um den VW-Bus herum zur anderen Seite, wo der Wasserbehälter schon bereitstand. Ich putzte mir die Zähne, wusch mein Gesicht mit dem kalten Wasser, um mich etwas lebendiger zu fühlen, dann hockte ich mich auf die Campingtoilette, um zu pinkeln.

Als ich zurückkam, hatte Cooper die Kaffeekanne bereits aufgesetzt und sich umgezogen. Er sah etwas frischer aus, trotzdem zierte noch immer eine Falte seine Stirn, und er konnte mich nicht ansehen. Mehr als offensichtlich wurde es, als er mir meine Kaffeetasse reichte und dabei seine Schuhspitzen anstarrte. Es kam mir vor, als hätte Cooper über Nacht eine Mauer um sich herum errichtet, die mich nicht mehr an ihn heranließ.

»Alles okay?« Ich trank einen Schluck von meinem Kaffee und betrachtete ihn über den Rand der Tasse hinweg.

»Bestens.« Seine Mundwinkel hoben sich, aber er wirkte mehr verkrampft als alles andere. Schweigend setzte er sich in den Campingstuhl mir gegenüber und zog sein Handy hervor. Er tippte darauf herum, und ich fragte mich schon, ob er irgendein Spiel spielte. Isabel war ziemlich begeistert von *Candy Crush,* auch wenn ich dem nie etwas hatte abgewinnen können. Ihr Gesichtsausdruck war ähnlich verzweifelt-genervt, wenn sie es spielte, wie Coopers gerade, daher lag die Vermutung nahe. Doch dann ertönten die leisen Klänge eines Rockliedes, und ich realisierte, dass Cooper eine Playlist angestellt hatte, ehe er, wie so oft, seine Kamera zur Hand nahm.

Nur mit Mühe konnte ich ein Schnauben unterdrücken. Das

war doch lächerlich. Machte er die Musik jetzt an, um nicht mit mir reden zu müssen? Obwohl er mir mal gesagt hatte, dass es Bands gab, die er sich gern anhörte, war das bisher noch nicht ein einziges Mal vorgekommen. Sonst hatten wir uns morgens unterhalten oder auch mal einvernehmlich geschwiegen, aber nie hatte es sich derart verkrampft angefühlt wie jetzt. Mir war schon klar, dass unser Kuss gestern Abend der Auslöser für das sein musste, was auch immer Cooper hier gerade versuchte. Trotzdem fand ich sein Verhalten komplett überzogen. Wenn er nicht wollte, dass es sich wiederholte, sollte er das einfach sagen und nicht so eine Show abziehen.

Kurz überlegte ich, ob ich Cooper darauf ansprechen sollte, entschied mich dann jedoch dagegen. Wir waren erwachsene Menschen, und wenn er ein Problem hatte – egal, welches es war –, sollte er in der Lage sein, es von sich aus anzusprechen.

Also umklammerte ich nur meine Tasse fester, ignorierte das schmerzhafte Ziehen in meiner Brust und beobachtete Cooper dabei, wie er unseren morgendlichen Porridge zubereitete. Als er mir mein Schälchen reichte, konnte er mir noch immer nicht in die Augen sehen, und so langsam musste ich mir auf die Zunge beißen, um nicht irgendwas dazu zu sagen. Sollte das jetzt den Rest unseres Roadtrips so weitergehen? Denn dann könnte er mich direkt zurück nach Eden bringen. Ich hatte wirklich keine Lust darauf, dass wir uns von nun an nur anschwiegen.

Seufzend wandte ich mich meinem Frühstück zu und zog mein Handy hervor, um Isabel zu schreiben.

Sophie: Cooper und ich haben uns gestern geküsst. Und jetzt spricht er nicht mehr mit mir :(

Erleichtert registrierte ich, dass Isabel sofort online kam und zu tippen begann.

Isabel: WAS???? Ihr habt euch geküsst? Und das sagst du mir erst jetzt? Wie war es? Erzähl mir alles!

Trotz der blöden Situation verzogen sich meine Lippen zu einem Lächeln. Auf meine beste Freundin war einfach immer Verlass.

Sophie: Es war toll, und gestern dachte ich auch, Cooper hätte es ebenfalls genossen, doch jetzt kann er mich nicht mal mehr ansehen, geschweige denn, dass er mit mir redet.

Isabel: Männer! Ist doch immer dasselbe mit ihnen. Erinnere dich, wie das mit Liam und mir anfangs war. Er ist nach unserem ersten Kuss sogar zwei Tage zu Kilian ausgewandert.

Das hatte ich fast vergessen, aber Isabel hatte recht. Liam hatte sich zunächst auch nicht seinen Gefühlen stellen können.

Sophie: Aber das mit euch beiden war doch etwas völlig anderes. Liam hatte einen Grund für sein Verhalten, auch wenn wir den damals noch nicht wussten.

Isabel: Vielleicht hat Cooper auch einen. Das wirst du aber nicht erfahren, wenn du ihn nicht darauf ansprichst.

Sophie: Ich weiß nicht ...

Isabel: Du verdienst eine Erklärung! Und wenn er sie dir nicht freiwillig geben will, musst du sie einfordern.

Seufzend blickte ich auf. Sie hatte recht, auch wenn sich beim bloßen Gedanken daran, Cooper auf unseren Kuss und sein seltsames Verhalten heute Morgen anzusprechen, alles in mir zusammenzog. Aber was war die Alternative? Nichts zu sagen und alles so weiterlaufen zu lassen? Nein, das kam erst recht nicht infrage. So ungern ich solche Gespräche auch führte, Klarheit zu haben war allemal besser, als mich weiter in dieser ungewissen und angespannten Atmosphäre zu befinden.

Ich kratzte den letzten Rest Porridge aus meiner Schale, dann wandte ich mich erneut meinem Handy zu.

Sophie: Danke, das habe ich gebraucht. Ich spreche ihn gleich mal drauf an.

Isabel: Sag Bescheid, wie es gelaufen ist.

Sophie: Mach ich :)

Es dauerte bis zum frühen Nachmittag, ehe ich den Mut aufbrachte, Cooper auf seine Laune anzusprechen. Mehrfach vorher hatte ich es versucht – als wir unseren Platz aufgeräumt und alles im VW-Bus verstaut hatten, bevor wir zu einer für mich wieder unbekannten Destination aufgebrochen waren, und als Cooper mittags eine Pause eingelegt hatte –, doch jedes Mal waren die Worte auf meinen Lippen erstorben, wenn ich in Coopers verschlossenes Gesicht geblickt hatte. Doch langsam hielt ich die Stille zwischen uns nicht mehr aus. Sie war mittlerweile so dicht, dass ich sie wie ein lebendes Geschwür zwischen uns spüren konnte. Sie dröhnte laut in meinen Ohren, drückte auf meine Schultern nieder und ließ mich immer weiter verzweifeln.

Ich wünschte mir die Leichtigkeit der letzten Tage zurück. Die Gespräche, das Lachen, aber auch die einvernehmliche Stille. Denn es war nicht so, als hätten wir jede Minute unserer Fahrt mit Worten gefüllt. Ganz im Gegenteil, wir hatten sogar sehr oft geschwiegen, aber es hatte sich anders angefühlt.

»Ich halte das nicht mehr aus«, platzte ich heraus. Mit hochgezogenen Augenbrauen wandte Cooper sich mir zu. Es war das erste Mal, dass er mich an diesem Tag direkt ansah. »Was genau?«

»Diese Stille.« Mit der Hand fuchtelte ich zwischen uns hin und her. »Was ist los? Du bist schon den ganzen Tag so seltsam.«

Sofort wandte er sich wieder ab, und seine Kiefermuskeln spannten sich an. »Gar nichts. Ich hab bloß schlecht geschlafen.«

Ich verdrehte die Augen, was er zum Glück nicht mitbekam, weil er schon wieder stur auf die Straße starrte. »Also hat deine Laune nichts mit unserem Kuss zu tun? Ich meine, du kannst mich nicht einmal ansehen heute ...«

Sein Kiefer mahlte, und er blieb so lange still, dass ich schon befürchtete, er würde gar nicht antworten oder mich erneut mit einer Ausrede abspeisen. Doch schließlich seufzte Cooper, und seine Züge wurden etwas weicher. »Es tut mir leid. Ich wusste nicht, wie ich es ansprechen sollte, und ich will dir nicht wehtun. Es ist nicht so, dass der Kuss nicht schön war, aber ich denke nicht, dass wir das weiterverfolgen sollten. Immerhin fliegst du bald zurück nach Deutschland.«

Obwohl er recht hatte, konnte ich nicht verhindern, dass sich meine Magengrube schmerzhaft zusammenzog. Auch wenn unsere Zeit natürlich begrenzt war, hätte ich nichts dagegen gehabt, Cooper bis zu meinem Abflug noch viel öfter zu küssen. Und vielleicht auch andere Dinge mit ihm zu machen.

Ich schob diesen Gedanken schnell weit weg.

»Klar, verstehe ich total. Und ich will ja auch gar nichts von dir.« Manchmal konnte ich lügen, ohne rot zu werden. »Es wäre trotzdem gut, wenn wir wieder normal miteinander umgehen könnten. So wie die letzten Tage.«

Cooper sah mich an, und sein Blick traf auf meinen, sanft und verständnisvoll diesmal. »Natürlich.«

Er konzentrierte sich wieder auf die Straße, und die einsetzende Stille fühlte sich schon ein bisschen weniger angespannt an. Trotzdem war mein Innerstes aufgewühlt, denn nach gestern hatte ich wirklich gehofft, dass Cooper ähnlich empfand wie ich. Aber da musste ich mich wohl getäuscht haben. Auch wenn mir eine leise Stimme weiterhin einflüsterte, dass Cooper mich nicht geküsst hatte, als würde es ihm nichts bedeuten. Aber vielleicht war das auch nur der Wunsch meines vom Bier vernebelten Gehirns, das dem Ganzen mehr beimaß, als eigentlich gewesen war. Und selbst wenn er insgeheim ebenfalls auf mich stand, was sollte ich denn machen? Ich konnte ihn schließlich schlecht zwingen, mich erneut zu küssen. Das wollte ich auch gar nicht.

Ich schluckte, um das beklemmende Gefühl loszuwerden, und zog mein Handy hervor.

Sophie: Habe mit ihm gesprochen, und er bereut den Kuss zwar nicht, will ihn aber auch nicht wiederholen :/

Isabel: Das tut mir leid, Süße :(

Ja, mir auch. Aber vielleicht war es besser so, dass ich früher als später Gewissheit darüber hatte. So würde ich mich wenigstens nicht in weiteren Hoffnungen verstricken, die am Ende doch nichts brachten.

Kapitel 21

SOPHIE

Die nächsten Tage waren wir nur unterwegs. Zuerst fuhren wir in Richtung Perth, wo Cooper mich an einen Strand im *Two People Nature Reserve* brachte, an dem es Quokkas gab. Es war nicht die Insel, von der Rebekka und Nadine am Ningaloo Reef gesprochen hatten, aber diese kleinen, süßen Wesen gab es auch auf dem Festland. Sie waren unfassbar zutraulich, weil sie es gewohnt waren, dass regelmäßig Menschen an ihren Strand kamen. Überall hingen Schilder, dass man die Tiere nicht füttern sollte, und Cooper erklärte mir, dass sie sich ausschließlich von Gräsern ernährten und es nicht vertrugen, von Menschen mit Brot oder Keksen gefüttert zu werden. Erschwerend kam noch hinzu, dass Quokkas – ähnlich wie Koalas – ihre komplette Flüssigkeit über ihre Nahrung aufnahmen. Wenn man ihnen Brot gab, hatten sie nicht nur Probleme mit ihrer Verdauung, sondern konnten zudem noch dehydrieren.

Ich verstand diesen Drang der Menschen, alles und jeden mit Brot zu füttern, einfach nicht. Tauben in der Stadt, Enten im Park, und womöglich noch die Igelfamilie, die man im Garten entdeckt hatte. Ich meine, klar, Brot für die Welt und so, aber war ihnen denn nicht klar, dass damit andere Menschen gemeint waren? Nur weil wir etwas vertrugen, war es doch nicht gleich auch für andere Lebewesen gut.

Drei Stunden hatten wir an dem Strand verbracht. Ich hatte mich einfach nur in den warmen Sand gesetzt, und sofort waren die ersten neugierigen Quokkas zu mir gekommen. Sie waren nicht größer als eine Katze und mit ihrem Gesicht, das immer aussah, als würden sie lächeln, einfach unheimlich süß. Cooper erklärte mir, dass auch die Quokkas zu den bedrohten Tierarten gehörten. Ausnahmsweise mal nicht, weil der Mensch sie jagte, sondern weil durch den Anstieg der Temperaturen und durch immer größere Trockenperioden ihr Lebensraum verschwand.

Erneut saß Cooper mit seiner Kamera neben mir. Ich bekam mit, dass er Bilder von den Quokkas machte, bildete mir aber ein, dass sein Objektiv das eine oder andere Mal auch auf mich zeigte. Das war mir zuvor am Campingplatz schon aufgefallen, aber hier war es noch deutlicher gewesen. Aber ich wagte nicht, ihn darauf anzusprechen. Nachdem er mir kurz zuvor erst gesagt hatte, dass er den Kuss nicht wiederholen wollte, kam es mir irgendwie anmaßend vor.

Bevor wir das *Two People Nature Reserve* wieder verließen, machte ich das obligatorische Selfie mit einem lächelnden Quokka, wie man es schon bei hundert anderen Leuten im Internet gesehen hatte. Cooper schimpfte mich eine *typische Touristin*, lachte dabei aber, und ich war in dem Moment nur froh, dass wir wieder normal miteinander umgehen konnten.

Danach zogen wir weiter ins Landesinnere. Wir waren in der Nähe der Stelle, an der die Tasmanischen Teufel ausgesetzt worden waren, die Cooper für seinen Auftrag fotografieren musste. Wobei ›in der Nähe‹ in Australien ein dehnbarer Begriff war, weil wir zwei Tage dorthin unterwegs waren.

»Wir sind da«, sagte Cooper, als ich schon gar nicht mehr damit rechnete, und lenkte den Wagen auf einen Parkplatz in der Nähe eines Waldstückes.

»Endlich.« Ich stieg aus, trat in die warme Nachmittagssonne und streckte mich als Allererstes. Cooper verließ den VW-Bus ebenfalls und kam zu mir herumgelaufen.

»Hier in diesem Waldstück wurden die Tasmanischen Teufel, die eigentlich Beutelteufel heißen, ausgesetzt. Gerade in den Morgenstunden und der Abenddämmerung ist es wahrscheinlich, dass sie diesen für die Futtersuche verlassen. Das ist der Moment, in dem ich sie erwischen will. Doch dafür muss ich zuerst schauen, wo sie sich regelmäßig aufhalten, also machen wir jetzt zuerst eine Erkundungstour.«

»Werden wir die Tiere dabei sehen?« Meine Stimme klang leicht zittrig, und ich durchforstete mein Hirn, was ich über die Tasmanischen Teufel wusste. Ob sie gefährlich waren und zu Angriffen auf Menschen neigten, doch da war nichts. Was sicher auch damit zusammenhing, dass sie lange Zeit als ausgestorben gegolten hatten. Das Einzige, was mir einfiel, war diese blöde Zeichentricksendung, die ich als Kind gesehen hatte, doch das war schon so lange her, dass ich nicht einmal mehr ihren Namen wusste.

»Eher nicht. Tasmanische Teufel sind sehr scheu, wir suchen nach Anzeichen, dass sie regelmäßig ein Gebiet aufsuchen, wie Kotreste, Fellbüschel oder Kratzspuren an Bäumen, an denen sie hochgeklettert sind.«

Er sagte das mit einer Selbstverständlichkeit, als würden wir über das Wetter reden. Als wäre es normal für ihn, ein Gebiet auf diese Weise auszukundschaften, ehe er mit dem eigentlichen Fotografieren begann.

»Machst du das immer so?« Ich folgte Cooper zu den ersten Bäumen.

»Wenn es nötig ist. Gerade Tiere, die im Wald leben und zudem überwiegend nachtaktiv sind, sind manchmal schwer zu finden. Man muss genau wissen, wo man sich auf die Lauer legen muss, sonst bekommt man nie ein lebendes Exemplar vor die Linse.«

Wie ein Schwamm saugte ich jedes Detail in mich auf, das Cooper mir verriet. Von Anfang an hatte ich seinen Job faszinierend gefunden und mich gefreut, dass wir einen Auftrag während dieser Reise erfüllen würden. Doch so nach und nach kristallisierte sich heraus, dass es eben nicht nur darum ging, gut im Fotografieren zu sein, sondern dass der Job noch viele andere Fähigkeiten erforderte.

»Du bist also nicht nur Fotograf, sondern auch Fährtenleser«, schmunzelte ich.

»So ungefähr.« Er schob den tief hängenden Ast eines Baumes zur Seite, der uns im Weg war. Alle paar Meter ging Cooper in die Knie und untersuchte irgendetwas auf dem Boden. Meistens gab er dann einen missmutigen Ton von sich, aus dem ich schloss, dass er nicht gefunden hatte, was er suchte, stand auf und ging weiter. Ich folgte ihm und wagte es nicht, ihn durch irgendwelche Fragen zu stören.

»Ah, hier«, rief er irgendwann aus. Er drehte sich zu mir um und winkte mich zu sich. »Das hier ist Kot von Beutelteufeln.« Er deutete auf etwas am Boden, das für mich wie ein Hundeköttel aussah, aber ich war auch wirklich kein Experte auf dem Gebiet.

Von der Stelle im Wald aus arbeiteten wir uns – oder eher arbeitete sich Cooper – anhand der sichtbaren Spuren bis zum Waldrand vor, wo die Tasmanischen Teufel morgens zum Fressen herkamen. Es war ein ganzes Stück von der Stelle entfernt, wo wir den VW-Bus abgestellt hatten. Cooper suchte auch gleich einen Platz in der Nähe, wo er später mit dem VW-Bus parken und von wo aus er die Tiere gut beobachten konnte, dann gingen wir zu unserem Rastplatz zurück.

Die nächsten zwei Tage passierte nichts. Den ersten Morgen weckte Cooper mich vor Sonnenaufgang. Rasch aßen wir unseren Porridge, dann fuhren wir zu der entsprechenden Stelle und kletterten mit unseren Kaffees auf das Dach des VW-Busses, um die Observation zu beginnen. Kurz darauf zeigte sich sogar ein Tasmanischer Teufel. Für den Bruchteil einer Sekunde streckte er den Kopf aus dem Unterbusch heraus, aber ehe

Cooper seine Hightech-Kamera auf ihn gerichtet hatte, war er schon wieder verschwunden. Ich war mehr als enttäuscht, aber Cooper versicherte mir, dass es ein gutes Zeichen war. Wir waren an der richtigen Stelle. Trotzdem sahen wir den Rest des Tages keinen weiteren Tasmanischen Teufel mehr. Nicht einmal ein Öhrchen von einem oder ein anderes Tier, wenn man von den unzähligen Vögeln absah, die uns mit einem Pfeifkonzert begleiteten.

Der zweite Tag lief ähnlich ab wie der erste, nur dass wir gar keinen Tasmanischen Teufel zu Gesicht bekamen. Mittlerweile zweifelte ich an Coopers Aussage, dass wir an der richtigen Position waren. Doch immer, wenn ich Cooper fragte, ob wir nicht woanders unser Glück versuchen sollten, schüttelte er bloß den Kopf, was mich zur Weißglut brachte. Gut, ich musste gestehen, dass Geduld nicht zu meinen Stärken zählte. Ganz im Gegensatz zu Cooper, der fast schon stoisch neben mir saß und unverwandt den Waldrand betrachtete. Ich hingegen fand es mittlerweile faszinierender, Cooper anzusehen. Er strahlte eine derartige Gelassenheit aus, als wäre das bloß ein gewöhnlicher Arbeitstag für ihn. Was es vermutlich war, aber mich trieb es in den Wahnsinn. Je ruhiger Cooper wurde, desto mehr verspürte ich eine rastlose Energie in mir, die mir einflüsterte, dass ich mich bewegen müsste. Herumlaufen, tanzen, singen ... irgendetwas. Aber natürlich tat ich nichts dergleichen, sondern blieb so still wie möglich neben ihm sitzen. Nur dass meine Finger ständig an meinem Handy herumspielten, konnte ich nicht verhindern.

Am frühen Morgen des dritten Tages passierte endlich das Erhoffte. Cooper bemerkte es zuerst, stieß mich an und zeigte in Richtung Waldrand. Zuerst konnte ich nichts als Sträucher, Bäume und Dickicht erkennen, doch dann entdeckte ich eine schwarze Nase in all dem Grünbraun. Obwohl ich erneut einen verzückten Laut von mir geben wollte, hielt ich diesmal die Luft an, um bloß nichts zu tun, was das Tierchen verschrecken konnte. Die Sekunden zogen dahin, bis der Tasmanische Teufel endlich einen vorsichtigen Schritt nach vorne machte und mehr von ihm zu sehen war. Sein ganzer Kopf lugte nun aus dem Blätterdickicht hervor. Das dunkelbraune Fell, die braunen Knopfaugen und die spitzen Öhrchen, die an eine Katze erinnerten. Neugierig und vielleicht auch ein bisschen vorsichtig sah er sich nach allen Seiten um. Er schnüffelte in die Luft, wobei seine Schnurrhaare sich zitternd bewegten. Für einen Moment schien er weiter zu hadern, dann trat er komplett aus dem Gebüsch hervor. Er suchte den Boden nach etwas zum Fressen ab, und ich sah im Augenwinkel, wie Cooper nach seiner Kamera griff.

Lautlos hielt er sie sich vor das rechte Auge, stellte das Objektiv ein und schoss die ersten Bilder. Bei dem leisen Klicken spannte ich mich automatisch an, aber der Tasmanische Teufel hatte es entweder nicht gehört oder schien sich nicht daran zu stören, denn er suchte weiter den Boden ab.

»Da sind noch mehr«, murmelte Cooper so leise, dass ich ihn kaum verstehen konnte. Mit der freien Hand deutete er Richtung Waldrand. »Dort, und einer klettert gerade auf den Baum.«

Ich suchte die Stelle ab und entdeckte tatsächlich drei weitere Tasmanische Teufel, alle drei kleiner als der erste. Sie waren deutlich zögerlicher als ihr Vorreiter, bis auf das kleinste Exemplar, das flink auf einen Baum kletterte und auf einem der unteren Äste sitzen blieb. Dort thronte es, hielt seine Nase in den Wind, und ich hörte, wie Cooper neben mir mehrfach den Auslöser betätigte.

»Ich wusste gar nicht, dass sie klettern können«, flüsterte ich.

»Nur die Jungtiere. Je älter sie werden, desto schwerer fällt es ihnen.« Cooper bewegte sich neben mir, aber ich konnte meinen Blick nicht von dem Tasmanischen Teufel im Baum losreißen.

»Also ist der noch jung?«

»Höchstens ein Jahr alt.« Cooper schoss weitere Fotos, dann stieß er mich mit dem Ellbogen an. »Schau mal nach links.« Ich kam seiner Aufforderung nach und entdeckte vier weitere Tiere, die aus dem Wald kamen. Zwei von ihnen gingen dicht beieinander zu einem sonnigen Plätzchen, wo sie sich gemeinsam ins hohe Gras legten und offenbar miteinander kuschelten.

Aawww. Ich hielt meine Faust vor den Mund, um keine Geräusche von mir zu geben, aber dieser Anblick war so unfassbar süß, dass ich keine Worte dafür fand. Mit ihren kurzen Vorderbeinen schienen sie einander zu umarmen und streichelten sich gegenseitig immer wieder durchs Fell, und ihre Schnauzen fanden einander wieder und wieder, als würden sie sich küssen. Das Klicken von Coopers Auslöser kam so schnell wie die Schüsse eines Maschinengewehres, was das einzige Anzeichen von ihm war, dass ihn die Szene ebenso faszinierte wie mich. Äußerlich war er weiterhin ruhig und fokussiert, doch sein Finger hämmerte auf den Auslöser ein, als gäbe es kein Morgen mehr.

Eine weitere Stunde saßen wir auf dem Dach des VW-Busses und beobachteten die Tiere weiter beim Fressen, Spielen und In-der-Sonne-Fläzen. Danach zogen sie sich zurück in den Wald, und wir verließen unseren Aussichtspunkt auf dem Dach.

»Ich glaube, es sind richtig gute Ergebnisse dabei.« Kaum waren wir unten, zog Cooper die SD-Karte aus der Kamera.

»Kann ich sie sehen?« Ich war so gespannt, wie das, was ich mit eigenen Augen erlebt hatte, durch Coopers Linse wirken würde.

»Klar, warte kurz.«

Er verschwand im Inneren des VW und kam kurz darauf mit einem Laptop zurück. Es war ein älteres Modell, aber noch ziemlich gut in Schuss. Gemeinsam setzten wir uns an den kleinen Campingtisch, den wir in den Schatten des Busses gestellt hatten, dann schaltete Cooper den Laptop ein und schob die SD-Karte in ein Lesegerät.

Kurz darauf erschienen die ersten Fotos auf dem Bildschirm. Sie waren gestochen scharf, und mit dem Hightech-Objektiv hatte Cooper so nah an die Tasmanischen Teufel heranzoomen können, als hätten wir direkt neben ihnen gestanden. Sie zeigten die Tiere beim Fressen, wie sie auf Bäume kletterten, sich in der Sonne aalten oder liebevoll miteinander umgingen. Ich konnte kaum an mich halten.

»Warum sind sie eigentlich so bedroht?«, fragte ich irgendwann, während Cooper sich weiter durch die Fotos klickte.

»Früher wurden sie gejagt, aber sie stehen bereits seit 1930 unter Naturschutz. Danach haben sich die Bestände auch zuerst erholt, aber um 1950 hat sich ein Virus entwickelt, der sie befällt und bei ihnen eine Krebsart an den Geschlechtsteilen entwickelt. Dieser hat innerhalb kürzester Zeit einen Großteil des Bestandes dahingerafft. Auf Tasmanien wurde daraufhin ein Schutzreservat errichtet, wo gesunde Tiere sofort von kranken getrennt wurden, aber hier auf dem Festland galten die Tasmanischen Teufel lange als ausgestorben. Erst vor Kurzem wurde dieses Rudel ausgewildert und mit Peilsendern versehen. Die Hoffnung ist, dass sie nicht erneut von dem Virus befallen werden. Die Bestände auf Tasmanien haben sich deutlich erhöht, wenn das Experiment hier glückt, werden weitere Exemplare ausgesetzt.«

»Oh, krass. Das wusste ich gar nicht.« Wie bei so vielen Dingen war ich davon ausgegangen, dass der Mensch dafür verantwortlich war. Dass unsere Lebensweise, unsere Zerstörung der Natur dafür gesorgt hatte, dass die Tasmanischen Teufel fast komplett ausgerottet worden waren.

»Das wissen viele nicht«, gab Cooper zu bedenken.

»Wird das in diesem Artikel stehen? In dem, für den du die Fotos machst?« Neugierig rückte ich ein Stück näher zu ihm. Obwohl ich mir geschworen hatte, mehr Abstand zu ihm zu wahren, passierte es immer in unbedachten Momenten, dass ich meinen eigenen Vorsatz brach. Immer dann, wenn ich wie jetzt zu sehr von ihm und seinen Geschichten fasziniert war, flog meine Selbstbeherrschung aus dem Fenster und ließ mich allein und hilflos zurück. Hilflos, mich Coopers Anziehung und seinem Charme zu entziehen.

Er hob die Schultern. »Keine Ahnung. Man teilt mir nie im Vorfeld mit, um was genau es in den Beiträgen der Zeitschriften gehen wird. Ich erfahre es erst hinterher, weil mir von jeder Ausgabe, in der meine Fotos drin sind, ein Exemplar zugeschickt wird.«

Dunkel erinnerte ich mich daran, dass Cooper das schon mal erwähnt hatte. Im *Moonlight* bei einem Gespräch mit Kilian, das sich gerade anfühlte, als wäre es in einem anderen Leben passiert.

»Aber wäre es nicht viel sinnvoller, wenn du von vornherein Bescheid wüsstest, was das Thema des Artikels ist?«

Ein sarkastisches Lachen brach aus Cooper heraus. »Natürlich, dann wüsste ich immerhin genau, worauf ich mein Augenmerk bei den Bildern legen muss. Aber das wäre ja Arbeitserleichterung. Niemand will das.«

Unwillkürlich musste ich lachen. »Stell dir vor, du müsstest demnächst nur einen Tag auf der Lauer liegen anstatt drei, weil du dann bereits weißt, dass du das beste Foto im Kasten hast.«

Schockiert riss er die Augen auf und fasste sich an die Brust. »Was würde ich dann nur mit der ganzen Freizeit anfangen? Ich habe doch keine Hobbys.«

»Ach, da finden wir schon was für dich.«

Plötzlich war Cooper mir noch näher. Ich konnte die goldenen Pünktchen in seinen braunen Augen erkennen, und sein Atem streifte über meinen Hals. »*Wir?*« Er sah mich so eindringlich an, dass ich seinen Blick bis in die Zehenspitzen spüren konnte. Meine Knie fühlten sich plötzlich wie Pudding an, und sämtliche Wörter verließen mich. Ich wusste nicht, was ich sagen sollte. Nicht einmal mehr, worüber wir überhaupt gesprochen hatten. Nur noch Coopers warme braune Augen zählten und dieser Blick, der so viel mehr sagte, als Worte es je könnten. Wenn er mich so ansah wie gerade eben, konnte ich mir noch immer einbilden, dass er ebenfalls etwas für mich empfand.

Dieser Gedanke ernüchterte mich so sehr, dass mir wieder einfiel, worüber wir gesprochen hatten.

»Also.« Ich räusperte mich und trat einen sicheren Schritt von ihm zurück. »Wenn du ein neues Hobby brauchst, kann ich dir da vielleicht einige Tipps geben.«

Seine Augenbrauen hoben sich. »In welche Richtung hattest du gedacht? Töpfern?«

Ein lautes Lachen brach aus mir heraus. »Wie zur Hölle kommst du darauf, dass ich mich fürs Töpfern interessieren könnte?« Es hatte mal eine – zugegeben sehr kurze – Phase gegeben, in der ich Töpfern interessant gefunden hatte. Aber das war, nachdem ich mir *Ghost* angesehen hatte, und es hatte vermutlich mehr mit Patrick Swayze als dem Töpfern an sich zu tun gehabt.

Coopers Blick senkte sich auf meine Hände. »Na ja, ich dachte ... ach, nicht so wichtig.«

Tausend Fragen lagen mir auf der Zunge, doch ich sprach keine davon aus. Stattdessen sagte ich: »Du bist ein naturverbundener Typ. Ich hatte da eher an Wandern für dich gedacht. Oder Bogenschießen.«

Entsetzt riss Cooper die Augen auf. »Bogenschießen? Soll

ich die Tiere, die ich jetzt fotografiere, dann irgendwann umbringen?«

»Himmel, nein. Natürlich nicht. Wie kommst du darauf?«

»Na ja, wozu soll ich Bogenschießen lernen, wenn ich es dann nicht anwenden kann.«

»Du kannst es ja anwenden. Zu Hause in deinem Garten oder auf einem Schießstand. Zum Spaß.«

Cooper wirkte noch immer skeptisch. »Für mich ist eine Waffe, mit der ich potenziell andere verletzen könnte, eher kein Spaß.«

Langsam verzweifelte ich etwas, vielleicht wäre Töpfern bei ihm doch der bessere Vorschlag gewesen. »Du könntest damit an Wettbewerben teilnehmen.«

Erneut verzog er den Mund und schüttelte den Kopf. »Das würde mich nur an die traumatische Zeit im Internat erinnern, während der die Jungs sich ständig miteinander messen mussten und wo man der uncoole Außenseiter war, wenn man da nicht mitgemacht hat. Nicht mitmachen wollte.«

Mit angehaltenem Atem hing ich an Coopers Lippen. Es war das erste Mal, dass er mir etwas Privates aus seiner Kindheit erzählte. Bisher hatte er jegliche Fragen in die Richtung abgeblockt, doch jetzt offenbarte er mir von sich aus etwas, und ich sog jedes Wort wie ein Schwamm in mich auf.

»Du warst im Internat?«, hakte ich nach, obwohl er das bereits verraten hatte.

Angestrengt stieß Cooper die Luft aus und nickte. »Und es war furchtbar. Komme darauf gar nicht klar, mich ständig mit anderen messen zu müssen. Verstehe den Sinn dahinter auch nicht, was mich früher zu einem Sonderling gemacht hat. Gut, der bin ich heute auch noch ...«

»Du bist nicht seltsam«, unterbrach ich ihn mit mehr Nachdruck als ursprünglich geplant.

Cooper schnaubte und deutete auf den VW. »Ich lebe in ei-

nem Bus, habe keinen festen Wohnsitz und schlafe an den meisten Tagen unter freiem Himmel. Das finden die Leute mehr als seltsam, glaub mir.«
Ich schüttelte den Kopf, weil ich das nicht stehen lassen konnte. »Du hast einen coolen und spannenden Job, der dich weit herumbringt, dein Bus ist ein Hightech-Gefährt, auf das Mr Gadget neidisch wäre, und von deiner Kamera fange ich gar nicht erst an.«
Mit einem Seufzen lehnte Cooper sich auf seinem Stuhl zurück. »Ich würde auch in der Natur leben, wenn ich nicht diesen Job hätte.«
Ich zuckte mit den Schultern. »Na und? Du führst das Leben, das zu dir passt. Wenn Leute damit ein Problem haben ... scheiß auf sie.«
Er lachte rau. »Das tue ich ja auch. Was meinst du, warum ich keine wirklichen Freunde habe?«
Verärgert verengte ich die Augen. »Natürlich hast du Freunde. Mich, Grayson, die Leute aus Eden. Uns ist völlig egal, wo du übernachtest. Wir mögen dich, weil du ein guter Typ bist. Du könntest auch unter einer Brücke schlafen, das ändert ja nichts an deinem Charakter.«
»Aber ...«, begann Cooper, ließ den Rest des Satzes jedoch in der Luft hängen, und so langsam dämmerte mir etwas.
»Kann es sein, dass du sagst, du hättest keine Freunde, weil du denkst, keine zu brauchen?«, fragte ich vorsichtig.
»Brauche ich auch nicht.« Er sagte das so abwehrend, so final, dass sich etwas in mir schmerzhaft zusammenzog. Ohne darüber nachzudenken, was ich da tat, streckte ich meine Hand aus und legte sie auf seine. Ich war mir sicher, dass er sie wegstoßen oder seine wegziehen würde, doch nichts dergleichen geschah. Cooper sah mich bloß mit diesem fragenden Blick an, als wüsste er nicht, was gerade vor sich ging. Nach

einigen Sekunden umschloss ich seine Finger mit meinen und hielt sie einfach nur fest.

»Jeder braucht Freunde«, sagte ich vorsichtig. »Und befreundet sein heißt nicht, dass man sich jeden Tag sieht. Das ist ein zusätzlicher Bonus, der aber nicht gegeben ist. Meine Freunde sind eh schon auf der ganzen Welt verteilt, Internet sei Dank. Wenn ich bald zurück nach Deutschland fliege, werde ich neue Freunde hier in Australien haben. Nur weil du viel unterwegs bist, heißt das nicht, dass du keine Freundschaften aufrechterhalten kannst, wenn du das willst. Ich werde immer deine Freundin sein.« Ich sagte das voller Überzeugung, auch wenn ich mittlerweile so viel mehr für Cooper empfand. Aber wenn er schon nicht glaubte, Freundschaften zu verdienen, wie sollte er dann für etwas anderes bereit sein?

Cooper schluckte sichtbar, und seine Finger, die bisher locker in meinen gelegen hatten, schlossen sich um meine Hand. »Ich habe nie zuvor Freunde gehabt ...?«

Seine Finger noch immer umklammert, wandte ich mich ihm komplett zu. »Das ist überhaupt nicht schwer. Man kann über alles reden, *muss* es aber nicht. Man hat immer ein offenes Ohr für den anderen, ist für ihn oder sie da und akzeptiert auch seine *Seltsamkeiten*.« Beim letzten Wort zog ich die Augenbrauen hoch und entlockte Cooper ein Schmunzeln.

»Man teilt auch Dinge, die einem wichtig sind oder gut gefallen, oder?«

»Absolut«, stimmte ich zu.

Zufrieden entzog Cooper mir seine Hand und stand auf. »Dann weiß ich, was du unbedingt sehen musst. Komm, wir packen zusammen.«

Blinzelnd sah ich zu ihm auf. »Jetzt?« Die Sonne ging langsam unter, was wollte er mir in kompletter Dunkelheit zeigen?

»Ja, jetzt.«
Langsam erhob ich mich ebenfalls. »Und was wäre das?«
Ein lautes Lachen brach aus ihm heraus. »Du weißt doch ganz genau, dass ich es dir nicht verraten werde.«
»Ich hasse dich«, rief ich ihm hinterher, als er seinen Campingstuhl im VW verstaute, obwohl kaum etwas eine größere Lüge sein könnte.

Kapitel 22

SOPHIE

»Was wollen wir hier?«

Das Zucken in Coopers Mundwinkeln verriet sein Amüsement. »Wirst du bald sehen.« In aller Seelenruhe packte er die Stühle, den Tisch und den Campingkocher wieder aus und baute sie auf dem Rasen vor dem VW-Bus auf.

»Aber hier ist nichts.« Mit ausgestreckten Armen drehte ich mich im Kreis. »Und mit nichts meine ich ... wirklich nichts.« Wir befanden uns auf einer Wiese mitten im Nirgendwo. Um uns herum waren nur grünes Gras und einige Wildblumen, so weit das Auge reichte. Es war nicht so, dass es ein schlechter Anblick war, aber es war mit Sicherheit auch nicht das, was Cooper mir zeigen wollte. Denn egal, wie unterschiedlich Australien und Deutschland auch sein mochten, Wiesen sahen doch überall gleich aus.

»Sei nicht so ungeduldig, kümmere dich lieber ums Essen.« Cooper drückte mir einen Topf und einen Bund Radieschen in die Hand.

Schnaufend drückte ich beides an meine Brust. »Ich versuche nur herauszufinden, warum wir hier sind.«

Mit der Schulter schob er mich zu den Stühlen. »Schaffst du eh nicht, also versuch es erst gar nicht.«

Mit verengten Augen setzte ich mich und verteilte die Zutaten vor mir auf dem Tisch. »Am Ningaloo Reef ist es mir auch gelungen.«

»Da hattest du Hilfe, die du hier nicht erwarten kannst.« Er deutete um uns herum, um zu verdeutlichen, dass außer uns niemand hier war. Womit er leider recht hatte. Am Ningaloo Reef hatte ich durch ein Gespräch mit Rebekka und Nadine erfahren, welche Attraktion sich am Campingplatz befand, doch hier waren wir – wie ich zuvor schon erwähnt hatte – mitten im Nirgendwo. Außer uns war niemand da.

»Vielleicht hilft Google Maps mir weiter«, sagte ich stichelnd, um Cooper aus der Reserve zu locken, doch er lachte bloß. Etwas, das er heute verdammt oft getan hatte und was mir sehr gefiel.

»Das, was ich dir zeigen will, findest du nicht online. Ich weiß auch gar nicht, ob wir es sehen können, aber die Konstellation dafür ist gut. Also würde ich vorschlagen, dass du aufhörst, dir den Kopf zu zerbrechen, und dich um das Essen kümmerst, dann geht die Zeit auch schneller um.«

Ich verdrehte die Augen. »Wie wäre es, wenn du mir hilfst, dann kannst du das auch eigenständig nachkochen. Das ist nämlich nicht so schwer.«

Er zuckte mit den Schultern, und ich schob die Hälfte des Gemüses zu ihm rüber, ehe ich ihm erklärte, wie man was klein schnitt. Wir schnippelten Gemüse und Salat, ich zeigte Cooper, wie lange es kochen musste und wie man die Gewürze dosierte, und obwohl er immer behauptet hatte, nicht kochen zu können, schlug er sich wirklich gut dabei.

Als wir uns zum Essen hinsetzten, ging die Sonne bereits langsam unter. Es wurde mir immer unverständlicher, was genau wir hier sehen sollten, wenn es dunkel war, aber ich sagte nichts dazu. Obwohl es mich jedes bisschen meiner Selbstbeherrschung kostete, hielt ich den Mund und aß die Suppe, die erneut köstlich schmeckte. Wenn man bedachte, dass wir mit begrenzten Mitteln kochten und ich Cooper zusätzlich angelernt hatte, war es wirklich gut geworden.

»Dann lass uns mal nach oben gehen«, sagte er, nachdem wir alle Utensilien wieder im Bus verstaut hatten. Aus dem

Kühlschrank holte er zwei Flaschen *Ginger Beer,* von denen er mir eine reichte.

»Aufs Dach?«, fragte ich unnötigerweise, denn was sollte er sonst meinen.

»Genau.«

Ich kletterte vor Cooper die Treppe hoch und rutschte bis ans Ende der Matte, um neben mir genug Platz für ihn zu lassen. Mittlerweile hatte die Dämmerung eingesetzt, und um uns herum war immer weniger zu sehen. Dafür funkelten die ersten Sterne am Himmel. Noch ganz schwach, aber in dem Moment, als ich sie entdeckte, wurde mir klar, was Cooper mir zeigen wollte. Einen Sternenhimmel, der völlig ungetrübt von Lichtern aus der Umgebung war. Denn auch wenn wir schon einige Male mitten in der Natur übernachtet hatten, war es entweder in der Nähe von beleuchteten Städten oder Campingplätzen gewesen, oder der Himmel war von Wolken bedeckt gewesen, sodass wir sie gar nicht hatten erkennen können. Doch heute war der Himmel klar, kein Wölkchen war zu erkennen, sodass wir mit einem schönen Sternenhimmel belohnt werden würden.

»Ich weiß jetzt, was du mir zeigen willst.« Den Stolz, erraten zu haben, was Cooper sich überlegt hatte, konnte ich nicht ganz aus meiner Stimme heraushalten.

Er setzte sich neben mich, so nah, dass unsere Schultern sich berührten, und warf einen Blick nach oben. »Es dauert noch etwas, bis man die volle Pracht sieht, aber bis dahin haben wir ja was zu trinken.« Er drehte den Verschluss seiner Flasche auf und prostete mir zu.

Ich tat es ihm gleich. »Cheers.« Dann trank ich einen Schluck der herben und zugleich süßen Flüssigkeit.

»Wie oft hast du schon hier oben gesessen und dir den Sternenhimmel angeschaut?«

Cooper zuckte mit den Schultern. »Nicht annähernd so oft, wie du es dir jetzt vermutlich vorstellst.«

Herausfordernd zog ich die Augenbrauen hoch. »Woher willst du wissen, dass ich es mir oft vorstelle? Mir ist durchaus klar, dass man nicht jeden Tag oder jede Woche dazu kommt.« Immerhin hatte ich es selbst erlebt, trotzdem interessierte mich, ob er sich regelmäßig eine Auszeit nahm, um sich das Spektakel anzusehen.

Er stützte das Kinn in seine Hand und schien darüber nachzudenken. »Ich kann es gar nicht genau sagen. Manchmal zweimal die Woche und dann wieder einige Monate gar nicht. Kommt immer ganz drauf an, wo ich mich befinde, wie das Wetter ist und wie kaputt ich abends bin. Aber wenn sich die Möglichkeit ergibt, sitze ich hier oben und schaue in den Himmel.«

Ein leises Seufzen entwich mir, in dem eine Portion Neid mitschwang. Je mehr ich von Coopers Leben erfuhr, desto großartiger kam es mir vor. Er lebte das *Tun-und-lassen-können-was-immer-man-wollte-Prinzip* in vollen Zügen, und je mehr ich davon mitbekam, desto mehr wünschte ich mir das auch für mich selbst.

»Jetzt kannst du hochschauen«, sagte Cooper irgendwann. Ich war so in unser Gespräch vertieft gewesen, dass ich kaum etwas anderes mitbekommen hatte, doch als ich meinen Blick von Cooper löste und in den Nachthimmel sah, verschlug es mir fast den Atem: Tausende Sterne leuchteten um uns herum. So viele wie ich sie noch nie zuvor gesehen hatte. Sie zogen in einem weiß-goldenen Band über uns hinweg, und es dauerte einige Sekunden, bis ich realisierte, dass es die Milchstraße war, die über uns erstrahlte.

»O mein Gott«, entwich es mir in einem Wispern.

»Wunderschön, nicht wahr?«, murmelte Cooper neben mir.

Ich war versucht, zu ihm zu sehen, konnte mich aber von dem Anblick nicht lösen. »Wahnsinn. Ich wusste nicht, dass es so viele Sterne gibt.« Das war gelogen. Ich hatte Bilder gesehen von der Milchstraße, sogar in der Schule schon. Doch ich hatte immer angenommen, dass solche Bilder nur aus dem Weltall oder mit irgendwelchen Hightech-Teleskopen aufgenommen werden konnten. Mir war zwar klar, dass die Lichter in der Stadt dafür verantwortlich waren, dass man nicht die Masse an Sternen sah, die es gab, dass sie die weit entfernten Sterne mit der Helligkeit ausblendeten und dadurch nur die großen übrig blieben, die noch eine hohe Strahlkraft hatten, aber dass der Unterschied so gewaltig ist, hätte ich nie vermutet. Gerade kam es mir vor, als würde es ein Vielfaches mehr an Sternen im Himmel als Menschen auf der Erde geben. Egal, wohin ich blickte, überall waren Sterne. Es gab keinen Millimeter am Himmel, der nicht von ihnen bedeckt war.

»Die meisten haben keine Ahnung, wie der Nachthimmel tatsächlich aussehen könnte.« Cooper rutschte noch ein bisschen näher an mich heran, bis sich nicht nur unsere Schultern, sondern auch unsere Hüften und Seiten berührten. Ein beständiges Kribbeln raste durch meinen Körper, das ein Flattern tief in meiner Magengrube hervorrief. »Komm, wir legen uns hin.«

Im ersten Moment war ich so verwirrt, was er von mir wollte, dass ich ihn nur verwirrt anstarren konnte. Cooper stellte seine Flasche in eine der Halterungen, die an der Reling angebracht waren, dann drehte er sich ein Stück, bis er sich der Länge nach auf den Rücken legen konnte. Er verschränkte die Arme hinter dem Kopf und konnte nun ungehindert und ohne weitere Verrenkungen in den Nachthimmel blicken.

Endlich kam Bewegung in mich. Ich verstaute meine Flasche ebenfalls in einer Halterung und legte mich neben Cooper. Meine Hände verschränkte ich auf meinem Bauch und sah nach oben. Obwohl wir uns jetzt nicht mehr berührten, konnte ich seine Anwesenheit überdeutlich spüren. Es war wie ein elektrisches Knistern, das über meine Haut raste und Empfindungen in mir hervorrief, die ich längst vergraben haben wollte. Cooper hatte doch klargemacht, dass er kein Interesse an mir hatte, wieso konnte mein dummes Herz das nicht verstehen?

»Hast du mal versucht, sie zu zählen?«, fragte ich, um mich davon abzulenken, und wollte mir im nächsten Moment die Hand vor die Stirn schlagen. Was war das bitte für eine dämliche Frage?

»Als Kind mal.« Cooper lachte leise. »Meine Eltern haben für ein Wildlife-Rescue-Programm gearbeitet und mich oft mitgenommen, als ich noch klein war. Ich bin praktisch mit diesem Nachthimmel über mir groß geworden und habe früher oft versucht, die Sterne zu zählen. Was leider unmöglich ist.«

So schön der Anblick über uns auch war, was Cooper mir erzählte, war deutlich interessanter. Zum ersten Mal gab er mir einen Einblick in seine Vergangenheit. Etwas, das er bisher jedes Mal abgeblockt hatte, wenn ich danach gefragt hatte. Ich drehte mich ein bisschen zur Seite, um ihn anzusehen. »Also bist du praktisch in der Natur aufgewachsen?«

»Genau.« Cooper blieb auf dem Rücken liegen, sodass ich nur sein Profil sehen konnte, das vom Sternenhimmel hinter ihm angestrahlt wurde. »Wir waren ständig an anderen Orten, immer da, wo Hilfe gebraucht wurde, um die Tiere vor der Ausrottung zu schützen. Mum und Dad hatten sich in ihrer Jugend bei einer Demo kennengelernt, wo gegen ein Gesetz protestiert worden war, das den weiteren Abschuss von Kängurus erlaubte. Mum war zu dem Zeitpunkt schon einigen Organisationen beigetreten, die sich für Tier- und Umweltschutz einsetzten, und nach ihrem Abschluss haben sie beschlossen, ihr Leben damit zu verbringen.«

Je mehr ich von Cooper erfuhr, desto faszinierter war ich von ihm. »Und wie war das für dich, so aufzuwachsen?«

Jetzt drehte Cooper sich ebenfalls zu mir. Einen Arm benutzte er angewinkelt als Stütze unter seinem Kopf, der andere lag locker zwischen uns. Immer wenn ich einatmete, berührte mein Bauch ihn.

»Ich habe es geliebt. Draußen in der Natur zu sein, war alles für mich gewesen. Meine Eltern haben mir alles beigebracht, was sie über die Tiere wussten, die wir beschützen wollten. Sie haben mir eingebläut, dass wir nur überleben können, wenn wir im Einklang mit der Natur leben. Ich habe mich frei gefühlt damals. Es gab kein ›Räum dein Zimmer auf‹ bei mir, weil ich gar keines hatte. Meine Teddybären waren die Tiere in der Natur, und ich habe gelernt, respektvoll mit ihnen umzugehen. Ich bin mit dem Wissen aufgewachsen, dass alles, was ich tue, esse und konsumiere, einen Einfluss auf unsere Umwelt hat. Alles, was ich besitze, passt in diesen VW-Bus, auf dem wir liegen, und ich werde nie verstehen, warum man mehr brauchen müsste.«

Ich stützte meinen Kopf auf meiner Hand ab und sah nachdenklich zu Cooper. »Das klingt nach einer schönen Kindheit.«

»Das war sie auch.« Er rollte sich wieder auf den Rücken, den Blick gen Himmel gerichtet. »Zumindest bis meine Eltern mich in dieses Internat gesteckt haben, weil sie der Auffassung waren, dass ich eine vernünftige Schulausbildung bräuchte.« Er schluckte sichtbar, dann kam ein leises Schnauben über seine Lippen.

»Ich habe mich oder die Weise, wie ich aufgewachsen bin, nie als seltsam empfunden oder infrage gestellt«, sprach Cooper weiter. »Wie auch, wenn ich nichts anderes kannte. Aber vom ersten Moment an in diesem Internat war ich der Außenseiter, der komische Junge, der nirgends dazugehörte. Ich hatte lange Haare, während alle anderen sehr akkurate Schnitte trugen. Ich hatte einige Muscheln in meiner Hosentasche, während die ersten Kids schon auf Handys herumspielten. Ich habe es gehasst, in einem Schlafsaal mit den anderen Jungs zu schlafen, habe mich von den Wänden eingeengt gefühlt und kam mit dem durchstrukturierten Tagesablauf überhaupt nicht klar.«

Etwas tief in mir zog sich schmerzhaft zusammen, und ich trauerte um den kleinen Jungen, der Cooper damals gewesen war. Es musste fürchterlich für ihn gewesen sein, aus seinem gewohnten Umfeld herausgerissen und in dieses Internat gesteckt zu werden, wo offenbar niemand auf seine Bedürfnisse eingegangen war.

»Ist das der Grund, warum du denkst, dass alle dich merkwürdig finden?« Ich legte mich ebenfalls wieder auf den Rücken, und meine rechte Hand rutschte neben meinen Körper. Sie berührte Coopers nicht, die nur wenige Millimeter neben meiner lag, aber ich bildete mir ein, die Wärme spüren zu können, die von ihr ausging. Über uns erstrahlten die Sterne mittlerweile noch heller, weil es komplett dunkel geworden war. Es kam mir vor, als würden wir unter einer geschützten Kuppel liegen, die uns vor allem Unheil der Welt beschützte.

»Damals hat es angefangen. Aber es ist auch heute noch so, dass die Leute die Nase rümpfen, wenn sie erfahren, wie ich lebe.«

»Ich nicht.« Es kam wie aus der Pistole geschossen. »Ich fand deinen Lebensstil schon von der ersten Sekunde an besonders und faszinierend. So viel aufregender als einen *Nine-to-five*-Bürojob, bei dem jeder Tag einfach gleich ist.«

Ich spürte Coopers Finger an meinem Handrücken. Zuerst war ich überzeugt, dass es ein Versehen war und er sie sofort wieder zurückziehen würde, doch stattdessen strich er bis zu meinem Daumen und dann in meine Handfläche hinein, wo er sanfte Kreise zog, die ich mit jeder Faser meines Körpers spüren konnte.

»Du bist auch etwas Besonderes.« Coopers sanfte Stimme

wurde vom Wind davongetragen, aber seine Worte brannten sich in mein Bewusstsein. Gepaart mit seinen Fingerspitzen, die noch immer über meine Haut streichelten, hinterließen sie einen Abdruck auf meiner Seele. Normalerweise war ich jemand, der schlecht Komplimente annehmen konnte. Und auch jetzt wollte ein Teil von mir Cooper sagen, dass ich nicht die Einzige war, die ihn akzeptierte, wie er war. Dass es da noch andere in Eden gab, die ähnlich dachten wie ich. Doch ein anderer, viel größerer Teil von mir wollte zum ersten Mal dieses Kompliment für sich behalten. Wollte egoistisch sein und es ganz für sich beanspruchen.

Plötzlich stützte Cooper sich auf den Ellbogen auf, bis sein Gesicht über mir schwebte. Seine Nasenspitze war nur Millimeter von meiner entfernt, sein warmer Atem streifte über meine Wange, und in seinen dunklen Augen, die neben dem Sternenhimmel fast schwarz wirkten, schimmerte etwas, das ich nicht deuten konnte, aber meinen Puls in die Höhe trieb. Es war wie eine stumme Frage, deren Antwort mir klar war, obwohl ich die Frage nicht verstanden hatte.

Coopers kühle Finger legten sich an meine Wange und lösten ein verlangendes Prickeln tief in meinem Unterleib aus. Wie von selbst schoben sich meine Finger auf seine, während unsere Blicke sich ineinander verhakten. Hier draußen existierten nur wir beide, mit dem Sternenhimmel als Kuppel über uns. Irgendwo zirpten Grillen, doch das war das einzige Geräusch, das abseits unserer schneller werdenden Atmung zu hören war. Coopers volle Lippen waren leicht geöffnet, und als seine Zungenspitze hervorspitzte, um sie zu benetzen, war es um mich geschehen.

Ich überbrückte die letzte Distanz zwischen uns und presste meinen Mund auf seinen. Überrascht spannte Cooper sich an, als hätte er nicht damit gerechnet, und ich befürchtete schon, eine Grenze überschritten zu haben, da schob er seine Hand in meinen Nacken und zog mich enger an sich. Seine Lippen waren weich und vorsichtig, fast schon erforschend, wie sie sanfte Küsse auf meinem Mund verteilten. Mein ganzer Körper schien unter Strom zu stehen, jede Stelle, die er berührte, brannte wie Feuer – aber eines von der guten Sorte. Ein heftiges Pochen zwischen meinen Schenkeln setzte ein, dabei waren wir noch immer vollständig angezogen und küssten uns mit geschlossenem Mund. Sanft zog Cooper meine Unterlippe zwischen seine Zähne und knabberte leicht daran. Das war der Moment, in dem sich mein rationales Denken komplett verabschiedete.

Ich bestand nur noch aus Empfindungen. Meine Hände entwickelten ein Eigenleben, schoben sich an Coopers Rücken unter sein Shirt, um seine warme, weiche Haut zu erkunden. Ein kehliger Laut entwich ihm, der von meinem Mund geschluckt wurde und mich nur dazu anstachelte weiterzumachen. Unsere Zungen umkreisten einander leidenschaftlich, und auch Coopers Hand begab sich an meinem Körper auf Wanderschaft. Von meinem Nacken zog sie eine brennende Spur über meinen Hals und mein Schlüsselbein bis hin zu meiner Schulter und meinen Arm hinab. An meinem Ellbogen wanderte sie nach hinten bis unter mein Tanktop, das ohnehin schon nach oben gerutscht war.

»Ich wollte mich von dir fernhalten.« Coopers Stimme klang rauer als sonst und ein wenig atemlos. »Aber ich kann es nicht mehr.«

»Wenn es nach mir ginge, hättest du das nie tun müssen.« Das hier war genau das, was ich von Anfang an gewollt hatte. Von dem Moment an, als Cooper das *Moonlight* betreten hatte, hatte ich mir mehr mit ihm gewünscht, und je näher ich ihn kennengelernt hatte, desto stärker war dieses Bedürfnis geworden.

Er gab einen undefinierbaren Laut von sich, und für den

Moment war mir egal, was er damit ausdrücken wollte. Solange er bloß nicht aufhörte, mich zu küssen.

Coopers Finger zogen eine heiße Spur über meinen Bauch, und je näher er meinen Brüsten kam, desto stärker wurde das verlangende Ziehen in mir. Ich wand mich bereits unter ihm, bog ihm meinen Oberkörper entgegen, um ihm zu verdeutlichen, wo ich seine Berührungen spüren wollte.

»So ungeduldig«, murmelte er, und anstatt seine Hand endlich um meine Brust zu schließen, ließ er sie wieder nach unten wandern.

»Cooper«, wimmerte ich protestierend an seinem Mund und biss in seine Unterlippe, um meinen Unmut kundzutun, doch er lachte nur und machte genauso weiter wie zuvor. Langsam und mit einer Seelenruhe erkundeten seine Finger meinen Körper, und mit jeder Minute, die verstrich, steigerte sich mein Verlangen. Es pulsierte in mir, wie ein lebendes Etwas, das aus mir herausbrechen und Cooper mit Haut und Haaren verzehren wollte. Gleichzeitig machten meine Finger an seinem Oberkörper dasselbe. Sie erkundeten jeden Zentimeter, den sie erreichen konnten, und wann immer sie nicht weiterkamen, weil der Stoff seines Shirts im Weg war, stöhnte ich frustriert auf.

Irgendwann ließ Cooper von mir ab und setzte sich auf. In einer fließenden Bewegung zog er sein Shirt über den Kopf und schmiss es achtlos zur Seite – so weit, dass es vom Dach des Busses hinabsegelte, doch niemand von uns schenkte dem Beachtung. Ich zog mir mein Oberteil ebenfalls aus, dann führte ich meine Hände zum Rücken, öffnete den Verschluss meines BHs und ließ ihn von meinen Schultern gleiten.

Coopers Blick wanderte hungrig über meinen Körper, nahm jedes Detail in sich auf. Er schluckte sichtlich, dann verflocht er seine Hand mit meiner und zog mich näher an sich. Ich legte meine Beine um seine Hüften und presste mich so eng wie möglich an ihn. Seine nackte Haut an meiner zu spüren, löste ein Feuerwerk der Gefühle in mir aus. Ein leises Stöhnen kam über meine Lippen, das sofort von Coopers Mund in einem heißen Kuss geschluckt wurde. Jetzt gab es für uns kein Halten mehr. Wir waren ein Knäuel aus Händen, die einander erkundeten, und Lippen, die nicht genug voneinander bekommen konnten. Das verlangende Pochen in meinem Unterleib breitete sich in meinen ganzen Körper aus, nahm jede Zelle ein, bis ich nur noch daraus zu bestehen schien. Wann immer ich die Augen öffnete, sah ich nicht nur Coopers schönes Gesicht vor mir, sondern auch diesen atemberaubenden Nachthimmel um uns herum, der das Ganze noch besonderer wirken ließ.

Irgendwann legten wir uns einander zugewandt hin. Mein Oberkörper stand bereits in Flammen, weil Cooper jeden Millimeter davon mehrfach erkundet hatte, doch jetzt schob er seine Hand am Rücken hinab, bis sie über dem dünnen Stoff meiner Shorts an meinem Hintern lag. Kurz verweilte sie dort, ehe sie an meinem Bein hinabzog und auf die nackte Haut meines Oberschenkels traf. Er malte sanfte Kreise, die eine direkte Verbindung zu meiner heftig pochenden Mitte zu haben schienen. Automatisch öffnete ich mich für ihn, und diesmal ließ Cooper sich nicht lange bitten. Seine Finger fuhren nach vorne, und er schob einen unter dem Bund nach oben. Sein Fingernagel kratzte über meine Haut und löste einen wohligen Schauer in mir aus. Er schob ihn so weit wie möglich hoch, doch Millimeter vor meiner Vagina spannte der Stoff, und Cooper kam nicht weiter.

Frustriert stöhnte ich auf. »Wir haben zu viel an.« Ich schob ihn ein Stück von mir, bis ich an den Bund meiner Shorts gelangte. Auch Cooper nestelte an den Knöpfen seiner Jeans herum, aber ich legte meine Hand auf seine, weil mir etwas anderes einfiel. »Haben wir Kondome?«

Ein Lächeln blitzte auf seinem Gesicht auf, das aber nicht

von seinem vor Verlangen verschleierten Blick ablenken konnte. »*Wir?*«
»Na ja, einer von uns sollte welche haben, und ich bin es nicht.« Er lachte heiser und drückte mir einen Kuss auf die Stirn.
»Sei froh, dass du mich hast. Bin gleich wieder da.«

Ich beobachtete ihn dabei, wie er bis zur Treppe krabbelte, und bewunderte erneut die vielen Tattoos, die seine Arme und den kompletten Rücken bedeckten. Während Cooper weg war, zog ich meine Shorts aus und lag nur noch in meinem knappen Höschen auf dem Dach des VW-Busses. Der kühle Wind strich über meine überhitzte Haut, und ehe ich michs versah, war Cooper mit einem Folienpäckchen in den Fingern zurück. Er legte es neben mir ab und entledigte sich seiner Jeans.

»Du hast gar keine Tätowierungen an den Beinen«, platzte ich heraus. Das war mir am Ningaloo Reef schon aufgefallen. Seine Arme, seine Brust und sein Rücken waren ein einziges buntes Kunstwerk, doch seine Beine und auch der Großteil seines Bauches waren noch völlig unversehrt.

»Ich arbeite mich von oben nach unten vor«, erklärte er. »Nach jedem neuen erfolgreichen Auftrag kommt ein neues Bild hinzu.« Er deutete auf eine freie Stelle an seinem Bauch, knapp über seinem Bauchnabel. »Da kommt das nächste hin.«

Mein Finger hob sich und legte sich direkt neben seinen, dann wanderte ich ein Stück höher bis zu dem ersten Tattoo, das ich erreichte. Es war ein keltisches Symbol mit einem Baum, und obwohl ich es schon mal gesehen hatte, konnte ich mich an die Bedeutung nicht erinnern. Aber es war wunderschön, daher lehnte ich mich einem Impuls folgend nach vorne und drückte einen Kuss darauf. Coopers Bauchmuskeln erzitterten unter meinen Lippen, und er atmete scharf aus.

»Was machst du nur mit mir?«, fragte er mit rauer Stimme und ging neben mir in die Knie. Dann umfasste er mein Gesicht mit beiden Händen und verschloss meine Lippen mit einem Kuss, der so unfassbar sanft war, dass es mir den Boden unter den Füßen wegzog. Ich fühlte mich, als würde ich fallen und sicher in Coopers Armen landen.

Cooper drückte mich nach hinten, bis ich mit dem Rücken auf der weichen Matratze lag und er mich mit seinem ganzen Körper bedeckte. Obwohl wir beide noch Unterhosen trugen, konnte ich deutlich spüren, was unser Kuss mit Cooper anstellte. Seine Erektion drückte gegen meine Hüfte, was einen neuen Schwall heißes Verlangen in meinen Unterleib entsandte. Ich schob mein Becken vor, um selbst etwas mehr Reibung zu bekommen, doch es war ein hoffnungsloses Unterfangen.

Cooper ließ von meinen Lippen ab und küsste eine Spur meinen Hals hinab. Er saugte an meinem Schlüsselbein, leckte über meine Brust hinab, bis er an meinem Nippel ankam, den er zwischen die Zähne nahm. Ich bäumte mich unter ihm auf, und ein leises Stöhnen kam über meine Lippen. Ich krallte mich an Coopers Schultern fest und biss mir auf die Unterlippe, um nicht zu laut zu sein, auch wenn ich nicht wusste, für wen ich mich zurückhielt. Wir waren mitten im Nirgendwo, hier war weit und breit niemand, der uns hören könnte.

Während Cooper meinen einen Nippel in den Mund saugte, umfasste er die andere Brust mit seiner Hand und knetete sie leicht. Ich atmete scharf ein, weil er mich damit fast in den Wahnsinn trieb. Meine Brüste waren so unfassbar empfindlich, dass ich allein davon kommen könnte, wenn ich es darauf anlegte. Bereits jetzt spannte meine Haut und fühlte sich zu eng für meinen Körper an, dabei waren wir noch nicht mal bei den interessanten Dingen angekommen.

»Cooper«, brachte ich heiser hervor. Ich wusste nicht, was ich ihm mitteilen wollte. Dass er weitergehen sollte? Schneller machen? Niemals aufhören sollte? In mir waren gerade zu viele Empfindungen, um sie näher zu benennen.

Coopers Mund ließ von meiner Brust ab, und er sah zu mir auf. Seine Lippen waren gerötet, aus seinem Man-Bun hatten sich einzelne Strähnen gelöst, weil ich mit meinen Fingern hindurchgefahren war. Der Sternenhimmel hinter ihm tauchte uns in ein fast schon magisches Licht, und die Milchstraße schwebte über seinem Kopf, wie ein Band voller Girlanden. Es war ein fast schon unwirklicher Moment, und mein Herz schmerzte plötzlich mit einer Sehnsucht, die ich nicht für möglich gehalten hätte. Ich wollte das hier nicht aufgeben, und mit ›*das hier*‹ meinte ich nicht bloß Cooper, sondern auch Australien, die Freiheit, die ich hier erfahren, und das Leben, das sich mir hier eröffnet hatte. Ich wollte Liam, Alicia, Kilian, Fotini, Kate und vor allem auch die Koalas nicht zurücklassen müssen. Der bloße Gedanke, schon ganz bald ins kalte, graue Deutschland zurückkehren zu müssen, schnürte mir mit einem Mal die Luft ab.

Cooper schien meine Gefühlsregung auf meinem Gesicht zu erkennen und völlig falsch zu deuten. »Soll ich aufhören?«

»Nein! Auf gar keinen Fall.« Ich krallte mich an seinen Oberarmen fest, dabei machte er keine Anstalten, aufzustehen. »Mir ist nur grad etwas klar geworden, aber ... nicht so wichtig.« Ich wischte eine verschwitzte Haarsträhne aus meiner Stirn und lächelte zu ihm hoch, um den besorgten Ausdruck aus seinen Augen verschwinden zu lassen.

»Bist du sicher?«

Allein, dass er nachfragte, ließ mein Herz noch ein bisschen mehr für ihn schmelzen. Und mich wundern, ob er wirklich nichts für mich empfand. Aber auch daran wollte ich gerade nicht denken, sondern mit dem weitermachen, womit wir noch gar nicht richtig begonnen hatten.

Weil ich seine Arme noch immer umklammert hielt, zog ich mich daran in eine aufrechte Position hoch. Mit dem Finger strich ich über Coopers Stirn, seine Schläfe hinab, bis ich an seinem Bart angelangt war. Ich kratzte über die Stoppeln, die unter meiner Fingerkuppe kitzelten, und strich dann federleicht über seine Unterlippe.

»Selten war ich mir bei etwas so sicher wie gerade, dass ich dich will«, wisperte ich. Für einen Augenblick sah Cooper mich mit großen, ungläubigen Augen an, dann fiel er regelrecht über mich her. Er schob eine Hand in meinen Nacken, zog mich an seinen Mund und verzehrte mich regelrecht mit einem hungrigen Kuss. Ich konnte nichts anderes tun, als mich an seinen Schultern festzuhalten, weil ich mich gerade wie eine Ertrinkende fühlte, und Cooper war das sichere Ufer. Langsam drückte er mich zurück, bis wir nebeneinanderlagen. Sofort gingen meine Hände auf Wanderschaft. Sie streichelten über Coopers muskulösen Oberkörper, zwirbelten seine Nippel und schoben sich unter den Bund seiner Boxershorts, wo sein erigiertes Glied bereits auf sie wartete. Sanft umfasste ich den Schaft und rieb ein paarmal daran auf und ab. Cooper gab einen Laut von sich, der eine Mischung aus Wimmern und Stöhnen war und mich dazu animierte, genau so weiterzumachen. Jetzt war er derjenige, dessen Hüfte ein Eigenleben entwickelte. Immer wieder stieß er sie in meine Hand hinein. Seine Augen waren dabei geschlossen, und ein Ausdruck völliger Glückseligkeit war auf sein Gesicht getreten.

Gleichzeitig war seine Hand nicht untätig. Sie schob sich an meinem Hintern unter mein Höschen, wanderte nach vorne und schob sich zwischen meine Lippen. Erst als sie auf meinen Kitzler traf, wurde mir bewusst, wie feucht ich schon war und wie die Erregung meinen ganzen Körper eingenommen hatte, denn es fühlte sich an, als würde dieser kurze Kontakt ein wahres Feuerwerk in mir auslösen. Ich schob mein Becken Coopers Hand entgegen, und als er mit einem Finger in mich eindrang, kam ein weiteres Stöhnen über meine Lippen.

Viel zu schnell ließ er jedoch wieder von mir ab.

»Hey.« Protestierend griff ich nach seiner Hand, als er sich umdrehte.

»Ich dachte, wir könnten das ganz gut gebrauchen.« Er hielt mir das eingeschweißte Kondom vor die Nase.

»Okay, das ist erlaubt.« Anstatt ihn loszulassen, fuhr ich mit meinem Finger Kreise auf seinem Unterarm. »Ausnahmsweise.«

»So gütig von dir.« Er grinste breit und riss die Folienverpackung auf. Rasch rollte er sich das Kondom über, dann positionierte er sich zwischen meinen Beinen, die ich weit für ihn spreizte. Langsam drang er in mich ein, bis er mich komplett ausfüllte. Ich hielt die Luft an, weil mich meine Empfindungen erneut zu übermannen drohten. *Zu viel, zu tief, nicht genug. Nie genug.*

Ich kam gar nicht dazu, diesen Gedanken zu Ende zu führen, da zog sich Cooper ein Stück zurück und stieß dann kraftvoll in mich. Sterne explodierten hinter meinen geschlossenen Lidern, und uns beiden entwich ein Stöhnen. Schnell fanden wir einen gemeinsamen Rhythmus, der mich schon sehr bald an den Abgrund brachte. Es kam mir vor, als hätten sich meine Gefühle für Cooper in den letzten Wochen während unserer Rundreise geradezu in mir aufgestaut und suchten sich jetzt ein Ventil, um aus mir herauszubrechen. Aber das war völlig okay. Ich hielt nichts zurück, ließ es einfach zu, und als mein Orgasmus über mich hereinbrach, ließ ich mich von ihm davonspülen.

Nur entfernt bekam ich mit, dass Cooper ebenfalls kam und danach kraftlos auf mir zusammenbrach. Unsere Atmung kam keuchend, in meinen Ohren rauschte das Blut, und eine Schweißperle rann meine Schläfe hinab, doch ich hatte mich noch nie zufriedener und ausgeglichener gefühlt. Als ich meine Augen endlich wieder öffnen konnte, erstrahlte der Sternenhimmel noch immer über uns. Die Milchstraße war der einzige Zeuge dessen, was hier passiert war.

»Wow«, sagte Cooper irgendwann. Er stützte sich auf die

Ellbogen auf und sah zu mir herab. Etwas Liebevolles lag in seinem Blick, das mein Herz höherschlagen ließ, obwohl es sich noch nicht wirklich beruhigt hatte.
»Absolut.« Ich strich über seinen Bart, weil ich das Gefühl der Stoppeln unter meinen Fingerspitzen so sehr mochte. »Als du meintest, du wolltest mir etwas zeigen, war da eigentlich nur der Nachthimmel gemeint, oder hattest du das von vornherein geplant?«
Cooper lachte laut auf. »Wenn ich das geplant hätte, hätte ich nicht runtergehen und das Kondom holen müssen.« Er drückte einen süßen Kuss auf meine Nasenspitze, dann zog er sich aus mir zurück, um besagtes Kondom zu entsorgen.

Ohne Coopers Körper, der mich wärmte, war mir mit einem Mal kalt, und ich suchte meine Klamotten zusammen, um wenigstens diese anzuziehen.

Kurz darauf war Cooper zurück. Zuerst schmiss er zwei Kissen in meine Richtung, dann folgten zwei Wolldecken. Mein Herz machte einen weiteren Satz, denn das konnte nur bedeuten, dass er mit mir hier oben schlafen wollte – diesmal ohne uns gegenseitig die Klamotten vom Leib zu reißen, auch wenn ich nichts gegen eine Wiederholung hätte.

»Ist es okay, wenn ich hierbleibe?«, fragte ich dennoch. Nach unserem ersten Kuss hatte Cooper so vehement bestritten, an mir interessiert zu sein, dass ich auch jetzt befürchtete, er könne sich erneut von mir zurückziehen.

»Klar.« Er schüttelte sein Kissen auf und legte es ans Ende der Matratze. »Ich bin immer noch der Meinung, dass wir keine Gefühle zulassen sollten, aber es spricht auch nichts dagegen, die restliche Zeit miteinander zu genießen.«

»Sehe ich auch so.« Auch wenn ich jetzt schon wusste, dass es mir schwerfallen würde, Cooper zurückzulassen, wusste ich auch genauso gut, dass es nichts gab, was ich dagegen tun konnte.

Ich schüttelte mein Kissen ebenfalls auf, legte es neben Coopers und zog die Decke zurecht, ehe ich mich hinlegte und sie über mir ausbreitete. Cooper legte sich neben mich und legte sofort einen Arm um mich. Eng an ihn gekuschelt und mit dem leisen Zirpen der Grillen im Ohr, schloss ich die Augen.

»Schlaf gut.« Cooper küsste mich auf die Stirn.

»Du auch.«

Es dauerte nicht lange, bis ich ins Reich der Träume abdriftete.

Kapitel 23

COOPER

Die Sonne, die hoch über uns am Himmel stand, weckte mich am nächsten Morgen. Blinzelnd öffnete ich die Augen, rieb über mein Gesicht, und als ich mich aufrichten wollte, fiel mir auf, dass Sophie noch immer auf meinem Arm lag – und meine Hand mittlerweile taub war.

Hatten wir etwa die ganze Nacht so gelegen? Aneinandergekuschelt und ohne uns voneinander wegzubewegen? Ein seltsames Gefühl nistete sich knapp unterhalb meiner Herzregion ein. Sophie war die erste Frau, mit der ich die Nacht verbracht hatte. Zwar hatte ich schon öfter belanglosen Sex gehabt, doch danach waren die Frauen und ich immer getrennte Wege gegangen. Bei Sophie hatte es sich gestern allerdings richtig angefühlt, sie bei mir zu behalten, anstatt sie nach unten in ihr Bett im VW zu schicken. Ich wusste auch nicht, was ich erwartet hatte, das heute Nacht passieren würde. Dass wir uns im Schlaf voneinander abwandten? Dass ich nicht schlafen könnte und irgendwann genervt nach unten ging? Etwas völlig anderes?

Nichts davon war geschehen. Ich hatte so gut geschlafen wie schon lange nicht mehr und fühlte mich ausgeruhter als sonst, dabei war die Nacht recht kurz gewesen. Trotzdem war ich voller Energie ... und wollte gleichzeitig noch viel länger mit Sophie liegen bleiben.

Ich rollte mich auf den Rücken und rieb mit meiner freien Hand über meine Augen. Das war nicht geplant gewesen. Weder, dass ich Sophie küsste, noch dass wir Sex hatten oder aneinandergekuschelt auf dem Dach des VW-Busses schliefen.

Nicht, dass das alles nicht gut gewesen wäre, denn das war es. Sehr sogar. Es war lange her, dass ich mich derart in einer Frau verloren hatte, wie es gestern bei Sophie der Fall gewesen war. Und es stimmte auch, was ich zu ihr gesagt hatte. Es sprach nichts dagegen, die letzte Woche, bis wir zurück nach Eden fahren mussten – und Sophie bald die Heimreise nach Deutschland antrat –, eine gute Zeit miteinander zu verbringen. Ich war gut darin, Sex und Gefühle zu trennen – oder sie gar nicht erst zuzulassen. Aber bei Sophie war ich mir da alles andere als sicher. Die Art und Weise, wie sie mich gestern angesehen hatte, sprach dafür, dass sie alles andere als freundschaftliche Gefühle für mich hegte. Und auch wenn ich nicht mit ihr zusammen sein wollte, wollte ich sie doch nicht verletzen. Andererseits war sie aber auch eine erwachsene Frau, die ihre eigenen Entscheidungen traf, und sie hatte einer lockeren Affäre zugestimmt, also wusste sie hoffentlich, was sie tat.

Ich ignorierte das Prickeln in meinen Lenden und wandte mich ihr erneut zu. Ihre Augen waren noch geschlossen, und ein zufriedener Ausdruck lag auf ihrem Gesicht. Sophies Haare waren ein einziges Chaos, das um sie herum auf dem Kissen lag und rotgolden in der Morgensonne glänzte. Sie war eine hübsche Frau, das war unbestreitbar, auch wenn ich sie anfangs anders wahrgenommen hatte. Als ich das *Moonlight* betreten hatte, nachdem ich vom Notar gekommen war, war sie mir zuerst kaum aufgefallen. Meine Gedanken hatten noch bei dem Gespräch gehangen, und ich war zu sehr davon vereinnahmt gewesen, das *Moonlight* von jetzt an führen zu müssen. Es war mir wie eine viel zu große Aufgabe erschienen, die ich unmöglich alleine stemmen könnte, und erst im Gespräch mit Sophie war mir klar geworden, dass ich das auch gar nicht musste. Dass mein Grandpa zwar nicht mehr da war, im Pub aber noch mehr Leute arbeiteten, die sich genau damit auskannten.

Sie war wie ein Sturm über mich hinweggefegt. Wie sie das *Moonlight* fast im Alleingang managte, sich nebenbei für die Koalas in Liams Reservat einsetzte und immer für ihre Freunde da war. In einer Seelenruhe hatte sie mir alles erklärt, was ich wissen musste – manches auch zwei- oder dreimal. Nicht ein einziges Mal hatte sie kritisch gewirkt, wenn ich von meiner Arbeit oder meinem Lebensstil erzählte. Bei ihr fühlte ich mich zum ersten Mal, seit meine Eltern weg waren, so angenommen, wie ich war, ohne dass ich mich verstellen musste.

Wie von selbst hob sich meine Hand, und ich legte meine Finger an Sophies Schläfe. Sie gab einen kleinen Laut von sich und schmatzte leise, und es war so ein süßes Geräusch, dass ich ein Lächeln nicht verhindern konnte. Sanft strich ich an ihrer Wange hinab, und ihre Augenlider begannen zu flattern. Blinzelnd öffneten sie sich, und sie sah verschlafen zu mir hoch.

»Hey«, murmelte sie, gähnte ausgiebig und rieb sich über das Gesicht.

»Hey. Hast du gut geschlafen?«

»Wie ein Baby.« Sie streckte sich und rollte sich auf die Seite, bis sie mir zugewandt lag. Ihre Hand legte sie auf meine, und aus einem Impuls heraus verflocht ich unsere Finger miteinander. »Wie spät ist es?«

Ich sah nach oben, um den Stand der Sonne zu checken. »Irgendwas zwischen acht und neun.«

»Viel zu früh.«

»Vielleicht haben wir heute etwas Wichtiges vor?«, neckte ich sie, obwohl ich für heute noch nichts geplant hatte.

Sophie schnaubte leise. »Das kann warten. Zumindest bis ich wach bin und gefrühstückt hab.«

»Ist das ein Wink mit dem Zaunpfahl, dass ich Kaffee aufsetzen soll?«, fragte ich schmunzelnd.

»Vielleicht?« Herausfordernd sah sie zu mir auf, und ich konnte nicht anders, als mich vorzubeugen und sie zu küssen. Sofort schob sie eine Hand in meinen Nacken und vertiefte unseren Kuss. Mit einem Mal wirkte sie alles andere als verschlafen, und wenn das ein Weg war, sie morgens wach zu bekommen, hätte ich nichts dagegen, ihn öfter anzuwenden. Irgendwann löste sie sich von mir. »Was ist jetzt mit meinem versprochenen Kaffee?«

»Du bist ganz schön pushy.« Lachend erhob ich mich, rollte meine Bettdecke zusammen und nahm sie mit mir vom Dach des VW runter. Unten öffnete ich die Seitentüren, verstaute die Decke in der entsprechenden Kiste und holte den Campingkocher sowie die French Press hervor. Die Stühle und den Tisch hatten wir gestern stehen gelassen, sodass ich alles darauf abstellen konnte. Sophie folgte mir die Treppe herunter, mit ihrer Decke und unseren Kissen unter dem Arm. Sie verschwand kurz im Bus und kam mit ihrem Kulturbeutel wieder heraus. Während sie hinter dem VW verschwand, wo die Campingtoilette stand, kochte ich Wasser auf, löffelte Kaffeepulver in die Kanne und goss es danach mit der heißen Flüssigkeit auf.

»Jetzt geht es mir besser.« Sophie kam hinter dem VW zurück. Sie trug frische Klamotten. Jeansshorts und ein luftiges, gelbes Tanktop. Ihre Haare waren zu einem ordentlichen Pferdeschwanz gebunden, und ihre Wangen wirkten rosig, als hätte sie sich kaltes Wasser darübergespritzt.

»Kaffee ist auch gleich fertig.«

»Ich hol schon mal die Becher.« Sophie verschwand im Bus und kam kurz darauf mit den Tassen zurück. Ich drückte den Hobel der French Press langsam bis ganz nach unten, dann schüttete ich uns beiden Kaffee ein.

Sophie hielt sich die Tasse unter die Nase und atmete tief ein. »Allein von dem Geruch werde ich schon etwas wacher.«

»Das ist bloß Einbildung«, entgegnete ich.
»Mir egal. Einbildung ist auch eine Bildung.«
Ein überraschtes Lachen brach aus mir heraus. »Du bist auch nie um eine Antwort verlegen, oder?«
»Selten.« Sie zuckte mit den Schultern. »Wüsste auch nicht, warum.«
»Auch wieder wahr.«
Schweigend widmeten wir uns unserem Kaffee, und erneut erstaunte es mich, wie einfach es war, mit Sophie unterwegs zu sein. Als ich ihr diesen Roadtrip vorgeschlagen hatte, hatte ich kaum über die Konsequenzen nachgedacht. Ich hatte bloß gesehen, dass es eine Möglichkeit für mich war, diesen Auftrag auszuführen. Die Bedenken waren erst später gekommen, als wir bereits losgefahren waren. Doch jedes einzelne davon hatte sich in Luft aufgelöst. Sophie und ich kamen wunderbar miteinander aus, und sie hatte sich nicht ein einziges Mal beschwert, dass wir oft in der Wildnis übernachteten oder nur auf Campingplätzen duschen konnten. Sie musste nicht jede Minute des Tages mit Worten füllen, und die Gespräche, die wir führten, waren mal neckend, konnten aber genauso gut auch tiefgründig sein. Sie war wirklich *interessiert* an mir und dem Leben, das ich führte, ohne mich für irgendwas zu verurteilen, und ich wusste ganz ehrlich nicht, wann das zuletzt vorgekommen war.

»Also, was hast du jetzt für heute geplant?«, fragte Sophie irgendwann in die Stille hinein. Über den Rand ihrer Tasse hinweg sah sie mich neugierig an..

»Das ist eine Überraschung«, sagte ich, obwohl ich mir darüber noch keine Gedanken gemacht hatte.

Sophies Augen verengten sich zu kleinen Schlitzen, und sie beugte sich vor. »Du hast keine Ahnung, oder?«

Ich machte ein möglichst unbeteiligtes Gesicht. »Natürlich. Ich weiß immer, was am nächsten Tag ansteht.«

Davon ließ sie sich nicht beirren. »Aber heute nicht. Das seh ich dir an der Nasenspitze an.«

Vermutlich sollte es mich erschrecken, wie leicht sie mich mittlerweile durchschauen konnte, gerade fühlte ich mich aber viel zu gut dafür. Trotzdem wollte ich nicht eingestehen, dass sie recht hatte. »Pah, du wirst schon sehen, dass ich den besten Tag überhaupt geplant habe.«

Ich trank den letzten Rest meines Kaffees und stand auf, um die Tasse zurück in den VW zu bringen. Dort griff ich nach meiner Zahnbürste, Zahnpasta und einer Flasche Wasser. Vielleicht würde mir die zündende Idee kommen, während ich mich fertig machte. Ich schlurfte hinter den VW und suchte mir zuerst eine Stelle, an der ich pinkeln konnte. Ich war noch nicht ganz damit fertig, da verspürte ich eine Berührung an meinem rechten Knöchel. Sofort sah ich nach unten, um zu sehen, welches Tier es war, doch in dem hohen Gras war keins zu erkennen.

Mist.

Ich beugte mich weiter vor, um meinen Knöchel zu betrachten und entdeckte zwei winzige rote Punkte, die ziemlich sicher vom Beißwerkzeug einer Spinne stammten. Wenn man bedachte, dass ich den Biss nicht gespürt hatte und wo wir uns befanden, konnte es fast nur die Redback Spider sein. Verflucht. Sie waren eigentlich nicht aggressiv und attackierten nicht grundlos, aber …

Mein Blick suchte die Unterseite des VW-Busses ab, neben dem ich stand, und da … direkt an den Reifen entdeckte ich ein Netz. Vermutlich hatte ich es mit meiner Jeans gestreift, als ich daran vorbeigegangen war, wodurch die Spinne sich bedroht gefühlt hatte.

So langsam begannen die Schmerzen.

Hatte ich den Biss an sich gar nicht gespürt, zog sich nun ein Brennen von der Stelle mein Bein hinauf, als würde jemand wiederholt einen glühenden Dolch in mein Fleisch rammen. Der Schmerz wanderte zu meinem Knie hoch, und ich wusste, dass dort längst nicht Schluss war. Mein Fuß fühlte sich bereits wie paralysiert an. Ich konnte ihn nicht mehr bewegen und vermutlich bald auch nicht mehr auftreten. Und ich wusste, dass das noch nicht das Schlimmste war. Zwar überlebte man als gesunder, erwachsener Mensch den Biss einer Redback normalerweise, aber deswegen war es noch lange keine ungefährliche Situation. Ich musste dringend in ein Krankenhaus.

Shit.

Wir befanden uns mitten im Nirgendwo.

Schweiß brach auf meinem Nacken aus, und mein Herz begann zu rasen. Ob das ebenfalls zu der Auswirkung des Giftes in meinem Körper gehörte oder einsetzende Panik war, konnte ich nicht sagen. Eigentlich machte es auch keinen Unterschied. Mir war immer klar gewesen, dass so ein Szenario passieren könnte, weshalb ich normalerweise extra vorsichtig war, wenn ich im Outback über eine Wiese oder durch einen Unterbusch lief. Da ich immer allein unterwegs war, war mir immer klar gewesen, dass niemand anwesend sein würde, um mir zu helfen. Doch heute hatte ich nicht auf meine Umgebung geachtet, nicht mal hingesehen, wohin ich trat. Ich wusste nicht mal, ob es an Sophie lag oder ich generell unvorsichtiger geworden war, aber im Nachhinein war es auch müßig, sich darüber den Kopf zu zerbrechen.

Vorsichtig, aber so schnell wie möglich humpelte ich zu Sophie zurück. Meinen Fuß konnte ich mittlerweile gar nicht mehr bewegen und kaum mehr auftreten. Zudem schmerzte jeder Schritt, als würde ich auf ein Kissen spitzer Nägel treten. Es war eine richtig eklige Empfindung, die sich langsam mein Bein weiter nach oben arbeitete und sich immer weiter ausbreitete. Ich wusste, dass die Schmerzen bald unerträglich werden mussten und bis zu vierundzwanzig Stunden andauern würden. Ich brauchte Gegengift. Und zwar so schnell wie möglich.

Aber ich war mit meinem Fuß nicht mehr in der Lage, Auto zu fahren.

Und Sophie hatte keinen Führerschein ...

Kapitel 24

SOPHIE

Als Cooper hinter dem VW zurückkam, humpelte er stark. Zuerst vermutete ich, dass er es nur spielte, um davon abzulenken, dass er noch immer keine Ahnung hatte, was er heute mit mir unternehmen wollte. Denn auch wenn er es nicht zugeben wollte, hatte ich es ihm an der Nasenspitze angesehen, dass er unvorbereitet war. Vielleicht lag es an der Nacht, die wir miteinander verbracht hatten, vielleicht hatte er aber auch schlicht nicht weiter gedacht als bis zum Sternenhimmel letzte Nacht. Beides fand ich nicht verwerflich, aber es war lustig gewesen, Cooper damit aufzuziehen.

Doch dann sah ich in sein Gesicht, und jede Vermutung, dass er mir nur etwas vorspielen könnte, verpuffte wie ein Windhauch. Seine Miene war schmerzverzerrt, er war blasser als noch vor wenigen Minuten, und Schweißperlen waren auf seine Stirn getreten.

Mit einem Satz sprang ich auf und eilte zu ihm, um ihn zu stützen. »Was ist passiert?« Ich umfasste seinen Oberarm, seine Haut fühlte sich ganz klamm an.

Er verlagerte sein komplettes Gewicht auf mich. »Eine Spinne hat mich gebissen«, presste er hervor.

»*Was?*« Angst stieg in mir auf, und mit ihr jedes Horrorszenario, das ich mir im Vorfeld ausgemalt hatte, als ich über die Hunderte giftigen Spinnenarten gelesen hatte, die es in diesem riesigen Land gab. »Welche?«

»Eine Redback ... denke ich.«

»Shit.« Ich wollte Cooper zu einem der Campingstühle dirigieren, doch er steuerte stattdessen den VW-Bus an. An der Beifahrerseite. »*Denkst* du?«

»Ich hab sie nicht gesehen, aber unter dem VW konnte ich das Netz entdecken, und die Symptome sind bisher eindeutig.« Er krümmte sich zusammen und legte eine Hand auf seinen Unterleib. »Shit, es wird schlimmer.«

Er sah wirklich nicht gut aus, und so langsam bekam ich es mit der Angst zu tun. »Fuck, du musst sofort zu einem Arzt.« Ich konnte mich nicht mehr genau daran erinnern, ob die Redback für den Menschen wirklich tödlich war, aber ich wusste mit ziemlicher Sicherheit, dass ein Gegengift bei ihnen gespritzt werden sollte.

»Und du musst mich fahren.«

»*Was?*« Abrupt blieb ich stehen und zwang Cooper dazu, ebenfalls anzuhalten. »Nein! Auf gar keinen Fall.« Ich würde mich nicht hinter das Steuer des VW-Busses setzen. Hinter das keines Autos. Beim bloßen Gedanken daran kroch nackte Panik meinen Nacken empor. Bilder meiner völlig verhauenen Fahrprüfung stiegen in mir auf, in der ich fast einen Unfall gebaut hätte, hätte mein Fahrlehrer nicht in letzter Sekunde in das Lenkrad gegriffen. So etwas wollte ich nicht wiederholen. Auf gar keinen Fall.

»Du musst«, entgegnete Cooper. »Es ist die einzige Möglichkeit, wie wir hier wegkommen. Ich kann definitiv nicht mehr fahren.« Er deutete zu seinem rechten Bein, mit dem er mittlerweile kaum noch auftreten konnte. Zudem krümmte er sich immer wieder vor Schmerzen nach vorne.

»Aber können wir nicht …?« Ich zog mein Handy hervor, aber natürlich hatten wir hier, mitten in der Wildnis, keinen Empfang. Es gab keine Möglichkeit für uns, einen Notarzt oder Krankenwagen oder *irgendwen* zu rufen. Wir waren völlig auf uns allein gestellt, und das machte mir gerade mehr Angst als alles andere.

Ich blickte hoch in Coopers Gesicht. Er schwitzte mittlerweile stark, und seine Wangen waren auf eine ungesunde Art gerötet, während er um die Nasenspitze ungewöhnlich blass wirkte. Er sah wirklich nicht gut aus, sein Gesicht war schmerzverzerrt, und ein hilfloses Stöhnen kam über seine Lippen. Er brauchte dringend medizinische Hilfe, und ich war weit und breit die Einzige, die sie ihm beschaffen konnte.

Scheiße, scheiße, scheiße!

Die Vorstellung, mich hinter das Steuer zu setzen und nach über drei Jahren mal wieder ein Auto zu fahren, verursachte mir Übelkeit. Mein Sichtfeld zog sich zusammen, und mein Puls verfiel in einen ungleichmäßigen Rhythmus. Ums Verrecken wollte ich nicht in den Wagen steigen, aber mir blieb einfach keine andere Wahl. Ich *musste* es tun. Es war der einzige Weg, um Cooper zu helfen. Und in dem Moment realisierte ich, dass der Wunsch, Cooper zu helfen, größer war als meine Angst.

Ich nahm einen tiefen Atemzug und versuchte meine Panik, so gut es ging, auszublenden. »Steig ein.« Gemeinsam schafften wir es zur Beifahrertür, und ich half Cooper dabei, auf den Sitz zu rutschen. Nachdem er drinsaß, schlug ich die Tür zu. Rasch sammelte ich den Tisch, die Stühle und alles andere ein, was wir draußen verteilt hatten. Ich klappte alles zusammen und schmiss es achtlos in den hinteren Teil des VW, ohne mir die Mühe zu machen, irgendwas ordentlich zu verstauen oder festzuzurren. Sollte es da hinten doch umherrollen, wir hatten gerade andere Sorgen.

Nachdem alles verräumt war, zog ich die Seitentür zu und ging zur Fahrerseite. Mit schwitzigen Händen und rasendem Herzen setzte ich mich hinter das Steuer. Kurz musste ich mich orientieren, wo alles war. Es war so lange her, seit ich zuletzt ein Auto gesteuert hatte, und all die negativen Empfindungen, die mich seitdem begleiteten, drohten mich zu übermannen.

Die Angst, einen Unfall zu bauen und jemanden zu verletzen. Seit dieser letzten, versemmelten Fahrprüfung hatte ich mir eingeredet, dass es besser wäre, wenn ich nicht am Straßenverkehr teilnahm. Besser für mich, aber auch für alle um mich herum. Ich war gut mit dieser Strategie gefahren, vor allem, seit alle meine Freunde einen Führerschein hatten und es immer jemanden gab, der mich mitnahm. Doch jetzt war niemand da, auf den ich zurückgreifen konnte. Niemand, der mich an die Hand nahm und sicher ans Ziel brachte. Da war nur ich, und Cooper, der sich auf mich verließ.

Ehe ich diesen Gedanken zu Ende gedacht hatte, drückte Cooper mir bereits den Schlüssel in die Hand. Mit zittrigen Fingern steckte ich ihn ins Zündschloss und drehte ihn um. Rumpelnd sprang der VW an, und ich griff nach dem Gurt. Nachdem ich mich angeschnallt hatte, warf ich einen weiteren Blick auf Cooper.

»Wohin muss ich fahren?«

Er war mittlerweile kalkweiß, trotzdem beugte er sich vor und stellte das Navi an. Mit geübten Fingern tippte er darauf herum, suchte das nächstgelegene Health Center und stellte die schnellste Route dahin ein.

»Fahrtzeit bis zum Ziel: achtundfünfzig Minuten«, erklang eine Frauenstimme aus dem Navi.

Eine Stunde. Ich musste schlucken und wäre am liebsten sofort wieder ausgestiegen. Das würde ich nicht schaffen. Niemals würde ich es hinbekommen, uns sicher ans Ziel zu bringen. Ich würde einen Unfall bauen, irgendeinen Abhang hinunterstürzen oder eine arme, unbeteiligte Person überfahren. Es war viel zu lange her, seit ich zuletzt hinter dem Steuer gesessen hatte, und die Male, die ich es getan hatte, waren nicht gut verlaufen.

Reiß dich zusammen, ermahnte mein Unterbewusstsein mich, *du bist Coopers einzige Chance.*

Tränen der Verzweiflung sammelten sich in meinen Augenwinkeln. Ich wollte ihm unbedingt helfen, hatte aber eine Heidenangst, es damit nur schlimmer zu machen.

Es gibt nichts Schlimmeres, als es nicht wenigstens zu versuchen.

Wieder diese Stimme in meinem Kopf, und so langsam begann ich sie zu verfluchen, denn sie hatte recht. Coopers einzige Chance war, rechtzeitig in dem Notarztcenter anzukommen, und das gelang nur, wenn ich endlich losfuhr.

Ich wagte einen Blick in seine Richtung. Seine Augen waren geschlossen, und er hatte die Stirn gegen das Beifahrerfenster gelehnt. Schweiß stand ihm auf der Stirn, und immer wieder krümmte er sich mit schmerzverzerrtem Gesicht nach vorne. Es war offensichtlich, dass es ihm schlecht ging. Die Sorge um ihn wurde übermächtig und überschattete endlich meine Panik. Ich stellte den Wagen in die *Drive*-Position und fuhr langsam los.

Wenigstens ist es ein Automatikgetriebe. Wenn ich jetzt auch noch kuppeln und schalten müsste, wäre ich restlos überfordert. Mit beiden Händen umfasste ich das Lenkrad und versuchte jegliche Gedanken an Coopers Zustand und daran, was uns geschehen könnte, auszublenden. Nur die Straße vor mir zählte.

Nach einigen Minuten merkte ich, wie sich mein Puls beruhigte. Außer uns war niemand unterwegs, was mich mutiger werden ließ. Anstatt in Schrittgeschwindigkeit wagte ich es, dreißig Meilen zu fahren, und dann irgendwann sogar fünfzig.

Erst nach fünfzehn Minuten kam mir das erste Auto entgegen. Vor Schreck fuhr ich ganz links ran und stoppte den VW, bis der andere Wagen an uns vorbeigerauscht war. Erst danach schaffte ich es, langsam weiterzufahren.

Immer wieder warf ich einen Blick auf Cooper, der mit jedem Mal blasser wirkte. Vielleicht war es bloß eine Einbildung meines verängstigten Hirnes, aber es kam mir vor, als würde es ihm minütlich schlechter gehen. Schweiß bildete sich mittlerweile auch auf seinen Armen. Seine Atmung wurde immer flacher, und wann er zuletzt die Augen geöffnet hatte, konnte ich nicht sagen. Genauso wenig, wie ob er einfach nur schlief oder bewusstlos war.

Ich presste die Zähne aufeinander, umklammerte das Lenkrad fester und drückte ein wenig mehr aufs Gaspedal. Das Navi gab eine Restfahrzeit von zwanzig Minuten an, allerdings waren wir auch schon eine Stunde unterwegs, weil ich viel zu langsam fuhr. Aber ich traute mich einfach nicht, schneller zu werden. Hauptsache, wir kamen überhaupt heil an.

Je näher wir der Ortschaft kamen, in der sich das Medical Center befand, desto mehr Autos kamen mir entgegen. Es war noch immer kein Vergleich zu dem Verkehr, der in Eden oder anderen Städten herrschte, trotzdem jagte mein Puls jedes Mal in die Höhe, und Schweiß brach auf meinem Nacken aus. Und ich atmete wiederholt erleichtert aus, wenn es an uns vorbeigefahren war, ohne dass etwas passiert war.

»Halleluja«, murmelte ich, als das Medical Center endlich in Sicht kam. Es war kein Vergleich zu einem deutschen Krankenhaus, bloß ein zweistöckiges, weißes Gebäude. Neben der Eingangstür hing ein leuchtendes Schild mit einem roten Kreuz drauf, und die Tür stand zum Glück offen.

Ich hielt direkt vor dem Eingang an und ließ den Wagen am Straßenrand stehen. Dann sprang ich heraus und hetzte hinein. Drinnen kam ich in einen kleinen Raum, der wie ein Wartezimmer eingerichtet war. Rechts von mir standen mehrere Stühle an der Wand, von denen zwei besetzt waren. Einige Zeitschriften lagen auf einem Tisch und Spielzeug in einer Kiste in der Ecke. Links von mir gab es eine Anmeldung, hinter der eine gelangweilt wirkende Frau in einem Buch las.

Ich eilte zu ihr. »Ich brauche Hilfe.«

Sie ließ das Buch sinken, schob ihre Brille auf der Nase hoch und sah zu mir auf. »Was gibt's, Schätzchen?«

»Es geht um meinen …« Mist, wie sollte ich Cooper nennen? Ach, drauf geschissen. »Meinen Freund. Er wurde von einer Spinne gebissen. Vermutlich eine Redback, aber genau wissen wir es nicht.«

Ein Ruck ging durch sie, und mit einem Mal wirkte sie hellwach. »Einen Moment.« Achtlos legte sie das Buch zur Seite, stand auf und verschwand durch eine Hintertür, die mir zuvor gar nicht aufgefallen war. Nach wenigen Sekunden war sie mit zwei Pflegern im Schlepptau zurück, von denen einer einen Rollstuhl schob.

»Wo ist er?«

»Draußen im Wagen.«

Ich führte sie zum VW, in dem Cooper noch immer mit geschlossenen Augen saß. Sobald die Tür geöffnet wurde, wachte er auf und war auch ansprechbar, konnte aber nicht eigenständig aussteigen. Die Pfleger halfen ihm aus dem Bus und in den Rollstuhl, dann schoben sie ihn zurück ins Medical Center. Ich folgte ihnen, doch an der Tür zu einem Behandlungsraum wurde ich aufgehalten.

»Sie müssen draußen warten«, sagte die Dame von der Anmeldung freundlich, aber bestimmt zu mir. Eine Sekunde später schloss sich die Tür direkt vor meinem Gesicht.

Fuck.

Ich setzte mich auf einen der Stühle im Wartebereich. Mein Bein wippte unablässig auf und ab. Ich griff nach einer Zeitschrift und schlug sie auf, konnte mich aber kaum auf einen Satz konzentrieren. Einfach hier zu sitzen, während ich nicht wusste, wie es Cooper ging oder was gerade mit ihm geschah, trieb mich schier in den Wahnsinn. Hatte er das Gegengift bereits bekommen? Wurde er noch untersucht? Warum sagte mir denn niemand was?

Ich sah auf die Uhr, weil es mir vorkam, als würde ich schon Stunden hier sitzen, dabei waren erst fünfzehn Minuten vergangen, seit sie Cooper in den Raum gebracht hatten. Und mein Gedankenkarussell drehte sich immer weiter. Schneller und schneller. Würde Cooper wieder gesund werden? Was passierte gerade mit ihm? Es machte mich wahnsinnig, dass ich nicht bei ihm und für ihn da sein konnte.

Meine Nerven waren bis zum Zerreißen gespannt, und der ganze Raum engte mich ein. Es kam mir vor, als könnte ich nicht vernünftig atmen und würde nicht genügend Sauerstoff bekommen. Die Stille im Raum dröhnte in meinen Ohren, und bald hielt ich es nicht mehr aus.

Abrupt stand ich auf und ging nach draußen. Die warme Mittagssonne schien auf mich herab, und ein leichter Wind wehte mir die Haare ins Gesicht. Endlich konnte ich einen tiefen Atemzug nehmen, der mich aber weder beruhigte noch die Gedanken in meinem Kopf zum Schweigen brachte. Ganz im Gegenteil. Hier draußen kamen sie mir aus irgendeinem Grund noch lauter vor.

Kurz entschlossen zog ich mein Handy hervor und wählte Isabels Nummer. Nach dem zweiten Klingeln ging sie ran. »Hey, Sophie. Wie geht's? Wo seid ihr gerade?«, plapperte sie fröhlich drauflos.

Nur weil ich ihre Stimme hörte, zog sich meine Kehle zusammen, und meine Augen füllten sich mit Tränen. Ein Schluchzen kämpfte sich aus meiner Kehle frei, das ich nicht mehr unterdrücken konnte.

»Was ist los?« Augenblicklich klang Isabel alarmiert. »Was hat Cooper gemacht?«

Wäre ich nicht so verzweifelt, hätte ich wohl darüber schmunzeln können, dass sie automatisch davon ausging, dass er etwas angestellt hatte, was mich verletzte. Dabei war die Lage eine ganz andere.

»Er … wir sind in einer Klinik«, brachte ich irgendwie hervor. »Cooper wurde von einer Spinne gebissen. Er vermutet, dass es eine Redback war, weiß es aber nicht genau.«
»Shit, wie geht es ihm?« Ich konnte die Sorge deutlich aus Isabels Stimme heraushören.
»Keine Ahnung. Auf dem Weg hierher hat er geschlafen, und jetzt haben sie ihn sofort in einen Behandlungsraum gebracht und lassen mich nicht zu ihm.« Ich begann, auf dem Bürgersteig auf und ab zu laufen, weil ich es einfach nicht ertrug, still zu stehen.
»Das tut mir total leid, Sophie. Aber ich bin sicher, dass ihm dort geholfen werden kann.«
»Aber was, wenn wir zu spät waren, wenn ich ihn nicht schnell genug hergebracht hab?« Meine größte Befürchtung purzelte mehr oder weniger aus mir heraus. Ich konnte mich beim besten Willen nicht daran erinnern, ob man den Biss einer Redback ohne entsprechende Behandlung überlebte. Was, wenn es meine Schuld wäre, dass Cooper bleibende Schäden davontragen würde?
»Moment … *du* hast Cooper in die Klinik gebracht? Mit einem Auto?«, fragte Isabel ungläubig.
Natürlich sprang sie darauf zuerst an. »Was hätte ich denn tun sollen? Wir waren mitten im Nirgendwo, ohne Handyempfang, und Cooper konnte nicht mehr fahren. Hätte ich ihn verrecken lassen sollen?« Auch wenn mir die Fahrt im Vorfeld als die größte Hürde erschienen war, kam es mir im Nachhinein gar nicht mehr so überwältigend vor. An einen Teil davon konnte ich mich gar nicht mehr erinnern, weil die Sorge um Cooper alles überschattete.
»Nein, natürlich nicht. Aber ich erinnere mich noch an unseren letzten Versuch damals auf diesem Parkplatz, wo du völlig blockiert warst und keinen Meter fahren konntest, obwohl außer uns kein anderes Auto da war.«

Ich wusste genau, welchen Tag Isabel meinte. Es war kurz nach meiner verpatzten Prüfung gewesen, und sie hatte mir meine Angst vor dem Fahren nehmen wollen. Doch sobald ich hinter dem Steuer gesessen hatte, war ich wie erstarrt gewesen. Nicht mal den kleinen Finger hatte ich rühren können, während mein Herz so heftig gepocht hatte, als wollte es von mir davongaloppieren. Obwohl ich mich genau an diesen Tag erinnerte, kam er mir plötzlich unglaublich weit weg vor. Als wäre es einer anderen Sophie in einem anderen Leben passiert.

»So ähnlich ging es mir heute zuerst auch«, gestand ich. »Als Cooper meinte, ich müsste zur Klinik fahren, weil er es nicht mehr könnte, hat sich alles in mir dagegen gesträubt, mich hinter das Steuer zu setzen. Aber was hätte ich anderes tun sollen? Mich weigern und Cooper leiden lassen?« *Oder Schlimmeres*, fügte mein Unterbewusstsein hinzu.

»Du bist für Cooper über dich hinausgewachsen.« Isabel klang unheimlich stolz, und da wurde mir erst so richtig bewusst, was ich in den letzten Stunden geleistet hatte. Ich hatte meine Angst überwunden und Cooper in dieses Krankenhaus gebracht. Mit einem Auto, von dem ich mir geschworen hatte, es nie wieder zu steuern. Und nicht nur das. Ich hatte es sogar geschafft, ohne einen Unfall zu bauen.

»Ich hatte keine andere Wahl«, entgegnete ich.

»Man hat immer eine Wahl.« Ich konnte Isabel und ihren tadelnden Blick geradezu vor mir sehen. »Oh, warte mal, Liam ist da.«

Ich hörte gedämpfte Stimmen im Hintergrund, dann war Liam am Apparat.

»Hey, Sophie. Cooper wurde von einer Spinne gebissen?«

»Ja.« Und dann erzählte ich Liam alles, was vorgefallen war. Wie Cooper im hohen Gras gebissen wurde, schon kurz danach humpeln musste, weil sein Bein paralysiert war, und er auf der Fahrt ins Medical Center immer schwächer und blasser geworden war. »Und jetzt weiß ich nicht, wie es ihm geht oder ob man ihm überhaupt helfen kann.«

»Es wird alles wieder gut.« Liam sprach ruhig und mit absoluter Gewissheit, was mir zum ersten Mal, seit Cooper hinter dem Bus hervorgehumpelt gekommen war, wieder etwas Hoffnung gab. »Das Gift einer Redback ist gefährlich, aber für einen erwachsenen, gesunden Menschen nicht tödlich. Die Schmerzen müssen zwar unerträglich sein, aber mit dem Gegengift kommt er bald wieder auf die Beine.«

»Aber was, wenn es doch keine Redback war und sie ihm nicht das richtige geben können?«, sprach ich meine größte Sorge aus. Immerhin hatte Cooper nur vermutet, von dieser Spinne gebissen worden zu sein. Er hatte sie nicht gesehen, das hatte er mehrfach gesagt, also wäre es doch gut möglich, dass er sich vertan hatte.

»Das werden sie.« Liams ruhige Stimme erdete mich auf eine Weise, die ich zuvor nicht für möglich gehalten hatte. »Die Ärzte in den Medical Centern wissen genau, welche Spinnen es in der Gegend gibt und welche Symptome ihr Gift hervorruft. Sie werden das richtige Mittel schon finden.«

Eine Welle der Erleichterung überrollte mich. »Denkst du wirklich?«

»Absolut. Cooper wird in Nullkommanichts wieder auf den Beinen sein, du wirst sehen.«

»Danke.« Dieses simple Wort fühlte sich nicht ausreichend an, um zu beschreiben, wie es in mir aussah.

»Gern geschehen. Ich geb dir mal Isabel zurück.«

Ein Rascheln im Hintergrund, dann war meine beste Freundin wieder am Apparat. »Siehst du, hab dir doch gesagt, dass alles wieder in Ordnung kommt.«

»Im Gegensatz zu deinem Freund hast du es aber nur gesagt, um mich zu beruhigen.« Gerade Isabel mit ihrer Angst vor

Tieren wusste sicher nicht, ob und welche Spinnenbisse nun wirklich gefährlich für den Menschen waren.

»Vielleicht hat Liam das ja genauso gemacht«, entgegnete sie und brachte mich damit das erste Mal an diesem Tag zum Schmunzeln.

»Das würde er nicht tun.« Isabel seufzte theatralisch. »Leider hast du damit recht.«

»Außerdem kennt er sich im Gegensatz zu dir mit den einheimischen Tierarten aus«, zog ich sie auf.

»Pah. Ich kenne mich mit den Koalas mittlerweile besser aus als du.«

Zwei Sekunden herrschte Stille, dann begannen wir gemeinsam zu lachen. Obwohl meine Situation noch immer ungewiss war und in der Schwebe hing, fühlte sich das Lachen befreiend an. Als würden all die angestauten negativen Empfindungen gemeinsam damit nach draußen geschwemmt werden.

Bevor ich mich wieder beruhigt hatte, trat eine junge Ärztin zu mir auf den Bürgersteig. »Sind Sie die Begleitung von Cooper Lee?«

»Isabel, ich muss aufhören«, sagte ich zu meiner besten Freundin, legte auf und wandte mich der Ärztin zu. »Ja, die bin ich.«

»Danke, dass Sie Cooper so schnell hierhergebracht haben. Wir konnten ihm das Gegengift spritzen, und es geht ihm jetzt schon viel besser. Wenn Sie wollen, können Sie zu ihm, aber er schläft gerade.«

Obwohl sie nur das sagte, was Liam mir bereits versichert hatte, fiel eine zentnerschwere Last von meinen Schultern. Für einen Moment drohten meine Knie unter mir nachzugeben, was die Ärztin zu ahnen schien, denn sie packte meinen Unterarm und stützte mich.

»Danke«, sagte ich auch zu ihr. »Ich bin so froh, dass er wieder gesund wird.«

Ein wissendes Lächeln umspielte ihre Lippen. »Wir sind für genau solche Vorkommnisse ausgebildet. Aber es war wirklich gut, dass Sie Cooper rechtzeitig hergebracht haben. Mit dem Biss einer Redback Spider ist nicht zu spaßen. Kommen Sie, ich bring Sie zu ihm.«

Ich folgte der Ärztin ins Innere des Medical Centers, wir liefen am Wartebereich vorbei und in einen schmalen Flur, von dem mehrere Türen abgingen. Sie öffnete eine davon, und ein schmales Krankenzimmer kam dahinter zum Vorschein. Cooper lag auf einem Bett, bis zur Hüfte mit einem dünnen Laken zugedeckt. Irgendjemand hatte ihm seine Schuhe ausgezogen und sie auf den Boden gestellt. Auch sein T-Shirt lag zusammengefaltet auf einem Stuhl, und stattdessen trug er einen dieser Krankenhauskittel.

Eine Infusionsnadel steckte in seinem linken Handrücken, davon abgesehen sah er aus, als würde er ganz normal schlafen. Etwas Farbe war in seine Wangen zurückgekehrt, und es war kein Schweiß mehr auf seiner Stirn zu sehen.

Ich nahm einen Stuhl, zog ihn neben Coopers Bett und setzte mich. Dann griff ich nach seiner Hand, die sich warm und trocken in meiner anfühlte. »Du hast mir einen ganz schönen Schrecken eingejagt«, sagte ich leise zu ihm, um ihn nicht aufzuwecken. Jetzt, wo ich ihn endlich vor mir sah und Gewissheit hatte, dass er wieder gesund werden würde, fiel auch die letzte Anspannung von mir ab. Dadurch wurde mir erst richtig bewusst, wie besorgt und panisch ich die letzten Stunden gewesen war.

»Herrje, ich habe mich für dich hinters Steuer gesetzt und bin nach drei Jahren endlich mal wieder Auto gefahren. Hätte mir das vor dem Abflug nach Australien jemand erzählt, ich hätte ihn für verrückt erklärt.«

Cooper gab einen winzigen Laut von sich. Für einen Moment wirkte es, als würde er aufwachen, doch dann drehte er sich nur in meine Richtung und umfasste meine Hand stärker. Ein Lächeln zupfte an meinen Mundwinkeln, und Wärme breitete sich in meiner Brust aus. Es war unheimlich niedlich, wie er sich im Schlaf an mich klammerte. Jetzt konnte ich zwar nicht mehr aufstehen, ohne ihn zu wecken, aber das hatte ich ohnehin nicht vorgehabt.

Kapitel 25

COOPER

Mit einem Ruck wurde ich wach und wunderte mich, warum ich mich nicht aufsetzen konnte. Da entdeckte ich Sophie, die neben meinem Bett auf einem Stuhl saß, den Oberkörper auf dem Bett und halb auf mir abgelegt. Sie musste an meiner Seite eingeschlafen sein, obwohl sie genauso gut auch in ein Hotel gehen oder wie sonst auch im Bus hätte schlafen können. Es konnte nicht sehr bequem sein, wie sie da lag, und ich hoffte, sie würde keine Rückenschmerzen davontragen.

Ich bewegte meinen freien Arm, streckte ihn aus und beugte ihn. Dann rollte ich meinen Kopf, soweit es das Kissen zuließ, ehe ich meine Beine ein wenig anwinkelte. Sämtliche Muskeln in meinem Körper fühlten sich an, als hätte ich es mit dem Sport übertrieben, dazu dröhnte mein Kopf, als hätte ich die letzten zwei Nächte durchgefeiert. Auch die Abdominalschmerzen waren noch leicht zu verspüren, aber es war kein Vergleich mehr zu gestern, wo ich vor lauter Schmerzen nicht mehr hatte laufen können. Geschweige denn denken. Ich verspürte nur noch die leisen Nachwirkungen des Spinnengiftes, dessen Überreste vermutlich noch immer in meinem Organismus waren. Aber alles in allem ging es mir besser als gedacht.

Zum Glück war Sophie an meiner Seite. Nicht auszudenken, was passiert wäre, wenn ich allein auf meinen Touren unterwegs gewesen wäre. Wir hatten keinen Empfang gehabt, und ich wäre ohne ihre Hilfe nicht mehr in der Lage gewesen, ins Krankenhaus zu fahren – oder zumindest in die Nähe von Zivilisation zu kommen. Natürlich hätte ich den Biss mit sehr hoher Wahrscheinlichkeit auch überlebt, wenn Sophie mich nicht in ein Krankenhaus gefahren hätte, aber dann hätte ich vierundzwanzig Stunden lang mit den höllischsten Schmerzen meines Lebens zu kämpfen gehabt.

Und Sophie ... obwohl sie mir mehrfach versichert hatte, dass sie seit mehreren Jahren kein Auto mehr gefahren war, hatte sie mich sicher hierhergebracht – wo auch immer *hier* gerade war. Ich konnte mich nicht mehr an viel erinnern, nachdem wir in den VW gestiegen waren. Ich wusste noch, dass ich ein Medical Center im Navi angewählt hatte, aber wo das lag? Nicht den blassesten Schimmer.

Langsam regte Sophie sich. Ihr Kopf drehte sich zur Seite, und dieser Laut ertönte, den man von sich gab, wenn man realisierte, dass man wach wurde, aber eigentlich weiterschlafen wollte. Mit meiner freien Hand strich ich ihr einige Haare aus der Stirn, und sobald meine Finger ihre Schläfe berührten, öffnete sie flatternd die Augen.

»Cooper.« Ihre Stimme war vom Schlafen noch ganz belegt. »Du bist schon wach.«

In meinen Mundwinkeln zuckte es. »Schon etwas länger. Wie fühlst du dich?«

Mit einem Ruck setzte sie sich gerade auf. »Das sollte ich viel eher dich fragen. Ich wurde gestern nicht von einer Spinne ins Delirium geschickt.«

»Aber du hast in einer Position geschlafen, die alles andere als bequem aussieht.«

Röte zeichnete sich auf ihren Wangen ab, und sie senkte den Blick. »Das war so nicht geplant. Eigentlich wollte ich nur kurz nach dir sehen und mir dann mit dem VW ein schönes Plätzchen zum Übernachten suchen, aber ...« Sie brach ab und biss sich auf die Unterlippe.

»Aber was?«, hakte ich nach, als sie nicht weitersprach.

»Nun ja.« Verlegen blickte sie auf, ihre Wangen noch mehr

gerötet. »Du hast im Schlaf meine Hand umklammert und dich halb draufgelegt. Ich hätte unmöglich aufstehen können, ohne dich zu wecken, und das wollte ich auf gar keinen Fall.«

Sie sah noch immer unfassbar verlegen aus, und ich konnte nicht anders als lachen. »O Gott, das tut mir leid. Aber es wäre voll okay gewesen, mich zu wecken, weil ich deinen Arm in Beschlag genommen habe.« Ich hatte nicht gewusst, dass ich im Schlaf wohl körperliche Nähe brauchte. Das war mir nach der Nacht auf dem Dach des VW-Busses bereits aufgefallen. Schon da war ich an Sophie geschmiegt aufgewacht. Und wenn ich mich jetzt wieder an sie geklammert hatte, weil sie neben mir gesessen hatte, musste ich wohl jemand sein, der gern kuschelte, obwohl ich das seit meiner Kindheit nicht mehr wirklich getan hatte.

»Das muss dir nicht leidtun«, entgegnete Sophie sofort. »Es hat mich nicht gestört, und eigentlich wollte ich auch gar nicht einschlafen. Ich dachte, du lässt mich schon irgendwann los, und dann kann ich gehen. Aber ich muss wohl so erschöpft von den Ereignissen des Tages gewesen sein, dass ich einfach weggedöst bin.«

»Dann hoffe ich zumindest, dass dein Rücken dir keine Probleme bereitet.«

Sie schüttelte den Kopf. »Nee, alles gut. Aber wie geht es dir eigentlich? Ich hatte richtig Angst um dich.«

»Ganz gut soweit. Ein wenig fühlt es sich noch an, als hätte ich einen Hangover, aber davon abgesehen geht es mir schon deutlich besser.« Kurz drückte ich Sophies Hand, die noch immer mit meiner verflochten war. »Ich hatte auch echt Schiss gestern. Danke, dass du mich hergebracht hast!«

»Jederzeit wieder«, sagte sie sofort.

Ehe ich antworten konnte, wurde die Tür hinter ihr geöffnet, und eine Schwester trat ein. »Guten Morgen, Cooper. Ich bin Schwester Joleen. Wie geht es dir heute?«

»Schon viel besser, danke.«

Sie trat ans Bett, legte eine Manschette um meinen Arm und maß meinen Blutdruck. Dann nahm sie meine Temperatur, hörte mein Herz und meine Lunge ab und prüfte die Sauerstoffsättigung in meinem Blut. »Es sieht alles gut aus. Wenn du dich fit genug fühlst und die Ärztin nichts Gegenteiliges sagt, kannst du das Medical Center später verlassen.«

Erleichterung durchflutete mich. Auch wenn ich den Ärzten hier dankbar war für das, was sie getan hatten, war ich froh, die Einrichtung bald wieder verlassen zu können. Ich war kein großer Fan von Krankenhäusern, auch wenn ich nie länger in einem gewesen war.

Trotzdem dauerte es noch bis zum frühen Nachmittag, ehe die Ärztin bei mir war und ich gehen durfte. Am Eingang musste ich eine horrende Summe für die eine Nacht bezahlen, aber das war es mir wert. Obwohl ich den ganzen Tag nichts anderes getan hatte als rumzuliegen, spürte ich erneut Müdigkeit über mich hereinbrechen. Auch Sophie sah alles andere als fit aus, daher gingen wir nur etwas zu Abend essen und checkten dann in einem kleinen, aber gepflegt aussehenden Motel ein. Weil ich es nicht anders gewohnt war, buchte ich zwei Einzelzimmer für uns, und mir fiel erst im Nachhinein ein, dass ich ja auch ein Doppelzimmer hätte nehmen können. Aber vielleicht würde es uns beiden guttun, diese Nacht in eigenen Betten zu verbringen.

Am nächsten Morgen fühlte ich mich deutlich frischer. Nach einer ausgiebigen Dusche ging ich in den Raum, in dem Frühstück serviert wurde. Sophie saß bereits an einem der Tische, einen Teller mit Brötchen, Käse und frischem Obst vor sich stehen.

»Bist du aus dem Bett gefallen?«, fragte ich zur Begrüßung. Sonst war sie nie vor mir wach gewesen.

»So ungefähr. Ich konnte um sieben nicht mehr schlafen, und da dachte ich, dann kann ich auch aufstehen.« Sie deutete auf die Metallkanne, die zwischen uns auf dem Tisch stand. »Da ist Kaffee, wenn du möchtest.«

»Danke.« Ich füllte meine Tasse, dann stand ich auf, um mich am Büfett umzusehen.

Eine große Auswahl gab es nicht, aber ich entdeckte Müsli und sogar eine Pflanzenmilch und bediente mich daran. In eine zweite Schale füllte ich etwas Obstsalat, dann ging ich zu Sophie zurück.

»Wie geht es dir?« Sie biss von ihrem Brötchen ab und sah mich neugierig an.

»Echt gut, ich merke eigentlich nichts mehr von dem Biss.« Selbst die rötlichen Stellen an meinem Knöchel waren mittlerweile verblasst, wie ich unter der Dusche festgestellt hatte.

»Also bist du wieder voll einsatzbereit, oder soll ich heute noch mal fahren?«

Meine Augenbrauen hoben sich vor Erstaunen. »*Möchtest* du denn fahren?«

Sophie verzog den Mund. »Nicht unbedingt. Also es war okay, dich hierherzubringen, und wenn du dich lieber noch einen Tag ausruhen möchtest, würde ich die Fahrt übernehmen, aber von *wollen* bin ich noch weit entfernt.«

Ich musste mich zwingen, meinen Gesichtsausdruck neutral zu halten, denn ich war mir nicht sicher, ob Sophie sich bewusst war, wie sehr sich ihre Aussage zum Fahren gewandelt hatte. Noch am Ningaloo Reef hatte sie gesagt, dass sie sich nie wieder hinter ein Steuer setzen würde, und auch vorgestern, als ihr keine andere Wahl mehr geblieben war, war ihre Abneigung deutlich spürbar gewesen. Doch jetzt würde sie eine weitere Fahrt übernehmen, auch wenn sie es nicht unbedingt wollte.

»Du solltest deinen Führerschein machen.« Ich nahm den

Obstsalat, löffelte die Früchte über mein Müsli und vermischte alles miteinander.

Augenblicklich schüttelte Sophie den Kopf. »Das wird nicht gut enden. Ich habe höllische Prüfungsangst, was mich ja überhaupt erst in diese prekäre Situation gebracht hat. Egal, wie gut ich vorbereitet bin, in Prüfungen versage ich meist auf ganzer Linie.«

Mit einem Schnauben legte ich den Löffel beiseite und fixierte sie über den Tisch hinweg. »Du hast es geschafft, mich in der größten Stresssituation, ohne Führerschein und nachdem du mehrere Jahre nicht gefahren bist, sicher ins Medical Center zu bringen. Du schaffst deinen Führerschein jetzt mit links. Falls du wieder Angst dabei bekommst, denk einfach an diese Situation, die du ganz allein bewältigt hast.«

Sophies Wangen röteten sich. »Das ... wow, damit habe ich nicht gerechnet.«

»Es ist nur die Wahrheit.«

»Ja, schon, aber ...« Sie brach ab und zog die Nase kraus. »Ich weiß nicht, wie ich es beschreiben soll. Ich kann in den Situationen nicht rational denken. Ich meine, ich lerne ja auch vorher und kenne den Stoff eigentlich. Trotzdem fällt mir in der Prüfung dann super viel nicht ein. In der Fahrprüfung war es sogar noch schlimmer. Es hat mich komplett überfordert, auf so viele Dinge gleichzeitig achten zu müssen, dabei hatte es mir zuvor in den Fahrstunden keine Schwierigkeiten bereitet.«

»Macht dir der Prüfer zu schaffen, der dir über die Schulter sieht?«, fragte ich.

»Nee, es ist eher die Prüfungssituation an sich. War bei Klausuren an der Uni genauso. Auch wenn da Hunderte Studierende in einem Raum gesessen haben mit nur einer Aufsicht – die meistens nicht mal ein Prof war –, war ich schon komplett blockiert.«

Ich stützte die Ellbogen auf den Tisch und lehnte mich zu

Sophie vor. »Aber zählt die Fahrt zum Medical Center nicht in gewisser Weise auch als Prüfungssituation? Du bekommst zwar keine Note dafür – und wenn, würdest du von mir eine glatte Eins kriegen –, zudem war es unabdingbar, dass wir heil ankamen.«

Nachdenklich legte Sophie den Kopf schief. »Stimmt schon, aber ist es beim Autofahren nicht immer wichtig, dass man heil ankommt?«

Verdammt, damit hatte sie recht. »Trotzdem hast du deine Sache gut gemacht.«

Jetzt schnaubte sie abfällig. »Als hättest du das im Delirium mitbekommen.«

Zerknirscht lehnte ich mich im Stuhl zurück und löffelte den letzten Rest meines Müslis aus. »Okay, habe ich nicht«, gab ich zu. »Aber der VW hat keine neuen Kratzer, das spricht eindeutig für dich.«

Ein Lachen brach aus ihr heraus. »Du hast nicht allen Ernstes die Kratzer am Bus gezählt.« Sie umfasste die Kaffeetasse mit beiden Händen und sah mich über den Rand hinweg mit leuchtenden Augen an.

»Natürlich. Und ich kann dir bei jedem einzelnen sagen, woher er kommt.«

»So viele sind da gar nicht.«

Jetzt musste ich ebenfalls lachen. »Deswegen ist es ja so leicht zu merken.«

»Du bist unmöglich«, sagte Sophie, konnte das Zucken in ihren Mundwinkeln aber nicht vollständig unterbinden.

»Worauf ich eigentlich hinauswollte«, lenkte ich das Gespräch wieder in eine andere Richtung, »ist, dass du ganz offensichtlich Auto fahren kannst, und ich denke, dass du die Prüfung wiederholen solltest.«

Sofort verschloss sich ihre Mimik, und sie ging in Abwehrhaltung, rutschte sogar mit ihrem Stuhl zurück, um Abstand zwischen uns zu bringen.»Auf gar keinen Fall. Ich will mich diesem Stress und dieser Angst nie wieder aussetzen. In Frankfurt Auto zu fahren ist etwas völlig anderes als hier, wo kaum jemand auf den Straßen unterwegs ist. Die Wahrscheinlichkeit, dort einen Unfall zu bauen, ist exponentiell höher.«

In gewisser Weise konnte ich sie verstehen. Vermutlich würde es vielen ähnlich wie Sophie gehen, wenn sie während einer Prüfung eine beängstigende Situation erlebt hätten. Und beinahe einen Unfall verursachen, hätte der Fahrlehrer nicht in letzter Sekunde eingegriffen, zählte eindeutig dazu. Gleichzeitig konnte man Ängste aber auch nur überwinden, wenn man sich ihnen stellte.

»Aber willst du dieses Trauma nicht irgendwann hinter dir lassen?« Ehe sie antworten konnte, hielt ich eine Hand hoch. »Du musst das nicht sofort beantworten. Denk einfach darüber nach, gern auch, wenn du schon wieder zurück in Deutschland bist. Ich bin überzeugt, dass du es schaffen kannst.«

Schließlich nickte Sophie.»Ich denke drüber nach, versprochen.«

Mehr wollte ich gar nicht.»Und bist du bereit für den letzten Punkt auf unserer Tour, ehe es zurück nach Eden geht?«

Irgendwie war es unbegreiflich für mich, dass unser Roadtrip kurz vor dem Ende stand. Über vier Wochen waren wir mittlerweile unterwegs, und es kam mir nicht annähernd so lang vor. Die Zeit war wie im Flug vergangen, und es würde sich sehr seltsam anfühlen, mich bald von Sophie verabschieden zu müssen.

Ihr schien es ähnlich zu gehen, denn Überraschung legte sich auf ihre Züge.»Wir sind schon fast am Ende?« Bedauern war ihren Worten zu entnehmen, aber auch noch etwas anderes, das ich nicht deuten konnte.»Am liebsten würde ich noch zwei Wochen dranhängen.«

Ich auch, schoss es mir durch den Kopf. Was mich aber noch viel mehr erstaunte, war, dass Sophie der Grund für diese Gedanken war. Ich wollte den Trip vor allem deswegen verlängern, weil ich mehr Zeit mit ihr verbringen wollte. Ich wollte noch nicht aufgeben, was sich zwischen uns entwickelt hatte, und hatte keine Ahnung, wie ich mit diesen Empfindungen umgehen sollte, weil sie absolutes Neuland für mich waren.

Zum Glück bekam Sophie von meinem inneren Tumult nichts mit, weil sie gleich weitersprach. »Ich weiß, das geht nicht, weil Isabel und ich in einer Woche zurück nach Deutschland fliegen, und du hast mit dem *Moonlight* sicher auch genug zu tun. Aber wenn ich könnte, würde ich noch verlängern.«

Ich blickte zu ihr rüber, in ihre warmen, hellbraunen Augen, und konnte nicht anders als ehrlich zu antworten: »Mir geht es genauso.«

Ein weiches Lächeln umspielte ihre Lippen, das ein Prickeln in meinem Magen freisetzte. »Also, was hast du dir jetzt für den letzten Stopp überlegt?«

Fast wäre mir herausgerutscht, was auf der Agenda stand, doch ich fing mich im letzten Moment. »Das ist eine Überraschung. Weißt du doch.«

»Natürlich.« Ihr Grinsen wurde breiter. »Alles andere hätte mich auch enttäuscht.« Fein säuberlich legte sie Messer und Gabel auf ihrem leeren Teller nebeneinander. »Wollen wir dann los? Je eher wir aufbrechen, desto schneller erfahre ich, was du dir vorgenommen hast.«

»Klar.« Ich schob meine Müslischüssel beiseite und stand auf. »Ich hole nur schnell meine Sachen, dann können wir auschecken.«

Sophie deutete auf ihren Backpack, den sie halb unter den Tisch geschoben hatte. »Das hab ich schon gemacht, ich warte also hier.«

Ich nickte ihr zu, dann wandte ich mich ab, um zu meinem Zimmer zu gehen.

Kapitel 26

SOPHIE

Auf der Fahrt zu *Wo-auch-immer-Cooper-mich-diesmal-hinbrachte* war ich ungewöhnlich grüblerisch. Bis er es beim Frühstück angesprochen hatte, war mir gar nicht bewusst gewesen, dass unser Roadtrip fast vorbei war. Ich hatte nicht einmal realisiert, dass wir Western Australia bereits vor einigen Tagen verlassen hatten und in South Australia angekommen waren. Vielleicht war ich wirklich unaufmerksamer geworden, anfangs hatte ich mir nämlich penibel gemerkt, wo wir uns befanden und wie unsere Route verlief. Vielleicht hatte es mein Unterbewusstsein aber auch absichtlich verdrängt, denn erneut wurde mir schlagartig bewusst, wie groß meine Abneigung geworden war, Australien zu verlassen.

Ich konnte es gar nicht richtig benennen, denn es war nicht so, dass in Deutschland ein schlechtes Leben auf mich wartete. Ich hatte großartige Eltern, die beste kleine Schwester, die man sich vorstellen konnte, und tolle Freunde. Ich war nie gemobbt worden, mochte mein Studium und auch das Dorf, in dem ich aufgewachsen war. Trotzdem hatte ich mich noch nie so wohlgefühlt wie die letzten zwölf Monate. Fast kam es mir vor, als wäre ich diejenige, die einen australischen Vater hat und nun zu ihren Wurzeln gefunden hatte. Dabei war es Isabel gewesen, die ich hierher begleitet hatte, um nach Anhaltspunkten zu ihrem australischen Dad zu suchen, an den sie sich nicht erinnern konnte.

Trotzdem fühlte ich mich Australien auf eine Art und Weise verbunden, die ich zuvor nicht gekannt hatte. Wir waren auf einer Wellenlänge, wenn man das so sagen konnte, was im Übrigen nichts mit Cooper zu tun hatte. Auch wenn ich mir mittlerweile eingestehen musste, in ihn verliebt zu sein, hatte er nichts mit meinem Wunsch zu tun, länger in Australien bleiben zu wollen. Nun ja ... zumindest nur ein kleines bisschen.

Diese Reise, die ein letztes großes Abenteuer hatte sein sollen, bevor ich mein Masterstudium startete, hatte sich zu so viel mehr entpuppt. Nicht nur stellte ich mittlerweile infrage, ob ich das Masterstudium überhaupt wollte, ich hatte hier so viel mehr gelernt. Über mich, meine Ernährung und mein Verhältnis zu meiner Umwelt. Wer *ich* wirklich sein wollte. Ich war sogar wieder Auto gefahren, obwohl ich mir sehr sicher gewesen war, mich nie wieder hinter ein Steuer zu setzen. Gut, es war eine Ausnahmesituation gewesen. Wir hatten ohne Empfang mitten im Nirgendwo festgesteckt, aber wie Cooper bereits gesagt hatte, vielleicht hatte ich genau das gebraucht, um über meinen Schatten zu springen.

Ich ließ meinen Blick aus dem Seitenfenster nach draußen wandern. Bereits seit einiger Zeit fuhren wir an endlos langen Weinbergen vorbei. Als jemand, der in der Nähe von Rheinhessen aufgewachsen war, erkannte ich sie sofort, nur dass hier überwiegend rote anstatt weißer Trauben an den Weinreben wuchsen. Und da klingelte etwas bei mir. Konnte es das Weinanbaugebiet des Shiraz sein? In einem Reiseführer hatte es ein ganzes Kapitel über diese Region gegeben, die den Namen eines britischen Rennstalls trug. Das wusste ich noch, weil ich es lustig gefunden hatte, aber welches war es noch gleich?

»Fahren wir nach McLaren Vale?«

Cooper sah mich erstaunt an. »Du bist wirklich gut. Hätte nicht gedacht, dass du es errätst.«

»O was, echt?« Jetzt konnte ich ein Lachen nicht mehr unterbinden. »Ist das nicht viel zu *touristisch* für dich?«, zog ich Cooper auf. Ich erinnerte mich noch daran, als wäre es gestern gewesen, dabei kam es mir gleichzeitig wie aus einem anderen Leben vor, als er zu mir gesagt hatte, wenn er die Reise mit mir machte, würde er mir nur Dinge abseits der großen Touristenspots zeigen. Auch zum Uluru hatte er mich nur mit gerümpfter Nase gebracht – obwohl er dort mehr Fotos als ich geschossen hatte. Seitdem hatte ich Cooper komplett die Führung überlassen, wohin wir fuhren, und nicht eine Sekunde davon bereut. Aber anders als heute hatte er mich bisher wirklich in Gegenden gebracht, die unbewohnt und nur von wenigen bis keinen Touristen besucht gewesen waren. Am meisten Leute hatten wir noch am Ningaloo Reef gesehen, und auch die waren verglichen mit dem Great Barrier Reef vermutlich nur ein Fliegenschiss gewesen.

Doch hier waren schon mehr Autos auf den Straßen unterwegs, obwohl das Weinanbaugebiet ebenfalls außerhalb von Ortschaften lag. Erste Wegweiser deuteten darauf hin, was sich in der Gegend befand, wo das Touristencenter, das anliegende Hotel und die Anmeldung für die Tour durch die Weinberge zu finden seien. Cooper steuerte den Weg in Richtung Hotel an.

»Das ist sehr touristisch, das stimmt. Gleichzeitig ist der Shiraz aber auch ein Wahrzeichen Australiens, das weltweit bekannt ist. Die Führungen hier sind sehr gut, und abends gibt es ein großartiges Drei-Gänge-Menü mit Weinverkostung.« Er warf mir einen schnellen Blick aus dem Augenwinkel zu.

»Ich bin sehr gespannt, immerhin bin ich auch in einer Weinregion aufgewachsen.«

Zweifelnd zog Cooper eine Augenbraue hoch. »Ich dachte, ihr Deutschen seid nur für euer Bier bekannt.«

Mein Schnauben konnte ich nicht verhindern. »Darin sind wir gut, ja. Gleichzeitig haben wir noch so viel mehr zu bieten.«

Coopers Blick brannte sich in meinen, mit einer Intensität,

die zuvor nicht da gewesen war.»Das beginne ich langsam zu begreifen.«

Wir fuhren auf einen großen Parkplatz, der nur zur Hälfte mit Autos besetzt war. Dahinter konnte man bereits das Hotel erkennen. Ein großes, vierstöckiges Haus im viktorianischen Stil, das einerseits nicht hierherpasste, sich andererseits aber perfekt in seine Umgebung schmiegte.

Wir stiegen aus und holten unsere Rucksäcke aus dem hinteren Teil des VW. Auch wenn ich es vor Cooper nicht zugeben wollte, freute ich mich darauf, bei unserem letzten Stopp in einem richtigen Bett schlafen zu können und richtig zu duschen, anstatt mich nur mit Katzenwäsche zu begnügen.

Cooper griff nach meiner Hand und verflocht unsere Finger miteinander, was er seit unserer Nacht auf dem Dach des Busses nicht mehr getan hatte. Zumindest nicht aktiv. Zwar hatte er sich auch im Krankenhaus an mich geklammert, doch das war im Schlaf geschehen, und vermutlich hätte er unbewusst jede Hand genommen, die greifbar gewesen wäre. Plötzlich war er mir so nah, dass ich den Kopf in den Nacken legen musste, um ihm in die Augen sehen zu können.

»Ich hoffe, es ist okay, dass ich ein Zimmer für uns zusammen gebucht hab.«

Ich schluckte und vergaß beinahe zu nicken.»Natürlich«, krächzte ich, weil meine Kehle mit einem Mal staubtrocken war. Aber der bloße Gedanke daran, mir erneut ein Bett mit ihm zu teilen, ließ Bilder von dem in mir aufsteigen, was beim letzten Mal passiert war. Und ja, ich wollte das wiederholen. Unbedingt.

Gemeinsam gingen wir auf das Hotel zu. Die Türen öffneten sich automatisch, als wir den Bewegungsmelder passierten, und drinnen begrüßte uns die kühle Luft der Klimaanlage. Neugierig sah ich mich um. Der Boden war aus Marmor, die Wände in warmen Holztönen gehalten, und alte Kronleuchter hingen von den Decken. Es wirkte gemütlich und edel, ohne mir dabei das Gefühl zu vermitteln, underdressed zu sein. Auch die anderen Leute, die sich in der Lobby aufhielten, waren eine bunte Mischung. Eine Familie mit einem kleinen Kind, das ungefähr fünf Jahre alt sein musste und an einer Lampe auf einem Tisch herumspielte. Ein älteres Ehepaar, das so schick angezogen war, als wäre es bereit, auszugehen. Und eine Gruppe junger Frauen, die ich auf Mitte zwanzig schätzte und die in Flipflops, Shorts und T-Shirts gekleidet waren.

Schnurstracks lief Cooper zur Anmeldung, und ich folgte ihm. »Cooper Lee, ich hatte reserviert.«

Der junge Kerl hinter der Anmeldung, der auf den ersten Blick nicht älter als achtzehn wirkte, tippte auf seiner Tastatur herum und nickte schließlich. »Wenn Sie hier bitte Ihre Personalien eintragen würden.« Er schob uns einen Anmeldebogen zu, dann wandte er sich zur Seite und suchte einige Sachen zusammen.

Cooper füllte einen Großteil des Bogens aus, dann reichte er ihn mir, damit ich ebenfalls meinen Namen und meine Telefonnummer eintragen konnte.

»Willkommen im McLaren Vale Palace«, sagte der junge Typ, nachdem er unsere Aufmerksamkeit wieder hatte. Er schob uns einen Lageplan zu. »Wir sind hier im Hotel.« Er malte einen Kreis um das Gebäude. »Da Sie auch eine Tour durch die Weinberge und Weinkeller gebucht haben, müssen Sie für deren Beginn hierher.« Er setzte ein Kreuz an die entsprechende Stelle. »Das Abendessen gibt es ab neunzehn Uhr in unserem Restaurant.« Er deutete nach links, wo ein hell erleuchteter Gang wegführte. »Dort gibt es morgen ab sieben auch Frühstück. Ihr Zimmer befindet sich im dritten Stock, und die Aufzüge befinden sich hier rechts. Wir wünschen Ihnen einen angenehmen Aufenthalt.« Er nickte zu den Aufzügen, die ich längst entdeckt hatte.

»Vielen Dank.« Cooper nahm die Schlüsselkarte und den Lageplan entgegen, dann gingen wir zu den Aufzügen. Ich drückte auf einen der Knöpfe, dann lehnte ich mich an ihn, während wir warteten. Sofort legte Cooper einen Arm um meine Schultern und drückte mir einen Kuss auf die Schläfe. Das mittlerweile bekannte Prickeln in meinem Unterleib setzte ein. Nach dem Spinnenbiss hatte ich mich nicht mehr getraut, einen Vorstoß bei Cooper zu wagen, und auch er hatte seitdem keine Anstalten in diese Richtung gemacht, daher war ich froh, dass wir zu diesem vertrauteren Umgang zurückgekehrt waren.
Auch wenn es das letzte Mal war.
Ich verfluchte mein Unterbewusstsein für die Erinnerung und schob jeden Gedanken daran ganz weit weg. Ich wollte jetzt nicht daran denken, dass es die letzte gemeinsame Nacht für uns war, ich wollte einfach nur den Abend genießen, ohne an morgen denken zu müssen.

Wir brachten unsere Sachen in das Zimmer, das zwar klein, aber gemütlich war. Bodentiefe Fenster ließen viel Licht in den Raum, das Doppelbett war groß und gemütlich – ich musste natürlich zuerst den Liegetest machen. Zwei kleine Kommoden standen für unsere Sachen bereit, aber bei nur einer Nacht lohnte es sich nicht, irgendwas auszupacken. Ich brachte bloß meinen Kulturbeutel ins angrenzende Bad, machte mich kurz frisch, dann brachen wir bereits zu der Führung auf.

Eine Stunde lang stapften wir durch die Weinberge. Ich lernte viel über die unterschiedlichen Rebsorten, die verwendet wurden. Wir durften Weintrauben direkt von den Reben probieren, die so süß und saftig waren, wie ich sie zu Hause noch nie gegessen hatte. Dann wurden wir in den Weinkeller gebracht, wo die eigentliche Magie passierte. Wir betraten einen riesigen unterirdischen Keller mit niedrigen Decken. Die Weinfässer waren größer als ich, und es standen so viele in diesem Raum, dass ich sie unmöglich zählen konnte. Ich hatte keine Ahnung, wie viele Flaschen Wein man aus diesen Fässern herausbekommen würde. Die Zahlen mussten in die Tausende gehen. Aber wenn man bedachte, dass der berühmte Shiraz in die ganze Welt verkauft wurde, waren diese Mengen auch vonnöten.

Nach dem Rundgang wurden wir durch einen Tunnel, der das Weinlager mit dem Hotel verband, dorthin zurückgebracht. Mein Magen knurrte mittlerweile, und ich war froh, dass wir direkt ins Restaurant gehen konnten.

»Das sieht echt hübsch aus«, sagte ich, als wir uns setzten. Die Tische waren mit fliederfarbenen Decken geschmückt, die Serviette auf unseren Tellern wie eine Blume gefaltet, und eine Kerze brannte bereits in der Mitte.

»Ich war noch nie hier«, gestand Cooper. »Aber ich habe gehört, dass es einen Abstecher wert ist.«

Ein Kellner trat an unseren Tisch, nahm unsere Getränkebestellung abseits des Weins auf, denn zu jedem Gang wurde ein komplementärer Wein gereicht, und fragte uns, ob wir unsere Gerichte vegan, vegetarisch oder mit Fleisch wünschten. Wie Cooper wählte ich die vegane Auswahl. Nicht nur hatte ich mich mittlerweile daran gewöhnt, ich fragte mich sogar, warum ich mich nicht schon länger so ernährte. Oder warum ich meine Ernährung, bevor ich nach Australien gekommen war, nie infrage gestellt hatte. Meine Freunde und ich hatten unseren Fleischkonsum nie für problematisch angesehen, dabei war doch mittlerweile allseits bekannt, dass man besser ohne auskam.

»So, das wird also unser letzter Stopp.« Ich wusste nicht, warum ich das Thema ansprach, wo ich diese Tatsache doch eigentlich verdrängen wollte.

Cooper nickte nachdenklich und füllte unsere Gläser mit Wasser aus einer Karaffe, die bereits auf dem Tisch gestanden hatte. »Wie hat dir unser Roadtrip gefallen?«

»Er war alles, was ich mir von ihm erhofft hatte.« *Und gleichzeitig auch so viel mehr,* fügte ich in Gedanken hinzu. Denn er hatte mir auch klargemacht, dass diese Unruhe, die ich vor der Abfahrt in Eden verspürt hatte, nicht daher gerührt hatte, dass ich nicht genug von Australien gesehen hatte. Das hatte ich mir bloß eingeredet, weil ich der Wahrheit nicht ins Gesicht sehen wollte. Denn ich verspürte sie immer noch, stärker als zuvor sogar. Und sie kam einzig und allein davon, weil ich Australien nicht verlassen wollte. Doch egal, wie ich es drehte und wendete, es führte kein Weg daran vorbei.

»Was steht für dich an, wenn du zurück in Deutschland bist?«

Ich schluckte den bitteren Geschmack in meinem Mund hinunter und rang mir ein Lächeln ab. »Mein Masterstudium geht los, ich werde also beschäftigt sein.«

Zweifelnd zog Cooper die Augenbrauen hoch. »Das klingt nicht sehr begeistert.«

Im Stillen verfluchte ich mich dafür, dass er mich so leicht durchschauen konnte, dabei wusste ich nicht mal, warum. Aber ich wollte nicht, dass er von meiner Abneigung, zurück nach Deutschland zu kehren, erfuhr. Und vor allem wollte ich nicht diesen wundervollen Abend mit meinem Gejammer zerstören.

»Ich bin einfach etwas melancholisch, weil ich im letzten Jahr eine so gute Zeit hier hatte. Das vergeht schon wieder.«

»Okay.« Cooper nickte, auch wenn er nicht ganz überzeugt wirkte.

»Was steht für dich zurück in Eden an?«, lenkte ich das Thema von mir weg.

Der Kellner trat zurück an unseren Tisch, stellte meine Cola und Coopers Apfelsaft vor uns ab sowie ein Glas Sekt für jeden als Aperitif.

Als er wieder weg war, nahmen wir die Sektgläser in die

Hand, stießen an und tranken einen Schluck. Der Sekt war fruchtig und besonders feinperlig auf meiner Zunge. Normalerweise war ich kein großer Fan davon, aber an diesen hier könnte ich mich gewöhnen.

»Ich muss mich in Eden endlich um die Nachfolge des *Moonlight* kümmern«, griff Cooper unser Gespräch wieder auf. »Keine Ahnung, wie ich das anstellen soll, aber ich will Grandpas letzten Wunsch erfüllen.«

»Du könntest eine Anzeige in die Zeitung setzen«, schlug ich vor. »Oder sie in Onlineportalen für Stellenanzeigen veröffentlichen.«

Cooper nickte. »Das ist der leichte Part. Aber ich weiß nicht, wie ich ein vernünftiges Bewerbungsgespräch führen und dabei herausfinden soll, ob die Person wirklich vorhat, das *Moonlight* so zu führen, wie Grandpa es sich gewünscht hätte.«

Ich verstand seine Bedenken besser, als er es sich vorstellen konnte. Ich hatte Bobby kennengelernt und unter ihm gearbeitet. Er hatte nicht nur unter seinen Mitarbeitenden ein besonderes Klima geschaffen, in dem sich jeder wohlfühlte, sondern auch dafür gesorgt, dass jeder und jede in seiner Bar willkommen war. Es war ein großes Erbe, das man nicht leichtfertig weitergab.

»Alternativ könntest du stiller Teilhaber bleiben, dann hättest du weiterhin Mitspracherecht, was im *Moonlight* passiert, und könntest gewisse Dinge auch in den Pachtvertrag schreiben lassen.« Ich nahm einen weiteren Schluck von meinem Sekt.

»Dann müsste ich aber regelmäßig dort sein und ein Auge auf die Sachen haben.« Cooper klang alles andere als begeistert, während er das Glas zwischen seinen Fingern drehte.

»Was ist so schlimm daran?«

Nachdenklich zog Cooper die Brauen zusammen. »Es würde sich wie eine Verpflichtung anfühlen, die ich mir nicht aufbürden will.«

Das konnte ich nachvollziehen, aber für irgendwas würde er sich entscheiden müssen. Dann fiel mir was anderes ein. »Oh! Was ist mit Grayson?«

Planlos sah er mich an. »Was soll mit ihm sein?«

»Warum überträgst du ihm nicht die Leitung? Er hat von uns allen am längsten unter Bobby gearbeitet. Er will unbedingt, dass das *Moonlight* weitergeführt wird wie bisher, und er kennt die Bar in- und auswendig.«

Zum ersten Mal war etwas anderes als Abwehr auf Coopers Gesicht zu erkennen. »Würde er das denn wollen?«

Das Gespräch, das wir an dem Abend geführt hatten, bevor Cooper ins *Moonlight* gekommen war, fiel mir wieder ein. *Ansonsten übernehme ich den Laden lieber.* Ich war mir sicher, dass es nur dahingesagt gewesen war, gleichzeitig hatte aufrichtige Entschlossenheit in seiner Stimme mitgeschwungen. Ihm war das *Moonlight* fast genauso wichtig wie Bobby. Seine Angst war ebenfalls gewesen, dass ein Nachfolger kam, der grundlegende Dinge änderte, nach denen sich die Bar fremd für uns anfühlen würde. Außerdem wäre er bald mit seinem Studium fertig und könnte sich voll auf das Business konzentrieren.

»Er würde dir sicher nicht viel Geld zahlen können ...«

»Darum geht es mir auch gar nicht.«

»Aber ich bin mir sicher, dass er die perfekte Besetzung für den Posten wäre.« Je länger ich darüber nachdachte, desto besser gefiel mir die Idee.

»Ich behalte das im Hinterkopf«, versprach Cooper, und ich registrierte zufrieden, dass sich die Sorgenfalten auf seiner Stirn geglättet hatten.

Genau in dem Moment kam der Kellner mit der Vorspeise. Ein Rote-Bete-Carpaccio, bei dem mir das Wasser im Mund zusammenlief. Dazu gab es den ersten leichten Wein, der fruchtig und damit perfekt auf das Essen abgestimmt war. Ich trank einen Schluck und ließ den Geschmack auf meiner Zunge zergehen.

»Wusstest du, dass es Menschen gibt, die sich nur um so etwas Gedanken machen? Den perfekten Wein zu einem Gericht zu finden?«, fragte ich Cooper.

Über den Rand seines Glases hinweg grinste er mich an. »Ist der Entzug da direkt in der Jobbeschreibung mit inbegriffen?«

Ich musste lachen und zog mein Glas näher zu mir heran. »Du weißt doch, wie es ist. Wer es empfiehlt, sollte es besser nicht zu oft testen.«

Cooper nickte ernst. »Wie bei Drogendealern. Da sind auch diejenigen die besten, die ihren Stoff zwar *kennen,* ihn aber nicht konsumieren.«

»Wow.« Ich prustete los. »Ich dachte eigentlich an etwas Unverfänglicheres als Drogen, aber okay.«

Er hob die Schultern und lehnte sich näher zu mir. Sein Gesicht war ausdruckslos, aber in seinen Augen tanzte der Schalk.

»Wenn wir es ganz genau nehmen, ist Alkohol auch eine Droge. Bloß eine gesellschaftlich akzeptierte.«

»Und vor allem eine, mit der man sich nicht strafbar macht.« Ich hob mein Glas an und prostete Cooper zu.

So ging es den Rest des Abends weiter. Wir genossen unser Drei-Gänge-Menü und die Weine, die dazu gereicht wurden, scherzten und witzelten miteinander und konnten kaum die Blicke voneinander lösen. Bei mir war es mittlerweile ja etwas völlig Normales. Schon bevor wir zu diesem Roadtrip aufgebrochen waren, hatte Cooper mich magisch angezogen. Anfangs war es bloß sein Aussehen gewesen. Sein Man-Bun, die Tattoos und seine warmen, braunen Augen. Dann kamen sein Job, die Fotografie und dieser VW-Bus hinzu, die mich völlig fasziniert hatten. Doch das alles kratzte bloß an der Oberfläche meines Interesses. Das allein würde mich nicht lange bei der Stange halten. Dann hatte ich ihn näher kennengelernt, und mit jedem Gespräch, jedem gemeinsamen Lachen und jedem trockenen Spruch war ich ihm mehr verfallen. Es war langsam geschehen, wie man abends in den Schlaf glitt. Ich hatte gar nicht gemerkt, *wie* es passierte, wusste nur, wann es zu spät gewesen war, um es noch umzukehren. Und ich würde alles genau so wieder machen. Selbst wenn es mir das Herz brach, ihn zurückzulassen, wenn ich nach Deutschland flog – was definitiv geschehen würde, machen wir uns nichts vor –, ich war dankbar dafür, diesen wundervollen Mann kennengelernt zu haben und diese letzten Wochen mit ihm verbringen zu dürfen. Niemand konnte mir das nehmen, und die Erinnerungen würden mich an kalten Tagen in Deutschland hoffentlich wärmen.

Wir waren leicht beschwipst, als wir zum Fahrstuhl gingen, der uns in den dritten Stock bringen sollte, wo unser Hotelzimmer lag. Cooper drückte einen der Knöpfe, dann legte er einen Arm um meine Schultern und zog mich eng an sich. Ich schlang die Arme um seine Mitte und vergrub mein Gesicht an seinem Hals. Tief atmete ich seinen unvergleichlichen Geruch ein, der hundert Prozent Cooper war und den ich für immer mit der Freiheit verbinden würde, die ich in den letzten Wochen verspürt hatte.

Ein leises *Pling* verkündete, dass der Fahrstuhl auf unserer Etage angekommen war. Cooper schob mich hinein und drückte den Knopf für unsere Etage. Sobald die Türen sich geschlossen hatten, wandte er sich mir zu. In seinem Blick lag ein Feuer, das meine Knie weich werden ließ. Aber ich hatte keine Zeit, mir Sorgen darum zu machen, dass sie unter mir nachgeben könnten, denn eine Sekunde später drückte Cooper mich mit seinem ganzen Gewicht gegen die Wand hinter mir. Ich spürte seinen warmen Körper und das kalte Metall des Aufzugs in meinem Rücken. Dann lagen seine Lippen auf meinen, die mich hungrig küssten, und es war restlos um mich geschehen. Ich krallte mich an Coopers Schultern fest und öffnete meinen Mund für ihn. Seine Zunge traf auf meine, verwickelte sie in einen leidenschaftlichen Tanz, und Hitze sammelte sich in meinem Unterleib. Cooper zu küssen war wie ertrinken und von den Toten auferstehen zugleich. Ich bekam nicht genug Luft, weil ich meinen Mund nicht von ihm lösen wollte, gleichzeitig hatte ich mich in meinem Leben nie lebendiger gefühlt. Eine elektrische Spannung raste durch meine Adern, die wie Adrenalin und ein Aphrodisiakum zugleich wirkte.

Bald hatte ich unsere Umgebung komplett vergessen, zumindest bis ein weiteres *Pling* ertönte und Cooper sich keuchend von mir löste. Blinzelnd kam der Fahrstuhl um uns herum wieder in mein Blickfeld, und ich bekam gerade noch mit, wie die Türen sich öffneten, da griff Cooper bereits nach meiner Hand und zog mich in den Flur, der zu unserem Zimmer führte.

Wir kamen nicht weit, denn nach wenigen Schritten blieb ich stehen, und diesmal war ich diejenige, die Cooper gegen die Wand des Flurs drückte und ihn mit einem Kuss überfiel. Nur zu gern ließ er es zu, und wir verfielen in einen weiteren heißen Kuss, den ich bis in die Zehenspitzen spüren konnte. Jede Zelle meines Körpers stand bereits unter Strom, aber ich wollte einfach nur mehr, mehr, mehr. Mehr von seinen Küssen, mehr von seinen Händen, die meinen Körper erkundeten, mehr von *ihm*. Vor allem wollte ich mehr Zeit mit ihm, aber ich wusste bereits jetzt, dass, egal wie viele Stunden uns zur Verfügung stünden, es einfach nie genug sein würde.

Das Geräusch einer sich öffneten Tür ließ uns auseinanderfahren. Keine zehn Meter von uns entfernt, trat ein älteres Ehepaar aus einem Zimmer heraus, das uns einen schmunzelnden Blick zuwarf. Wir mussten aber auch ein sehr eindeutiges Bild abgeben. Wir atmeten schwer, unsere Lippen glänzten und waren von unseren Küssen gerötet, und aus Coopers Man-Bun hatten sich einige Strähnen gelöst, die wirr von seinem Kopf abstanden. Mein Kleid war verrutscht, und wie meine Frisur aussah, wollte ich gar nicht wissen.

Ich lächelte entschuldigend und winkte dem Ehepaar zu, dann folgte ich Cooper, der mit der Schlüsselkarte bereits unsere Zimmertür öffnete. Drinnen machten wir gleich weiter. Cooper kickte die Tür mit seinem Fuß zu, schob eine Hand in meinen Nacken und zog mich zu seinem Mund. Seine Lippen waren so süß und weich, einfach alles, was ich mir gewünscht hatte.

Ich schob meine Hände unter sein T-Shirt und fuhr mit den Fingerspitzen über seine weiche Haut. Seine Muskeln spannten sich unter meinen Berührungen an, und er keuchte leise. Nie hatte mich ein Geräusch mehr angespornt als in diesem Moment. »Zieh das aus«, murmelte ich an seinem Mund.

Er kam meiner Aufforderung nach, packte den Bund des Shirts in seinem Nacken und zog es in einer fließenden Bewegung über seinen Kopf, während er mich gleichzeitig in Richtung Bett drängte. Als ich mit den Waden gegen die Bettkante stieß, ließ ich mich rücklings darauf fallen und zog ihn an seinem Gürtel mit mir. Mit den Ellbogen fing er sich ab, um mich mit seinem Gewicht nicht zu erdrücken, und ich nutzte den Moment schamlos aus. Ich schlang meine Beine um seine Mitte und drehte uns, bis ich auf ihm saß. Dann beugte ich mich vor und verteilte Küsse auf seinem Oberkörper. Ein Kuss für jedes Tattoo, das er sich hatte stechen lassen. Etwas, das ich schon lange hatte tun wollen. Cooper lehnte sich zurück und ließ mich gewähren. Seine Hand suchte nach meiner und verschränkte unsere Finger miteinander, und dieser Moment fühlte sich intimer an als alles, was wir bisher miteinander geteilt hatten.

Knapp über seinem Bauchnabel hörten die Tattoos auf. Ich erinnerte mich an die Stelle, die er mir gezeigt hatte, wo er sich das nächste stechen lassen wollte, und schenkte dieser besondere Aufmerksamkeit. Dann küsste ich einfach seine helle Haut weiter, auf der in den nächsten Jahren vermutlich ebenfalls Tätowierungen folgen würden.

Als ich am Bund seiner Jeans angekommen war, hielt Cooper mich auf und drehte uns, bis ich unter ihm lag. Ich spürte seine Erregung deutlich an meiner empfindlichsten Stelle und gab ein zufriedenes Seufzen von mir. Coopers Gesicht schwebte nur Zentimeter über meinem, eine Hand lag an meiner Wange, und er sah mich so liebevoll an, dass sich etwas in mir sehnsuchtsvoll zusammenzog.

»Ich hab eine Idee«, murmelte er, und der Schalk tanzte in seinen Augen.

»Will ich wissen, was es ist?«

»Oh, darauf könnte ich wetten.«

Ich knuffte ihn in die Seite, was ihn überhaupt nicht störte. »Jetzt sag schon.«

Er lachte leise und küsste meine Nasenspitze. »Was hältst du davon, wenn wir diese Nacht das Schlafen sein lassen und uns aufregenderen Dingen zuwenden?«

»Finde ich super«, sagte ich.

Und genau das taten wir.

Kapitel 27

SOPHIE

Die Nacht nicht zu schlafen war zugleich die beste und schlechteste Idee, die wir haben konnten. Ich fühlte mich vom Schlafentzug wie gerädert, aber wir hatten die Zeit sinnvoll genutzt, waren nicht nur dreimal übereinander hergefallen, sondern hatten auch gekuschelt und intensive Gespräche geführt. Es war nicht gelogen, wenn ich sagte, dass es die beste Nacht meines Lebens gewesen war. In Coopers Armen fühlte ich mich geborgen wie nie zuvor. Fast war es, als wären sie gemacht worden, um mich zu halten. Außerdem hatte ich das Gefühl, als könnte ich mit ihm über alles reden, und zwar nicht nur über die guten Dinge. Schon als ich ihm zum ersten Mal von meiner Prüfungsangst und der damit verbundenen Panik vor dem Autofahren erzählt hatte, hatte er verständnisvoll und mitfühlend reagiert. Er hatte mir keine dummen Sprüche gedrückt, wie ich sie zuvor mehrfach erhalten hatte. Auch wenn sie immer scherzhaft gemeint waren, hatten sie trotzdem wehgetan und zu meiner Entscheidung beigetragen, mich nie wieder hinter das Steuer eines Autos zu setzen. Doch von Cooper hatte ich das nie erfahren. Nur Verständnis und absolutes Vertrauen, dass ich es trotz aller Widrigkeiten schaffen würde. Man könnte argumentieren, dass ihm nach dem Spinnenbiss auch keine andere Wahl geblieben war, als in meine Fahrkünste zu vertrauen, aber genauso gut hätte er es auch selbst versuchen können.

Ich stopfte meinen Kulturbeutel zu den anderen Sachen in meinem Backpack, schob alles so weit wie möglich nach unten und zog die Schnüre zusammen. Dann ließ ich meinen Blick durch das Zimmer gleiten. Die Laken auf dem Bett waren noch zerwühlt, und bei ihrem Anblick stiegen sofort Bilder der vergangenen Nacht in mir auf. Atemlose Küsse, Coopers Hände auf meiner Haut und ein Orgasmus, nach dem ich Sterne gesehen hatte.

»Bist du so weit?« Cooper trat aus dem angrenzenden Bad und ging zu seinem Backpack, der bereits fertig gepackt neben der Tür stand.

Ich schluckte die Beklemmung hinunter, die plötzlich in mir aufkam. »Klar.« Meine Stimme klang fremd in meinen Ohren, aber falls Cooper es ebenfalls bemerkte, ließ er sich nichts anmerken. Er schaltete das Licht aus, warf sich seinen Backpack über die Schulter und trat hinaus in den Flur. Ich folgte ihm und zog die Tür hinter mir zu. Das Klicken, mit dem das Schloss einrastete, kam mir wie etwas Endgültiges vor.

Auch im Fahrstuhl musste ich sofort an die heißen Küsse denken, die Cooper und ich gestern hier getauscht hatten. Ich sah zu ihm, seine Lippen waren zu einer Linie zusammengepresst, und als unsere Blicke sich trafen, brachen wir beide in Gelächter aus. Röte schoss mir zudem wieder in die Wangen, dabei war mir nichts davon unangenehm oder peinlich. Aber am helllichten Tag kam mir unser übereinander Herfallen dann doch etwas überstürzt vor.

Wir checkten aus dem Hotel aus, verfrachteten unsere Backpacks in den hinteren Teil des VW-Busses und stiegen vorne ein.

»Bereit, nach Eden zurückzukehren?«, fragte Cooper, steckte den Schlüssel ins Zündschloss und startete den Wagen.

»Absolut nicht«, gestand ich. Am liebsten würde ich die Zeit zurückdrehen zu dem Moment, wo wir vom Sapphire Coast Koala Sanctuary losgefahren waren, und alles noch einmal erleben. Noch einmal den Uluru sehen, zur Wanderung im

King's Canyon aufbrechen, im Ningaloo Reef tauchen, Kängurus im Sonnenaufgang beobachten, durch die Geisterstadt laufen und unter dem Sternenhimmel schlafen. Er plusterte die Wangen auf. »Ich auch nicht, aber es nützt ja nichts.« Dann legte er den Rückwärtsgang ein und fuhr aus der Parklücke.

Wir erreichten Eden am nächsten Tag, nachdem wir eine weitere Nacht unter freiem Himmel verbracht hatten. Bereits die letzte Stunde hatte zwischen uns betretenes Schweigen im Wagen geherrscht, und sobald wir das Stadtschild passierten, gesellte sich eine Schwere dazu, die sich tief in meinem Magen festsetzte. Unser Roadtrip war endgültig vorbei, und nach fast fünf Wochen, die wir miteinander verbracht hatten, musste ich mich gleich von Cooper verabschieden. Ich warf einen Blick in seine Richtung. Cooper lenkte den VW mit der rechten Hand, die linke lag zur Faust geballt in seinem Schoß. Auch seine Lippen waren zu einer schmalen Linie gepresst, und er wirkte genauso angespannt, wie ich mich fühlte.

»Ich setze dich bei Liam ab, oder?«, fragte er in die Stille hinein. Auch wenn er nicht in meine Richtung sah, schien er bemerkt zu haben, dass ich ihn beobachtete.

Ich schluckte. »Ja, genau.«

Danach verfielen wir wieder in Schweigen für den kurzen Weg durch Eden hindurch, der viel zu schnell verging. Wir passierten den Hafen und kamen am *Moonlight* vorbei, vor dem schon einige Autos parkten. Dieses mittlerweile vertraute Städtchen zu sehen, die Häuser mit den blauen Dächern, gab mir ein Gefühl von zu Hause, und mir wurde bewusst, nicht das Ende unseres Roadtrips machte mir zu schaffen, sondern das Ende von Isabels und meiner Zeit in Australien. In vier Tagen würde es zum Flughafen gehen, von wo aus wir zuerst nach Singapur und dann weiter nach Frankfurt fliegen würden. Die Erkenntnis legte sich um mein Herz und drückte zu. Und sie ließ mich einen Entschluss fassen: Ich würde die letzten verbleibenden Tage genießen und möglichst nicht an den Abschied denken. Auch wenn es mir schwerfiel.

»Wir sind da«, riss Coopers Stimme mich aus meinen Gedanken, während er von der Straße abbog und auf den kleinen Waldweg fuhr, der zum Sanctuary führte. Ich nahm meine Handtasche aus dem Fußraum und suchte alle Sachen zusammen, die ich im Laufe der letzten Wochen im Wageninneren verteilt hatte. Mein Labello, eine Packung Taschentücher, meine Minzbonbons und natürlich mein Handy.

Kaum war ich damit fertig, erreichten wir die Lichtung des Reservats. Hier sah es aus, wie wir es zurückgelassen hatten. Das Haus könnte immer noch einen neuen Anstrich vertragen, dafür waren die drei Koalagehege nagelneu und modern. Der Pick-up und der Subaru parkten davor, nur Ellens Fahrrad war nicht zu sehen, also war sie wohl noch unterwegs. Alles hier fühlte sich so vertraut an, fast, als wären wir nie weg gewesen.

Cooper hielt mitten auf dem Hof an. Ich wandte mich ihm zu, um mich von ihm zu verabschieden, doch er schüttelte den Kopf. »Ich komm noch mit raus.«

Gemeinsam stiegen wir aus, Cooper holte meinen Backpack aus dem VW, und dann standen wir etwas unschlüssig voreinander. Ich konnte ihn nicht so recht anschauen und nestelte an einem Faden am Bund meines Oberteils herum. »Danke, dass du die Fahrt mit mir gemacht und mir alles gezeigt hast«, purzelten die Worte aus mir heraus. »Ich werde nie vergessen, was ich alles gesehen und erlebt habe.«

»Es war mir ein Vergnügen.« Cooper legte einen Finger unter mein Kinn, und automatisch hob ich den Kopf, bis sich unsere Blicke trafen. »Ich hatte noch nie so viel Spaß bei einer Fahrt.«

Meine Mundwinkel zuckten. »Obwohl du den Touristenmagnet Uluru über dich ergehen lassen musstest?«
Ein kleines Lächeln schlich sich auf Coopers Lippen. »Das war nur ein kleiner Beitrag.« Dann beugte er sich vor und küsste meine Stirn. Ich schloss die Augen und atmete tief seinen unvergleichlichen Geruch ein. Am liebsten hätte ich die Zeit angehalten, damit dieser Moment nie vorüberging, doch viel zu schnell löste Cooper sich von mir und trat einige Schritte zurück. »Wir sehen uns sicher noch mal im *Moonlight*, bevor ihr abreist?«
»Klar.« Da war die Abschiedsparty an unserem letzten Abend, von der Isabel gesprochen hatte, aber ich war mir sicher, dass wir bereits morgen Abend dort einfallen würden. Ich hatte meine Freunde vermisst und wollte sie schnellstmöglich wiedersehen.
»Bye, Sophie.« Cooper winkte ein letztes Mal, dann stieg er in den VW, startete den Motor und fuhr zurück zur Straße. Ich sah ihm hinterher, bis er im Blätterdickicht nicht mehr zu sehen war. Dann schulterte ich meinen Backpack und ging zum Haus.
Die Tür wurde geöffnet, als ich die Veranda betrat, und Isabel stürzte heraus. Sie fiel mir mit so viel Schwung um den Hals, dass ich zwei Schritte zurückstolperte. »Du bist wieder da!«, quietschte sie.
Lachend legte ich meine Arme um sie und drückte sie fest.
»Sag bloß, du hast mich vermisst?«, neckte ich.
»Natürlich.« Entrüstet schlug sie mir auf den Oberarm. »Du warst fast fünf Wochen weg. So gern ich Liam habe, aber ohne dich ist es nicht dasselbe.«
»Aaww.« Ich drückte sie ein letztes Mal, dann schob ich Isabel auf Armlänge von mir. »Wie war es hier?«
»Wie immer. Wir haben mittlerweile dreißig Koalas in den Gehegen. Wenn ich sie versorge, bin ich jetzt nicht vor drei

Uhr nachmittags fertig. Sonst ist alles beim Alten. Aber komm erst mal rein.« Sie griff nach meiner Hand und zog mich ins Innere des Hauses.

Auch drinnen sah es aus wie an dem Tag, als ich mit Cooper zu unserem Abenteuer aufgebrochen war. Mit der einzigen Ausnahme, dass Jack heute am Herd stand und kochte. »Hi, Jack«, begrüßte ich Liams Dad.

»Sophie, schön, dass du zurück bist.« Zur Begrüßung zog er mich ebenfalls in eine Umarmung. »Du siehst erholt aus. Hattet ihr eine gute Zeit?«

»Die beste«, sagte ich. »Und du wurdest heute zum Küchendienst abkommandiert?«

»Ellen wurde im Ben Boyd National Park aufgehalten und kommt später. Danach will sie sicher nicht mehr kochen.«

»Was gibt es denn Leckeres?« Es roch schon wieder fantastisch, und ich hatte das gute Essen der Wilsons vermisst.

»Ach, bloß ein Gemüsecurry mit Reis. Nichts Besonderes.«

Fast hätte ich gelacht. Was für ihn nicht besonders war, klang für mich wie der Himmel auf Erden.

»Von wegen«, sagte Isabel. »Euer Essen ist das beste. Würde ich jederzeit einem Sternerestaurant vorziehen.«

Liams lautes Lachen erklang hinter mir, und eine Sekunde später umarmte er mich. »Welcome back, Sophie.« Dann wandte er sich seiner Freundin zu. »Das ist also der Grund, warum du nach Australien zurückkommen würdest? Nicht wegen mir, sondern wegen der Kochkünste meiner Eltern?«

Isabel zuckte unschuldig mit den Schultern, und ich konnte ihr ansehen, wie schwer es ihr fiel, ein neutrales Gesicht aufzusetzen. »Alles eine Frage der Prioritäten, das weißt du doch. Immerhin hast du so auch etwas davon.«

Es dauerte etwas, bis mir die Bedeutung ihres Wortwechsels klar wurde. »Moment mal. Wiederkommen? Du meinst, nachdem wir zurück in Deutschland sind?«

Isabel nickte und zog gleichzeitig den Kopf ein. »Eigentlich wollte ich dir das in Ruhe erzählen, aber dieser Spinner hier muss ja alles ausplappern.« Sie schlug scherzhaft nach Liam, der aber gekonnt auswich. »Komm, wir setzen uns, dann erkläre ich dir alles.« Sie zog mich in den Wohnbereich, wo wir uns nebeneinander auf die Couch setzten. Liam blieb hinter der Couch stehen und legte eine Hand auf Isabels Schulter ab.

»Also ...« Isabel knetete ihre Hände im Schoß und kam mir plötzlich nervös vor. »Ich war nicht komplett untätig, während du weg warst.«

»Sowieso nicht, du hast dich um die Koalas gekümmert«, erinnerte ich sie.

Sie verdrehte die Augen, aber ein kleines Lächeln zupfte an ihren Lippen. »Auch davon abgesehen war ich nicht untätig. Liam und ich«, sie warf ihm über die Schulter einen liebevollen Blick zu, »haben lange gesprochen, ob und wie es mit uns weitergehen soll. Wir waren uns recht schnell einig, dass wir uns nicht trennen wollen, und da Liam im kommenden Jahr das Sanctuary komplett übernehmen wird, ist klar, dass ich dafür herziehen muss. Also haben wir uns erkundigt, wie das möglich wäre. Ich kann in Deutschland ein Fünfjahresvisum beantragen, wenn ich einen festen Wohnsitz und Arbeitsplatz nachweisen kann. Die Dokumente haben wir bereits von der Webseite heruntergeladen, und Liam hat sie für mich ausgefüllt. Damit werde ich in Frankfurt das Aufenthaltsvisum beantragen. Das wird vermutlich einige Wochen oder Monate dauern, aber sobald es möglich ist, möchte ich wieder zurückfliegen.«

»Hoffentlich für immer«, fügte Liam hinzu, beugte sich vor und drückte ihr einen Kuss auf den Scheitel.

»Wow.« Für einen Moment wusste ich nicht, was ich dazu sagen sollte. Zu viele Gefühle und Fragen ploppten in mir hoch, und ich wusste nicht, welchen davon ich mich zuerst zuwenden sollte.

»Du wirkst etwas geschockt.« Isabel lehnte sich vor und griff nach meiner Hand. Wie kalt meine Finger waren, bemerkte ich erst, als sie ihre warmen darumlegte.

»Das ist auch eine ganz schöne Bombe, die ihr hier platzen lasst.« Ich lachte unbeholfen.

»Aber du bist mir nicht böse, oder?«

»Was? Nein, natürlich nicht. Ich freue mich für euch.« *Und bin neidisch.*

Ja, das war dieses Gefühl, das sich in meiner Magengrube festgesetzt hatte. Schwer wie Blei lag es da und versuchte mich runterzuziehen. Dabei war es nicht so, als würde ich es ihnen nicht gönnen. Ganz im Gegenteil. Ich war froh, dass sie zueinandergefunden, diesen Entschluss gefasst und so schnell einen Weg zur Umsetzung gefunden hatten. Ich wünschte mir bloß, dass diese Möglichkeit auch für mich bestünde.

Isabel drückte meine Hand und rutschte auf der Couch näher zu mir. Etwas Fragendes lag in ihrem Blick. »Du wirkst aber nicht glücklich gerade.«

Hilflos zuckte ich mit den Schultern. »Du wirst mir fehlen. *Australien* wird mir fehlen.« Plötzlich musste ich mit den Tränen kämpfen, als all das, was mir in der letzten Woche klar geworden war, über mir zusammenzubrechen drohte. Die Erkenntnis, dass ich dieses wundervolle Land nicht verlassen wollte, dass ich mich hier zu Hause fühlte wie nie zuvor irgendwo auf der Welt, gepaart mit dem Wissen, dass Isabel erreicht hatte, was ich ebenfalls wollte. Ich wollte mich für Isabel freuen. Das wollte ich wirklich. Und ich wollte diese Freude auch zeigen können, denn nichts anderes hatte meine beste Freundin verdient, aber ich wurde dieses beklemmende Gefühl einfach nicht los, das mir die Brust zuschnürte.

»Willst du etwa auch hierbleiben?« Isabel klang überrascht, und ich konnte es ihr nicht mal verdenken, weil ich bei keinem

unserer Telefonate darüber gesprochen hatte, was in mir schwelte.
»Mir ist in den letzten Wochen klar geworden, dass ich hier auch nicht wegwill. Ich habe mich nie so ... frei gefühlt.« Es war nicht der richtige Ausdruck, aber der, der dem Gefühl in mir am nächsten kam. »Australien hat etwas an sich, das in mir resoniert, mit dem ich mich verbunden fühle. Der Gedanke an den Rückflug verschafft mir Magenschmerzen. Und das alles hat nichts mit Cooper zu tun«, schob ich hinterher.
Ein Strahlen legte sich auf Isabels Gesicht. »Aber das ist doch super! Ohne dich zurückzukommen war der einzige Part, der mir daran nicht gefallen hat. Dich am anderen Ende der Welt zu wissen, hätte mir das Herz gebrochen. Deswegen habe ich auch so lange gezögert, dir davon zu erzählen. Frag doch einfach mal Cooper, ob er dir eine Arbeitsbescheinigung ausstellt und du weiter im *Moonlight* arbeiten könntest. Wohnen kannst du sicher weiter hier, oder?« Den letzten Satz sagte sie an Liam gewandt, der umgehend nickte.
»Ich weiß nicht«, sagte ich zögerlich. Cooper hatte mehrfach gesagt, dass zwischen uns nichts Festes sein könnte, und ich wollte nicht, dass er dachte, ich könnte die Entscheidung wegen ihm getroffen haben. Andererseits hatte er die letzten Tage, vor allem im McLaren-Vale-Weingebiet, mit mir verbracht, als wären wir ein Paar. Ständig hatte er meine Hand gehalten oder den Arm um mich gelegt, wenn wir unterwegs waren. Von den letzten zwei Nächten ganz zu schweigen. Wir hatten nicht nur unheimlich guten Sex miteinander gehabt, sondern da war eine emotionale Nähe zwischen uns, die mit Worten nicht zu beschreiben war. So war es bereits in der Nacht gewesen, die wir unter freiem Sternenhimmel verbracht hatten.
»Ach, komm schon«, durchbrach Isabels Stimme meine Gedanken. »Das wird Cooper dir doch sicher nicht abschlagen.«
»Soll ich mal mit ihm reden?«, schaltete Liam sich ein.

»Vielleicht ist es einfacher, wenn ich ihm das von Kerl zu Kerl erkläre.«

»Nein. Das ist echt lieb gemeint, aber nicht nötig.« Ich regelte meine Sachen selbst, und irgendwie kam es mir noch befremdlicher vor, wenn ich Liam vorschickte. Zumal ich gar nicht wusste, wovor ich so eine Angst hatte. Klar, niemand wurde gern abgewiesen, aber ich würde Cooper ja nicht fragen, ob er mich heiraten wollte, sondern ihn bloß um eine Arbeitsbescheinigung bitten. Das konnte er eigentlich nicht falsch auffassen. Oder?

»Ich denke drüber nach«, sagte ich im selben Moment, an dem Jack aus der Küche rief, dass das Essen fertig war.

Isabel drückte ein weiteres Mal meine Hand, ehe sie mich losließ und aufstand. »Du wirst die für dich richtige Entscheidung treffen.«

Ich unterdrückte ein Seufzen und erhob mich ebenfalls. Bis zum Morgen wollte ich eine Entscheidung getroffen haben. Ob es tatsächlich die richtige wäre, würde sich erst in den kommenden Wochen und Monaten zeigen.

Am Esstisch setzte ich mich an meinen angestammten Platz, füllte meinen Teller mit Reis und Gemüsecurry und langte ordentlich zu. Wie nicht anders erwartet, schmeckte es hervorragend, und die ersten Minuten, die wir aßen, legte sich Schweigen über den Tisch.

Irgendwann räusperte Liam sich. »Jetzt erzähl doch mal, wie der Roadtrip war. Was habt ihr alles gesehen?«

»Genau.« Isabel wackelte mit den Augenbrauen. »Und vor allem will ich wissen, was zwischen euch gelaufen ist.«

»Das sind dann hoffentlich die Dinge, die ihr nicht beim Essen besprecht«, schaltete Jack sich ein, was uns alle zum Lachen brachte.

»Keine Sorge«, beruhigte ich ihn, denn was ich mit Cooper gemacht hatte, wollte ich bestimmt nicht vor Liam und seinem

Dad offenlegen. Das war ein Gespräch, das ich mit Isabel allein führen wollte. Und so begierig, wie sie aussah, würde es nicht lange auf sich warten lassen.

»Der Roadtrip war unfassbar gut.« Und dann erzählte ich ihnen alles, was wir erlebt hatten. Angefangen vom Uluru, dem King's Canyon über das Ningaloo Reef und den Mantarochen, den ich dort gesehen hatte, und die Kängurus, die wir im Sonnenaufgang beobachtet hatten. Ich berichtete von der Geisterstadt, in der früher Asbest abgebaut worden war, von den Tasmanischen Teufeln, und wie fasziniert ich von Coopers Job war. Ich ließ nichts aus, obwohl ich Isabel einiges davon bereits am Telefon erzählt und ihr Fotos geschickt hatte. Aber Liam und Jack wussten bisher nichts davon, und auch Isabel hing gespannt an meinen Lippen, als könnte sie nicht genug davon bekommen. »Und den letzten Tag waren wir in McLaren Vale im Weinanbaugebiet des Shiraz«, beendete ich meinen Bericht.

Isabel prustete ein Lachen heraus. »Das heißt wie der Rennstall?«

Ich grinste. »Witzig, oder?«

»Total. Man könnte sicher ein Meme daraus machen. Aber es freut mich wahnsinnig, dass ihr so eine gute Zeit hattet. Spannend, was ihr alles erlebt habt. Nur auf die Sache mit dem Spinnenbiss hätte ich verzichten können.«

»Ich auch.« Bei der Erinnerung daran zog sich noch immer alles in mir zusammen, und ich konnte die Angst um Cooper wieder auf meiner Zunge schmecken.

»Liam wurde als Kind auch mal gebissen«, schaltete Jack sich ein.

»Gott.« Liam stöhnte. »Nicht diese alte Geschichte wieder.«

Schalk tanzte in Jacks Augen, als er von Liam zu Isabel und mir sah. »Es war eine ungefährliche Spinne, aber wir sind trotzdem mit ihm in die Klinik gefahren, weil man bei Kindern nie weiß, wie sich die Gifte im Körper auswirken können. Als man ihm das Gegengift gespritzt hat, hat Liam gebrüllt wie am Spieß, doch danach war er unheimlich stolz, es überlebt zu haben, und hat allen Leuten erzählt, dass er von einer Trichternetzspinne attackiert wurde, obwohl es die in unserer Region gar nicht gibt.«

Liam gab einen klagenden Laut von sich. »Ich war *sieben*, Dad.«

»Und er hat kurz zuvor eine Reportage über die gefährlichsten Tiere Australiens gesehen. Das hat ihn wohl inspiriert.«

Ich konnte nicht mehr anders als zu lachen, während ich mir einen siebenjährigen Liam vorstellte, der steif und fest behauptete, von einer der gefährlichsten und tödlichsten Spinnen der Welt gebissen worden zu sein, während jede und jeder um ihn herum wusste, dass es die hier gar nicht gab.

»Das ist irgendwie süß«, kicherte Isabel und tätschelte ihrem Freund die Hand.

»Ja, ja«, brummte er, konnte sich ein Lächeln jedoch nicht ganz verkneifen. »Lasst uns mal lieber den Tisch abräumen, bevor Dad noch weitere peinliche Geschichten aus meiner Kindheit einfallen.« Er erhob sich von seinem Platz.

»Ich habe noch einige in petto, falls ihr Interesse …«

»Nein, danke«, ging Liam dazwischen und warf Jack einen gespielt bösen Blick zu, der uns erneut zum Lachen brachte.

Ach, was hatte ich es vermisst. Das alles hier. Isabel, die Wilsons und dieses Zusammenleben, das mir in den letzten Monaten so ans Herz gewachsen war. Es würde mir unheimlich schwerfallen, es zurückzulassen.

Ich hatte gerade die Teller in die Spüle gestellt, als die Tür geöffnet wurde. Ellen kam herein, mit vom Wind zerzausten Haaren und einem gestresst wirkenden Blick. Dieser verflüchtigte sich jedoch sofort, als sie mich entdeckte.

»Sophie, du bist wieder da.« In drei Schritten war sie bei mir und zog mich in eine kräftige Umarmung.»Wie geht es dir, wie war die Reise?«

Und so berichtete ich ein zweites Mal, was ich Isabel, Liam und Jack bereits erzählt hatte. Dabei dirigierte ich Ellen zum Esstisch, während Jack ihr einen Teller Gemüsecurry in der Mikrowelle aufwärmte.

Es wurde langsam dunkel, als ich ins Gästezimmer ging. Mein Backpack war nur noch halb voll, weil Ellen darauf bestanden hatte, einen Teil meiner Sachen zu waschen, obwohl sich das eigentlich nicht lohnte. In vier Tagen stand bereits unser Rückflug an, und zu Hause würde ich ohnehin alles erneut waschen müssen.

Achtlos lehnte ich den Backpack gegen die Wand und wollte mich gerade aufs Bett plumpsen lassen, da klopfte es an meiner Tür. Eine Sekunde später wurde sie geöffnet, und Isabel steckte den Kopf ins Zimmer.»Kann ich reinkommen?«

»Klar.«

Sie trat ein, schloss die Tür hinter sich und setzte sich neben mich aufs Bett. Sie grinste, und das Funkeln in ihren Augen verhieß nichts Gutes.»Also, was genau ist jetzt zwischen Cooper und dir gelaufen?«

Sofort war das Prickeln in meinem Magen zurück, und ich konnte nicht verhindern, dass meine Mundwinkel sich ebenfalls hoben.»Es war so gut«, schwärmte ich. Und dann erzählte ich ihr von der Nacht, die wir unter dem Sternenhimmel verbracht hatten, dem Tag in McLaren Vale und der letzten Nacht. Wie wir Hand in Hand durch die Weinberge gelaufen waren, ein Drei-Gänge-Menü im Kerzenschein genossen und eine schlaflose Nacht miteinander verbracht hatten.»Aber – und das ist der Punkt, der mich traurig stimmt – er hat mehrfach betont, dass er nichts Festes will.«

»Vielleicht hat er das nur gesagt, weil du bald abreist«, überlegte Isabel. »Oder hast du ihm schon gesagt, dass du bleiben willst?«

Ich schüttelte den Kopf. »Das habe ich mich nicht getraut. Ich will auch nicht, dass er denkt, ich würde nur wegen ihm bleiben, denn er hat damit gar nichts zu tun.«

»Wirklich *gar* nichts?«, hakte Isabel nach.

Röte schoss mir in die Wangen, weil meine beste Freundin mich einfach zu gut kannte. »Na schön, ein bisschen natürlich schon, aber ich würde auch zurückkommen wollen, wenn Cooper mir klar sagt, dass aus uns nie etwas werden würde. Diese Entscheidung hat nichts mit meinen Gefühlen für ihn zu tun.«

»Und selbst wenn, wäre das auch in Ordnung.« Isabel wandte sich mir zu und zog ein Bein angewinkelt aufs Bett. »Nur weil wir eine Entscheidung *für jemanden* treffen, heißt das ja nicht, dass wir uns deswegen aufgeben oder uns abhängig machen. Wir können auch hier unser Studium beenden und unsere Träume verwirklichen, nur dann mit jemandem an unserer Seite, der uns wichtig ist.«

»Trotzdem kann das auch böse in die Hose gehen«, warf ich ein.

»Das kann es immer. In einer Beziehung gibt es keine Sicherheit, aber das kann dir auch passieren, wenn du nur zwanzig Kilometer von deinen Eltern entfernt mit jemandem zusammenziehst. Eine Liebe kann immer zerbrechen, aber das ist doch kein Grund, alles hinzuschmeißen, bevor man es überhaupt probiert hat.«

»Das schon.« Trotzdem war es was anderes, wenn man sich nach einer gescheiterten Beziehung nur ins Auto oder in den Bus setzen musste und in einer halben Stunde bei den Eltern sein konnte.

»Und wir wären nicht allein hier«, strahlte Isabel mich an. »Überleg dir das mal. Eigentlich wollten wir beide nur ein tolles Jahr hier verbringen. Wie cool wäre es, wenn wir gemeinsam bleiben würden?«

Ich lächelte. »Das wäre total verrückt. Würde also zu uns passen.«

Lachend fiel sie mir um den Hals. »Also, bittest du Cooper morgen um die Arbeitsbescheinigung?«

Diesmal gab es kein Zögern mehr. »Mache ich. Muss eh meine Sachen aus dem Spind holen.« Danach würde ich all meinen Mut zusammennehmen und Cooper fragen. Bis dahin hatte ich mir hoffentlich einen Plan zurechtgelegt, der nicht danach klang, als würde ich es nur wegen ihm machen. Denn egal, was Isabel sagte, mir wäre nicht wohl dabei, diese Entscheidung bloß von einem Typen abhängig zu machen, egal, wie verliebt ich in ihn war.

Kurz darauf verließ Isabel mein Zimmer. Ich stellte mich unter die heiße Dusche und ließ meinen Gedanken freien Lauf. Ein kleiner Funken Hoffnung hatte sich nach dem Gespräch mit Isabel in mir festgesetzt. Könnte ich tatsächlich dauerhaft nach Australien zurückkehren? Noch vor wenigen Stunden hatte ich das nicht für möglich gehalten, weil ich wusste, wie streng die Regularien waren. Doch plötzlich eröffneten sich mir neue Möglichkeiten. Morgen würde ich zuallererst prüfen, an welcher Uni ich mein Studium in Australien beenden könnte, mir einen umfassenden Plan überlegen und erst dann zu Cooper gehen. Ich rechnete mir meine Chancen deutlich besser aus, wenn ich Argumente hatte. Und wenn es eine Sache gab, in der ich gut war, dann darin, Listen zu erstellen und vorbereitet zu sein.

Kapitel 28

COOPER

Das *Moonlight* begrüßte mich mit offenen Türen und leiser Rockmusik, als ich eintrat. Ein unbekanntes Gefühl nistete sich in meiner Brust ein, als ich meinen Blick durch die Bar schweifen ließ. Es war noch früh am Abend, aber einige Tische waren schon besetzt. Grayson zapfte hinter der Theke Bier, während Hayden gerade Essen zu einer Familie an den Tisch brachte. Sie waren regelmäßig hier, genau wie die zwei älteren Herren, die vor Grayson an der Theke saßen. Es war ein bekanntes Bild – eine Tatsache, die mich vor zwei Monaten noch erschreckt hätte, mir nun aber ein Lächeln ins Gesicht zauberte.

Als ich vor fünf Wochen mit Sophie aufgebrochen war, hatte ich gar nicht schnell genug hier wegkommen können. Und jetzt? Ich wagte es kaum zu denken, aber es war irgendwie … schön, wieder hier zu sein. Wie war es nur so weit gekommen?

Ich schüttelte den Kopf über mich selbst. Machte es einen Unterschied? Es spielte doch keine Rolle, warum es so war.

In dem Moment bemerkte Grayson mich. Ein breites Grinsen erschien auf seinem Gesicht, und ich ging zu ihm hinter die Theke. Meinen Backpack stellte ich in einer Ecke ab, wo niemand darüberstolpern konnte.

»Hey, Cooper. Wir haben heute noch gar nicht mit dir gerechnet.« Er reichte mir die Hand und zog mich in eine umständliche halbe Umarmung, bei der ich nicht wusste, was ich tun sollte.

»Ich hab ja nicht Bescheid gegeben, wann wir zurück sind.«

Was ich vielleicht hätte tun sollen, wie mir jetzt einfiel. Ich war mir ziemlich sicher, dass Sophie Isabel und den Wilsons Bescheid gegeben hatte, dass wir heute zurückkamen, aber mir war der Gedanke nicht einmal gekommen.
»Macht ja nix.« Grayson klopfte mir ein weiteres Mal auf die Schulter. »Wir sehen dich ja jetzt.«
»Ist hier alles gut gelaufen?« Es war eine rhetorische Frage. Grayson schien alles im Griff zu haben, und ich hatte ihm vor meiner Abfahrt eingebläut, sich bei mir zu melden, sollten irgendwelche Katastrophen geschehen. Nicht, dass ich von unterwegs irgendwas hätte ausrichten können, aber ich wollte zumindest informiert sein.
»Lief wie am Schnürchen.« Grayson grinste, dann wandte er sich einem Gast zu, der an die Theke getreten war. Grayson zapfte ein Bier und gab die Burgerbestellung in die Küche durch, dann drehte er sich zu mir um. »Wie du siehst, ist es aber auch noch ruhig. Die großen Touristenmassen werden erst ab November einfallen, und bis dahin müssen wir unbedingt noch ein, zwei Leute einstellen. Vor allem jetzt, wo Sophie nicht mehr dabei sein wird.«
In meiner Brust zog sich etwas zusammen, und ein bitterer Geschmack legte sich auf meine Zunge. Obwohl ich immer gewusst hatte, dass Sophie bald abreisen würde, realisierte ich es erst jetzt so richtig. Sie würde mir fehlen. Und dieser Gedanke erschreckte mich mehr als alles andere.
Ich schob ihn weit weg, damit würde ich mich später befassen. »Machen wir. Weißt du, wie Grandpa neues Personal angeworben hat?«
Grayson grinste breit. »Meistens haben wir einfach nur ein Schild draußen an die Tür gehängt, dass wir Verstärkung suchen. Das müssten wir auch irgendwo noch haben.«
»Dann trage ich dir hiermit die ehrenvolle Aufgabe zu, das ominöse Schild zu finden und draußen aufzuhängen.«

»Aye, aye, Sir.« Er salutierte, was mich zum Lachen brachte. Dann wandte er sich dem nächsten Gast zu, der an den Tresen gekommen war.

Ich schnappte mir meinen Backpack, um ihn in die Wohnung zu bringen. Ich warf einen Blick in die Küche und begrüßte Tony, dann nahm ich die Treppe nach oben. Unterwegs fiel mir wieder ein, dass Sophie gesagt hatte, Grayson wäre ein guter Kandidat für die Übernahme des *Moonlight*. Dass er hier fast fünf Wochen klargekommen war, ohne ein einziges Mal meine Hilfe zu brauchen, unterstrich diese Aussage. Und er war jemand, dem ich bedenkenlos das *Moonlight* übertragen konnte. Zwar wusste ich noch nicht, ob er überhaupt Interesse daran hätte, aber ich nahm mir vor, ihn in den kommenden Tagen zu fragen, wenn wir mal eine ruhige Minute hatten.

In der Wohnung riss ich zuerst alle Fenster auf, um frische Luft reinzulassen, und packte meine Sachen aus. Morgen musste ich sie waschen, aber daran wollte ich jetzt noch nicht denken.

Stattdessen holte ich meinen Laptop hervor und fuhr ihn hoch, um die Bilder von den Tasmanischen Teufeln noch einmal durchzusehen und die besten davon an das *Wildlife Magazin* zu senden. Ich war wirklich stolz auf das Ergebnis, weil einige sehr gute dabei waren. Doch vor allem musste ich dabei an Sophie denken. Sophie, die ganze zwei Tage neben mir ausgeharrt hatte, bis wir die Tiere vor die Linse bekommen hatten. Sie war ganz offensichtlich ungeduldig gewesen, aber hatte sich mit keinem Wort beschwert oder gemurrt. Es war eine völlig neue Erfahrung für mich gewesen. Nicht nur, weil ich nie zuvor jemanden mit zu einem Shoot genommen hatte, sondern generell die letzten Wochen. Im Nachhinein musste ich zugeben, dass sie wie im Flug vergangen waren und ich jeden Tag sehr genossen hatte. Ich, der doch immer von sich behauptete, am liebsten allein unterwegs zu sein, und der schnell von anderen Menschen genervt war. Doch Sophie hatte mich eines Besseren belehrt.

Und nicht nur sie, wenn ich ehrlich war. Es hatte mich auch gefreut, Grayson wiederzusehen, und ich überlegte schon, ob ich den Laptop nicht ausschalten und den Abend unten in der Bar verbringen sollte. Es war ziemlich still in der Wohnung, und das war ich nach den letzten Wochen nicht mehr gewohnt. Meine Gedanken kamen mir dadurch so laut vor, dass ich sie nicht ignorieren konnte. Himmel, was war nur los mit mir? Ruhe war doch immer das gewesen, was ich mir gewünscht, wofür ich gelebt hatte. Darin war ich aufgegangen, und es hatte mir Kraft gegeben, doch plötzlich kam mir die Stille dröhnend vor, und wie etwas, das ich irgendwie abstellen müsste. Meine Gedanken schweiften erneut zu Sophie. Was sie jetzt wohl gerade tat? Es war halb sieben, vermutlich würde sie mit Isabel, Liam und seinen Eltern beim Abendessen sitzen und nicht wie ich einsam in einem Zimmer hocken.

Ein verächtliches Schnauben kam über meine Lippen, das sich unnatürlich laut im Raum anhörte. Ich war nie einsam gewesen, wenn ich allein war. Warum dachte ich so etwas überhaupt?

Aber ich wusste nicht, wie ich diese beklemmende Empfindung in meiner Brust sonst beschreiben sollte. Dieses Gefühl, das mich dazu drängte, nach unten zu gehen, Grayson und den anderen bei der Arbeit zu helfen und mich mit irgendwem an der Theke zu unterhalten, um meine eigenen Gedanken nicht mehr hören zu müssen.

Ich stand auf, tigerte im Wohnzimmer auf und ab, aber das konnte die innere Unruhe nicht besänftigen, die mich überfallen hatte. Auch das Radio anzuschalten, verschaffte nur wenig Abhilfe. Das Gefühl war immer noch da.

»*Bloody hell*«, murmelte ich irgendwann. Ich schaltete das

Radio wieder aus, schnappte mir meinen Schlüssel und ging nach unten.

In der Bar war nun deutlich mehr los. Grayson zapfte drei Bier gleichzeitig, während Hayden zwischen den Tischen hin und her tänzelte, um Burger zu einer Gruppe junger Erwachsener zu bringen. Automatisch scannte ich den Raum, aber von Sophie oder ihren Freunden war nichts zu erkennen. Natürlich nicht. Sie würde Besseres zu tun haben, als ins *Moonlight* zu kommen, wo sie heute erst von der mehrwöchigen Tour zurück war.

Grayson warf mir einen überraschten Blick zu, sagte aber nichts, als ich mir den Zettel schnappte, der neben ihm lag, und begann, die Cocktails zuzubereiten, die darauf gekritzelt waren. Kaum war ich mit ihnen fertig, legte Grayson mir die nächste Bestellung hin. Nahtlos machte ich weiter und war froh, dass meine Hände etwas zu tun hatten.

So ging es die nächsten Stunden weiter. Ich bereitete Getränke zu, wischte Tische und Tresen ab oder brachte Bestellungen zu den Tischen. Mehrfach wurde ich darauf angesprochen, wo ich die letzten Wochen gesteckt hatte, und erzählte bereitwillig, was Sophie und ich erlebt hatten. Zu meinem Erstaunen kamen nur interessierte Rückfragen und keine dummen Sprüche, dass man so doch keinen Urlaub verbringen könnte. Ein Familienvater sagte mir sogar, dass sie ebenfalls vor zwei Jahren das Reisen mit einem Campingwagen für sich entdeckt hatten und dass nicht nur er und seine Frau, sondern auch die Kinder es genossen, ungebunden durchs Land zu reisen.

Es ging auf Mitternacht zu, als es im *Moonlight* langsam ruhiger wurde. Zwar war noch immer die Hälfte der Tische besetzt, aber die Küche hatte mittlerweile geschlossen, und auch Getränkebestellungen kamen immer weniger rein. Ich nahm ein sauberes Glas aus dem Regal, hielt es unter den Hahn und füllte es mit Wasser. Dann trank ich es in einem Zug halb leer.

»Ganz schön was los heute«, sagte ich zu Grayson.
»Der ganz normale Wahnsinn an einem Freitagabend.« Zwei Stunden später waren alle Gäste gegangen. Auch Hayden hatte sich bereits verabschiedet, während Grayson und ich alles geputzt und sauber gemacht hatten. An der Tür drehte ich das Schild auf *Geschlossen* und zog sie auf, um Grayson rauszulassen. »Bis morgen.«

»Bis morgen, Chef.« Er trat in die dunkle Nacht, blieb nach drei Schritten aber stehen und wandte sich erneut mir zu. »Übrigens ist Post für dich gekommen, die hab ich in dein Büro gelegt.«

»Danke.« Es konnte nur Werbung sein, denn es gab niemanden, der mir sonst schreiben würde, daher hatte das bis morgen Zeit. »Gute Nacht, Grayson.« Ich schloss die Tür hinter ihm ab, aktivierte die Alarmanlage und löschte auf meinem Weg nach oben alle Lichter. Eigentlich hatte ich vorgehabt, noch duschen zu gehen, doch dafür war ich zu kaputt. Kein Wunder eigentlich, immerhin hatte ich die Nacht zuvor schon nicht geschlafen, war den ganzen Tag Auto gefahren und hatte nun noch eine Schicht im *Moonlight* hinter mir. Daher zog ich mich nur aus, legte mich ins Bett und war innerhalb von fünf Minuten eingeschlafen.

Am nächsten Morgen schlief ich ungewöhnlich lange für meine Verhältnisse, dafür wachte ich erholt und voller Energie auf. Nach einem kleinen Müsli fuhr ich zuerst einkaufen, um meinen Kühlschrank wieder aufzufüllen, und checkte meine E-Mails. Das *Wildlife Magazin* hatte mir bereits geantwortet, sich für die *herausragenden* Bilder bedankt und mir versichert, dass man mir eine Ausgabe zukommen lassen würde. Ich antwortete ihnen, dass ich schon gespannt war, welchen Bericht sie dazu verfassen würden, dann schaltete ich den Laptop aus und ging nach unten ins *Moonlight*.

Ich checkte die Vorräte im Lager und erstellte eine Liste der

Dinge, die Montag nachgekauft werden mussten. Dasselbe machte ich in der Küche, ehe ich hinter die Theke ging, um die Vorräte in die Kühlschränke umzuschichten und schon alles für den Abend vorzubereiten. Die Arbeit ging mir erstaunlich leicht von der Hand, und ehe ich michs versah, war es bereits Mittag.

Ich wollte gerade wieder nach oben gehen, um mir was zu essen zu machen, da fiel mir die Post ein, von der Grayson gestern gesprochen hatte. Zwar glaubte ich immer noch, dass es sich dabei nur um Werbung handeln konnte, trotzdem machte ich einen Abstecher ins Büro, um sie durchzusehen. Ich entdeckte den Stapel auf dem Schreibtisch sofort. Wie vermutet war ein Großteil davon Werbung, doch dazwischen verbarg sich auch ein kleiner, weißer Umschlag, den ich herauszog.

Ein Blick auf den Poststempel ließ sämtliche Luft aus mir entweichen. Er war aus Indien, und es war viele Jahre her, seit ich zuletzt etwas von dort gehört hatte. Tatsächlich konnte ich mich noch immer glasklar an die letzte Kommunikation erinnern.

Es tut uns wirklich leid, aber wir haben keine weiteren Informationen zum Aufenthaltsort deiner Eltern.

Damals, kurz nach ihrem Verschwinden, hatte ich viele Briefe an das Basiscamp in Indien geschickt, ob man meine Eltern gefunden hatte oder zumindest etwas über sie in Erfahrung bringen konnte. Doch immer wieder hatte ich dieselbe Antwort erhalten, bis ich irgendwann aufgehört hatte, Briefe zu verschicken. Die Hoffnung, dass sie gefunden werden könnten, hatte ich aber nie aufgegeben. Ich hatte mich regelrecht an sie geklammert, weil es das Einzige gewesen war, das mich davon abgehalten hatte, durchzudrehen. Um ehrlich zu sein, musste ich gestehen, dass ich nicht sicher war, ob ich die letzten Jahre ohne die Hoffnung überlebt hätte. Auch jetzt regte sie sich in meiner Brust, gemeinsam mit der Angst. Denn es war acht Jahre her, seit ich zuletzt von ihnen gehört hatte, und das ließ eigentlich nur einen Schluss zu. Meine Knie drohten unter mir nachzugeben, daher ließ ich mich auf den Schreibtischstuhl fallen. Kurz zögerte ich, dann riss ich mit zitternden Fingern den Umschlag auf. Zwei DIN-A4-Blätter fielen heraus, und mit einem Mal schlug mir das Herz bis zum Hals. Viel zu schnell und in einem unregelmäßigen Rhythmus. Das hier war der Moment, in dem ich Gewissheit erhalten würde. Ich faltete die Blätter auseinander und begann zu lesen.

Hallo Cooper,
es ist lange her, seit wir zuletzt Kontakt hatten, und eine Zeit lang hab ich befürchtet, dir nie ein abschließendes Urteil zusenden zu können. Doch vor zwei Monaten haben wir die menschlichen Überreste von mehreren Personen in einer Grube gefunden, die durch einen Sturm freigespült wurde. Es war auf den ersten Blick offensichtlich, dass sie bereits seit mehreren Jahren dort gelegen haben mussten, da die Verwesung nicht mehr viel von ihnen übrig gelassen hat. Leider hat es zudem auch etwas gedauert, bis wir mit DNA-Tests eindeutig die Identitäten feststellen konnten.
Heute muss ich dir leider sagen, dass deine Eltern unter den Opfern waren. Sie müssen, wie wir es damals schon vermutet haben, von Wilderern getötet worden sein, die sie davon abhalten wollten, an die Elefanten zu ...

Weiter kam ich nicht. Meine Sicht verschwamm, und meine Brust schmerzte, als hätte mir jemand mehrfach mit einer heißen Klinge hineingestochen. Nach all diesen Jahren, in denen ich auf genau diesen Brief gewartet hatte, der mir endlich Gewissheit über das verschaffte, was ich ohnehin schon lange vermutet hatte, dachte ich, ich wäre darauf vorbereitet gewesen.

Ich dachte, ich hätte meine Trauer längst überwunden, doch in diesem Moment brach alles über mir zusammen, was sich in den vergangenen sechs Jahren in mir angestaut hatte. Es fühlte sich an, als würde ich an Land ertrinken, oder als hätte sich ein zentnerschweres Gewicht auf meine Brust gelegt, das mir das Atmen unmöglich machte. Erinnerungen an früher prasselten auf mich ein. Meine Eltern, wie sie bei einem unserer Besuche hier auf der Couch im Wohnzimmer gesessen hatten, ich auf dem Schoß von Mum, während sie Grandpa voller Begeisterung erzählte, was wir zuletzt erlebt hatten. Mum und ich im Wald, wie sie mir erklärt hatte, wie ich Vögel anhand ihres Trillerns auseinanderhalten konnte. Dad und ich an einem Strand, wo er mir das Schwimmen beigebracht hatte. Eine abendliche Kochsession am Lagerfeuer. Ein Sternenhimmel, an dem Mum mir die Sternbilder erklärte. Der Tag, an dem Mum und Dad mich ins Internat gebracht hatten ...

Es waren Dinge, an die ich mich schon ewig nicht mehr erinnert hatte. In den letzten Jahren hatte ich mir verboten, überhaupt daran zu denken, doch jetzt konnte ich sie nicht aufhalten. Erinnerungsfetzen hämmerten auf mich ein, und jede einzelne schmerzte wie tausend Nadelstiche. Sie belagerten mein Bewusstsein, krallten sich mit Widerhaken dort fest und wollten nicht mehr verschwinden.

Und das alles nur wegen dieses verdammten Briefes.

Jahrelang hatte ich Gewissheit haben wollen, hatte auf genau diesen Brief gewartet, um endlich vernünftig trauern und damit abschließen zu können. Ich hatte gedacht, wenn ich diese trügerische Hoffnung nicht mehr in mir hätte, dass es mir dann besser ginge. Aber mir war nicht klar gewesen, wie sehr es wehtun würde, wie es mich innerlich zerreißen würde, zu wissen, dass meine Eltern tot waren. Dass sie nie mehr wiederkommen und mich nie mehr in den Arm nehmen würden.

Mein Herz zersprang in tausend Teile, und all die Empfindungen bluteten aus mir heraus auf den Boden. Allerdings ging es mir danach nicht besser. Ganz im Gegenteil. Die Kakofonie in mir wurde nur schlimmer, schlimmer, schlimmer ...

»Cooper?«

Eine vorsichtige Stimme riss mich aus meinen Gedanken, und als ich aufblickte, entdeckte ich Sophie, die im Türrahmen kauerte. Sorge spiegelte sich in ihrem Blick, und sie schien nicht zu wissen, ob sie reinkommen oder wieder abhauen sollte. Gut so. Ich wollte nicht, dass sie mich so sah. *Niemand* sollte mich aktuell sehen.

»Was machst du hier?«, fragte ich schärfer als beabsichtigt.

Vor Überraschung weiteten sich ihre Augen, und sie schluckte sichtlich. »Ich wollte meinen Schlüssel und so abgeben, aber als ich geläutet habe, hat niemand aufgemacht.«

Ich hatte ihr Klingeln nicht mal gehört, aber das gab ihr noch lange nicht das Recht, hier einfach so hereinzuspazieren.

»Und da dachtest du, du lässt dich einfach selbst rein?«

Unsicher zog sie die Unterlippe zwischen die Zähne. »Nun ... ja. Der VW steht draußen, daher dachte ich, du bist auf jeden Fall da, aber vielleicht ist was passiert, weshalb du nicht aufmachen kannst.«

»Ich hätte auch schlafen können«, entgegnete ich.

»Es ist zwölf Uhr mittags«, sagte Sophie, und darauf wusste ich nichts mehr zu erwidern, denn um diese Uhrzeit würde ich definitiv nicht mehr schlafen, außer ich war krank.

Unschlüssig wippte sie auf den Fußballen vor und zurück. Ich konnte praktisch dabei zusehen, wie es hinter ihrer Stirn arbeitete und sie um eine Entscheidung rang. *Bitte geh einfach,* betete ich im Stillen, aber natürlich erhörte sie mich nicht.

Schließlich trat sie einen Schritt in den Raum. »Ist alles okay?«

»Bestens«, blaffte ich sie an. »Wieso fragst du?«

»Du siehst irgendwie ... mitgenommen aus.«

Weil du dich wie ein Arschloch verhältst, schwang zudem in ihrem Tonfall mit, und auch damit hätte sie recht gehabt. Aber ich wusste mir einfach nicht anders zu helfen. Ich wollte, dass sie ging und mich verdammt noch mal allein ließ. Ich war gerade wirklich nicht in der Verfassung, mich mit jemandem zu beschäftigen ... nicht einmal mit ihr. Die einzige Alternative wäre, sie zu packen und kommentarlos vor die Tür zu setzen, aber das wäre vermutlich genauso wenig akzeptabel.

»Ich hab schlecht geschlafen«, sagte ich, weil sie auf eine Antwort zu warten schien und mir nichts anderes einfiel.

Sophie nickte. »Ich will auch gar nicht lange bleiben.« *Zum Glück.*

»Ich wollte nur ...« Sie brach ab und nahm einen tiefen Atemzug, als müsste sie sich für ihre nächsten Worte wappnen. »Liam hat Isabel eine Arbeitsbescheinigung ausgestellt, damit sie in Deutschland ein neues Visum beantragen kann, und ich wollte fragen, ob du für mich ...«

»Ich hab dir doch gesagt, dass aus uns beiden nichts werden kann«, unterbrach ich sie. »Das mit uns war nett, aber ich will keine Beziehung.«

Sie schluckte sichtbar, und ich konnte sehen, dass in ihr bei meinen Worten etwas zerbrach. Aber es berührte mich nicht. Mein eigener Schmerz war so allumfassend, dass ihrer nicht an mich herankam.

»Okay ... gut ...« Sie kam weiter in den Raum, und ich befürchtete schon, sie würde mit mir diskutieren wollen, doch sie legte bloß den Schlüssel des *Moonlight* vor mir auf dem Schreibtisch ab und wandte sich ab. »Man sieht sich«, sagte sie an der Tür und verschwand.

Konnte dieser Tag noch beschissener werden? Hinter meinen Augenlidern begann es zu brennen, und ich wusste, dass ich hier verschwinden musste, ehe der Nächste auf die Idee kam, einfach so hereinzuspazieren und irgendwas von mir zu wollen.

Ich schnappte mir den Brief, meinen und Sophies Schlüssel und verschwand nach oben in die Sicherheit von Grandpas Wohnung, wo ich mich an der Tür zu Boden gleiten ließ.

Ich musste Herr über dieses Gefühlschaos in mir werden, und ich hatte nicht den Hauch einer Ahnung, wie ich das anstellen sollte.

Kapitel 29

SOPHIE

Die Tränen kamen, sobald ich aus dem *Moonlight* auf den sonnigen Parkplatz trat. Ich hatte mich zuvor darauf vorbereitet, dass die Möglichkeit bestand, keine Arbeitsbescheinigung von Cooper zu bekommen. Wenn ich mir nicht zu viele Hoffnungen machte, würde eine Absage schon nicht so schmerzhaft sein, hatte ich mir immer wieder eingeredet. Worauf ich jedoch nicht vorbereitet gewesen war, war Coopers abweisendes, fast schon feindseliges Verhalten. Er hatte mir nicht mal die Chance gelassen, zu erklären, was ich wollte. Stattdessen hatte er die völlig falschen Schlüsse gezogen. Ich hatte das, was zwischen uns gelaufen war, mit keinem Wort erwähnt. Darum ging es mir überhaupt nicht.

Aber es schien das Einzige, auf das Cooper sich konzentriert hatte. Das Einzige, das er wahrgenommen hatte, obwohl meine Lippen etwas anderes ausgesprochen hatten. Damit hatte er meinen Traum zerstört, ehe er überhaupt begonnen hatte. Denn ich hatte keinen anderen Job hier, und in drei Tagen würde ich auch keinen anderen finden. Kurz überlegte ich, ob ich Liam fragen sollte. Ich war mir fast sicher, dass er mir eine Bescheinigung ausstellen würde, auch wenn ich längst nicht mehr im Sanctuary aushalf. Aber ich wollte auch nicht lügen, um an mein Visum zu kommen. Vermutlich steckte dafür zu viel deutsche Ehrlichkeit in mir, aber allein das Wissen, dass es irgendwann auffliegen könnte, ließ mich diesen Gedanken sofort wieder verwerfen.

Okay, wenn ich ehrlich zu mir selbst war, war das nicht der

hauptsächliche Grund. Ich wollte, dass Cooper mir diese Bescheinigung ausstellte. Und wenn ich noch ehrlicher war, wollte ich zudem, dass er sie aushändigte, weil er ebenfalls froh war, dass ich zurückkam. Ob wir nun ein Paar wurden oder nicht, ich hatte gedacht, dass ihm die letzten fünf Wochen irgendwas bedeuteten, dass wir zumindest Freunde geworden waren und er auch in Zukunft Zeit mit mir verbringen wollte. Aber es schien, als hätte ich mich getäuscht. Nicht nur in ihm, sondern auch in meiner eigenen Wahrnehmung, und *das* war, was gerade am meisten schmerzte.

Allerdings musste ich zugeben, dass Cooper heute nicht wie er selbst gewirkt hatte. Es war mir von Anfang an aufgefallen. Schon als ich zum Büro gekommen war und ihn am Schreibtisch hatte sitzen sehen, hatte er angespannt gewirkt und als würde er neben sich stehen. Vielleicht hatte sein abweisendes Verhalten also gar nichts mit mir zu tun, aber das änderte auch nichts an dem Ausgang unserer Begegnung.

Hastig wischte ich meine Tränen mit dem Handrücken von den Wangen und griff nach Ellens Fahrrad, das ich neben dem Eingang des *Moonlight* befestigt hatte. Ich nahm einige tiefe Atemzüge, bis sich das beklemmende Gefühl in meiner Brust etwas löste, dann schwang ich mich auf den Sattel und fuhr los.

Je mehr ich mich vom *Moonlight* entfernte, desto mehr wurde ich mir der Endgültigkeit meiner Situation bewusst. In drei Tagen flogen Isabel und ich zurück nach Deutschland. Nach Hause, obwohl es sich für mich nicht danach anfühlte. Wie konnte das sein? Wie konnte sich das Haus, in dem ich aufgewachsen war, die Gegend, die mich geprägt hatte, nach nur einem Jahr nicht mehr nach zu Hause anfühlen? Ein seltsames Gefühl, gepaart mit schlechtem Gewissen, überkam mich. Irgendwie fühlte es sich an, als würde ich meine Eltern verraten. Sie hatten immer nur gewollt, dass ich glücklich war, hatten ein Zuhause geschaffen, in das ich immer gern zurückgekehrt war – bis jetzt. Aber das lag definitiv nicht an ihnen. Ich freute mich darauf, meine Eltern und meine Schwester nach all der Zeit wiederzusehen und ihnen alles von meinem Abenteuer hier zu erzählen. Ich wollte nur nicht mehr für immer dableiben ...

Ich bog in den Waldweg ab, der zum Sanctuary führte, der mir mittlerweile so vertraut wie meine eigene Hosentasche war. Es war irgendwie ironisch, dass ich beim ersten Betreten den Bezug zu Hänsel und Gretel gezogen hatte, denn mittlerweile könnte nichts weiter von der Wahrheit entfernt liegen.

Am Haus angekommen, lehnte ich das Fahrrad an das Gitter des Geheges und warf einen kurzen Blick zu den Koalas, die zufrieden auf ihren Ästen saßen und Eukalyptusblätter kauten. Es war so ein bekannter Anblick, dass mir für einen Moment schwer ums Herz wurde und gleichzeitig ein Lächeln auf meine Lippen trat. Ich wollte sie nicht zurücklassen. Am liebsten würde ich die Koalas heimlich in meinen Koffer packen und nach Deutschland schmuggeln, um wenigstens etwas zu haben, das mich noch mit Australien verband.

Leider wusste ich mittlerweile zu gut, dass Koalas – Wildtiere generell – nicht dafür gemacht waren, in Gefangenschaft zu leben, egal, wie groß ihre Gehege sein mochten. Sie gehörten in die Natur, in die Kronen der höchsten Eukalyptusbäume, wo sie mit ihren Artgenossen zusammen sein konnten, wo sie frei waren, zu tun und zu lassen, was sie wollten.

Seufzend wandte ich mich ab und ging zum Haus. Die Tür wurde aufgestoßen, ehe ich es erreicht hatte, und eine strahlende Isabel kam zu mir heraus. »Und? Was hat er gesagt?«

Plötzlich zog sich meine Kehle zusammen, daher schüttelte ich bloß den Kopf, weil ich kein Wort über die Lippen brachte. Hinter meinen Augenlidern begann es erneut zu brennen, und ich verfluchte mich dafür, schon wieder wegen dem Mist heulen zu müssen.

»Nicht dein Ernst.« In zwei Schritten war sie bei mir und griff nach meinen Händen. »Er hat nicht wirklich abgelehnt?« Noch immer bekam ich die Zähne nicht auseinander, daher nickte ich bloß. Als zudem die erste Träne über meine Wange rollte, stieß Isabel eine Verwünschung aus und zog mich kommentarlos in ihre Arme. Da brachen bei mir alle Dämme, und ich begann hemmungslos zu schluchzen. Mit den Tränen flossen all die angestauten Empfindungen aus mir heraus. All die Angst, die Unsicherheit und mein verletzter Stolz. Als ich irgendwann innerlich leer war, versiegten auch meine Tränen. Etwas verschämt löste ich mich von Isabel und wischte über mein Gesicht. Ich wollte gar nicht wissen, wie rot und verheult meine Augen waren.

Isabel führte mich zu der Hollywoodschaukel auf der Veranda. »Erzähl mir genau, was passiert ist.«

»Er hat mir gar nicht richtig zugehört«, sagte ich, denn das war, was mich am meisten getroffen hat. »Ich hab ihm gesagt, dass Liam dir eine Arbeitsbescheinigung ausstellt, und ehe ich fragen konnte, ob er das für mich auch macht, meinte er, dass er keine Beziehung mit mir will.«

Irritiert zog Isabel die Augenbrauen hoch. »Aber davon hast du doch gar nichts gesagt.«

»Ich weiß.« Ich rieb mir über die Schläfen, hinter denen ein dumpfes Pochen vom Weinen eingesetzt hatte. »Das hat er schon öfter zu mir gesagt. Nach unserem ersten Kuss, und als wir das erste Mal miteinander geschlafen haben. Scheint ihm irgendwie wichtig zu sein, aber war einfach null das Thema heute.«

»Seltsam.« Isabel legte nachdenklich den Kopf schief. »Vielleicht hat er es einfach in den falschen Hals bekommen? Du könntest noch mal mit ihm reden und es ihm erklären?«

»Nein.« Entschieden schüttelte ich den Kopf. »Ich werde ganz bestimmt nicht betteln – oder will auch nur den Anschein erwecken, das zu tun. Außerdem ... Cooper war irgendwie seltsam heute.«

»Was meinst du mit seltsam?«

»Er war fahrig, hat mich schon angeblafft, bevor ich überhaupt irgendwas gesagt hab, warum ich mich mit dem Schlüssel selbst ins *Moonlight* reingelassen hätte. Das machen wir ständig, und es war bisher nie ein Problem, auch bei Cooper nicht. Und ich bin ja nur ins *Moonlight*, nicht hoch in seine Wohnung oder so. Er war einfach völlig anders als der Cooper, den ich bisher kennengelernt habe.«

»Vielleicht hat er schlechte Nachrichten bekommen?«, überlegte Isabel. »Könnte es mit den Bildern für den Auftrag zusammenhängen?«

»Keine Ahnung. Möglich?« Ich war mir selbst nicht sicher.

»Die sind aber wirklich gut geworden, wir haben sie ja gemeinsam angesehen. Wer damit nicht zufrieden ist, bräuchte einen Realitätscheck.«

»Dann weiß ich auch nicht.« Missmutig lehnte sich Isabel zurück und brachte die Schaukel damit in Bewegung. »Trotzdem denke ich, dass du noch mal mit Cooper reden solltest. Ihr habt fast fünf Wochen miteinander verbracht, da solltet ihr nicht so auseinandergehen.«

Damit hatte sie recht, aber ich würde gewiss nicht den ersten Schritt machen. Nicht nach der Abfuhr, die Cooper mir heute erteilt hatte. »Mal sehen«, sagte ich ausweichend. »Ich muss mich jetzt erst mal darüber informieren, was nötig ist, um ein Studentenvisum beantragen zu können.« Denn ich wollte meinen Wunsch, nach Australien zurückzukehren, noch nicht aufgeben. Nach diesem Desastergespräch mit Cooper wurde mir überdeutlich klar, dass ich nicht nur wegen ihm zurückwollte. Ja, es schmerzte, dass er mich so harsch abgewiesen hatte. Höllisch. Aber dadurch hatte er die Flamme in mir nicht gelöscht. Ich wollte meinen Traum weiterhin verwirklichen, und es musste mehrere Möglichkeiten geben, mir diesen zu erfüllen.

»Du könntest auch Liam fragen. Er würde dir die Bescheinigung sicher ausstellen.«

Fast musste ich lachen, dass Isabel auf denselben Gedanken gekommen war wie ich zuvor. »Nein, danke. Ich will nicht betrügen, um das Visum zu bekommen. Dann würde ich ständig mit der Angst leben, dass es auffliegt. Es muss ja auch andere Wege geben, und einer davon wird der richtige für mich sein.« Ich versuchte mich an einem Lächeln, das mir jedoch nicht recht gelingen wollte. Noch immer bedrückte mich die Erinnerung, wie harsch Cooper mich abserviert hatte. Eigentlich hätte ich ihm das gar nicht zugetraut, weil ich ihn so wie heute noch nie erlebt hatte. Nicht ein einziges Mal in der Zeit, in der wir unterwegs gewesen waren, hatte er die Stimme gegen mich erhoben oder mir nicht richtig zugehört. Ganz im Gegenteil. Bei den unzähligen Gesprächen, die wir geführt hatten, war es mir immer so vorgekommen, als würde er mir ganz genau zuhören. Doch heute war es fast gewesen, als hätte ein anderer Cooper vor mir gesessen. Einer, der nicht mit mir diesen wundervollen Roadtrip unternommen hatte. Der mich nicht unter dem Sternenhimmel geküsst und mir sprichwörtlich die Sterne vom Himmel geholt hatte.

Wie konnte das sein? Wie konnte sich Cooper seit gestern derart verändert haben? Noch als er sich hier von mir verabschiedet hatte, hatte er mich in den Arm genommen. Doch vorhin war er kühl und abweisend wie nie zuvor gewesen.

Vielleicht hatte Isabel recht. Vielleicht musste ich noch mal mit ihm sprechen, und sei es nur, um Gewissheit zu haben. Sonst würde ich dieses ätzende, mich erdrückende Gefühl mit nach Hause nehmen, und das wollte ich auf gar keinen Fall.

Ich war ungewohnt nervös, als ich abends mit Isabel und Liam das *Moonlight* betrat. Neben dem Eingang hing ein Schild mit der Aufschrift ›Aushilfe gesucht‹, das ich zuvor noch nie da gesehen hatte und vermutlich angebracht worden war, weil ich nicht mehr dort arbeiten würde. Die Touristensaison ging auch bald los, also war vermutlich auch mehr als eine zusätzliche Kraft vonnöten. Wir waren mit Kilian, Fotini und Kate verabredet, um meine Rückkehr nach Eden zu feiern. Nur Alicia fehlte, weil sie in der Reha war. Die Bar war schon gut gefüllt, und eine Mischung aus lautem Stimmengewirr und dem Duft nach Tonys Burgern und Pommes schlug uns entgegen. Automatisch ließ ich meinen Blick durch den Raum wandern, aber von Cooper war nichts zu sehen. Eine seltsame Mischung aus Erleichterung und Enttäuschung erfasste mich. Einerseits wollte ich dringend mit Cooper sprechen, um dieses Missverständnis zwischen uns aus der Welt zu schaffen. Andererseits war ich froh, es nicht sofort machen zu müssen. Die Erinnerung an seine Abfuhr, die erst wenige Stunden zurücklag, war noch zu präsent in meinen Gedanken.

Isabel schob mich weiter in Richtung des Tisches, an dem Kilian, Fotini und Kate bereits auf uns warteten. Kilian sprang auf, sobald er uns erblickte. Er zog mich in eine kräftige Umarmung, hob mich hoch und drehte mich im Kreis, bis mir schwindelig war.

»Sophie, du bist wieder da. Und du hast uns nicht vergessen.«

Ich lachte. »Wie könnte ich euch denn jemals vergessen? Lass mich runter.« Ich schlug ihm auf den Oberarm, woraufhin Kilian ebenfalls lachte, mich aber zurück auf die Füße stellte.

»Lass mich raten, niemand hat dich zu dummen Wetten aufgefordert, was du sehr vermisst hast.«

Ich prustete los, obwohl er damit nicht ganz unrecht hatte. Zwar hatte ich mich nie an Kilians Wetten beteiligt, aber dass ich wochenlang nicht mitbekommen hatte, wie er andere damit einfing, hatte mir tatsächlich gefehlt. »Träum weiter«, sagte ich stattdessen, da ich sein Ego nicht noch größer werden lassen wollte.

Dann wandte ich mich Fotini zu. Ihre Haare waren aktuell in einem Pflaumenton gefärbt, der fantastisch zu ihrer braunen Haut passte. Sie trug ein luftiges Oberteil mit Pailletten, die einen Koala darstellten, und das aussah, als hätte sie es selbst designt. Ich zog sie ebenfalls in eine Umarmung.

»Schön, dass du wieder da bist«, murmelte sie mir zu, und für einen Moment drückte ich sie etwas fester.

Zum Schluss begrüßte ich Kate. Ihre Haare waren kürzer als bei unserer letzten Begegnung, reichten ihr nur noch bis knapp zu den Schultern, und sie war wie immer von der Sonne gebräunt. »Hey, Katie.«

»Hey, Urlauberin, wie war der Trip?«

»Fantastisch.« Ich versuchte mich an einem Lächeln, das mir aber nur bedingt gelang, denn bei der Erwähnung des Roadtrips musste ich automatisch auch an das Gespräch heute früh mit Cooper denken.

Kate zog skeptisch die Augenbrauen hoch, sagte aber nichts dazu, und wir setzten uns um den Tisch. »Jetzt erzählt doch mal, was ich verpasst hab.«

»Nicht viel, hier ist alles beim Alten.« Kilian zuckte mit den Schultern.

»Stimmt doch gar nicht.« Isabel schlug nach ihm, doch er wich ihr gekonnt aus. »Fotini hat großartige Neuigkeiten.«

Ich sah zu ihr. Ihr Lächeln war so breit, und sie vibrierte beinahe vor überschüssiger Energie, als würde sie gleich platzen, wenn sie es nicht sofort loswurde. Zum ersten Mal seit heute Morgen fühlte sich auch mein eigenes Lächeln echt an, denn ich freute mich für sie, egal, was es war. »Erzähl«, forderte ich sie auf.

»Ich hab meinen Job gekündigt, weil ich mit meiner eigenen Kollektion endlich genug verdiene, um es versuchen zu können.« Ihr Blick wanderte zu Kate neben ihr, und sie umschloss ihre Hand mit ihren Fingern. »Es klappt erst mal nur, weil Kate ein festes Gehalt hat, aber ich konnte mein eigenes Atelier anmieten und bin mir sicher, dass es mithilfe von Isabels Marketing-Tricks weiter bergauf gehen wird.«

»Das ist fantastisch. Ich freue mich sehr für dich. Kann ich das Atelier noch sehen, bevor wir fliegen?«

»Na klar, jederzeit. Ich bin immer von morgens bis meistens sechzehn Uhr da.«

»Ich komme mit«, warf Isabel ein. »Ich wollte auch unbedingt noch ein Teil kaufen.«

Entschieden schüttelte Fotini den Kopf. »Du bezahlst bei mir nichts. Ohne dich wäre ich überhaupt nicht so weit gekommen. Such dir aus, was dir gefällt, aber ich will kein Geld von dir.«

»Und ob ich bezahlen werde«, entgegnete Isabel. »Deine Sachen verkaufen sich vor allem deswegen so gut, weil sie fantastisch sind. Du hast unheimliches Talent und leistest tolle Arbeit. Ich habe nur dafür gesorgt, dass mehr Leute das sehen können.«

Während die beiden in eine Diskussion verfielen, wandte ich mich Kate zu. »Gibt's bei dir was Neues?«

Sie zuckte mit den Schultern. »Nicht wirklich. Es geht auf den Sommer zu, und die Leute werden im Wasser wieder übermütig.«

Ich verzog den Mund, weil ich mich an ein Gespräch aus unserer Anfangszeit in Eden erinnerte, als Kate uns erzählt hatte, wie lebensmüde manche Touristen wurden, vor allem wenn sie alkoholisiert ins Wasser gingen. »Vielleicht sollte man das Trinken am Strand einfach verbieten.«

Sie winkte ab. »Ach, das bringt doch auch nichts. Dann trinken sie vorher und kommen betrunken zum Strand.«

»Auch wieder wahr.« Man konnte die Leute nicht dazu zwingen, vernünftig zu sein, auch wenn es manchmal besser für sie wäre.

»Hey, Sophie.« Grayson trat an unseren Tisch, und ich stand auf, um ihn ebenfalls mit einer Umarmung zu begrüßen. »Hast du die wilden Tiere überlebt?«

»Nur Cooper wurde angegriffen, daher habe *ich* alles gut überstanden.«

»Hm. Vielleicht ist das der Grund, warum wir ihn heute nicht gesehen haben«, überlegte Grayson.

Das ließ meine Alarmglocken klingeln. »Was meinst du damit?«

»Na ja, er hat sich heute nicht in der Bar blicken lassen, hat uns nur einen Zettel hinterlegt, dass er morgen einkaufen fährt.«

Seltsam. Ob das was mit unserem Gespräch von heute Mittag zu tun hatte? Blieb Cooper der Bar fern, weil er nicht mit mir sprechen wollte? Aber wenn er bloß mich nicht sehen wollte, warum ging er dann auch den anderen aus dem Weg? Warum war das alles nur so verdammt kompliziert?

»Aber gestern hast du mit ihm gesprochen?« Als Cooper mich nach unserer Rückkehr bei Liam abgesetzt hatte, war ja noch alles okay gewesen. Und heute hatte er mich sofort angepampt, noch bevor ich überhaupt etwas zu der Arbeitsbescheinigung gesagt hatte.

Grayson lehnte sich mit der Hüfte gegen den Tisch. »Gestern war er bis Schichtende unten und hat mitgearbeitet. Was es umso seltsamer macht, dass er heute einfach verschwunden ist.« Er zuckte mit den Schultern, als wäre es keine große Sache. »Was wollt ihr trinken?«

Abwesend gab ich meine Bestellung auf und fragte mich immer noch, was mit Cooper los war.

Das Problem war, dass ich die Sache nicht allein lösen konnte. Ich brauchte Coopers Hilfe dazu, daher nahm ich mir vor, ihn sofort anzusprechen, wenn ich ihn sah.

Für den Rest des Abends ließ Cooper sich jedoch nicht im *Moonlight* blicken, und mit jeder Stunde, die verstrich, schwand auch meine Hoffnung.

# Kapitel 30

SOPHIE

»Hey, Alicia.«
Isabel und ich drängten uns vor Liams Laptop nebeneinander, um beide ins Bild des Videocalls zu passen. Verpixelt strahlte uns unsere Freundin entgegen. Ihre blonden Haare waren offen und fielen ihr glatt über die Schultern. Sie trug ein pinkes T-Shirt und winkte in die Kamera.

»Hi, ihr zwei. Letzter Tag heute?«

Augenblicklich waren die Bauchschmerzen zurück. »Leider. Gleich ist noch die Abschiedsparty im *Moonlight*, und morgen früh geht es zum Flughafen.« Morgen um diese Uhrzeit würden wir bereits auf halbem Weg nach Singapur sein, wo unser Zwischenstopp wäre.

»Es tut mir so leid, dass ich nicht dabei sein kann.«

»Ach, Quatsch«, wiegelte Isabel ab. »Du bist mehr als entschuldigt, auch wenn wir dich gern noch mal live gesehen hätten. Wie läuft die Reha?«

»Echt gut. Ich kann schon fast alles wieder machen, und die Narbe tut kaum noch weh.« Alicia verzog den Mund, und ihre Miene verdunkelte sich. »Aber sie sieht echt nicht schön aus. Es wird eine Überwindung, mich damit am Strand zu zeigen.«

Am liebsten hätte ich sie jetzt in den Arm genommen. »Wenn irgendwer was Blödes zu dir sagt … ich weiß, wie man eine Leiche im Wald vergräbt, die nie gefunden wird.«

Das brachte Alicia zum Lachen. »Lernt man so etwas in deutschen Schulen?«

»Nein, aber in Thrillern und Serien. Kennst du *How to Get Away with Murder*?«

Isabel stupste mich mit dem Ellbogen in die Seite. »Wurden da nicht immer alle Leichen gefunden?«

»Richtig«, sagte ich vergnügt. »Dadurch weiß ich, wie ich es besser machen muss.«

Isabel stöhnte, und Alicia begann lauthals zu lachen. »Ich dachte, jetzt kommt der ultimative Tipp.«

»Genau«, stimmte Isabel zu. »So was wie ›pflanze gefährdete Blumen darüber, damit niemand dort graben darf‹.«

Alicia stützte sich mit den Ellbogen auf der Tischplatte ab und nickte eifrig. »Damit kann ich schon deutlich mehr anfangen. Wir brauchen einen Plan, *bevor* wir jemanden umbringen, damit wir danach nicht in Panik geraten. Das habe *ich* nämlich von Serienkillerdokus gelernt. Der erste Mord geschieht meistens im Affekt, und dort machen die Täter die meisten Fehler. So etwas darf uns nicht passieren.«

Ich zog die Füße auf den Stuhl, bis ich im Schneidersitz saß. »Um ehrlich zu sein ist Australien das perfekte Land, um jemanden spurlos verschwinden zu lassen. Es gibt so viele Regionen, die absolut verlassen sind. Cooper und ich sind manchmal auf Hunderten Kilometern keiner Menschenseele begegnet. Da müsstest du nicht mal bis nachts warten, um mit dem Graben zu beginnen.«

»Das stimmt.« Alicia griff nach ihrem Glas und trank einen Schluck. »Was ist jetzt eigentlich mit Cooper? Hast du noch mal mit ihm gesprochen?«

Per WhatsApp hatte ich ihr schon knapp erzählt, was vorgefallen war. »Nein, ich hab auch nichts von ihm gehört, obwohl ich ihm geschrieben hab, ob wir noch mal reden können. Keine Ahnung, was da los ist.« Ich versuchte, das schmerzhafte Ziehen in meiner Brust zu ignorieren, das mich in den letzten Tagen immer dann überfallen hatte, wenn ich an Cooper oder meine baldige Abreise dachte. »Ich verstehe einfach nicht, warum er mich komplett ignoriert, nachdem noch alles okay war, als er mich hier abgesetzt hat.« Das war mein größtes Problem. Auf der Fahrt von McLaren Vale nach Eden hatten wir noch normal miteinander geredet, und er hatte mich zur Verabschiedung fest in den Arm genommen. Doch kaum zwölf Stunden später schien das alles nichts mehr wert gewesen zu sein. Es war fast, als hätte eine andere Person vor mir gestanden. Als hätte Cooper einen bösen Zwilling, der von ihm Besitz ergriffen hatte, und der gewillt war, mich aus seinem Leben zu verbannen.

Zumindest Letzteres würde er morgen geschafft haben ...

»Ich verstehe die Männer nicht«, riss Alicias Stimme mich aus meinen Überlegungen. »Warum sind so viele nicht mehr in der Lage, vernünftig zu kommunizieren, was Sache ist? Dieses Ghosting ist doch kacke.«

»Ist es. Zumal ich ja gar nicht will, dass wir zusammenkommen.« Das war komplett gelogen. Insgeheim wartete ich die ganze Zeit darauf, dass er reuevoll im Sanctuary auftauchte, sich entschuldigte und mir die große Liebe schwor. »Ich will doch bloß diese verdammte Arbeitsbescheinigung, damit ich zurückkommen kann.«

»Du wirst einen anderen Weg finden.« Alicia klang fest entschlossen. »Es gibt viele Möglichkeiten, ein Aufenthaltsvisum für Australien zu erhalten. Du *musst* auch zurückkommen, damit wir wieder zusammen surfen gehen können.«

Meine Lippen verzogen sich zum ersten echten Lächeln in diesem Gespräch. »Du gehst sofort wieder aufs Brett, wenn du aus der Reha zurück bist, oder?«

»Natürlich. Ich schmeiße zu Hause nur meine Sachen in die Ecke, und dann geht es ab aufs Wasser. Kann es schon gar nicht mehr erwarten.« Alicia rutschte auf ihrem Sitz herum, als würde sie am liebsten jetzt sofort loslegen. Dann drehte sie sich um und sprach mit irgendjemandem, der sich hinter ihr befand. Nach einigen Sekunden sah sie wieder in die Kamera. »Tut mir leid, ich muss los zur Sporttherapie. Habt viel Spaß heute und einen guten Flug morgen. Schreibt mir, wenn ihr angekommen seid. Ich werde euch vermissen.«

»Wir dich auch«, sagte ich und musste mit einem Mal mit den Tränen kämpfen.

»Und wir sehen uns ja bald wieder«, schob Isabel hinterher, womit sie es nur noch schlimmer machte. Denn ich wusste nicht, ob ich Alicia wirklich wiedersehen würde. Auch wenn mir jeder sagte, dass ich einen Weg finden würde, ohne die Arbeitsbescheinigung an ein Visum zu kommen, war ich mir nicht sicher, dass es klappen würde. Es war nicht einfach, ein dauerhaftes Visum für Australien zu erlangen. Die Einwanderungspolitik hier war deutlich schärfer als in Deutschland. Daher war meine Angst groß, es nicht zu schaffen und weder Alicia noch einen der anderen bald wiederzusehen.

Alicia winkte ein letztes Mal in die Kamera, dann wurde der Bildschirm schwarz. Für einen Moment wurde es still zwischen Isabel und mir, als würden wir beide versuchen, das Gespräch so lange wie möglich festzuhalten. Dann knuffte Isabel mich in die Seite. »Komm, lass uns fertig machen, damit wir zu unserer eigenen Party nicht zu spät kommen.«

Das *Moonlight* hatte heute nur für uns geöffnet. Liam und Kilian hatten die Party organisiert, aber wir hatten einladen dürfen, wen wir wollten. Natürlich standen all unsere Freunde ganz oben auf der Liste. Kilian, Liam, Fotini und Kate. Aber auch Liams Eltern waren dabei, Grayson und Hayden waren sowieso in der Bar, und Isabel hatte sogar Tyler eingeladen, den surfenden Ranger, der ihren Vater gekannt hatte. Auch Cooper war eingeladen, aber ich war mir nicht sicher, ob er kommen würde.

Das *Moonlight* sah völlig verändert aus. Grayson hatte alles zur Seite gestellt, bis auf einen großen Tisch mit Stühlen darum in der Mitte, an dem wir alle Platz hatten ... und auf dem Geschenke standen? Ich sah zu Isabel und deutete Richtung Tisch. »Weißt du, was das soll?«

»Keine Ahnung.«

Kilian trat hinter uns und legte seine Arme um unsere Schultern. »Wollt ihr mit mir wetten, was sich darin befindet?«

»Ganz bestimmt nicht.« Lachend schob ich ihn von mir weg.

»Du kannst mit dir selbst wetten«, fügte Isabel hinzu.

»Pfft, ich finde schon noch wen, wartet es ab.«

Dann vergaß ich Kilian für einen Moment, als Fotini und Kate mich in eine feste Umarmung schlossen. »Wir wollen nicht, dass ihr abreist.« Kate hielt mich länger als nötig fest, aber ich hatte nichts dagegen. Denn das schmerzhafte Ziehen in meiner Brust war zurück, und ich war mir ziemlich sicher, dass ich irgendwann an diesem Abend anfangen würde zu heulen.

»Wir wollen auch nicht gehen, aber wir haben keine Wahl.« Selbst meine Stimme klang schon weinerlich, dabei hatte der Abend noch gar nicht richtig begonnen.

Plötzlich stand Grayson vor mir und schloss mich ebenfalls in die Arme. »Arbeiten ohne dich wird nur noch halb so lustig sein.«

»Hey.« Hayden schlug ihm auf den Oberarm. »Das fasse ich als persönliche Beleidigung auf.« Sie wandte sich mir zu. »Aber er hat recht, du wirst uns fehlen.«

»Ihr mir auch.« Ich drückte sie fest, dann wandte ich mich dem voll beladenen Tisch zu. »Was ist das alles?« Ich deutete auf die Geschenke, die darauf verteilt waren.

Kilian stützte sich mir gegenüber mit beiden Händen auf

der Tischplatte ab. »Ihr dachtet doch nicht, dass wir euch ohne Erinnerungsstücke nach Hause fahren lassen, oder?«

»Aber ihr müsst uns doch nichts schenken.« Ich war unfassbar gerührt, obwohl ich noch nicht mal wusste, was sich in den Paketen befand. Und wenn Kilian seine Finger mit im Spiel hatte, konnte es alles und nichts sein.

»Die besten Erinnerungen sind hier drin.« Isabel tippte sich gegen die Stirn. »Außerdem kommen wir ja bald wieder. Ja, auch du«, sagte sie an mich gewandt, ehe ich protestieren konnte.

Liam trat neben Isabel, zog sie an seine Brust und küsste sie auf die Stirn. »Sag einfach Danke und pack aus.«

Isabel verdrehte die Augen, konnte das Lächeln aber nicht von ihren Lippen wischen. Sie griff nach meiner Hand, und gemeinsam setzten wir uns an den Tisch.

Ich zog das erste Geschenk zu mir heran, drehte es in meinen Händen und entdeckte einen Aufkleber, auf dem *Isabel* stand. »Ist für dich«, sagte ich und reichte es ihr. Das nächste trug meinen Namen, und ich riss die Verpackung auf.

Fünf Minuten später saß ich mit Tränen in den Augen vor den ausgepackten Sachen. Grayson und Hayden hatten mir einen Kunstdruck vom Uluru im Sonnenuntergang geschenkt. Von Kilian und Liam hatte ich ein gerahmtes Foto bekommen, das sie während der Whale-Watching-Tour von mir gemacht haben mussten. Es zeigte mich, wie ich mich über die Reling beugte und den Buckelwal berührte. Von Fotini und Kate hatte ich einen Anhänger an einem Lederband bekommen, der wie ein Koala aussah und mit bunten Steinchen verziert war. Gemeinsam hatten Isabel und ich von allen ein Care-Paket bekommen, in dem unter anderem TimTams und Ginger Beer waren.

»Ich weiß gar nicht, was ich sagen soll«, kam es erstickt über meine Lippen. Ich sah nach rechts zu Isabel und entdeckte

auch in ihren Augen Tränen. Womit hatten wir diese wundervollen Freunde, die wir hier getroffen hatten, nur verdient? Fotini umfasste meinen Arm und lehnte sich an meine Schulter. »Wir werden euch sehr vermissen, auch wenn absehbar ist, dass ihr bald zurückkommen werdet.«
»Ihr habt unser Leben echt bereichert.« Ich hatte Kilian nie so ernst erlebt wie in diesem Moment.
»Du meins ganz besonders.« Liam beugte sich zu Isabel und küsste sie innig. Sie zu sehen, ließ das dumpfe Gefühl in meinem Magen wieder anschwellen, und ich konnte nicht verhindern, dass mein Blick durchs *Moonlight* wanderte. Aber natürlich war Cooper weiterhin nirgendwo zu sehen. Er würde nicht kommen, damit musste ich mich endlich abfinden. Es war mehr als offensichtlich, dass er nicht mehr mit mir sprechen wollte, sonst hätte er meine Nachricht nicht ignoriert. Aber mein dummes Herz hielt noch immer an der Hoffnung fest, dass er in letzter Sekunde auftauchen könnte.

Seufzend wandte ich mich den anderen zu. »Stoßen wir jetzt endlich an, oder was?«, fragte ich, um mich aus meiner bedrückten Stimmung zu reißen.

Sofort sprang Grayson auf. »Ich habe da was vorbereitet.«

Ich sah ihm hinterher, überlegte den Bruchteil einer Sekunde, dann folgte ich ihm hinter die Theke. Er holte gerade einige Flaschen Root-Bier aus der Kühlung, als ich hinter ihn trat. »Hast du Cooper in den letzten Tagen gesehen?« Vermutlich sollte ich es nicht fragen. Sollte weiterhin so tun, als würde mich das alles nicht interessieren, aber ich konnte einfach nicht anders.

Grayson wandte sich mir zu und schob sich eine blonde Haarsträhne aus der Stirn. »Nur gestern kurz, als er die Einkäufe hergebracht hat. Er hat aber kaum mit mir gesprochen, und ansonsten verbarrikadiert er sich in seiner Wohnung. Keine Ahnung, was mit ihm los ist, aber irgendwas stimmt da nicht.«

Ich schielte in den Gang, der zur Küche und zu Coopers Büro führte und an dessen Ende die Treppe zur über uns liegenden Wohnung lag. Als wir angekommen waren, hatte ich Licht oben brennen sehen, und jetzt überkam mich der Wunsch, hochzugehen und bei Cooper zu klopfen. Vielleicht brauchte er insgeheim jemanden zum Reden, konnte es aber nicht zugeben. Doch dann fiel mir wieder ein, wie harsch er mich vor drei Tagen abgewiesen hatte, und ein Schaudern ergriff meinen Körper.

»Ich hoffe, er kriegt sich bald wieder ein«, sagte ich zu Grayson, der die Root Beer mit Gläsern auf ein Tablett stellte.

»Das hoffe ich auch. Wir müssen für die Sommerzeit dringend neues Personal einstellen, und das kann ich ohne ihn nicht.«

»Könntest du schon.« Gerade wenn Cooper die Bar genauso ignorierte, wie er es mit mir tat, hatte Grayson jedes Recht, die Dinge selbst in die Hand zu nehmen. Irgendjemand musste das *Moonlight* ja am Laufen halten. Nichts anderes hätte Bobby gewollt.

»Ich *will* aber nicht hinter Coopers Rücken agieren.« Grayson kniff sich in die Nasenwurzel und schüttelte den Kopf. »Lass uns nicht mehr darüber sprechen. Heute sollten wir feiern.«

Ich nickte, obwohl mir nicht nach Feiern zumute war. Ich wollte Grayson gerade zu den anderen folgen, da kam mir eine Idee. »Geh schon mal vor, ich hab noch was vergessen«, sagte ich und verschwand den Gang entlang in Richtung Coopers Büro.

Der restliche Abend wurde eine Mischung aus fröhlichem Zusammensein und Wehmut. Ich bekam Cooper nicht aus meinem Kopf, egal, was ich versuchte, genauso wenig wie die Tatsache, dass unsere Abreise minütlich näher rückte. Gleichzeitig war es unheimlich befreiend, diesen letzten Abend mit meinen Freunden zu verbringen, und ich wusste nicht, wann ich zuletzt so viel gelacht hatte. Ich ließ mich sogar von Kilian zu einer Wette überreden, wer von uns beiden sein Root Beer schneller austrinken könnte. Ich gewann und wusste danach aber nicht, ob ich wirklich schneller gewesen war oder er mich einfach hatte gewinnen lassen. Als Abschiedsgeschenk sozusagen.

Wir waren spät im Bett – oder früh, je nachdem, von welchem Standpunkt aus man das betrachtete –, und dementsprechend kurz war die Nacht. Um acht klingelte der Wecker, und keine Stunde später saßen Isabel, Liam, Kilian und ich bereits im Auto auf dem Weg nach Canberra. Es war eine ruhige, bedrückende Fahrt. Kilian versuchte anfangs noch einige Witze zu reißen, aber es war ihm deutlich anzumerken, dass die fröhliche Stimmung nur gespielt war. Ich saß neben Kilian auf dem Beifahrersitz und sah durch den Rückspiegel immer wieder, wie Liam und Isabel sich auf der Rückbank aneinanderklammerten. Und obwohl ich es nicht wollte, konnte ich nicht verhindern, dass meine Gedanken erneut zu Cooper wanderten. Was machte er? Wie ging es ihm? Und warum hatte er sich noch immer nicht auf meine Nachricht gemeldet?

Es war zum Verzweifeln. Und half mir nicht dabei, meine Stimmung zu heben.

Viel zu schnell erreichten wir den Canberra Airport. Wir stellten uns ans Ende der Schlange am Check-in-Schalter unseres Singapur-Airlines-Fluges, und obwohl ich es normalerweise hasste, ewig in dieser Schlange zu stehen, verging auch hier die Zeit viel zu schnell. Fast kam es mir vor, als hätte jemand die Uhr auf *Fast Forward* gestellt und alles würde in doppelter Geschwindigkeit an mir vorbeirasen. Dabei würde ich am liebsten die Stopp-Taste betätigen, damit einfach nie der Moment kam, an dem wir ins Flugzeug steigen mussten.

Aber natürlich konnte ich das nicht. Niemand konnte das, und viel zu bald mussten wir uns von Liam und Kilian verabschieden, um durch die Sicherheitskontrolle zu gehen. Ich konnte die Tränen nicht mehr zurückhalten, als Kilian mich in seine Arme schloss, mich hochhob und ein letztes Mal im Kreis drehte, bis mir schwindelig wurde. »Ihr werdet uns fehlen«, raunte er mir zu, und ich konnte als Antwort nur nicken, weil meine Kehle sich völlig zugezogen hatte. Hoffentlich verstand er trotzdem, dass wir sie ebenfalls vermissen würden.

Auch Liam zog mich in eine feste Umarmung und sagte mir, dass er hoffte, ich würde bald mit Isabel zurückkommen. Das ließ meine Tränen noch mehr fließen, denn durch all den Stress mit Cooper war ich noch nicht dazu gekommen, mir durchzulesen, welche Möglichkeiten es noch für ein Visum gab und welche Voraussetzungen ich dafür erfüllen musste.

Isabel und ich hielten uns an der Hand, während wir zur Sicherheitskontrolle gingen. Wir drehten uns immer wieder um, bis Kilian und Liam nicht mehr zu sehen waren. »Das war's jetzt«, murmelte Isabel mit tränenerstickter Stimme.

»Ich hätte nicht gedacht, dass unser Jahr in Australien so endet«, gestand ich. »Ich dachte, ich wäre froh, wieder nach Hause zu kommen, auch wenn ich eine tolle Zeit hier verbracht habe. Aber gerade will ich alles, nur nicht in dieses Flugzeug steigen.«

Isabel drückte meine Hand, die sie noch immer umklammert hielt. »Mir geht es ganz genauso.«

Eine halbe Stunde später saßen wir im Flugzeug und befanden uns auf dem Weg zur Startbahn. In meinem Kopf schrie eine Stimme ganz laut, dass wir irgendwas tun müssten, um dieses Flugzeug noch anzuhalten, aber natürlich war das unmöglich. Ich rührte mich nicht, während es Fahrt aufnahm und sich langsam in den Himmel hob.

Nie kam mir etwas endgültiger vor als der Moment, in dem die Räder den australischen Boden verließen.

Kapitel 31

COOPER

Trauer war eine seltsame Empfindung. Sie konnte dich überfallen, wenn du am wenigsten damit rechnest und gedacht hattest, sie längst überwunden zu haben. Dann setzte sie sich in dir fest wie ein Geschwür, das tagtäglich nur anzuschwellen schien, anstatt weniger zu werden.

Die Tage, seit ich den Brief über den Tod meiner Eltern erhalten hatte, waren wie in Trance vergangen. Die Trauer, die ich dachte, längst überwunden zu haben, hatte mich in ihrem Griff und zog mich in einen Strudel aus Erinnerungen und viel zu vielen Gefühlen. Da war Traurigkeit, und eine unbändige Wut. Wut auf diejenigen, die meinen Eltern und den anderen aus ihrer Gruppe das angetan hatten. Wut auf die Regierung, die Wildtiere nicht besser schützte und es Wilderern damit überhaupt erst ermöglichte, solche Taten zu begehen. Auch heute noch wurden jährlich Zehntausende Elefanten getötet, um an ihr sogenanntes weißes Gold zu gelangen. Zwar gab es mittlerweile Gesetze, die das Wildern von Elefanten verboten, aber die besten Gesetze waren nichts wert, wenn deren Einhaltung nicht überprüft wurde. Und einige mutige Leute wie meine Eltern waren nicht ausreichend, da sie genauso leicht aus dem Weg geräumt werden konnten.

Nichtsdestotrotz war ein Teil von mir auch dankbar, nun endlich Gewissheit zu haben, was mit meinen Eltern geschehen war. Ich merkte erst jetzt, wie sehr mich diese Ungewissheit jahrelang belastet hatte, obwohl ich tief in mir drin immer gewusst hatte, dass sie tot sein müssten, denn sonst hätte meine

Mum längst einen Weg gefunden, zu mir zurückzukehren. Sie hätte mich nicht allein gelassen, wenn es eine andere Möglichkeit gegeben hätte. Und wenn sie von Indien nach Australien hätte schwimmen müssen. Doch das konnte sie zu dem Zeitpunkt bereits nicht mehr. Erneut erfasste mich dieser Schmerz, der meine gesamten Innereien zusammenpresste. Ich drückte meine Hand auf meine Brust, genau auf die Stelle, unter der mein Herz viel zu schwer schlug. Doch auch damit machte ich es nicht besser. Mittlerweile fragte ich mich, ob es jemals leichter werden würde. Ob dieser Schmerz je vergehen oder ob er ab jetzt ein ständiger Begleiter sein würde.

Nein, eigentlich nicht ab jetzt, denn ich empfand ihn seit vielen Jahren und hatte ihn oftmals bloß ignoriert und damit besänftigt, dass ja noch die Hoffnung bestünde, dass meine Eltern zu mir zurückkehrten. Die Endgültigkeit, dass das nicht geschehen würde, ließ ihn nur wie ein Inferno aufflammen.

Irgendjemand hatte mal zu mir gesagt, dass Trauer mit der Zeit weniger werden würde, doch das hielt ich für ein Gerücht. Ich glaubte nicht, dass sie je verging, sondern dass wir einfach nur lernten, sie zu ertragen. Und vielleicht war das auch richtig so. Vielleicht half die Trauer uns dabei, die Menschen, die uns alles bedeutet hatten, nie zu vergessen.

Seufzend rieb ich über meine Stirn und stieß die Tür zum *Moonlight* auf. Es brannte bereits Licht, und als ich eintrat, entdeckte ich Grayson, der am Tisch über einige Dokumente gebeugt saß. »Hey.« Ich ging zu ihm. »Was machst du?«

Überrascht sah er auf. »Oh, Cooper, du bist ja doch noch da.«

»Ja, sorry, ich …« Ich wusste nicht, wie ich meine Abwesenheit die letzten Tage erklären sollte, aber Grayson winkte bereits ab.

»Ich sehe mir die ersten Bewerbungen für die freien Stellen

an. Wir sollten morgen wirklich mit einigen davon sprechen, sonst bekommen wir am Wochenende Probleme, weil Hayden sich krankgemeldet hat.«

»Kann Sophie nicht einspringen?« Grayson verengte die Augen und betrachtete mich, als käme ich von einem anderen Planeten. »Sophie ist nicht mehr da. Sie und Isabel sind gestern abgereist.«

Shit. Ich war so in meiner Trauer gefangen gewesen, dass ich das völlig verdrängt hatte. Und jetzt kämpfte sich auch eine andere Empfindung in mir hoch, die ebenfalls unter den anderen vergraben gewesen war. Zuerst konnte ich sie gar nicht richtig deuten, doch dann wurde mir klar, dass ich Sophie vermisste. Und nicht nur das. Unser Gespräch an dem Tag, als ich den Brief erhalten hatte, fiel mir wieder ein, und wie ich sie dort abserviert hatte. Scham überkam mich, gepaart mit Schuld. Denn das hatte sie nicht verdient. Doch ich konnte mich gerade nicht damit befassen. Ich wurde ohnehin schon von den ganzen Gefühlen in mir erdrückt, daher schob ich es beiseite.

»Okay.« Ich zog einen Stuhl zurück und setzte mich zu Grayson an den Tisch. »Lass uns die gemeinsam durchgehen und die besten Kandidaten für morgen zu einem persönlichen Gespräch einladen.«

»Alles klar.« Grayson teilte den Stapel und schob die Hälfte der Bewerbungen zu mir rüber.

Ich warf einen Blick auf den ersten Zettel, dann sah ich zu ihm auf. »Worauf muss ich achten?« Ich hatte noch nie eine Bewerbung gesichtet – oder überhaupt eine geschrieben. Ich hatte nicht den Hauch einer Ahnung, was da wichtig war.

Grayson rückte zu mir heran und schob mir die Bewerbung zu, die er gerade las. »Von Vorteil ist, wenn die Person bereits Erfahrung im Kellnern hat. Wir brauchen zudem langfristige Hilfe, also am besten *Work and Traveller* von vornherein aussortieren. Bei Sophie haben wir nur eine Ausnahme gemacht, weil wir wussten, dass sie fast ein Jahr bleibt. Ansonsten ...« Er hob die Schultern. »Ich habe das auch noch nie gemacht. Lass uns einfach nach unserem Gefühl gehen und am Ende alles besprechen.«

»Okay.« Noch immer unsicher, begann ich mit dem Durchsehen der Bewerbungen, doch es wurde recht schnell offensichtlich, welche aussortiert werden konnten. Eine Bewerberin konnte nur vormittags arbeiten, doch da hatte das *Moonlight* grundsätzlich geschlossen. Ein anderer wollte jedes zweite Wochenende freihaben, um seine Freundin in Melbourne besuchen zu können. Nach diesem System konnten wir mehr als die Hälfte der Bewerbungen aussortieren und blieben am Ende mit drei Kandidatinnen und zwei Kandidaten zurück.

»Die sehen alle passend aus. Wollen wir sie für morgen zu einem Gespräch einladen?«, fragte Grayson.

»Gern. Und ...« Ich zögerte kurz, dann sprach ich es einfach aus. »Wäre es okay, wenn wir das zusammen machen? Ich will niemanden einstellen, der am Ende nicht ins Team passt.«

»Klar, Mann. Ich lasse dich damit nicht im Stich.« Grayson klopfte mir auf die Schulter und legte die Bewerbungen der Leute übereinander, die wir einladen wollten.

»Hey, Grayson«, sagte ich, als er sich gerade erheben wollte. »Hast du noch eine Minute?«

»Was gibt's?« Er ließ sich zurück auf den Stuhl plumpsen.

»Als ich mit Sophie unterwegs war, hat sie etwas gesagt, an das ich öfter denken muss.«

»Wie unglaublich gutaussehend ich bin?« Er warf den Kopf nach hinten, als würde er sich imaginäre lange Haare über die Schulter werfen, und obwohl mir nicht danach zumute war, musste ich lachen. Das erste Mal, seit ich den Brief gefunden hatte.

»Falls du dir Hoffnungen bei ihr gemacht hast, muss ich

dich leider enttäuschen.« Ich wusste nicht, warum ich das aussprach, aber als hätte ich es damit heraufbeschworen, musste ich an Sophie denken. Ihr lautes Lachen über meine schlechten Witze. Ihre Küsse unterm Sternenhimmel. Wie wir im McLaren Vale zusammen im Bett gelegen hatten und sie mit den Fingerspitzen die Tattoos auf meiner Brust nachgezeichnet hatte. Ein warmer Schauer rieselte über meinen Rücken, und meine Brust zog sich sehnsuchtsvoll zusammen. Hatte ich einen Fehler gemacht, sie gehen zu lassen?

Reiß dich zusammen, Cooper!

Das war jetzt gerade überhaupt nicht wichtig, und auch nichts, was ich mit Grayson lösen konnte. Ich schob diese Gedanken weit weg und räusperte mich. »Sophie meinte, dass du ein guter Kandidat wärst, um die Leitung des *Moonlight* zu übernehmen.«

Grayson riss die Augen auf, und sein Unterkiefer klappte runter, aber kein Wort kam heraus. »Was?«, krächzte er schließlich.

»Na ja, Sophie dachte, du könntest Interesse daran haben, weil dein Studium bald vorbei ist und du hier ohnehin schon viel mehr Aufgaben übernimmst als nötig. Als wir weg waren, hast du den Laden ganz allein geschmissen, und ich möchte in jedem Fall jemanden hier haben, der die Bar im Sinne meines Grandpas weiterführt. Aber wenn du keine Lust darauf hast, ist das natürlich auch voll okay.«

»Okay, wow.« Grayson rieb sich über die Stirn und sah mich noch immer ungläubig an. »Ich weiß grad gar nicht, was ich sagen soll. Ich fühle mich unheimlich geehrt und würde es auch gern machen, aber ich habe überhaupt kein Geld, um den Laden zu kaufen.«

»Ich bin nicht an Geld interessiert«, sagte ich ehrlich. »Ich will, dass das *Moonlight* gut läuft und im Sinne von Grandpa weitergeführt wird, aber ich will nicht ständig hier sein müs-

sen, um es zu beaufsichtigen. Mein Job wird es immer sein, mit meiner Kamera draußen in der Natur zu sein. Trotzdem möchte ich hier einen Platz haben, an den ich zurückkommen kann.«
Entschieden schüttelte Grayson den Kopf. »Aber deswegen kannst du mir das *Moonlight* doch nicht ... schenken oder so. Das könnte ich niemals annehmen.«
»Will ich auch nicht. Aber du sollst so was wie ...« – ich suchte nach dem richtigen Wort – »... leitender Geschäftsführer sein. Quasi von mir eingestellt in Vollzeit. Du hättest ziemlich freie Hand bei allen Entscheidungen, störst dich aber auch nicht daran, dass ich hier herumlungere, wenn ich in Eden bin. Die Wohnung oben möchte ich nämlich gerne behalten.« Diese Entscheidung hatte ich in den letzten Tagen bei meinem Ausflug getroffen. Ich hatte Grandpas Wohnung schon früher als meinen festen Wohnsitz angegeben. Zum Beispiel für mein Bankkonto, und ich wusste auch, dass ich weiterhin einen haben müsste, egal, ob ich mich dauerhaft dort aufhielt oder nicht. Aber mir war in den letzten Wochen auch klar geworden, wie praktisch es für mich war, einen Ort zu haben, an den ich zurückkehren konnte. Ja, ich liebte es, mit meinem VW-Bus unterwegs zu sein, in der Natur zu übernachten und mich frei zu fühlen. Aber mir war auch bewusst geworden, wie angenehm es war, zwischendurch für einige Tage hier zu sein, vernünftig duschen zu können und die gemachten Fotos über das WLAN an die entsprechenden Redaktionen zu senden, ohne vorher stundenlang ein Internetcafé suchen zu müssen. Vielleicht wurde ich langsam älter und gemütlich, vielleicht hatte ich aber auch einfach begriffen, dass ich das Beste aus beiden Welten haben konnte, ohne mir einen Zacken aus der Krone zu brechen.
»Meinst du das ernst?« Grayson schien es immer noch nicht fassen zu können.

»Absolut. Du hast mit Grandpa zusammengearbeitet, weißt also, was seine Vorstellungen waren. Und vielleicht hast du ja auch ein paar Ideen, wie wir dem *Moonlight* etwas frischen Wind verpassen könnten.«

Er begann zu strahlen. »Oh, ich habe so *einige* Ideen. Die hatte ich Bobby auch schon mal vorgeschlagen, aber kurz danach hatte er seinen ersten Herzinfarkt, und wir konnten sie nicht mehr umsetzen. Ich würde gern einen Mottotag in der Woche machen, an dem wir unterschiedliche Dinge veranstalten könnten. Karaoke, Poetry-Slam, so was in der Art. Um damit auch unter der Woche und abseits der Ferienzeiten mehr Leute ins *Moonlight* zu locken. Vielleicht könnte man auch eine Abstimmung dazu machen. Dass verschiedene Dinge zur Auswahl stehen und die Besucher online darüber abstimmen können. Dann fühlen sie sich integrierter, und die Hoffnung besteht, dass diejenigen, die für das meiste gestimmt haben, auch tatsächlich kommen. Und vielleicht kann man am Eingang auch eine Box für Zettel aufstellen, auf die Leute ihre Vorschläge schreiben und diese dann reinschmeißen könnten.«

Begeisterung sprach aus jedem seiner Worte und bezeugte mir, dass ich die richtige Entscheidung getroffen hatte. Grandpa war es immer wichtig gewesen, mit dem *Moonlight* einen Platz für die Menschen zu schaffen. Wo jede und jeder willkommen war, niemand ausgeschlossen wurde und die Leute gerne hinkamen. Dass Grayson sie zum Teil in die Entscheidungen, welche Veranstaltungen im *Moonlight* stattfinden sollten, miteinschließen wollte, war etwas, das Grandpa sicherlich befürwortet hätte.

»Finde ich super«, sagte ich. »Also nimmst du das Angebot an?«

Grayson lachte leise. »Du hast mir ja noch gar keins gemacht.«

Ich verdrehte die Augen, konnte das Schmunzeln aber nicht

unterbinden. »Ich erkundige mich mal, wie so ein Vertrag aussehen soll, und lasse ihn von einem Notar prüfen, dann reden wir noch mal. Okay?«
»Perfekt.« Grayson schlug mit mir ein. »Dann werde ich unsere Kandidaten mal anrufen und um ein persönliches Gespräch für morgen bitten.«
Ich unterdrückte ein Seufzen. »Und ich schreibe dann wohl die Absagen an die, die nicht infrage kommen.«
»Perfekte Arbeitsteilung.« Grayson grinste breit. »Ich habe ein gutes Gefühl bei uns beiden.«

Kapitel 32

SOPHIE

Deutschland kam mir grau, dunkel und nass vor. Und kalt. Vor allem kalt. Dabei war ich mir ziemlich sicher, dass die Kälte nicht allein von den Temperaturen kam, die sich tagsüber noch immer um die Zehngradmarke einpendelten. Es war vielmehr eine Kälte, die aus meinem Inneren zu kommen schien und mich ständig frösteln ließ. Kalte Hände und Füße waren eine Folge, aber am schlimmsten hatte es mein Herz getroffen, das sich bei jedem zweiten oder dritten Schlag schmerzhaft zusammenzog.

Eine Woche war ich mittlerweile zu Hause, und so schön es auch war, meine Eltern, meine Schwester und meine Freunde wiederzusehen, ich vermisste Australien schmerzlich. Nicht nur das Meer, die Sonne und meine neuen Freunde, sondern vor allem Cooper. Immer wieder Cooper. Ich schaffte es einfach nicht, ihn aus meinen Gedanken zu verbannen, egal, wie oft ich mir verbot, an ihn zu denken. Noch immer checkte ich ständig mein Handy in der Hoffnung, dass er seinen Fehler eingesehen und mir geschrieben hatte. Doch natürlich tat er es nicht. Vermutlich war er froh, mich endlich los zu sein, während ich wie ein Häufchen Elend hier saß und auf ein Lebenszeichen von ihm wartete. Irgendwie ironisch, und vor allem ziemlich erbärmlich.

Ich war immer so stolz darauf gewesen, ein selbstbestimmtes Leben zu führen und mich von niemandem – vor allem nicht von einem Kerl – abhängig zu machen. Noch in Eden hatte ich felsenfest behauptet, dass meine Entscheidung, zurückzukehren, nichts mit Cooper zu tun hatte. Und klar, ich vermisste auch Australien, Eden und das ganze Drumherum, aber so langsam musste ich zumindest vor mir selbst eingestehen, dass ich hauptsächlich an Cooper dachte. Dass er es war, der mein Herz abwechselnd höherschlagen und sich kurz darauf schmerzhaft zusammenziehen ließ. Dass ich mir einbildete, noch immer seine Hände auf meiner Haut und seine Lippen auf meinen spüren zu können. Es war Cooper, Cooper, Cooper, und auch wenn ich es nie laut zugeben würde, wünschte ich mir vor allem, zu ihm zurückkehren zu können. Völlig egal, ob ich das als Feministin überhaupt denken durfte.

Ich realisierte, dass ich mein Ziel erreicht hatte, und blieb abrupt stehen. Mit einem Mal kehrte auch die belebte Straße in meine Wahrnehmung zurück. Ich trat zur Seite, um einer Frau mit Kinderwagen Platz zu machen, und sah hoch zu dem beleuchteten Schild über dem Eingang. *Fahrschule Walter* prangte mir in roten Lettern entgegen. Sofort zogen sich meine Eingeweide zusammen, und Scham wallte in mir auf. Ich war ewig nicht mehr hier gewesen, hatte manchmal sogar Umwege in Kauf genommen, um dieses Haus nicht passieren zu müssen. Es war lächerlich, dessen war ich mir bewusst, aber die Angst in mir war tief verwurzelt gewesen. Hier war ich zur Fahrschule gegangen, hatte die theoretische Prüfung mit Ach und Krach bestanden, und von hier waren wir am Tag beider Fahrprüfungen aufgebrochen. Der dunkelblaue BMW, in dem ich damals gesessen hatte, war nicht da. Keine Ahnung, ob er gerade unterwegs oder bereits ausgetauscht worden war. Konnte mir eigentlich auch egal sein. Ich dachte eh nur darüber nach, um mich davon abzulenken, dass ich eigentlich reingehen wollte.

Ich schluckte gegen das beklemmende Gefühl in meiner Brust an. Meine Hände begannen zu zittern, daher ballte ich sie zu Fäusten und schob sie in die Taschen meiner Jacke. Es sollte nicht so schwer sein, in dieses verdammte Haus zu gehen, aber meine Füße waren wie mit dem Asphalt verwachsen. Sie wollten sich nicht bewegen.

»Komm schon, Sophie«, murmelte ich, um mir selbst Mut zu machen. In Australien hatte es doch auch geklappt. Ich war den VW-Bus über eine Stunde lang gefahren, ohne dass etwas passiert war. Zudem hatte ich Cooper sogar angeboten, einen weiteren Tag das Fahren zu übernehmen, wenn er sich nicht fit genug dafür gefühlt hätte. Und jetzt stand ich wie festgefroren vor der Fahrschule und traute mich nicht einmal, sie zu betreten, dabei würde ich mich heute überhaupt nicht in ein Auto setzen müssen.

Irgendwo quietschten Reifen, und es wurde gehupt. Augenblicklich zog ich den Kopf ein. Das Herz schlug mir bis zum Hals, als ich mich umdrehte. Ich sah nur noch einen Mann mittleren Alters, der schimpfend hinter seinem Steuer saß und an mir vorbeirauschte, aber nicht, was der Auslöser seiner Wut gewesen war. Aber das war genau eins der Probleme, die ich mit dem deutschen Straßenverkehr hatte. Die aggressive Fahrweise mancher Leute. In Australien war es ganz anders gewesen. Den Australiern haftete generell eine Gelassenheit an, die sich auch auf den Straßen bemerkbar machte. Dazu kam, dass man außerhalb der Ortschaften ohnehin kaum jemandem unterwegs begegnete. Hier war es völlig anders. Ein Auto nach dem anderen sauste an mir vorbei. Der Feierabendverkehr war in vollem Gange, jeder wollte möglichst schnell nach Hause, zum Einkaufen oder sonst wohin. Und niemand hatte Zeit, nicht mal für ein *Hallo* oder einige nette Worte.

Abrupt wandte ich mich ab. Ich wollte nicht schon wieder darüber nachdenken, wie viel besser alles in Australien gewesen war. Gefühlt machte ich seit einer Woche nichts anderes, und mein schlechtes Gewissen wuchs mittlerweile ins Unermessliche. Denn es war einfach nicht fair meinen Eltern oder meiner Schwester gegenüber.

Ich gab mir einen Ruck, bevor ich mir noch länger die Beine in den Bauch stand und das Gedankenkarussell mich schwindelig werden ließ. Resolut setzte ich einen Fuß vor den anderen und betrat die Fahrschule. Ein kleines Glöckchen an der Tür klingelte, als ich sie aufstieß, und der Mann hinter dem Schreibtisch blickte auf. Er war noch jung, ich schätzte ihn um die dreißig, und ich hatte ihn nie zuvor hier gesehen. Irgendwie beruhigte mich der Fakt, dass ich mich mit niemandem herumschlagen musste, der meine Desasterfahrt mitbekommen hatte.

»Guten Tag, was kann ich für Sie tun?«

»Ich möchte ...« Vor Nervosität versagte mir die Stimme. Ich räusperte mich und begann von vorne. »Ich wollte mich für Fahrstunden anmelden. Ich war früher schon mal hier, bin aber nach zwei verpatzten Fahrprüfungen nie wieder gekommen. Jetzt möchte ich einen neuen Versuch starten.«

»Na klar, wenn Sie das hier bitte ausfüllen würden.« Er schob mir einen Anmeldebogen sowie einen Kugelschreiber zu.

Zwanzig Minuten später verließ ich die Fahrschule wieder. Es war deutlich weniger schlimm gewesen als erwartet. Niemand hatte mich darauf angesprochen, was in meiner Fahrprüfung passiert war, und niemand hatte mir gesagt, dass ich zum Fahren ungeeignet war. Herr Schmidt meinte, dass ich die theoretische Prüfung erneut ablegen müsste, weil meine schon zu lange her war, aber dass ich dafür nicht mehr alle theoretischen Stunden absitzen, sondern nur den Stoff aus der Mappe noch mal lernen müsste. Einige Auffrischungsfahrstunden würden nötig sein, aber da bräuchte ich nur so viele machen, bis ich mich sicher genug fühlte, die Prüfung abzulegen. Ich war immer noch nervös, ob ich das alles wirklich schaffen würde, aber auch stolz auf mich, diesen ersten Schritt getan und mich überwunden zu haben.

Deutlich beschwingter ging ich zurück nach Hause, wo ich zuallererst meine E-Mails checkte. Mit angehaltenem Atem wartete ich, bis mein Programm die neuen E-Mails lud, und spürte Enttäuschung über mich hinwegspülen, weil nur Werbung reinkam. Dabei war es fast klar gewesen, aber Hoffnung ließ sich nicht rational im Zaum halten.

Nach meiner Rückkehr hatte ich mich sofort darüber informiert, ob ich ein Studentenvisum erhalten könnte. Ja, das war möglich, aber dazu musste ich die Aufnahme an einer australischen Universität nachweisen können. Daher hatte ich mich in den letzten Tagen bei einigen beworben, die in der Nähe von Eden lagen, und wartete jetzt vergeblich auf Antworten, die bisher aber ausblieben. Fast schon im Zehnminutentakt aktualisierte ich mein E-Mail-Postfach, wenn ich zu Hause war, dabei war mir eigentlich klar, dass tagsüber ohnehin nichts reinkommen würde. Denn um diese Uhrzeit war es nachts in Australien, und niemand arbeitete dann oder verschickte Mails.

Frustriert schlug ich den Laptop zu und machte mich auf die Suche nach meiner Schwester. Ich fand Kira in ihrem Zimmer, an ihrem Schreibtisch sitzend und über einige Unterlagen gebeugt. »Hey.« Sie blickte auf, als sie mich bemerkte. »Wie war es bei der Fahrschule?«

»Okay. Ich muss zwar beide Prüfungen wiederholen, aber nur so viele Fahrstunden machen, bis ich mich sicher genug dafür fühle.« Ich hatte keine Ahnung, wie viele das am Ende sein würden, aber ich war gewillt, es durchzuziehen.

»Du schaffst das.« Kira nickte bekräftigend. Sie hatte ihre Fahrprüfung beim ersten Mal bestanden – wie so viele andere, die ich kannte.

»Ich hoffe es.« Mit einem Seufzen ließ ich mich auf ihrer Couch nieder.

»Hey! Du bist in Australien Auto gefahren, *ohne* Führerschein und dazu noch auf der linken Straßenseite. Davor hab ich großen Respekt, ich hätte mir da vor Schiss in die Hose gemacht.«

Ich verdrehte die Augen. »Wir waren in der Pampa unterwegs, wo uns so gut wie niemand entgegengekommen ist. Ich bin auf keiner Seite so wirklich gefahren, sondern einfach mitten auf der Straße. Außerdem blieb mir ja keine andere Wahl.«

Kira drehte sich auf dem Stuhl in meine Richtung und grinste breit. »Vielleicht ist das der Schlüssel, wie wir dich dazu bekommen, die Prüfung zu bestehen.«

Skeptisch zog ich die Augenbrauen hoch. »Willst du dich von einer Spinne beißen lassen, damit ich dich ins Krankenhaus fahren muss? Viel Erfolg dabei, in Deutschland eine zu finden, die giftig genug ist.«

Sorglos hob sie die Schultern. »Ich mach 'nen Aufruf bei eBay, irgendwer hat sicher so ein Ding zu Hause, obwohl das illegal ist.«

Da konnte ich ihr nicht mal widersprechen, die Menschheit war verrückt genug, dass ich mir das durchaus vorstellen könnte. Kilian hätte jetzt sicher dagegen gewettet und Kira den Aufruf starten lassen – einfach nur, um jemanden in eine Wette zu verwickeln. Sofort war der Schmerz in meinem Inneren wieder da, und automatisch wanderten meine Gedanken auch zu Cooper. Ich vermisste ihn so sehr, dass es in jeder Faser meines Körpers wehtat, und ich wusste einfach nicht, wie ich es abstellen sollte oder ob es jemals weniger werden würde. Und wie würde es erst werden, falls ich wirklich nach Australien zurückkehrte und Cooper im *Moonlight* regelmäßig sah? Daran wollte ich gerade noch gar nicht denken.

»Sophie? Alles okay?« Kira war vor mir in die Hocke gegangen und sah mich besorgt an. »Du siehst unglücklich aus.«

Und mit einem Mal brachen all die aufgestauten Empfindungen aus mir heraus. Meine Augen begannen zu brennen, und ein Schluchzen wollte sich aus meiner Kehle freikämpfen.

Ich hatte bisher versucht, mir vor meiner Familie nichts anmerken zu lassen, und hatte selbst Kira nichts von Cooper erzählt, in der Hoffnung, dass es mir dann leichter fallen würde, über ihn hinwegzukommen. Doch das genaue Gegenteil war der Fall. Meine Gefühle hatten sich zu einer unglaublich hohen Welle aufgestaut, die nun wie ein Tsunami über mir zusammenbrach. Und genau in der Sekunde rollten die ersten Tränen über meine Wangen.

»Ach, Sophie.« Kira war neben mir auf der Couch und zog mich in ihre Arme. Das ließ auch die letzten Dämme brechen. Ich weinte hemmungslos und bitterlich, und einmal angefangen, konnte ich nicht mehr damit aufhören. Ich weinte um Cooper und die verlorene Zeit mit ihm. Ich weinte um Liam, Kilian, Alicia, Fotini und Kate, und weil ich nicht wusste, ob ich sie je länger als für einen Urlaub wiedersehen würde. Ich weinte um Liams Eltern und die Koalas, Grayson, Hayden und vor allem das *Moonlight*, das zu so etwas wie einem zweiten Zuhause geworden war. Was letzte Woche noch meine Realität gewesen war, kam mir jetzt wie ein weit entfernter und nicht realisierbarer Traum vor. Als würde ich vor einem Haus stehen, aus dem ich ausgeschlossen war und dessen Fensterscheiben so milchig waren, dass ich nicht mal hineinschauen konnte.

Ich wusste nicht, wie lang es dauerte, bis meine Tränen versiegten. Es kam mir wie eine Ewigkeit vor, es konnten aber genauso gut nur wenige Minuten gewesen sein. Kira sagte die ganze Zeit über nichts. Sie hielt mich bloß fest, strich mit ihrer Hand immer wieder beruhigend über meinen Rücken und schien sich auch nicht daran zu stören, dass ich ihren Pulli vollheulte.

Irgendwann löste ich mich von Kira und tupfte mit dem Bund meiner Ärmel mein Gesicht trocken. »Sorry«, murmelte ich und deutete auf den nassen Fleck an Kiras Schulter.

Sie hob eben diese und machte eine wegwischende Handbewegung. »Was ist los?« Sorge war über ihr ganzes Gesicht geschrieben, und ich wollte mir gar nicht ausmalen, was sie sich dachte, da sie nicht den Hauch einer Ahnung hatte, was in mir vorging. Bisher hatte ich ihr und unseren Eltern nichts von Cooper erzählt. Auch nicht davon, dass ich schnellstmöglich nach Australien zurückkehren wollte. Aus Scham, aber auch wegen meines schlechten Gewissens. Ich wollte ihnen nicht das Gefühl vermitteln, sie nicht mehr zu lieben oder nicht gern bei ihnen zu sein. Ich konnte ja nicht einmal in Worte fassen, warum ich so viel lieber in Australien bleiben würde, und das hatte mich bisher davon abgehalten, das Thema überhaupt anzuschneiden.

Doch jetzt versuchte ich es. Ich erzählte Kira von Cooper, dem Naturfotografen, der mit seinem VW-Bus durch das Outback fuhr, um wilde Tiere vor die Kamera zu bekommen, und in den ich mich hoffnungslos verliebt hatte. Ich erzählte ihr von unserer fünfwöchigen Reise durch den Westen, all den Tieren, die ich gesehen und was wir von da an erlebt hatten. Ich schwärmte von unserer Nacht unter dem Sternenhimmel, und dass es die Milchstraße wirklich gab. Und ich versuchte in Worte zu fassen, wie sehr Eden mich geprägt hatte. Dass ich mich nie zuvor so frei wie in Australien oder so *angekommen* gefühlt hatte, und dass ich unbedingt zurückkehren wollte, koste es, was es wolle.

Einmal angefangen, konnte ich gar nicht mehr aufhören zu reden. Die Worte sprudelten aus mir heraus, als hätten sie nur darauf gewartet, dass ich endlich den Mut fand, zu ihnen zu stehen. Kira hörte mir aufmerksam zu, ohne mich zu unterbrechen. Falls sie überrascht war von dem, was ich sagte, ließ sie sich das nicht anmerken.

»Und das ist mein kompliziertes Dilemma«, schloss ich meinen Bericht und hob hilflos die Schultern.

»Ach, Sophie.« Kira griff nach meiner Hand und drückte sie leicht. »Warum hast du denn nichts gesagt? Kein Wunder, dass es dich innerlich aufgefressen hat, das alles nur mit dir allein auszumachen.«

»Weil ich nicht wollte, dass ihr denkt, ich würde euch nicht lieben oder ihr wärt mir nicht mehr wichtig, weil ich so unbedingt zurückwill.«

Kira zog eine Grimasse und schüttelte den Kopf. »Das würden wir niemals tun. Werden wir traurig sein und dich vermissen, wenn du gehst? Auf jeden Fall. Aber wir wollen auch, dass du glücklich bist, und wenn du das in Australien bist, dann ist das nun mal so. Wir können dich ja jederzeit besuchen kommen, und du bist hier auch immer willkommen.« Kein Ton des Anklagens kam über Kiras Lippen. Sie brachte mir nur Verständnis entgegen, und das ließ fast wieder Tränen in mir aufsteigen.

Kurzerhand zog ich sie ein weiteres Mal in die Arme. »Wann bist du so erwachsen geworden?« Kira war nur zwei Jahre jünger als ich, aber als ich nach Australien aufgebrochen war, hatte sie gerade ihr Abi gemacht. Danach war sie zwei Monate mit ihren Freunden durch Italien gereist und erst kurz vor meinem Abflug wiedergekommen.

»Das war ich schon immer. Du weißt doch, alte Seele in einem jungen Körper.«

Damit brachte sie mich zum Lachen. Das erste echte Lachen an diesem verdammten Tag, das sich nicht aufgesetzt anfühlte. »Danke. Für alles.«

Kiras Lächeln war eine Mischung aus *jederzeit* und *nicht der Rede wert*. »Und jetzt erzähl mir mal, wie du es anstellen willst, ein neues Visum zu bekommen.«

Genau das tat ich. Wir blieben auf ihrer Couch sitzen und sprachen über Australien, bis unsere Mutter uns zum Essen rief.

Kapitel 33

COOPER

Die Gedanken an meine Eltern wurden nicht weniger. Oder leichter. Wer sagte, dass Zeit alle Wunden heilte, hatte sich wohl noch nie mit Trauer auseinandersetzen müssen. Oder sprach von einem Zeitraum von fünfzig Jahren, aber mit der Erfahrung konnte ich leider noch nicht dienen.

Es fühlte sich falsch an, dass das Leben für mich einfach weiterging – weitergehen musste –, während sie gewaltsam aus ihrem gerissen worden waren. An manchen Tagen lähmte mich der Gedanke daran, und ich wollte gar nicht aus dem Bett aufstehen. An anderen wollte ich möglichst viel erleben, um irgendwie zu kompensieren, dass sie mir genommen worden waren.

»Cooper?«

Eine weibliche Stimme riss mich aus meinen Gedanken. Ich sah nach rechts und zu Lexie, eine von zwei neuen Mitarbeitenden, die ich heute an der Kasse anlernen sollte. Einige Meter von mir entfernt befand sich Grayson mit Mark, dem zweiten Neuling.

Lexie war klein, reichte mir kaum bis an die Schulter, strahlte dafür aber eine unbändige Energie aus, als wollte sie den Planeten im Alleingang retten. »Was muss ich noch mal machen, wenn jemand was zu essen bestellt?«

Ich schüttelte jeden Gedanken an meine Eltern ab und schenkte Lexie meine volle Aufmerksamkeit. »Du schreibst die Gerichte auf einen kleinen Zettel.« Ich deutete auf den entsprechenden Stapel neben der Kasse. »Den reichst du durch in die

Küche, aber achtest auch darauf, dass ihn jemand in die Hand nimmt, sonst besteht die Gefahr, dass er übersehen wird. Und dann gibst du es in die Kasse ein.« Ich zeigte ihr, wie sie über die Auswahl des Touch-Panels zu den Gerichten kam und diese übernehmen konnte. »Jetzt kannst du die Getränke dazu buchen und abrechnen.«

»Perfekt, vielen Dank.« Lexie strahlte mich kurz an, dann machte sie sich an die Arbeit. Ich beobachtete sie, wie sie die Essensbestellungen auf einen Zettel schrieb, sich durch das Fenster in die Küche beugte, ihn abgab und dann alles in die Kasse einbuchte. Auch wenn sie noch manchmal Rückfragen hatte, war sie im Umgang mit der Kasse schon sicher. Sie vertippte sich kaum, hatte bereits eine gute Übersicht, und mit ihrer humorvollen Art wickelte sie die Kunden um den kleinen Finger. Man merkte, dass es nicht ihr erster Kellnerjob war, aber genau das hatten Grayson und ich ja gesucht.

Mein Blick wanderte zu Grayson, der wenige Schritte entfernt an der zweiten Kasse stand und Mark einarbeitete. Auch er schien gut voranzukommen, Grayson wirkte entspannt und zufrieden, und als sich unsere Blicke trafen, nickte er mir zu, als wüsste er, was ich fragen würde, wenn er neben mir stünde.

Erneut wandte ich meine Aufmerksamkeit Lexie zu, und für die nächsten Stunden hatte ich kaum Zeit, über irgendwas nachzudenken. Es war voll im *Moonlight,* und wir hatten ganz schön zu tun. Jeder Platz war besetzt, sodass Grayson und ich nicht nur die Neulinge anlernen, sondern auch selbst mit anpacken mussten, um keine zu langen Wartezeiten an der Bar aufkommen zu lassen. Rasch fanden wir einen Rhythmus, mit dem wir alle zurechtkamen. Den ganzen Abend gab es nur ein zerschmettertes Glas, dessen Schicksal ich besiegelt hatte, also scherzte ich mit mir selbst, dass ich es mir von meiner nicht existenten Gehaltsliste abziehen würde. Nicht, dass ich das jemals bei meinen Mitarbeitenden machen würde. Gläser gingen nun mal zwischendurch kaputt, und ich würde einfach bei IKEA einen neuen Karton holen.

Es ging auf Mitternacht zu, als es endlich etwas ruhiger wurde und ich Zeit dafür fand, mir ein Glas Cola einzuschenken und mich damit an einen freien Platz an der Theke zu setzen. Es dauerte keine fünf Minuten, bis Liam neben mir Platz nahm.

»Die Neuen machen sich gut.« Er nickte in Lexies Richtung, die uns gegenüber fachmännisch einige Biere zapfte.

»Tun sie. Haben Grayson und ich hervorragend ausgesucht.«

Liam grinste. »Man muss sich auch mal selbst loben.«

Ich trank meine Cola in einem Zug leer und deutete auf Liams Glas, in dem nur noch eine Pfütze Bier war. »Willst du noch eins? Geht aufs Haus.«

»Dazu sag ich nicht Nein.« Dann leerte er sein Glas ebenfalls.

Ich beugte mich über die Theke, bis ich Lexies Aufmerksamkeit hatte. »Machst du uns zwei Bier?«

»Klar, Chef.« Sie schob mir zwei volle Gläser rüber, ich reichte Liam eins davon und stieß mit ihm an.

Es brannte mir unter den Nägeln, ihn nach Sophie zu fragen. Ob er etwas von ihr gehört hatte, wie es ihr ging und ob sie trotz meiner Absage vorhatte, nach Eden zurückzukehren. Doch weil ich nicht zu offensichtlich sein wollte, stellte ich eine andere Frage zuerst. »Wie geht es Isabel?«

»Gut soweit. Wir telefonieren alle paar Tage, und sie bereitet schon alles für ihre Rückkehr vor, aber es wird wohl noch etwas dauern, bis sie das Visum hat. Die australische Regierung ist wohl *sehr* gründlich in der Prüfung, ob es bei der Arbeitsbescheinigung auch mit rechten Dingen zugeht. Isabel musste meine kompletten Kontaktdaten hinterlegen und meinte, ich solle mich darauf vorbereiten, dass mich jemand anruft oder vorbeikommt, um zu checken, dass ich auch derjenige bin, der ich angebe zu sein, und sie auch wirklich bei uns wohnen und arbeiten darf.« Er verdrehte die Augen.

»Oh, wow.« »Mir war nicht bewusst gewesen, was für einen Aufwand dieses Visum darstellte. »Aber danach wird sie es bekommen?«

»Das will ich schwer hoffen, sonst fahre ich nach Canberra und mache irgendjemanden einen Kopf kürzer.«

Nur mit Mühe konnte ich ein Grinsen unterdrücken. Liam wirkte nicht wie ein aggressiver Typ, ich konnte mir kaum vorstellen, dass er die Einwanderungsbehörde stürmte und jemanden einen Kopf kürzer machte. Allerdings hatte ich ihn auch noch nie so entschlossen erlebt, also, was wusste ich schon? War ja nicht so, als hätten wir bisher eine innige Freundschaft gepflegt.

»Ich drücke dir die Daumen.«

»Danke.«

Um Zeit zu schinden, trank ich einen weiteren Schluck meines Biers. Ich wusste, was ich fragen wollte. Seit sich Liam neben mich gesetzt hatte, waren die Gedanken an Sophie wieder überpräsent in meinem Kopf. Doch ich war nicht gut darin, so etwas auszusprechen, weil ich es nie gelernt hatte. Ich hatte nie Freunde gehabt, mit denen ich über *Gefühlsdinge* reden konnte. Selbst meine Eltern waren verschwunden, bevor ich das erste Mädchen interessant finden konnte. *Gestorben, Cooper,* ermahnte ich mich. *Sie waren umgebracht worden.*

Ich schüttelte diese Gedanken ab und konzentrierte mich wieder auf Liam. »Hast du auch was von Sophie gehört?«, sprach ich das aus, was mich schon länger umtrieb.

Sofort verschloss sich sein Gesicht. Ich konnte regelrecht dabei zusehen. Es war, als würde er eine Tür direkt vor meiner Nase zuschlagen. »Warum fragst du sie nicht selbst?«, stellte er eine Gegenfrage.

Darauf konnte ich nur hilflos die Schultern zucken. Es war nicht so, dass ich nicht öfter darüber nachgedacht hatte. Mehr als einmal hatte ich mein Handy in der Hand gehabt, unseren Chat geöffnet und die letzte Nachricht angestarrt, die sie mir geschrieben hatte. *Können wir reden?* Die Nachricht war gekommen, kurz bevor Sophie abgereist war, als ich mich in einer Trance befunden hatte, nachdem ich vom Tod meiner Eltern erfahren hatte. Zuerst hatte ich ihr nicht antworten können, weil da einfach kein Platz in mir für etwas anderes als meine Trauer gewesen war. *Und jetzt?* Jetzt wollte ich ihr schreiben, wusste aber nicht, wie und was und ob es nicht längst zu spät dafür war. Vor allem wollte ich die Dinge zwischen uns nicht am Telefon besprechen, aber da Sophie sich aktuell auf der anderen Seite der Erdkugel befand, blieb mir eigentlich nichts anderes übrig.

»Hör zu, Cooper«, durchbrach Liams Stimme meine Gedanken. »Es geht mich eigentlich nichts an, und ich weiß nicht, was bei dir privat los ist, aber es war scheiße, wie du Sophie behandelt hast. Das hat sie nicht verdient. Und wenn ich ganz ehrlich sein darf, finde ich es ausgesprochen dumm von dir, dass du sie einfach hast gehen lassen, ohne ihr zumindest zu erklären, warum du ihr diese Bescheinigung nicht ausstellen willst. Sie wollte dich nicht heiraten, Mann. Sie hat nicht mal gefragt, ob du mit ihr zusammen sein willst. Sie wollte lediglich eine Arbeitsbescheinigung, damit sie nach Australien zurückkehren kann, was du ihr verwehrt hast. Also nimm es mir nicht übel, wenn ich dir nicht sage, wie es ihr geht. Wenn du das wirklich wissen willst, musst du dich schon selbst bei ihr melden.« Damit klopfte Liam mir auf die Schulter, stand auf und ging zurück zu den anderen. Ich sah ihm nach, das Chaos in meinem Kopf größer als jemals zuvor.

Das Gespräch mit Liam beschäftigte mich bis zum nächsten Morgen. Er hatte recht, das wusste ich, und ich *wollte* auch mit Sophie in Kontakt treten. In den letzten Tagen war mir immer mehr bewusst geworden, wie sehr sie mir fehlte. Zuerst war es nur ein kurzer Gedanke an sie gewesen, der den Schleier der Trauer über mir liftete. Doch dann waren diese Momente mehr geworden. So klischeehaft es klang, aber Sophie war mein erster Gedanke bei Aufwachen und mein letzter, bevor ich abends in den Schlaf glitt. Ich erwischte mich dabei, wie ich mich manchmal fragte, was Sophie wohl zu einer gewissen Situation sagen würde, wie ihr mein neuer Auftrag gefallen würde oder ob sie die neuen Angestellten im *Moonlight* mögen würde. Mir wurde bewusst, wie sehr es mir fehlte, mich einfach nur mit Sophie zu *unterhalten*. Über alles Mögliche – Wichtiges und Unwichtiges –, wie wir es auf unserem Roadtrip regelmäßig gemacht hatten. Manchmal, wenn mir etwas auffiel oder ich eine Idee hatte, wollte ich zuallererst Sophie davon erzählen, und jedes Mal, wenn mir bewusst wurde, dass es unmöglich war, riss es ein schmerzhaftes Loch in meine Brust.

Im Vorbeigehen betätigte ich den Lichtschalter an der Wand und betrat das Büro. Ich war nicht mehr hier gewesen, seit ich den Brief erhalten hatte. In meiner Naivität hatte ich gedacht, dass ich schneller vergessen würde, wenn ich den Raum mied, in dem ich die schlechten Nachrichten erhalten hatte. Was natürlich völliger Schwachsinn war. Der Raum an sich hatte nichts damit zu tun, wie es in meinem Inneren aussah, und mein Fernbleiben hatte auch nicht dabei geholfen, besser mit meiner Trauer klarzukommen. Ganz im Gegenteil.

Das Büro sah noch genauso aus, wie ich es vor einer gefühlten Ewigkeit zurückgelassen hatte. Erst knapp zwei Wochen waren vergangen, seit ich den Brief in dem Stapel Werbung entdeckt hatte, der meine komplette Gedanken- und Gefühlswelt auf den Kopf gestellt hatte. Es war irgendwie unfair, dass hier noch alles wie immer aussah, wenn es mir vorkam, als wäre ich seitdem ein anderer Mensch. Aber lag es wirklich nur an dem Brief, oder war ein Teil der Veränderungen nicht schon vorher geschehen, und ich hatte sie nur nicht realisiert? Die Entscheidung, das *Moonlight* weiterhin als festen Wohnsitz anzugeben und die Bar nicht komplett abzugeben, hatte ich zwar erst letzte Woche getroffen, aber lag es wirklich nur daran, weil es das letzte Erinnerungsstück war, das ich an meine Familie hatte? Oder kam ein Teil nicht wirklich daher, weil sich in den fünf Wochen zuvor, die ich mit Sophie verbracht hatte, schon etwas in mir verändert hatte? Sie hatte mir gezeigt, dass ich es genießen konnte, Zeit mit anderen zu verbringen. Dass ich vielleicht gar nicht so *anders* war, wie ich immer gedacht hatte. Dass man mich gar nicht für meinen Lebensstil verurteilte, wenn ich mich nur traute, andere an mich heranzulassen.

Die letzten Wochen waren eine wahre Achterbahnfahrt aus wechselndem Up und Down gewesen, sodass ich gar nicht mehr identifizieren konnte, was ich wann an mir bemerkt oder sich an mir verändert hatte.

Trotzdem blieb auch mir nicht verborgen, dass mein Grandpa mit seinem Brief recht behalten hatte, den ich vor so vielen Wochen von dem Notar bekommen hatte. Dort hatte er mir mitgeteilt, dass er mir das *Moonlight* übergeben wollte, damit ich mich mit Eden und den Leuten hier arrangierte. Und obwohl ich das lange abstreiten wollte, war genau das eingetreten: Ich *wollte* mittlerweile hierbleiben und hatte sogar Freunde gefunden.

Ich rieb mir über die Schläfen, hinter denen ein dumpfes Pochen eingesetzt hatte, und ließ mich in den Schreibtischstuhl fallen. Diese ganzen Grübeleien führten doch zu nichts. Machte es überhaupt einen Unterschied, wann was in mir passiert war? War es nicht nur entscheidend, dass ich die Veränderungen durchziehen wollte? Liam hatte mit allem, was er gestern gesagt hatte, recht gehabt. Es lag jetzt an mir, den ersten Schritt zu machen, wenn ich mit Sophie in Kontakt treten wollte.

Ich wollte den Stapel Werbung auf meinem Tisch, der mir im Weg lag, in den Mülleimer befördern, und dabei segelte ein gefalteter Zettel daraus hervor auf den Boden. Stirnrunzelnd beugte ich mich runter, um ihn aufzuheben. Er gehörte eindeutig nicht zur Werbung, und ich war mir auch ziemlich sicher, dass er nicht dazwischengesteckt hatte, als ich den Stapel das erste Mal durchgesehen hatte. Ich faltete ihn auseinander, und das Herz blieb mir beinahe stehen, als ich entdeckte, dass er von Sophie war. Mit angehaltenem Atem begann ich zu lesen.

Hey Cooper,
ich wollte dir nur einige Dinge erklären, bevor ich zurück nach Deutschland fliege und keine Zeit mehr dafür ist. Falls ich dir an dem Tag, als ich nach der Arbeitsbescheinigung gefragt habe, zu nahe getreten bin, tut es mir wirklich leid. Das musst du mir glauben. Im Nachhinein glaube ich, dass ich, ohne es zu ahnen, in die »Zur falschen Zeit am falschen Ort«-Falle getappt bin, und das wollte ich echt nicht.
Vor allem nicht, weil wir zuvor auf unserem Roadtrip so schöne Wochen miteinander verbracht haben. Zumindest hoffe ich, dass es dir da ähnlich geht wie mir. Du hast mir in vielen Dingen die Augen geöffnet, und eins davon ist, dass ich gern mehr Zeit in Australien verbringen würde. Daher hoffe ich, du vergibst mir, dass ich weiterhin nach einem Weg suchen werde, zurück nach Eden kommen zu können, auch wenn du mir die Arbeitsbescheinigung nicht ausstellen wolltest. Ich verspreche dir auch, dass ich dich in Ruhe lassen werde.
Eine Sache wollte ich dir noch sagen: Du bist ein wundervoller Mann, Cooper. Wer auch immer dir früher einreden

wollte, dass du nicht genügst oder dass dein Lebensstil seltsam ist, sie hatten unrecht! Du bist ein liebenswerter Mensch und verdienst es, so akzeptiert zu werden, wie du bist. Ich tue es! Und ich weiß, dass es Grayson und die anderen ebenfalls tun. Daher schließ sie nicht aus. Du hast Freunde in Eden, vergiss das bitte nicht.
Deine Sophie

Ich las den Brief ein zweites Mal. Dann noch ein drittes und viertes. Meine Kehle zog sich zusammen, und in meiner Brust setzte sich ein Gefühl fest, das ich zuerst nicht deuten konnte. Es fühlte sich verkrampft an, gleichzeitig entsandte es Wärme in meinen ganzen Körper.

Ich konnte nicht fassen, dass Sophie mir diesen Brief geschrieben hatte. Dass *sie* sich entschuldigte, obwohl *ich* derjenige gewesen war, der sie ungerecht behandelt hatte. Und dann schrieb sie auch noch, dass ich liebenswert war, dabei war es offensichtlich, dass sie alle Liebe dieser Welt verdiente. Auch meine, wie mir erneut schmerzhaft bewusst wurde. Sophie hatte mir auf unserem Roadtrip gezeigt, wie einfach es war, mit ihr zusammen zu sein. Es war so leicht gewesen, mich in sie zu verlieben, dass ich gar nicht mitbekommen hatte, dass es überhaupt passiert war. Die ganze Zeit über hatte ich gedacht, meine Gefühle unter Kontrolle zu haben, doch dass es dafür längst zu spät war, war mir erst aufgefallen, als sie weg war.

Als sie weg war und ich aus meiner Trauer erwacht war, schob ich in Gedanken hinterher.

Plötzlich wusste ich genau, was ich zu tun hatte und zu Sophie sagen würde. Ich griff nach meinem Handy, um sie anzurufen, doch ein Blick auf das Display ließ mich innehalten. Es war dreizehn Uhr, damit musste es in Deutschland mitten in der Nacht sein. Nicht unbedingt die richtige Uhrzeit, um Sophie meine Liebe zu gestehen. Kurz haderte ich mit mir und verfluchte mich dafür, nicht eher meinen Arsch hochgekriegt zu haben. Dann legte ich das Handy zurück auf den Schreibtisch. Ich würde warten, bis es in Deutschland spät genug war, um einen Anruf rechtfertigen zu können, und in der Zwischenzeit einiges vorbereiten.

Es wurde der längste Tag meines Lebens.

Kapitel 34

SOPHIE

Wieder nichts.
Enttäuscht klappte ich meinen Laptop zu und wollte mir am liebsten die Bettdecke über den Kopf ziehen. Noch immer wartete ich darauf, dass sich eine der von mir angeschriebenen Universitäten zurückmeldete – vorzugsweise mit der Bestätigung, dass man mich aufnehmen würde. Aber nichts. Seit über einer Woche hatte ich von keiner etwas gehört. Mir war zuvor gar nicht bewusst gewesen, wie ätzend es war, auf so eine Mail zu warten. Wie man beim Piep einer eintreffenden Nachricht zusammenzuckte und voller Hoffnung zum Laptop sprintete, nur um gleich darauf in Enttäuschung zu versinken, weil es wieder nur irgendeine Werbung war. Zugegeben, ich war noch nie sonderlich geduldig gewesen, aber aktuell wollte ich aus der Haut fahren, wenn nicht bald diese verdammte E-Mail kam.

Isabel hatte ihren Antrag auf ein neues Visum bereits gestellt. Letzte Woche hatte sie alle notwendigen Formulare ausgefüllt und mit den entsprechenden Bescheinigungen an das Auswärtige Amt geschickt. Natürlich würde es auch bei ihr noch dauern, bis die Genehmigung erteilt wurde, aber je länger ich warten müsste, bis ich den Antrag überhaupt einreichen konnte, desto mehr würde sich auch das Visum verzögern.

Dabei hatte ich alle erforderlichen Dokumente bereits zusammengetragen und ausgefüllt. Mir fehlte nur noch die Bestätigung einer Universität – und mir war es mittlerweile scheißegal, welche es werden würde –, damit ich alles gemeinsam versenden konnte.

Genervt schob ich den Laptop ans Fußende des Bettes, schlug die Bettdecke zurück und stand auf. Barfuß tapste ich ins Bad. Im Haus war es noch komplett still. Kira und meine Eltern schliefen noch, wie es sich für einen Samstag gehörte. Ich ging auf die Toilette, dann drehte ich die Dusche so heiß, wie ich es eben ertrug, und stellte mich darunter. Für einen Moment ließ ich das Wasser bloß auf mich niederprasseln, schloss die Augen und versuchte, diesen ganzen Mist zu vergessen. All die Gedanken und Sorgen, die sich in meinem Kopf zu einem großen Chaos aufgetürmt hatten und die ich irgendwie nicht mehr loswurde. Würde ich irgendwann nach Australien zurückkehren können? Würde mich eine der Unis nehmen, bei denen ich mich beworben hatte? Und vor allem, würde ich je wieder mit Cooper sprechen. *Cooper.* Immer wieder Cooper, der sich in den Vordergrund schlich, obwohl ich mir verbot, an ihn zu denken. Aber das nutzte rein gar nichts. Genauso gut könnte ich mir sagen, dass ich von nun an morgens keinen Hunger mehr hätte, und würde trotzdem mit einem Loch im Bauch aufwachen.

Nachdem ich fertig geduscht hatte, stellte ich das Wasser ab und stieg aus der Wanne. Ich trocknete mich ab und wickelte mich in ein flauschiges Handtuch, ehe ich in mein Zimmer zurückging. Über mein Bett hatte ich das Bild vom Uluru gehängt, das Grayson und Hayden mir geschenkt hatten. Nun blieb mein Blick wie so oft in den letzten Tagen daran hängen, und mein Herz zog sich sehnsuchtsvoll zusammen. Auf dem Bild sah der Berg ähnlich aus wie an dem Tag, als ich zusammen mit Cooper da gewesen war. Anfangs hatte ich es mit den Fotos verglichen, die ich davon gemacht hatte. Und wann immer ich es jetzt betrachtete, musste ich unweigerlich an Cooper denken.

Das Klingeln meines Handys riss mich aus meinen Gedanken. Mit gefurchter Stirn wandte ich mich von dem Bild ab und musste kurz suchen, wo ich es vorhin hingelegt hatte, als ich mein Bett verlassen hatte. Wer rief mich so früh an? Es war erst kurz vor neun, und wie auch meine Familie würden meine Freunde noch schlafen. Ich fand das Smartphone auf meinem Schreibtisch, und mein Herz setzte für einen erschreckend langen Moment aus, als ich den Namen auf dem Display sah.

Cooper.

Im ersten Moment befürchtete ich, ich würde ihn mir nur einbilden, im zweiten, dass ich ihn mit der Kraft meiner Gedanken dazu gebracht hätte, sich bei mir zu melden. Doch wenn ich zu Letzterem wirklich in der Lage wäre, hätte er mich schon sehr viel früher angerufen.

Endlich kam Leben in mich. Ich riss das Handy vom Tisch und ging mit wild klopfendem Herzen ran. »Hey«, sagte ich etwas atemlos. Ich konnte meinen Puls in meiner Kehle pochen spüren, und mein Magen war ein einziges verknotetes Etwas.

»Sophie.« Seine Stimme zu hören, trieb mir fast die Tränen in die Augen. Und bildete ich es mir nur ein, oder lag da die gleiche Sehnsucht in meinem Namen, die ich ebenfalls verspürte?

»Was ... ist alles okay?« Plötzlich kam mir ein schrecklicher Gedanke, dass er mich nur anrief, weil etwas passiert war und er mich darüber informieren wollte. Jemand war verunglückt, oder das *Moonlight* war abgebrannt oder ...

»Hier ist alles in Ordnung«, beruhigte Cooper mich jedoch. »Ich wollte mich nur bei dir entschuldigen.«

Mein Atem stockte, und meine Kehle war mit einem Mal staubtrocken. Ich schluckte. »Warum?«, krächzte ich.

»Weil ich mich wie ein Arschloch verhalten habe.« Die Vehemenz, mit der er diese Worte aussprach, ließ mich beinahe grinsen. »Aber das hatte nichts mit dir zu tun, du hast mich bloß im denkbar schlechtesten Moment erwischt, und wenn du mich lässt, würde ich es dir gern erklären.«

»Okay.« Ich hatte bereits vermutet, dass irgendwas vorgefallen sein musste, und ich war mehr als gespannt, was es gewesen war.

»Hast du Zeit? Das könnte etwas länger dauern.« *Für dich immer,* schoss es mir durch den Kopf. Für ihn würde ich mir jede Zeit der Welt nehmen. Ich wickelte das Handtuch enger um meine Beine und machte es mir auf meinem Bett bequem. »Schieß los.«

Ich hörte Coopers ruhigen Atem, aber es dauerte einen Moment, bis er zu sprechen begann. »Als du zu mir ins *Moonlight* gekommen bist, hab ich gerade erfahren, dass meine Eltern tot sind.«

»O mein Gott, was?«, platzte es aus mir heraus. »Shit, das tut mir so leid, Cooper. Kein Wunder, dass du neben der Spur warst.« Mein Herz zog sich schmerzhaft zusammen. Ich wollte mir gar nicht ausmalen, wie es ihm in diesem Moment ergangen sein musste. Jetzt verstand ich, warum er so seltsam reagiert hatte.

»Warte, ich erkläre das nicht richtig.« Er seufzte leise, und ich wünschte mir nichts mehr, als bei ihm sein zu können und seine Hand zu halten, während er mir das alles erzählte. »Meine Eltern galten seit meinem sechzehnten Lebensjahr als vermisst. Ich hatte dir ja gesagt, dass sie sich ebenfalls für Natur- und Tierschutz einsetzten, und nachdem ich ins Internat gekommen bin, haben sie auch Missionen angenommen, die außerhalb von Australien lagen. In dem speziellen Fall waren sie in Indien unterwegs, wo sie Elefanten vor Wilderern retten wollten. Und von denen müssen sie ...« Cooper brach ab. Vermutlich konnte er selbst nach all den Jahren, die er Zeit gehabt hatte, sich darauf vorzubereiten, nicht aussprechen, was wirklich geschehen war. Aber das musste er auch nicht. Ich verstand ihn auch so.

»Deswegen ist es trotzdem furchtbar, wenn man endlich Gewissheit hat. Ich kann total nachvollziehen, wie schwer dich das getroffen haben muss.« Ich wollte mir nicht einmal ausmalen, wie ich reagieren würde, wenn man mir sagte, dass meine Eltern nicht mehr da wären. Und für Cooper musste es so viel schlimmer sein. Er hatte sie einmal verloren, als er sechzehn war, und jetzt eigentlich noch ein zweites Mal.

»Ich denke mir trotzdem, dass ich das besser hätte wegstecken müssen.« Ich hörte den Frust aus seiner Stimme heraus und schüttelte den Kopf, obwohl er das nicht sehen konnte.

»Du hast jedes Recht zu trauern, neben dir zu stehen und wütend zu sein.«

»Ich weiß«, erwiderte Cooper. Und dann noch einmal, mit mehr Nachdruck. »Ich weiß.«

»Wie waren deine Eltern so?«

Ein Rascheln erklang, als würde Cooper es sich auf der Couch gemütlich machen. »Was willst du denn wissen?«

Ein Lächeln breitete sich auf meinen Lippen aus, und eine tiefe Ruhe kehrte in meinem Herzen ein. »Was immer du mir von ihnen erzählen magst.«

»Alles, Sophie. Ich möchte dir alles über sie sagen, aber dafür reicht ein Telefonat nicht aus.«

»Ich habe den ganzen Tag Zeit«, versicherte ich ihm. Wenn er wollte, würde ich von jetzt an auch jeden Tag mit ihm telefonieren, bis er alles gesagt hatte, was ihm auf dem Herzen lag.

Er lachte leise. »Nein, du verstehst nicht. Ich will dir nicht am Telefon davon erzählen.« Ein frustrierter Ton drang an mein Ohr. »Du fehlst mir. Jeden verdammten Tag. Und ich möchte mich selbst dafür treten, dass ich dich habe gehen lassen.«

»Ich musste zurück«, erinnerte ich ihn daran, dass mir keine andere Möglichkeit geblieben war. Gleichzeitig dröhnte mein Puls in meinen Ohren, weil ich mich fragte, ob seine Worte das bedeuteten, was ich mir wünschte.

»Aber ich will, dass du wiederkommst. Nach Eden. *Zu mir.* Falls du das überhaupt noch möchtest. Ich kann verstehen, wenn du sagst, dass es zu spät ist und ich es verbockt habe, aber falls nicht ... ich hab dir gerade eine E-Mail mit der Arbeitsbescheinigung geschickt. Und da ist noch eine andere Überraschung dabei.«

Erneut begann es hinter meinen Augenlidern zu brennen, aber diesmal aus einem völlig anderen Grund. Cooper hatte mir die Bescheinigung ausgestellt, und er wollte nicht nur, dass ich zurückkam, sondern dass ich *zu ihm* zurückkehrte. Es war alles, was ich mir seit dem Abflug gewünscht hatte, und plötzlich wusste ich nicht, wie ich damit umgehen sollte. War das wirklich real, oder würde ich gleich aus dem schönsten Traum erwachen, den ich jemals gehabt hatte?

»Meinst du das ernst? Du willst mich bei dir haben?« Meine Stimme klang etwas gepresst, weil ich befürchtete, jeden Moment loszuheulen.

»Mehr als alles andere auf der Welt. Die letzten anderthalb Wochen ohne dich waren furchtbar. Nicht mal ins Outback fahren und Kängurus fotografieren konnte mich davon ablenken, dass du mir fehlst. Ohne dich ist es nicht mehr dasselbe.«

Mein Herz stolperte, und ich schloss für einen Moment die Augen. Was er gerade zu mir gesagt hatte, war das schönste Geschenk. Ich wusste, wie viel ihm seine Freiheit und das Fotografieren in der Natur bedeuteten, und dass ihm selbst das ohne mich keinen Spaß mehr machte, berührte mich mehr, als ich mit Worten ausdrücken konnte.

Eine einsame Träne rann meine Wange hinab, doch ich beachtete sie gar nicht. »Wenn ich zurück bin, machen wir wieder gemeinsam Touren.«

Am anderen Ende der Leitung sog Cooper scharf die Luft ein. »Also kommst du zurück?«

»Nichts lieber als das. Es war alles, was ich seit meiner Ankunft in Frankfurt wollte. Es jetzt auf dem Silbertablett präsentiert zu bekommen, und Cooper als Sahnehäubchen obendrauf, ließ mein Herz vor Glück beinahe überquellen.

»Dann schau in deine E-Mails.«

»Moment.« Ich klemmte mir das Handy zwischen Ohr und Schulter und zog meinen Laptop heran, der von vorhin noch auf meinem Bett lag. Zum Glück hatte ich ihn auch nicht heruntergefahren, daher musste ich ihn nur aufklappen und mein Passwort eingeben. Fast augenblicklich ertönte das leise *Pling* einer eintreffenden E-Mail. Ich öffnete sie und entdeckte sofort die zwei Anhänge. Einer davon war die Arbeitsbescheinigung, und obwohl wir zuvor schon drüber gesprochen hatten, war es noch mal was anderes, sie jetzt zu sehen. Schwarz auf weiß die Worte zu lesen, dass Cooper mir nicht nur einen Arbeitsplatz im *Moonlight* bestätigte, sondern mir auch anbot, bei ihm zu wohnen. Mein Lächeln wurde so breit, dass mir davon die Wangen wehtaten.

»Ich darf bei dir wohnen?«

»Natürlich. Ich finde, das hat bei unserem Roadtrip gut geklappt, und wenn du endlich wieder hier bist, will ich mich nicht mehr von dir trennen.«

»Das ist total toll, aber ...« Ich biss mir auf die Unterlippe, dann purzelten die Worte regelrecht aus mir heraus. »Ich will auf jeden Fall mein Studium beenden und hab mich dazu auch schon bei einigen Unis beworben. Keine Ahnung, wo ich angenommen werde, aber eventuell wäre die weiter weg.«

Cooper lachte leise, und das endlich wieder zu hören, beflügelte mich noch mehr. »Wir kriegen das schon hin. Wichtig ist, dass du erst mal zurückkommst, alles Weitere lassen wir auf uns zukommen.«

»Okay.« Ich nahm einen tiefen Atemzug, aber mein Herz wollte sich weiterhin nicht beruhigen. »Was ist in dem zweiten Anhang?«

»Mach ihn auf.«

Diesmal musste ich lachen. »Mal wieder eine Überraschung.«

»Das ganze Leben ist eine Überraschung, Sophie.« Die Art und Weise, wie er meinen Namen aussprach, schickte einen warmen Schauer über meinen Rücken.

Ich verschwendete keine Zeit mehr und öffnete den zweiten Anhang. Bereits auf der ersten Seite stockte mir der Atem. Sie zeigte ein Bild von mir, das Cooper heimlich während unseres Roadtrips gemacht haben musste. Wir befanden uns auf dem Campingplatz am Ningaloo Reef. Ich saß auf einem Stuhl neben dem VW-Bus, schräg hinter mir waren der Strand und das Meer zu sehen. Augenblicklich kam es mir vor, als könnte ich die Wärme der Sonne auf meiner Haut spüren, und all die Erinnerungen an diesen Stopp kamen in mir hoch. In den letzten Tagen hatte ich mir verboten, an den Roadtrip zu denken, doch jetzt sah ich alles wieder glasklar vor mir. Unsere Schnorcheltour, der Mantarochen, den wir gesehen hatten und die Abende am Grill. Sogar Nadine und Rebekka fielen mir wieder ein.

»Ich wusste doch, dass du die ganze Zeit fotografiert hast.« Cooper hatte ständig seine Kamera in der Hand gehabt, und mehr als einmal hatte ich gefragt, ob er heimlich Fotos von mir machte, was er immer verneint hatte. Doch jetzt stellte sich heraus, dass ich mit meiner Vermutung von Anfang an recht gehabt hatte.

»Erwischt.« Cooper lachte leise. »Um ehrlich zu sein, wollte ich mir damals selbst nicht eingestehen, wie sehr ich bereits von dir eingenommen war, dass ich fast öfter Bilder von dir als von irgendwelchen Tieren gemacht habe. Das ganze Ausmaß ist mir erst bewusst geworden, als ich die Fotos gestern alle durchgesehen hab, um die besten für dich herauszusuchen.«

Ich wusste nicht, was ich dazu sagen sollte, daher sah ich weiter die Fotos durch. Es waren welche von nahezu jedem Halt unseres Roadtrips dabei. Und bei jedem erkannte ich sofort, wo wir uns befanden, weil Cooper nicht nur mich, sondern auch einen Teil der Umgebung abgelichtet hatte. Es war das beste Erinnerungsstück, das ich mir vorstellen konnte.

»Sie sind wunderschön. Vielen Dank.«

»Wenn du wieder hier bist, werden wir noch viel mehr davon machen.«

Ich freute mich mehr darauf, als ich mit Worten ausdrücken konnte.

Epilog

SOPHIE

Drei Monate später

*I*ch erblickte Cooper, kaum dass sich die Schiebetüren nach der Zollkontrolle vor uns öffneten. Er und Liam standen nur wenige Meter von uns entfernt, mit einem selbst gebastelten Schild in der Hand, auf dem stand: *Welcome back, Isabel and Sophie.* Unsere Blicke trafen sich, Coopers Mundwinkel hoben sich zu einem strahlenden Lächeln, und dann gab es für mich kein Halten mehr. Ich rannte auf ihn zu, zog meinen viel zu schweren Koffer, für den ich Übergepäck hatte zahlen müssen, hinter mir her und flog ihm regelrecht in die Arme.

Cooper fing mich auf, hielt mich so fest, dass mir die Luft wegblieb, und sein Duft von Erde und Freiheit drang mir in die Nase. Tränen schossen mir in die Augen, weil mich diese ganze Situation überwältigte. Ich war tatsächlich *hier,* zurück in Australien, und diesmal, um länger zu bleiben. Isabel und ich hatten je ein Fünfjahresvisum, und wir waren beide an der Canberra University angenommen worden, wo wir ab dem Frühjahr unser Studium beenden würden.

»Du hast mir so gefehlt.«

Anstatt Cooper zu antworten, drückte ich meine Lippen auf seine. Mein Herz galoppierte fast aus meiner Brust heraus, und ich konnte ein glückliches Seufzen nicht unterdrücken. In den letzten Tagen hatte ich mir immer wieder vorgestellt, wie unser erstes Aufeinandertreffen ablaufen würde. Irgendwie hatte ich befürchtet, dass es zurückhaltender sein würde, weil unser Abschied damals alles andere als schön gewesen war. Auch wenn wir das in den letzten Monaten aufgearbeitet hatten, war ich mir nicht sicher gewesen, ob ich das so einfach abschütteln konnte. Doch als ich Cooper gesehen hatte, war keiner dieser Gedanken in meinem Kopf gewesen. Nur pure Freude und reines Glück, endlich wieder bei ihm zu sein.

Seine Lippen schmeckten süßer denn je, ich vergaß völlig, dass wir uns noch immer am Canberra Airport befanden, und es dauerte eine lange Zeit, bis wir uns voneinander lösten. Vielleicht waren es auch nur einige Minuten, aber es kam mir deutlich länger vor. Wie eine kleine Ewigkeit, in der nur wir zwei existierten, bevor die Realität der Ankunftshalle des Flughafens uns wieder einholte.

»Hattet ihr einen guten Flug?«

»Flüge«, korrigierte ich ihn. »Und sie waren lang, aber gut.« Zwischenzeitlich hatte ich das Gefühl gehabt, als würden wir nie ankommen. Das hing sicher auch damit zusammen, dass ich vor Aufregung nicht schlafen konnte und somit seit über vierundzwanzig Stunden wach war. Doch von Müdigkeit war noch immer nichts zu spüren.

Federleicht strich Cooper mir eine Haarsträhne aus der Stirn und klemmte sie hinter mein Ohr. Selbst diese kleine Berührung jagte einen warmen Schauer über meinen Rücken. »Du bist wirklich hier, um zu bleiben?« Er klang ehrfürchtig, als könnte er es noch nicht ganz glauben.

Ich nickte, obwohl es mir ähnlich ging. So ganz hatte ich noch nicht begriffen, dass mein Aufenthalt diesmal kein Ablaufdatum hatte. Klar, auch das jetzige Visum war begrenzt, aber fünf Jahre waren eine lange Zeit, und wenn ich danach einen festen Job hatte, sollte es ein Leichtes sein, eine dauerhafte Aufenthaltsgenehmigung zu bekommen. Zumindest hatte man mir das beim Auswärtigen Amt mitgeteilt, als ich mein Visum vergangene Woche dort abgeholt hatte. Aber so weit voraus wollte ich gar nicht denken. Jetzt wollte ich erst mal genießen, dass ich zurück war.

Ich küsste Cooper ein weiteres Mal, dann löste ich mich von ihm, um auch Liam zu begrüßen. Er zog mich ebenfalls in eine kräftige Umarmung. »Schön, dass ihr da seid.«

»Danke, dass ihr uns abholt.«

Liam lachte, und Cooper stimmte mit ein. »Wir waren eine Stunde zu früh hier, weil wir es nicht abwarten konnten.«

»Oh, wow.« Isabel hakte sich bei ihrem Freund unter. »Muss ich jetzt Angst haben, dass du diese Überpünktlichkeit auch von mir erwartest?«

»Haha.« Liam verdrehte die Augen, konnte das Lächeln aber nicht unterbinden – vielleicht wollte er es auch gar nicht. »Lasst uns mal los, wir haben später noch eine kleine Willkommensparty im *Moonlight* für euch geplant.«

Cooper nahm den Griff meines Koffers und hielt mir die andere Hand hin. Ich verschränkte meine Finger mit seinen, und gemeinsamen verließen wir das Flughafengebäude in Richtung Parkplatz.

Liam und Isabel setzten uns auf dem Parkplatz des *Moonlight* ab. Die drei Stunden Fahrt aus Canberra waren wie im Flug vergangen. Sobald ich aus dem Pick-up stieg, legte ich den Kopf in den Nacken, schloss für einen Moment die Augen und atmete tief ein.

Ich bin wieder da.

Ich konnte das Meer nicht nur riechen, sondern auch das leise Rauschen hören, mit dem die Wellen sich an den Steinen brachen. Wie hatte ich dieses Geräusch vermisst! Heute Abend würde ich Cooper bitten, das Fenster offen zu lassen, wenn wir schlafen gingen, damit ich es die ganze Nacht hören konnte.

Starke Arme schlossen sich von hinten um meine Mitte und zogen mich an eine harte Brust. Lippen fanden ihren Weg zu meinem Hals und verteilten sanfte Küsse darauf. Seufzend neigte ich meinen Kopf leicht zur Seite, um Cooper besseren Zugang zu verschaffen. Gleichzeitig legte ich meine Hände auf seine tätowierten Arme, die mich noch immer festhielten. Und genauso hielt ich diesen Moment fest, schoss ein mentales Foto davon und speicherte es ab. Es markierte den Beginn eines neuen Abenteuers. Eines, das hoffentlich so schnell kein Ende nahm.

»Komm, wir gehen hoch«, murmelte Cooper irgendwann an meinem Hals.

Widerwillig löste ich mich von ihm und nahm den Schlüssel entgegen, den er mir hinhielt.

»Das ist deiner.«

Mein Herz hüpfte vor Freude, und ich trat einen Schritt auf ihn zu, bis ich unsere Hände mit dem Schlüssel zwischen unseren Bäuchen einklemmen konnte. »Also werde ich jetzt nicht mehr angemeckert, wenn ich einfach so bei dir reinplatze?«, neckte ich ihn.

»Nein. Ich werde immer froh sein, wenn du zu mir zurückkehrst. Und ich werde immer gern zu dir nach Hause kommen.«

Erneut drohten meine Empfindungen mich zu überschwemmen, daher stellte ich mich auf die Zehenspitzen und küsste Cooper. Ich würde nie genug von seinen Küssen bekommen.

Cooper nahm meine Hand und führte mich nach oben in die Wohnung, die über dem *Moonlight* lag. Ich war noch nie hier gewesen, auch damals nicht, als Bobby noch hier gewohnt hatte. Es war eine große, helle Wohnung, mit vielen Fenstern und einem atemberaubenden Ausblick über das Meer und die Klippen. Die Einrichtung war rustikal gehalten. Viel Holz und warme Farben dominierten die Möbel.

»Ich hab hier nicht viel geändert, seit Grandpa gestorben ist, aber vielleicht können wir uns ja gemeinsam überlegen, wie wir es einrichten wollen.«

»Grundsätzlich gefällt es mir schon gut.« Die Wohnung strahlte Gemütlichkeit aus, auch wenn einige Möbel schon etwas älter waren. Trotzdem gefiel es mir, dass er mit mir gemeinsam einige Stücke aussuchen wollte. Ich drehte mich, bis ich ihn ansehen konnte, und legte meine Arme um seine Mitte. Cooper zog mich an seine Brust und drückte mir einen Kuss auf die Stirn. »Wir können ja nach und nach einiges austauschen.«

Ich schob meine Hände in seine hinteren Hosentaschen und sah zu ihm auf. »Planst du denn, regelmäßig hier zu sein?«

»Ich plane, immer da zu sein, wo du bist.« Er küsste mich auf die Nasenspitze. »Aber ich habe in den letzten Monaten festgestellt, wie angenehm es ist, einen Ort zu haben, zu dem man zurückkehren kann. Ich liebe es weiterhin, in der Natur unterwegs zu sein, aber nach einem Job herzukommen, hat auch seine Vorteile.«

Grinsend stellte ich mich auf die Zehenspitzen und küsste Cooper. Tief und innig. Es nach den langen Monaten in Deutschland endlich wieder tun zu können, war das größte Geschenk. »Das klingt so anders als das, was du mir noch während des Roadtrips erzählt hast.«

Er hob die Schultern. »Auch ich bin lernfähig.«

Mein Grinsen wurde breiter. »Und sobald ich mit dem Studium fertig bin, machen wir gemeinsam die Touren.«

Coopers Griff um meine Mitte wurde fester. »Damit können wir vielleicht schon sehr bald beginnen.«

Fragend hob ich meine Augenbrauen.

»Na ja, du musst doch bald dieses Praktikum machen, richtig?«

»Ja.«

»Wenn du willst, kannst du es beim *Australian Wildlife Magazine* absolvieren. Ich hab da nachgefragt, als ich die letzten Bilder hingeschickt habe. Sie suchen immer Praktikanten. Also klar, sie werden dich als Praktikantin keine Berichte schreiben lassen, aber du könntest bei Touren mit mir schon mal üben, wie es später ablaufen würde.«

»Wow.« Für einen Moment wusste ich nicht, was ich dazu sagen sollte. Es erschien mir fast zu einfach, einen Praktikumsplatz zu bekommen, ohne etwas dafür tun zu müssen, aber ich würde es sicher nicht ausschlagen. Auch wenn es noch dauerte, bis Cooper und ich zu unserem ersten richtigen gemeinsamen Projekt aufbrechen würden, war das ein Schritt in die richtige Richtung. »Das ist wie ein wahr gewordener Traum. Dazu würde ich nicht Nein sagen.«

Ein weiteres Mal küsste mich Cooper auf die Nasenspitze, dann löste er sich von mir. »Sollen wir dann runtergehen? Die Ersten warten sicher schon auf uns.«

Ich ergriff die Hand, die Cooper mir hinhielt, und gemeinsam machten wir einen Schritt in Richtung der Zukunft, die ausgebreitet und verheißungsvoll vor uns lag.

Nachwort

Wenn man, wie ich, realistische zeitgenössische Liebesromane schreibt, legt man natürlich Wert darauf, mit den Fakten so korrekt wie möglich zu bleiben. Manchmal ist das aber nicht so einfach …

Als ich diese Reihe Ende 2019 geplant habe, wussten wir noch nichts von Corona (oder hatten nur mal davon gehört, hätten uns aber nicht vorstellen können, dass eine jahrelange Pandemie daraus wird). Während Corona hätten Isabel und Sophie gar nicht nach Australien fliegen können. Die Grenzen waren dicht, teilweise kamen nicht einmal australische Staatsbürger rein, und ganze Familien waren fast zwei Jahre getrennt. Daher haben wir hier (aber auch schon im ersten Band) auf Jahreszahlen jeglicher Art verzichtet. Sei es bei den Daten auf Bobbys Grab, aber auch beim Uluru. Seit dem 26. Oktober 2019 ist der Berg für Besucher jeglicher Art gesperrt. Da ich das ins Buch eingebaut habe, ist klar, dass Isabel und Sophie danach dort gewesen sein müssen. Und damit voll in die Pandemie reingekommen wären.

Auch bei den Tasmanischen Teufeln habe ich mir ein wenig künstlerische Freiheit gegönnt. Denn diese wurden tatsächlich nicht im Westen ausgesetzt, sondern genau am anderen Ende von Australien, in der Nähe von Sydney. Aber ihr habt im Buch ja gemerkt, wie groß die Entfernungen in dem Land sind (es hat mich beim Schreiben ein wenig in die Verzweiflung getrieben) – hätte ich Sophie und Cooper auch noch Richtung Sydney fahren lassen, wären sie noch zwei Wochen länger unterwegs gewesen.

Alle Angaben zu sämtlichen Tieren und ihrer Gefährdung

im Buch stimmen allerdings. Leider, muss ich wohl anmerken. Auch bei den Entfernungen und Fahrtzeiten habe ich mich um Korrektheit bemüht. Man möge es mir verzeihen, sollte man irgendwo doch etwas länger brauchen.

Danksagung

Und schon ist auch der zweite Band der »LOVE DOWN UNDER«-Reihe beendet. Irgendwie kommt es mir vor, als würde das alles viel zu schnell gehen, dabei will ich noch viel mehr Zeit in Eden bei dieser wundervollen Clique verbringen. Aber erst mal bleibt mir ja noch Band 3, auch wenn dieser zu diesem Zeitpunkt ebenfalls schon zu mehr als einem Drittel geschrieben ist.

Zeit, mal wieder einigen Leuten zu danken, die an der Entstehung dieses Buches beteiligt sind:

Mein erster Dank gilt dem kompletten Team von Droemer Knaur, das mir und meinen Büchern ein Zuhause gegeben hat und jedes Mal mit so viel Begeisterung dabei ist. Besonders hervorheben muss ich meine wundervolle Lektorin Anja Franzen, die einfach die besten Anmerkungen hat, um ein Buch besser zu machen.

Dasselbe gilt für meine Redakteurin Michelle Stöger, mit der die Arbeit an jedem Buch einfach super angenehm ist. Wie sagtest du noch so schön? Das flutscht bei uns beiden. :)

Tausend Dank auch an die beste Agentur: erzähl:perspektive. Klaus und Micha, ohne euch wäre das alles gar nicht möglich!

Eine fette Umarmung geht an dieser Stelle an Bianca Iosivoni, die mit mir den neuen Plot für dieses Buch mehrfach durchgesprochen hat, nachdem ich im Schottland-Urlaub den alten komplett über den Haufen geworfen habe. Du hast mir die Idee für das neue Ende geliefert, und ohne unsere Doku-Dates würde es das Kapitel mit der Asbestmine überhaupt nicht geben.

Ein besonderer Dank gebührt auch Nadine Wilmschen und Rebekka Weiler. Wer es bis hierhin noch nicht erraten hat, diese beiden haben sich am Ningaloo Reef mit Sophie unterhalten. Die Unterhaltung dort über Sonnencreme und UV-Schutz ist eine, die wir jeden Sommer in unserer Gruppe führen. Irgendwann meinte ich mal im Spaß, dass ich es in eine Geschichte einbaue, und weil beide sofort zugestimmt haben, ist aus Spaß dann sehr schnell Ernst geworden.

Danke auch an Caro, Jana, Katharina, Kathi, Maike und den Rest der PJs, Alex, Anabelle, Ava, Laura, Laura (Jesus), Klaudia, Marie, Nicole und Tami. Ich wüsste nicht, wie ich diese Buchwelt ohne euch überstehen würde.

Auch meiner Familie bin ich zu Dank verpflichtet, denn sie lesen nicht nur jedes meiner Bücher, sie halten mir auch den Rücken frei und finden es mittlerweile gar nicht mehr seltsam, wenn ich an einem sonnigen Wochenende mein Dachgeschoss nicht verlasse, weil ich *arbeiten* muss.

Danke an alle Blogger*innen und Buchhändler*innen für die tolle Arbeit, die ihr immer leistet. Sei es Rezensionen schreiben, Blogtouren planen, Signieraktionen veranstalten oder so hübsche Büchertische in den Buchhandlungen erstellen.

Zuletzt danke ich dir, liebe*r Leser*in, dafür, dass du zu diesem Buch gegriffen hast. Ich hoffe, Sophie und Cooper konnten dich gut unterhalten.

Im Februar geht es weiter mit LOVE DOWN UNDER, und falls du bis dahin an Updates interessiert bist, oder mit mir quatschen möchtest, schau gern auf meinem Instagram-Profil unter @nina.bilinszki vorbei.

Alles Liebe
deine Nina

Playlist

Feel You Falling Away – Takida
Shotgun Blues – Volbeat
Not The End Of The Road – Kissin' Dynamite
Highway To Hell – AC/DC
Time Is Running Out – Muse
Enter Sandman – Metallica
In The End – Linkin Park
Good Riddance (Time Of Your Life) – Green Day
Sorry – Buckcherry
Always Remember Us This Way – Lady Gaga
The Future Is Now – The Offspring
Kiss Me Like The World Is Ending – Avril Lavigne
The Steeple – Halestorm
What About Now – Daughtry
Through Glass – Stone Sour
Turn The Page – Metallica
18 And Life – Skid Row
Here Without You – 3 Doors Down
Won't Stand Down – Muse
On The Dark Side – Corey Taylor
I Don't Want To Miss A Thing – Aerosmith
Thnks fr th Mmrs – Fall Out Boy
Time To Wonder – Fury In The Slaughterhouse

»Absolute Leseempfehlung!«
Laura Kneidl

Nina Bilinszki

AN OCEAN BETWEEN US

Roman

Avery Cole will nichts anderes als Ballett tanzen, doch dann vernichtet ein schwerer Autounfall ihren Lebenstraum. Sie wird nie wieder tanzen können. Am Boden zerstört beginnt sie ein Studium am LaGuardia Community College – obwohl sie eigentlich gar nicht weiß, was sie mit ihrem Leben anfangen soll. Und dann begegnet sie in ihrer ersten Vorlesung auch noch einem arroganten Typen, der verächtliche Kommentare über ihre Verletzung ablässt: Theo Jemison, dem gefeierten Star des College-Schwimmteams. Nur dumm, dass Schwimmen eine der wenigen Sportarten ist, die Avery mit ihrem kaputten Rücken noch bleiben. Und natürlich ist es ausgerechnet Theo, der ihren Kurs trainiert ...

Was macht das Leben aus, wenn dein größter Traum zerstört wurde? Der herzzerreißende Auftakt der »Between us«-Reihe von Nina Bilinszki!